동물 되기

동물-되기

초판 1쇄 발행 2020년 10월 12일

초판 2쇄 발행 2021년 10월 5일

–

지은이 정항균

펴낸이 이방원

편 집 김명희 · 안효희 · 정조연 · 정우경 · 송원빈 · 조상희

디자인 양혜진 · 손경화 · 박혜옥 **영 업** 최성수

–

펴낸곳 세창출판사

신고번호 제1990-000013호 **주소** 03736 서울시 서대문구 경기대로 58 경기빌딩 602호

전화 02-723-8660 **팩스** 02-720-4579 **이메일** edit@sechangpub.co.kr **홈페이지** http://www.sechangpub.co.kr

블로그 blog.naver.com/scpc1992 **페이스북** fb.me/Sechangofficial **인스타그램** @sechang_official

–

ISBN 978-89-8411-985-7 93800

이 도서의 국립중앙도서관 출판예정도서목록(CIP)은 서지정보유통지원시스템 홈페이지(http://seoji.nl.go.kr)와 국가자료종합목록 구축시스템(http://kolis-net.nl.go.kr)에서 이용하실 수 있습니다.(CIP제어번호: 2020041027)

동물 되기

Becoming-Animal

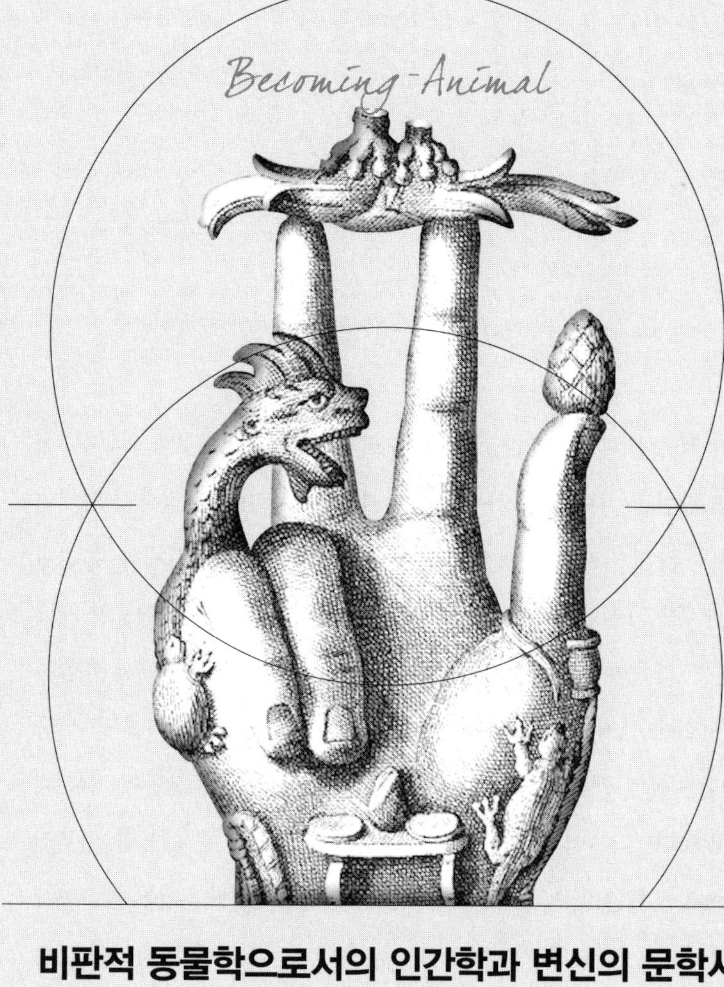

정항균 지음

비판적 동물학으로서의 인간학과 변신의 문학사

세창출판사

들어가는 말

이 책을 쓰게 된 계기는 두 가지 개인적인 경험에서 비롯되었다. 첫 번째 경험은 어린 시절 키우던 개에게 물린 사건이다. 정확히 기억이 나지는 않지만 개를 품에 안고 찍은 사진으로 미루어 그 개와 꽤 친밀한 관계를 가졌던 것 같다. 하지만 개에게 물린 후로는 오랫동안 개에 대한 트라우마에 시달렸고 항상 개를 피해 다녔다. 독일에서 유학하던 시절에 산책하기를 좋아했지만, 공원이나 숲에서는 개를 줄에 묶지 않은 채 산책하는 독일인들의 습성 때문에 난처한 상황에 처한 적도 많았다. 더욱이 독일인들은 대부분 산더미처럼 큰 개들을 키우기 때문에 산책할 때면 늘 어떻게 개들의 관심을 내게서 떼어 놓을까에 신경이 곤두서 있던 기억이 난다. 심지어 수업시간에 옆자리에 앉은 학생이 개를 데리고 들어와 수업 내내 그 개만 신경 쓰느라 수업 내용을 전혀 이해할 수 없었던 적도 있었다. 유학을 마치고 한국에 귀국한

후로는 특별히 개를 신경 쓸 일이 없었다. 동물은 내 학문적 관심사와는 무관한 존재였으며, 그래서 동물이라는 존재에 대해 깊이 있게 성찰한 적은 단 한 번도 없었다.

그러다가 2015년부터 폭력이라는 주제를 연구하던 중 폭력의 정의 문제와 관련해 폭력에 대한 대부분의 정의가 지극히 인간중심적이라는 사실을 알게 되었다. '폭력은 인간이 다른 인간에게 의도적으로 가한 위해'라는 식의 정의가 학계에서 일반적으로 통용되고 있었고, 인간을 제외한 다른 동물들은 폭력의 대상으로 전혀 고려되지 않고 있었다. 폭력이라는 주제를 공부하면서 동물에 대한 관심도 증가하여 이런저런 책을 읽으면서 많은 동물이 인간과 마찬가지로 사유 능력과 감정을 지니고 있으며 도구사용 능력과 유희 본능까지 가지고 있음을 알게 되었다. 무엇보다 동물이 고통에 대한 감수성을 지닌 존재라는 사실을 더욱더 명확히 의식할 수 있었다. 그러면서 문뜩 오랫동안 억누르고 살았던, 개에게 물린 사건을 다시 떠올리게 되었다. 지금까지 나는 항상 그 개를 주인을 문 배은망덕한 개로 생각하고 원망하곤 했었는데, 돌이켜 보니 마당에 있는 개집에 사슬로 묶인 채 하루하루를 보낸 개의 고통이 얼마나 컸을까 하는 생각에 오히려 양심의 가책이 들었다.

과거에는 개를 집 안이 아닌 마당에서 키웠고, 줄에 묶어 키우는 경우가 빈번하였다. 또 음식도 개사료가 아닌 잔반을 주곤 하였다. 개는 그저 도둑으로부터 집을 지키는 임무를 지닌 존재에 불과했던 것이다. 지금은 개를 '반려견'으로 부르고 가족의 일원으로 생각하며 최고급 사료를 먹이고, 아프면 병원으로 데려가 치료받게 한다. 얼마 전에 만난 한 친구는 개가 인간보다 더 좋은 대우를 받고 있다며 불평하기도 했다. 물론 이전보다 개나 고양이에 대해 대우가 좋아진 것은 사실이지만, 이들을 대하는 방식이 여전히 인간중심적이라는 사실은 간과되곤 한다. 개는 좁은 집에서 지내야 하고 산책 나가는 시간과 빈도는 '주인'인 인간에 의해 결정되며 그마저도 줄에 묶인 채 천천히 걸어가야 한다. 동물로서 개가 지닌 운동에 대한 욕구와 자유로운 감각적 활동은 무시되거나 상당 부분 제한되고 있는 것이다.

그래도 개의 상황은 다른 동물들에 비하면 훨씬 좋은 편이다. 대부분의 동물들은 인간에게 고기나 가죽을 제공하기 위한 도구적 존재에 불과하며 자연스러운 죽음을 맞이할 어떤 권리도 갖고 있지 않다. 인간은 '비인간적'이라는 말로 인간을 제외한 존재를 도덕적으로 폄하하고 있지만, 지구상에서 인간만큼 다른 생명체에게 커다란 고통을 가하고 폭력을 행사한 존재가 없다는 점을 생각한다면 '인간적'이라는 단어가 동물의 귀에는 너무나도 끔찍한 말로 들릴 것이다. 인간은 언어를 통해서도 인간과 동물을 철저히 구분하며 동물을 격하하곤 하였다. 동물은 입이 아닌 주둥이, 머리가 아닌 대가리를 가지고 있는데, 그러한 말이 인간에게 사용되면 욕으로 바뀐다. 이처럼 인간의 언어는 동물과 인간을 철저히 분리해 왔으며, 그 때문에 인간은 동물을 죽이면서도 그로 인한 도덕적 책임을 덜거나 심지어 전혀 느끼지 않을 수 있었던 것이다. 인간은 동물을 인간의 목적을 위해 사용하고, 그들의 목숨을 빼앗아 왔으면서도 오히려 뻔뻔스럽게 동물에게 온갖 나쁜 속성을 부여하며, 그들을 비하하고 그들의 고통을 철저히 외면했던 것이다.

근대의 법은 동물의 희생 아래 정립되었다. 이러한 법에 전제된 생각, 즉 동물을 사물의 지위로 격하하고 인간이 그들의 생명을 자유롭게 처분할 수 있다는 생각은 현재에도 여전히 공고하다. 반려동물을 키우면서 육식을 하는 사람이 자신은 동물을 사랑한다고 생각하는 데서 아무런 모순을 느끼지 못하는 경우가 대부분이다. 그러나 사실 동물이 고통을 느낄 수 있으며 그래서 그들의 생명을 존중해야 한다는 것은 누구나 쉽게 이해할 수 있다. 따라서 우리는 동물에 대한 우리의 태도가 갖는 문제성을 모르는 것이 아니라 알지 않으려 하는 것이 아닌지, 애써 감추려는 것은 아닌지 하는 생각이 든다. 우리의 쾌락과 편의를 위해서 말이다.

물론 오늘날 동물에 대한 새로운 인식을 지닌 사람들이 늘어나고 있지만, 그러한 사람들 가운데에서도 소위 말하는 '동물해방'은 '인간해방'이 이루어진 후에야 시작할 문제라고 생각하는 사람들이 여전히 많다. 하지만 인간해방 자체가 언제 이루어질지가 요원하다면, 결국 인간해방이 완성되면 동물해방을 시작하겠다는 말은 곧 동물을 위해서는 아무것도 하지 않겠다는 말이 아니겠는가? 비록 그러한 변화가 혁명적으로 이루어지지는 않더라도, 동물의 생명과 권리에 대해 성찰하고 그와 관련된 행동을 삶의 작은 부분에서부터 실천해 나가는 태도가 필요할 것이다.

이 책을 쓰게 된 두 번째 중요한 경험은 내 안의 동물로서의 신체에 관한 경험이다. 나는 가끔 불면증에 시달리곤 하는데, 그 이유 중 하나는 갑자기 떠오른 어떤 생각이 꼬리에 꼬리를 물며 밤새 내내 전개되기 때문이다. 가령 어떤 문학작품을 읽고 해석이 안 된 부분이 갑자기 자기 전에 떠올라 나의 의지와 관련 없이 계속 그것에 대한 생각을 펼쳐 나가는데, 그러다가 저절로 복잡한 문제가 해결되고 나름의 해석을 얻게 되는 경우가 종종 일어나곤 한다. 그 때문에 잠자리에서 일어나 중간에 떠오른 내용을 미친 듯이 기록하는 일도 가끔 있었다. 나는 이런 경험을 나만 하는 줄 알았는데, 술자리에서 어느 동료 선생님으로부터 비슷한 이야기를 듣고는 이러한 '신체적 글쓰기'를 보다 일반적인 차원에서 생각할 필요성을 느끼게 되었다.

잠을 자려는 의식적 노력과 나의 의지와 상관없이 펼쳐지는 아주 정교한 무의식적인 문제해결 능력 간의 대결로 불면증에 시달리는 일이 잦아지면 힘들어서, 요즘은 잠을 살 때면 무념무상의 상태에 빠지려고 노력한다. 하지만 가끔, 앞에서 말한 신체적 글쓰기를 의식적으로 활용하는 경우도 있다. 낮에 어떤 문제가 잘 풀리지 않으면 나는 산책을 하거나 아니면 침대에 누워 신체를 이완시키고 그 문제에 대해 다시 생각해 본다. 이렇게 하면 책상에 앉아 있을 때는 해결되지 않던 문제가 대부분 해결되곤 한다. 우리는 머리를 통해 정신적으로만 사고한다고 생각하기 쉽지만, 단지 몸의 자세를 바꾸거나 몸을 움직임으로써 우리의 사고에 영향을 주며 뜻하지 않은 생산적 결과를 얻게 되는 것이다. 데카르트는 정신과 신체를 이분법적으로 구분하고 신체를 단순한 고깃덩어리에 비교하였지만, 오히려 이러한 동물적 신체가 우리의 '앎'에 중요한 역할을 한다는 것은 일상적인 경험을 통해서도 쉽게 알 수 있다. 가령 우리가 못을 박을 때 얼마만큼의 세기로, 어떤 각도로 망치를 내리쳐야 할지 아는 사람은 한 명도 없을 것이다. 그것은 신체적 경험을 통해서 획득된 지식이기 때문이다. 이러한 신체연관적 지식은 더 추상적인 언어적 차원에서도 나타나며 정신과 신체의 이분법을 무효화한다.

이러한 내 안의 동물, 즉 신체성에 대해 장황하게 이야기한 이유는 인간 역시 동물이라는 사실을 강조하기 위해서이기도 하고, 나아가 그러한 동물성 내지 신체성이 결코 이성이나 정신이라고 불리는 것과 비교해 비천한 것이 아님을 강조하기 위해서이기도 하다. 그러나 이보다 더 강조하고 싶은 것은 바로 이러한 동물성 내지 신체성이 또한 인간을 규정짓는 중요한 요소라는 사실이다. 오늘날 인공지능의 발전과 더불어 인간의 뇌를 모방하여 그대로 재현할 수 있다든지 아니면 심지어 그것을 이용해 동일한 인간을 복제할 수 있다는 주장들이 과학계에서도 점차 제기되고 있다. 그런데 이러한 입장을 피력하는 학자들은 인간이 뇌만 지닌 존재가 아니라 뇌를 포함한 신체를 지닌 존재임을 간과하고 있다. 우리의 생각과 감정에서 신체가 얼마나 중요한 역할을 하는지는 갱년기를 겪는 중년여성들의 경우를 보면 쉽게 알 수 있다. 이러한 동물적 신체성이야말로 인간을 기계와 구분하는 중요한 특징 중 하나인 것이다. 따라서 우리는 우리 밖의 존재인 동물뿐만 아니라 우리 안의 존재로서의 동물에도 관심을 기울일 필요가 있다. 첨단 기술과학이 발전하는 시대에 동물에 대해 관심을 갖는 것은 결코 시대착오적인 것이 아니라, 오히려 인간을 더 잘 이해함으로써 급격히 변화하는 시대에 더 적절히 대처하기 위한 것이다.

따라서 오늘날의 인간학은 '비판적 동물학'으로서의 인간학이 되어야 한다. 인간은 자신을 둘러싸고 있는 다른 존재들, 가령 신, 동물, 기계와의 구분을 통해 스스로를 정의해 왔다. 그런데 신이 탈형이상학의 시대에 인간을 규정하는 데 더 이상 큰 역할을 할 수 없고, 기계가 동물성(신체성)을 통해 인간과 구분된다고 한다면, 동물은 과연 인간의 정의에 어떤 역할을 할 수 있을지 질문을 던질 필요가 있다. 이 책에서는 인간과 동물이 맺고 있는 복잡한 관계를 역사적으로 추적함으로써 인간과 소위 동물로 지칭되는 다른 생명체들을 더 잘 이해하는 것을 일차적인 목표로 삼고 있다. 이러한 인간과 동물의 관계를 보다 잘 이해하기 위해서 '변신'이라는 주제를 발견술적 도구로 활용하려고 한다. 동물로 변신하는 인간에 대해 특정 시대의 사람들이 갖고 있던 생각은 곧 동물과 인간에 대한 그들의 이해와 가치평가를 선명하게 드러내 주기 때문이다.

이 책의 1부에서는 인간이 동물로 변신하는 동물-되기가 원시사회에서 현재에 이르기까지 역사적으로 어떤 의미변천을 겪어 왔는지 자세히 살펴보고 있다. 1장에서는 수렵채집사회인 원시사회에서 인간이 동물을 식량원으로 취하면서도 동시에 동물을 신으로 숭배하는 역설적 상황을 설명하면서 제의적인 맥락에서 동물-되기의 긍정성을 살펴본다. 2장에서는 고대사회로 넘어가면서 동물신이 사라지고 신과 인간, 동물 간의 새로운 위계적 질서가 생겨나는 과정을 살펴본다. 3장에서는 중세 기독교사회에서 고대에 있었던 신과 인간, 동물 간의 위계질서가 여전히 존속되고 있음을 보여 주며 동물로의 변신이 갖는 부정적 의미에 대해 고찰할 것이다. 특히 중세부터 근대 초까지 지속된 마녀사냥과 관련하여 동물로의 변신이 악마와 마녀의 주술행위와 연결되면서 부정적인 의미를 획득하게 되었음을 보여 줄 것이다. 4장에서는 근대에 들어와 데카르트가 정신과 신체의 이분법에 기대어 인간과 동물의 위계질서를 확립하며 동물에 대한 폭력을 정당화할 수 있는 이론적 기초를 마련하였음을 강조할 것이다. 하지만 인간 및 동물에 대한 데카르트의 관점에서 벗어나는 생각들도 이 시기에 존재하였으며, 특히 진화론적인 사고가 싹터 나중에 다윈의 진화론으로 발전하였음을 간과해서는 안 될 것이다. 다윈의 진화론은 인간의 발전을 동물의 진화과정을 통해 설명함으로써 인간과 동물의 이분법을 극복하지만, 그러한 진화의 꼭짓점에 인간을 올려놓음으로써 다시 인간중심주의로 돌아가는 경향을 보이기도 한다. 5장에서는 프로이트의 꿈의 이론에서 동물이 어떻게 다양한 인간의 욕망이나 금지의 심급에 대한 비유로 등장하는지 살펴본 후, 들뢰즈와 가타리의 동물-되기 개념에 대한 고찰로 넘어갈 것이다. 원시사회에서 동물-되기가 제의적 맥락에서 나타나며 긍정적 의미를 지닌다면, 들뢰즈와 가타리에게서는 동물-되기가 실체적 변신이 아니라 강도적 변신의 의미에서 긍정성을 띤다. 특히 이 장에서는 인간에게 내재되어 있는 동물성을 강렬하게 발산하는 강도적 의미에서의 동물-되기가 갖는 해방적 측면을 자세히 살펴볼 것이다. 6장에서는 동물과 다른 존재이지만, 어떤 맥락에서는 그것과 연결되기도 하는 '괴물'을 중심주제로 다룰 것이다. 괴물은 원래 신체적 기형에 기반을 둔 괴물과, 인간과 동물의 혼종적 존재로서의 괴물로 나뉘지만, 근대 이후에는 신체적 특성이 아닌 정신적 특성과 관련하여 괴물담론이 전개되기도 한다. 여기서는 이러한 괴물이 타자를 배격하는 차별적 시선과 담론에서 생겨나게 되었음을 언급하면서도, 동시에 현대의 단일한 정체성에 대한 믿음을 비판하는 상징으로서 새로운 긍정적 괴물상이 생겨나게 되었다는 점도 강조할 것이다. 7장에서는 인간의 생명을 정치의 대상으로 삼으며 생명정치를 수행한 근대 이후에 단순한 생명, 즉 조에zoe로 간주된 인간들이 어떻게 동물과 비교되며 차별과 박해를 경험하였는지 살펴볼 것이다. 특히 아감벤의 이론을 중심으로 '조에 차별주의'의 양상에 주목할 것이다. 다른 한편 조에를 단순히 정치적인 대상으로서의 수동적 존재로만 간주하지 않고 그것이 지닌 생산성과 창조성에 주목하기도 할 것이다. 그러나 이러한 조에에 대한 재평가가 자칫 모든 생명체를 동등한 것으로 간주하며 그들 간의 차이를 간과하는 섣부른 일반화에 빠지지 않도록 주의할 것이다. 마지막으로 8장에서는 포스트휴머니즘의 시대에 동물-되기와 기계-되기의 교차양상에 대해 다루고자 한다. 언뜻 보기에 급격히 발달하는 기술문명의 시대에 동물이라는 주제에 대한 천착은 시대착오적인 것으로 보일 수도 있다. 그러나 여기서는 이러한 맹목적인 기술 찬양적 시각과 맞서고, 인간의 고유한 특성으로서의 동물성 내지 신체성을 강조하며, 동물-되기와 기계-되기가 만나는 지점에 대해 성찰할 것이다. 이때 기계라는 개념 역시 전통적인 기술기계와는 다른 의미에서 사용될 것이다.

2부에서는 문학작품에 나타난 동물-되기의 양상과 그 의미를 살펴볼 것이다. 토템사회의 기원설화에서 인간과 동물은 같은 근원에서 생겨났으며 자연스럽게 상호 변신할 수 있었다. 하지만 인간이 동물로 변신하는 것은 고대 그리스사회에서는 이미 처벌로 인식되기 시작하였으며, 이를 통해 신과 인간, 동물 간의 엄격한 위계질서가 생겨났다. 2부에서는 우선 이러한 동물에 관한 서사가 문학사적으로 어떻게 변해 왔는지 간략히 개괄한 후, 구체적인 작품분석을 통해 문학작품에 나타난 동물담론의 역사적 변천과 동물에 관한 서사형식의 변화 과정을 살펴보도록 하겠다. 1장에서는 오비디우스의 『변신 이야기』를 단순한 신화모음집이 아니라 오비디우스라는 작가가 예술적으로 구성한 작품으로 간주하며, 이러한 맥락에서 이 작품에 나타난 동물상과 다양한 동물-되기의 양상을 분석할 것이다. 이를 통해 동물로의 변신이 긍정적 함의를 잃었으며, 동물이 원시사회의 신적인 지위에서 인간보다 낮은 비천한 지위로 내려오게 되었음을 보여 줄 것이다. 아울러 오비디우스가 『변신 이야기』를 통해 예술가로서의 자의식을 발전시키며 인간의 지위에서 신의 지위로 상승하려는 변신을 꿈꾸고 있음을 강조할 것이다. 2장에서는 근대를 대표하는 작가인 레싱의 우화이론을 살펴볼 것이다. 우화에서 특히 동물이 주인공으로 등장하는 이유와 그들이 갖는 기능에 주목하려고 한다. 이를 통해 동물이 어떤 특성을 나타내는 비유, 즉 메타포로서 갖는 기능을 강조할 것이다. 역사적으로 인간사회에서 동물이 음식, 옷, 동물실험 등의 특정한 목적을 위한 도구로 사용되어 온 것처럼, 문학작품에서도 우화의 예를 통해 알 수 있듯이 '텍스트동물'은 인간의 목적을 위한 하나의 비유로 사용되었다. 물론 우화에 등장하는 동물의 말을 '문학적 동물 연구'의 관점에서 인간사회를 비판하는 것으로 새롭게 해석하려는 시도도 있지만, 우화텍스트가 갖고 있는 한계로 인해 그러한 새로운 해석 역시 한계를 지닐 수밖에 없다. 반면 이미 낭만주의 시대부터 동물이나 동물로의 변신을 더 이상 인간의 시점이 아닌 동물의 시점에서 살펴보며 인간과 동물에 대한 새로운 시각을 열어 주는 문학적 시도들도 있었다. 3장에서는 동물서술자가 등장하는 작품으로 고대의 아풀레이우스의 『황금 당나귀』, 근대의 에테아 호프만의 『수고양이 무어의 인생관』, 현대의 다와다 요코의 『눈 속의 에튀드』를 살펴볼 것이다. 이를 통해 동물서술자들이 어떻게 시대적으로 각기 다른 양상으로 나타나는지, 또한 이들의 작품에 서술된 동물상이 어떤 차이를 보이는지 밝혀낼 수 있을 것이다. 4장에서는 동물 자체뿐만 아니라 동물로 격하된 인간들의 모습에 주목하며, 또 다른 의미에서의 동물-되기를 살펴보고자 한다. 특히 제발트의 소설 『토성의 고리』를 중심으로 나치정권과 식민지 지배자들의 통치에서 명확히 그 모습을 드러낸 호모 사케르의 동물-되기 양상을 살펴볼 것이다. 마지막으로 5장에서는 카프카의 단편소설 「자칼과 아랍인」에서 카프카가 동물 등장인물들을 단순히 비유적인 메타포로 사용하는 것이 아니라, 그러한 비유적 의미를 부여하면서도 동시에 그것의 불완전성을 강조함으로써 전통적인 우화적 서술기법을 패러디하고 있음을 역설할 것이다. 아울러 카프카가 여기서 들뢰즈와 가타리의 동물-되기에 상응하는 동물로의 변신을 서술하고 있을 뿐만 아니라, 이에 상응하는 동물-되기의 글쓰기를 발전시키고 있음을 보여 줄 것이다.

2019년 1학기에 '동물'이라는 주제로 대학원 수업을 하였다. 이 수업에 참여한 학생들의 학문적 열정과 관심 덕분에 이 책이 탄생할 수 있었다. 이 자리를 빌려 적극적으로 토론에 임해 준 김태완, 박채은, 이준영, 석민구, 정성욱, 채지영 학생과 바쁘신 와중에도 항상 함께해 주신 조향 선생님께 감사를 드린다. 아울러 이 책의 참고문헌을 정리해 준 김태완, 송윤경 학생에게도 고맙다는 말을 전하고 싶다. 끝으로 이 책의 출판을 흔쾌히 허락해 주신 세창출판사의 김명희 이사님과

이 책의 편집과 교정을 맡아 주신 윤원진 씨에게도 진심으로 감사의 마음을 전한다.

2020년 10월

정항균

차례

제2부 문학에서의 동물-되기

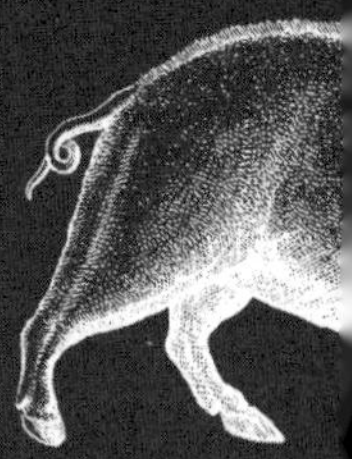

서론

"어떤 현상을 바라보는 시선이 근본적으로 바뀐다든지 다른 현상들이 학문적 관심의 시야에 들어왔을 때,"[1] 이러한 학문적인 패러다임의 근본적 변화를 가리키는 말로 '전환turn'이라는 개념이 사용된다. 학계에서는 지금까지 '언어적 전환linguistic turn,' '이미지적 전환pictorial turn,' '공간적 전환spatial turn,' '문화적 전환cultural turn' 등의 개념을 사용하여 학문적 패러다임의 변화를 가리키곤 하였다. 그런데 21세기에 들어오면서 '동물적 전환animal turn'이라는 개념이 심심치 않게 들리곤 한다.

그렇다면 '동물적 전환'이란 무엇인가? 사실 동물에 대한 연구가 갑자기 20세기 후반부터 시작되어 21세기 전반에 이르러 학문적 패러다임의 전환을 가져온 것은 아니다. 철학 분야에서 인간과 동물을 구분

1 Gabriela Kompatscher, Reingard Spannring u. Karin Schachinger: *Human-Animal Studies*. Stuttgart 2017, 18쪽.

하며 인간의 특성을 규명하려는 시도는 오래전부터 있어 왔고, 생물학에서도 동물에 대한 연구가 진행된 지 이미 오래다. 그럼에도 불구하고 '동물적 전환'이라는 패러다임 변화가 이루어졌다면, 이는 연구 대상의 변화보다는 오히려 앞에서 말한 것처럼 동물이라는 존재를 바라보는 '시선'의 근본적 변화와 관련이 있다. 20세기 후반까지 동물이 주로 인간중심적인 시선에서 바라본 단순한 대상에 지나지 않았다면, 최근에 들어서는 여러 동물들을 인간과 마찬가지로 행위 능력을 지닌 주체, 고유한 감정과 경험을 지닌 개성적 존재로 간주하는 시선이 늘어나고 있다.

이러한 동물들에 대한 이해의 변화는 인간의 자기이해 및 세계해석과도 무관하지 않은데, 왜냐하면 인간은 주로 동물과의 구분을 통해 스스로를 정의하며 자신의 정체성을 확립했기 때문이다. 또한 인간의 역사에 있어서 동물은 단순히 주변적인 존재가 아니라 끊임없이 우리의 삶을 함께 구성해 온 존재이기 때문에, 우리가 사는 세계를 올바로 이해하기 위해서는 인간의 역사적 발전에 있어서 동물이 수행한 역할을 살펴보는 것이 필요하다. 가령 동물은 과거 농경사회에서는 주로 농사를 위한 노동력을 제공하였고, 오늘날에는 인간의 정서적 안정을 돕는 반려동물로 간주되고 있다. 산업사회의 발전과 함께 농촌에서 기계가 동물을 대체하게 되면서, 유용동물로서 동물의 기능은 이제 주로 음식, 옷, 동물실험으로 제한되고 있다. 그런데 이러한 동물의 '사용'은 인간의 이익을 고려하는 인간중심적 시선에서 이루어지고 또한 정당화된다. 인간은 철학과 과학의 도움으로 자신과 동물을 구분하고 양자의 본질적 차이를 주장하면서, 동물을 인간을 위한 도구로 사용하며 동물의 노동력을 착취하거나 동물의 생명을 빼앗는 것을 정당화하였다. 하지만 최근 들어 '동물행동학'의 연구결과를 통해 많은 동물들이 인간과 마찬가지로 도구를 사용하고 감정을 지니고 있으며 사유를 할 수 있다는 사실이 밝혀지면서, 동물들에게 가해진 인간의 폭력에 대한 비판적 성찰이 일어나고 있다. 나아가 종차별주의[2]를 비판하고, 고통을 느끼는 동물들에 대한 배려를 강조하는 '동물윤리'에 대한 관심도 커지고 있다. 이처럼 동물들의 정신세계에 대한 인지적 관심뿐만 아니라 동물과 인간의 관계를 성찰하는 윤리적 관심에서 이제 많은 학자들과 동물애호가들이 동물을 이전 세기와는 완전히 다른 관점에서 바라보며 그들에 대한 인간의 태도변화를 촉구하고 있다.

인간을 제대로 이해하기 위해서는 동물 및 동물과 인간의 관계에 대한 이해가 선행되어야 한다. 그러한 점에서 인간학은 동물에 대한 연구이기도 하다. 그러나 여기서 말하는 동물에 대한 연구가 가령 식물학과 대비되는 학문으로서의 동물학을 의미하는 것은 아니다. 인간학의 필수적인 부분으로서의 동물학은 결코 가치중립적인 자연과학의 연구형태를 취해서는 안 되며, 인간중심주의를 비판하고 동물윤리

2 Kompatscher, Spannring u. Schachinger: *Human-Animal Studies*, 35쪽: "종차별주의라는 개념(독일어로는 Speziesismus)은 리처드 라이더에 의해 각인된 개념으로 동물들의 사회적, 정치적, 법적, 도덕적인 지위를 이해하고 평가하는 데 중요한 의미를 지닌다. … 그것은 특정한 종에 소속되어 있다는 이유로 한 생명체를 차별하는 것을 가리킨다. 여기서 차별은 불평등한 대우로 이해될 수 있다. 따라서 종차별주의는 일종의 종들 사이에서 벌어지는 인종차별주의로 간주될 수 있다."
피터 싱어도 유사하게 종차별주의를 다음과 같이 정의한다. "종차별주의…란 자기가 소속되어 있는 종의 이익을 옹호하면서 다른 종의 이익을 배척하는 편견 또는 왜곡된 태도를 말한다"[피터 싱어(김성한 옮김): 『동물해방』. 연암서가 2018, 35쪽].

를 고려하는 '비판적 동물학'이 되어야 한다. 동물의 고통에 대한 감수성이나 동물의 여러 가지 능력에 대한 연구는 단순히 객관적인 지식의 의미를 갖는 것이 아니며, 과학적인 인식의 영역을 넘어서 동물에 대한 인간의 윤리적 태도의 정립이나 동물권을 고려하는 법 제정으로까지 나아가야 한다. 지금까지 인간은 동물에 대한 배려나 그들과의 공생에 대해 크게 성찰하지 않았다. 그 때문에 인간이 동물과 함께 공존하며 살아갈 미래사회에 대한 구상은 미래의 인공지능 시대에 대한 구상만큼이나 쉽지 않다. 거기에는 과학적 연구와 다양한 학문적 담론 외에도 많은 상상력이 필요할 것이다. 이러한 맥락에서 동물의 시선을 취하며 동물과 인간의 관계를 새롭게 생각해 보는 문학적 상상력의 중요성이 커진다.

이러한 미래를 구상하고 준비하기에 앞서 먼저 동물에 대한 인간의 이해와 가치평가의 역사를 살펴볼 필요가 있다. 구석기 시대는 수렵과 채집사회로 알려져 있다. 이 시기의 인간은 동물을 사냥하며 그것을 주요 식량원으로 삼았지만, 그럼에도 불구하고 자신이 섭취하는 동물을 폄하하기보다는 오히려 신과 같은 존재로 간주하며 숭배하였다. 이러한 동물과 인간의 관계는 인간이 정주하며 농사를 짓기 시작한 신석기 시대에 들어오면서 바뀌게 된다. 신석기 시대에 동물은 집에서 사육되면서 가축이 되어 인간에 의해 길들여진다. 이제 동물은 더 이상 인간보다 우월한 신적 지위를 갖는 것이 아니라, 인간의 목적을 위해 사용되는 도구의 지위로 전락하게 된다.[3]

3 Hartmut Böhme u. a.(Hrsg.): *Tiere. Eine andere Anthropologie*. Köln u. a. 2004, 16쪽 참조.

인간은 이미 고대부터 동물과 자신을 구별하며 동물적 지위로 떨어지지 않으려고 노력해 왔다. "아리스토텔레스는 동물에게서 이성적 능력을 박탈하였다. 그는 의견과 판단의 형성 및 말하는 능력과 복합적인 사회적 공동체를 수립하는 능력이 우리 인간과 동물을 구분한다고 주장한다. 왜냐하면 동물이 이성적 능력이 아니라 단지 감각적 능력만 사용할 수 있기 때문에, 동물은 진리와 거짓, 정의와 불의를 서로 구분할 수 없다는 것이다."[4] 오비디우스도 『변신 이야기 *Metamorphōseōn librī*』(기원후 8)에서 인간이 동물로 변하는 것을 주로 처벌로 묘사할 뿐만 아니라, 작가로서의 자신을 신의 지위로 올려놓으려고 함으로써 인간과 동물의 간극을 명확히 하였다. 중세 기독교사회에서도 인간과 동물의 근본적 구별은 유지되며, 인간의 동물로의 변신은 감각적 속임수이자 악마의 하수인인 마녀의 소행으로 간주되었다. 이처럼 고대와 중세사회에서 동물에 대한 인간의 절대적 우위와 양자의 근본적 구분이 주장되었지만, 그럼에도 불구하고 인간이 동물로 변신하는 상황이 서술되지 않은 것은 아니다. 그러나 그러한 변신은 주로 처벌이나 저주 같은 부정적 의미를 지닌다. 나아가 이미 그 시대에 변신의 사실성에 대한 의구심이 점점 커져 갔으며, 설령 그러한 변신이 일어난다 해도 그것은 악마의 소행이거나 마녀의 눈속임으로 간주되었다. 다시 말해 이러한 변신은 원시사회에서처럼 인간과 동물의 상징적 교환을 통한 상호적인 경계초월의 의미를 더 이상 갖지 않게 된 것이다.

4 Markus Wild: *Tierphilosophie*. Hamburg 2008, 43쪽.

근대에 들어서면서 인간과 동물은 상이한 존재로 구분되며 양자 사이의 변신 가능성이 완전히 봉쇄되는데, 이는 특히 데카르트의 철학에 의해 뒷받침된다. 데카르트는 동물을 정신이 결여된 단순한 신체로 간주하며 기계와 동일선상에 세움으로써 동물에 대한 차별과 학대의 이론적 토대를 만들어 준다. 그러나 이미 근대에 이러한 근본적인 구별에 반대하는 철학자들도 있었는데, 대표적인 사람이 바로 몽테뉴이다. "한편으로 그는 동물의 행동방식을 인간의 행동과 마찬가지로 정신적 능력에서 비롯된 것으로 설명하며 동물을 '인간화한다.' 다른 한편 그는 동물의 행동방식뿐만 아니라 인간의 행동방식도 본능, 충동, 자극에 의해 지배받는 것으로 보여 주며 인간을 '동물화한다.'"[5] 몽테뉴는 인간이 자기 자신도 다른 동물들처럼 신체를 지닌 존재라는 사실을 망각하는 것을 비판했지만, 인간과 동물의 유사성에 대한 과학적 근거를 제시하지는 못했다. 인간과 동물의 이분법적 구분에 반기를 들며, 동화주의적 관점에서 이들의 긴밀한 연관성을 과학적으로 설명한 사람은 바로 다윈이다. 19세기 중반 이후 다윈의 진화론과 함께 만물의 영장으로서의 인간의 지위는 크게 흔들리게 된다. 왜냐하면 동물과 질적으로 구분되며 신을 닮아 가려던 인간이 사실은 동물로부터 진화해 왔으며, 따라서 그의 조상은 동물이라는 학설이 과학적으로 인정받게 되었기 때문이다. 물론 진화의 꼭짓점은 여전히 인간이 차지하고 있었지만, 인간과 동물 사이의 경계로 세워진 벽에는 어느 정도 균열이 생겼다고 말할 수 있을 것이다.

5 Wild: *Tierphilosophie*, 47쪽.

하지만 다윈 이후에도 인간과 동물이 근본적으로 구별되는 완전히 상이한 존재인가, 아니면 이들 간에는 정도의 차이만 존재할 뿐이며 인간은 결코 특별한 지위를 갖지 않는 무수한 동물 가운데 하나에 불과한 존재인가를 둘러싼 치열한 논쟁은 여전히 현재진행형인 것처럼 보인다. 마르쿠스 빌트는 자신의 책 『동물철학*Tierphilosophie*』(2008)에서 이러한 입장들을 각각 '차별주의'와 '동화주의'로 지칭하며, 서로 상반되는 이러한 입장들의 대결구도가 고대부터 현재까지 지속되고 있음을 보여 준다. 차별주의의 대표적 이론가인 도널드 데이비슨Donald Davidson은 인간과 달리 동물에게는 언어가 결여되어 있으며 이로 인해 동물은 생각을 할 수 없다고 강조한다. 그러나 데이비슨은 '언어가 없는 사유가 가능하지 않은가'라는 질문은 제기하지 않으며, 언어 능력을 갖춘 생각하는 인간과 언어적 능력이 결여된 채 자극에만 반응하는 하등동물 사이에 존재할 수 있는 다양한 중간단계들에 대해서도 언급하지 않는다.[6]

여러 동물들이 도구를 사용할 줄 알고, 감정을 갖고 있으며, 사유 능력과 의지를 지닌 존재라는 사실이 다양한 연구를 통해 속속들이 밝혀지고 있다. 설령 다윈의 진화론이 많은 부분에서 비판을 받을지라도, 기본 전제에 있어서는 여전히 유효한 것으로 받아들여지고 있다. 이에 따라 인간은 다른 동물들과 같은 조상으로부터 진화해 온 동물이며, 여러 능력에서 다른 동물들과 차이가 나지만 그러한 차이의 대부분이 정도의 차이라는 쪽으로 의견이 모이고 있다.[7] 물론 그럼에

6 Wild: 같은 책, 105쪽 참조.

7 Kompatscher, Spannring u. Schachinger: *Human-Animal Studies*, 43쪽: "현대의

도 불구하고 다른 동물들과 구별되는 인간 고유의 특별한 측면이 존재한다는 주장은 여전히 제기되고 있지만, 이것이 앞에서 말한 '동화주의적' 관점을 완전히 폐기하는 방향으로 나아가지는 않는 듯 보인다.[8]

인간이 동물과 근본적으로 다른 존재인가 아닌가를 둘러싼 논쟁에 대해 그러한 전제의 오류를 지적한 철학자도 있다. 프랑스의 철학자 자크 데리다는 인간을 한편에 놓고 다른 모든 동물을 '동물'로 총칭하며 다른 편에 세우는 이분법적 설정 자체가 과연 정당한지에 대해 비판적 물음을 제기한다.[9] 실제로 우리가 소위 동물이라는 이름으로 부

행동학은 20세기 후반까지 유효한 것으로 가정되었던 거의 모든 인간만의 고유한 능력들을 수많은 동물종들도 가지고 있는 것으로 간주하며 부인하였다. 자기인식, 감정, 언어, 도구사용, 마음의 이론, 감정이입 능력, 지능, 문화와 언어를 말이다."

8 마르쿠스 빌트는 동화주의적 관점에서 인간이 다른 동물들로부터 발전해 왔으며 점진적으로 특정한 능력을 향상시켜 왔음을 언급하면서도, 인간만이 지닌 독특한 특징을 언급한다. 그는 특히 하이데거적인 의미에서 인간이 세계를 지닌 유일한 존재이며 "인식론적, 총체적, 축적적인 생태지역을 구성"(Wild: *Tierphilosophie*, 185쪽)한다고 강조한다. 이것의 의미를 간단히 설명하면 다음과 같다. 우선 고등동물들도 인간처럼 어떤 목적을 달성하기 위해 사물을 도구로 사용하기는 하지만, 이러한 목적론적 사용은 개별적인 경우로만 나타날 뿐이며 그러한 도구적 사용의 복잡한 연관성 전체, 즉 총체적 성격을 드러내지는 않는다는 점에서 생태지역의 '총체성'이 언급된다. 또한 다른 동물들도 사물을 특정한 목적을 달성하기 위한 도구로 사용하지만, 그러한 사물의 특성을 분석적으로 파악하여 그로부터 인식을 얻어 내는 데까지는 나아가지 못하며, 이러한 점에서 인간생태지역의 '인식론적 특성'이 강조된다. 마지막으로 인간의 독특한 문화 전수체계가 언급된다. 일반적인 생각과 달리 동물 중에도 문화를 가지고 있는 동물들이 있다. 가령 일본 여우원숭이 중 한 마리가 고구마에 묻은 흙을 강물에 씻어 내고 먹는 방법을 우연히 발견하였는데, 이를 본 다른 원숭이들이 그러한 방법을 따라하여 문화적 전수가 이루어지기도 한다. 하지만 인간의 문화적 전수는 이러한 우연적인 방식이 아니라 다양한 문화적 기술을 통해 체계적인 방식으로 이루어지며, 특정한 매체를 통해 여러 세대에 걸쳐 '축적'될 수 있는 성격을 지닌다. Wild: 같은 책, 152-193쪽 참조.

9 Jacques Derrida: *Das Tier, das ich also bin*. Paris 2016, 58쪽: "'사람들'이 '동물'이라고 말할 때마다, 철학자나 또는 누군가가 '동물'이라고 말할 때마다, 복수가 아닌 단수로 그렇게 말하며 이러한 방식으로 인간이 아닌 모든 생명체를 지칭한다고 주장할 때마다, 매번 이러한 문장의 주체, 이러한 '사람들,' 이러한 '나'는 멍청한 말을 하고 있

르는 생명체들은 엄청나게 다양하다. 일단 인간 자신이 그러한 동물에 포함되어야 한다는 것은 자명하다. 그럼에도 불구하고 인간만을 특별한 존재로 분류하며, 다른 모든 동물과 대립시키려는 생각은 지나치게 인간중심적이다. 가령 진딧물과 그들 나름의 문화를 가진 것으로 알려진 일본 여우원숭이의 차이가 여우원숭이와 인간의 차이보다 더 작다고 말할 수 있을 것인가? 도구를 사용하고 사고할 뿐만 아니라, 감정을 느끼며 문화적 지식까지 전수하는 여우원숭이가 많은 부분에서 인간과 정도의 차이만을 보여 주는 반면, 똑같이 '동물'로 분류되는 진딧물과 여우원숭이 간에는 보다 큰 본질적 차이가 존재한다. 그럼에도 불구하고 진딧물과 여우원숭이가 똑같이 '동물'로 분류되며 그들의 본질적 차이가 부각되지 않는다면, 그 이유는 그들 간의 차이가 결코 여우원숭이와 인간의 차이보다 작아서가 아니라 그러한 차이가 인간의 관점에서는 중요하지 않기 때문이다. 인간이 다른 동물과 스스로를 구분하며 그 차이점을 부각시키는 이유는 오직 인간의 특수성을 강조하기 위함이다. 즉 그것은 인간적인 관점에서 그러한 구분이 중요하기 때문이다. 왜냐하면 그러한 인간의 특수성은 곧바로 다른 동물을 실험대상으로 삼거나 식용대상으로 삼는 것을 정당화하는 근거가 되기 때문이다. 하지만 인간과의 분류를 위해 사용되는 단수명사로서의 '동물'이라는 총칭은 다양한 동물들 간의 단계적 차이들을 간과하고 그것들을 하나의 범주로 묶어서 단일화하는 효과를 낳는다. 이러한 인간과 동물의 구분은 위계와 이에 따른 억압을 낳는데,

는 것이다."

데리다는 자신의 해체주의 철학을 통해 이러한 구분의 허구성을 폭로하고 그 기저에 깔려 있는 인간중심주의의 폭력성을 고발하고 있는 것이다.

하지만 이것이 인간과 다른 동물들 간의 차이를 완전히 없애는 것을 의미하지는 않는다. 데리다의 관심은 그들 간의 차이를 없애는 것이 아니라, 오히려 그러한 차이(들)에 더 주목하는 데 있다. "내가 말하려는 핵심은 경계를 없애려는 것이 아니라, 경계의 상들을 다양화하고, 이를 통해 경계선을 복잡하게 만들고 두텁게 하며 탈선형적으로 만들고, 구부러뜨리고, 분할하여 그러한 선이 자라나고 늘어나게 만드는 데 있다."[10] 이처럼 경계의 분할 가능성, 경계의 증식, 경계의 복잡화에 관심을 가질 때 비로소 인간과 다른 동물들의 관계뿐만 아니라 다른 동물들 간의 복잡한 관계도 올바로 파악될 수 있을 것이다. 그리고 이를 통해 지금까지 유일하게 통용되어 온 인간중심주의적인 시선의 한계를 지적하고, 이를 보완할 다양한 동물적 시선들에 주목할 수 있게 될 것이다.

인간과 동물의 이분법적 구분과 그것에 내재된 억압성과 폭력성을 비판하는 것은 정당하지만, 이러한 비판이 인간과 다른 동물들의 차이 내지 동물들 간의 차이에 대한 무관심을 초래해서는 안 될 것이다. 그 때문에 동물들의 생각과 감정, 고통에 대한 감수성 등 다양한 능력들에 대한 연구가 필요하며, 이를 바탕으로 동물윤리를 정립하는 것이 중요하다. 특히 '그들이 고통을 느낄 수 있는가'라는 고통의 감수성

10 Derrida: *Das Tier, das ich also bin*, 55쪽.

에 대한 질문을 바탕으로 인간이 윤리적 의무를 지니는 동물들의 범위를 정할 수 있을 것이다. "벤담은 '고통을 느낄 수 있는 능력의 유무'를 어떤 존재가 평등한 배려를 받을 권리가 있는지를 가늠하는 핵심적인 특징으로 꼽고 있다."[11] 피터 싱어 역시 같은 맥락에서 이렇게 말한다. "만약 어떤 존재가 고통을 느낀다면, 그와 같은 고통을 고려하지 않으려는 것은 도덕적으로 정당화될 수 없다. 평등의 원리는 그 존재가 어떤 특성을 갖건 그 존재의 고통을 다른 존재의 동일한 고통과 동등하게 —대략적이나마 비교가 이루어질 수 있다면— 취급할 것을 요구한다. 만약 어떤 존재가 고통을 느낄 수 없거나 즐거움이나 행복을 누릴 수 없다면, 거기에서 고려해야 할 바는 아무것도 없다."[12] 물론 인간이 동물의 생각과 감정, 고통에 대한 감수성을 알아내는 데는 한계가 있지만, 그럼에도 불구하고 동물의 관점에서 그들을 바라보고 그들을 이해하려는 노력이 필요하다. 이를 통해 인간과 다른 동물들 사이에 그어 놓은 확고한 경계는 흔들리게 될 것이며, 그것은 동물들에 대한 인간의 독점적 지위와 그로부터 행해지는 폭력을 막아 줄 것이다.

이러한 관점에서 (인간의) 동물로의 변신이라는 주제의 중요성이 드러난다. 인간과 동물의 명확한 구분은 이들 간의 상호 변신을 가로막

11 싱어: 『동물해방』, 37쪽.

12 싱어: 같은 책, 38-39쪽.
그러나 "동일한 양의 고통을 동일하게 고려해야 한다"(싱어: 같은 책, 49쪽)라는 싱어의 주장은 고통을 계량화할 수 있다는 전제에서 출발하는 문제점을 내포하기도 한다. 객관적이고 비당파적인 관찰자가 생명체들의 가치와 이익을 객관적으로 계산해 서로 비교함으로써 상황에 따라서는 보다 적은 가치를 지닌 생명체를 희생시킬 수도 있다는 싱어의 논리는 여러 측면에서 비판받았다. Kompatscher, Spannring u. Schachinger: *Human-Animal Studies*, 115-116쪽 참조.

아 왔다. 인간이 동물로 변신하는 것이 과연 가능한지의 여부, 가능하다면 그러한 변신이 어떤 형태로 이루어졌고 어떻게 평가되었는지를 밝히는 것은 곧 동물에 대한 그 시대의 인식적, 도덕적 수준을 보여주는 것이기도 하다. 인간의 동물로의 변신은 인류 역사에 있어서 각 시대마다 다르게 인식되고 평가되어 왔다. 그러한 인식과 평가의 역사를 재구성하는 것은 인간중심주의적인 구분체계에 내재한 폭력성을 확인하는 과정이기도 할 것이다.

수렵과 채집 생활을 하던 원시사회에서 동물은 인간에게 중요한 의미를 갖고 있었다. 동물은 인간에게 식량과 의복을 제공하는 동물신으로 등장하며 숭배의 대상이 되었다. 이러한 원시사회의 제의에서는 부족원이 사냥한 동물로 변신하고, 죽은 동물이 되살아남으로써 삶과 죽음이 상징적으로 교환된다. 또한 샤먼은 기원동물로 변신하여 일상세계를 벗어남으로써 자연현상을 인식하거나 자연에 영향력을 행사할 수 있는 것으로 여겨졌다. 샤머니즘과 유사하게 토테미즘에서도 동물은 신적인 지위를 누린다. 토템신앙에서는 인간과 동물이 같은 조상에서 유래한다고 믿으며, 토템동물을 신으로 모시고 의례를 통해 그러한 동물로의 변신을 시도하기도 하였다. 즉 인간과 동물이 본래 하나의 몸이었으나 현재는 서로 분리된 모습으로 살고 있기 때문에, 변신을 통해 그러한 경계를 허물고 다시 원래의 상태로 회귀하려는 시도를 했던 것이다. 이처럼 원시사회에서 동물은 근원적인 의미를 지니고, 인간과 분리되지 않고 긴밀히 연결되어 있었으며, 신적인 지위를 갖고 있었음을 알 수 있다.

그러나 고대 그리스 및 로마사회나 중세 기독교사회에 들어오면서 인간이 동물로 변신하는 것은 숭고한 제의적 의미를 상실한다. 그 대신 그것은 앞에서 이야기한 것처럼 처벌이나 저주의 의미를 부여받고, 나아가 현실이 아니라 감각적 오류에 의한 환상으로 간주되기 시작한다. 특히 근대에 들어 인간과 동물의 근본적 구분이 확립되면서 동물로의 변신은 더 이상 설 자리가 없게 된다.

물론 현실에서 마법에 걸린 것처럼 인간이 동물로 변신하는 것은 불가능하다. 그렇다고 합리적인 이성의 시대에 원시 시대에서처럼 인간이 동물로의 변신을 꿈꾸는 것이 시대착오적인 의미만을 갖는 것일까? 아니면 인간의 동물-되기가 이전과는 또 다른 의미에서 새로운 긍정적 의미를 띨 수는 없는 것일까?

이 책에서는 이러한 질문에 답하기 위해 원시 시대에서 현대에 이르기까지 인간의 동물로의 변신이 갖는 의미 및 그러한 변신에 대한 평가의 변천사를 재구성하려고 시도할 것이다. 인간이 자신의 과거를 돌아보며 망각했던 자신의 근원, 즉 동물로서의 자신의 존재를 확인하는 것은 다윈의 진화론과는 또 다른 맥락에서 중요하다. 다시 말해 인간이 역사적인 차원에서뿐만 아니라, 존재론적인 차원에서도 본질적으로 동물적 존재라는 사실을 깨닫는 것이 필요하다. 근대에 인간은 의식, 이성, 의지 같은 범주들로 자신을 동물과 구분하였다. 이 경우 인간은 동물을 그저 단순한 생명으로 간주하며, 그것을 가치 있는 생명인 자신과 구분하려 한 것이다. 그런데 그러한 단순한 생명으로 간주된 것들이 사실은 스스로를 조직하고 생성해 내고 있으며, 인간적 특성인 이성, 의식, 의지에 관여하고 있다는 것이 밝혀지고 있다. 나아가 약동하는 생명에너지로서의 동물적인 것은 인간에게도 존재할 뿐만 아니라, 심지어 근본적인 것이기까지 하다. 데카르트처럼 인간의 정신과 육체를 이분법적으로 구분한다면, 이러한 동물적인 것은 육체와 연결될 것이다. 따라서 데카르트에 따르면 인간을 인간으로 만들어 주는 것은 이성적인 능력으로서의 정신이다.

그런데 니체는 정신과 신체의 이러한 이분법을 비판하며, '신체Leib'가 이성보다 더 이성적임을 강조한다. 이는 신체가 단순히 고깃덩어리로서의 물질적 지위만 갖는 것이 아니라, 지적인 신체임을 의미한다. 인간은 사물에 거리를 두고 그것을 관찰하고 분석함으로써만 사물에 대한 지식을 획득하는 것이 아니다. 오히려 많은 경우 인간은 직접 그 세계 속에서 살고 체험하면서 몸소 지식을 체득한다. 우리가 무언가를 할 줄 '알면서도' 그러한 체화된 지식을 설명할 수 없는 경우는 비일비재하다. 동물 역시 자연 안에서 살아가면서 그것에 적응할 뿐만 아니라, 또한 그러한 적응을 통해 신체연관적 지식을 획득한다. 나아가 자연에의 단순한 적응을 넘어서 자연에 존재하는 다양한 사물과 관계하다가 도구를 제작하고 사용하기도 한다. 설령 그러한 제작법을 재구성하며 설명할 수 없다 하더라도 그것이 그에 대한 지식이 결여되어 있음을 의미하지는 않는다.

이러한 신체연관적인 지성은 개념적인 차원 아래에서 작동한다. 음악적인 비유를 들자면, 그것은 음계로 포착할 수 없는 소리들의 차원에서 작동한다. 가령 새소리는 일종의 개념적 구분이라고 할 수 있는, 도레미파솔라시도 같은 음계로 파악될 수 없다. 우리의 인간적인 이성은 개념적인 구분을 통해서만 대상을 인식할 수 있는데, 그 때문에 똑같은 '도' 음이라도 강도에 의해 달라질 수 있으며 그 자체로 무수히 많은 차이를 내포할 수 있음을 간파할 수 없는 것이다. 단순히 듣는 음악이 아니라 몸으로 반응하는 것이 중요한 테크노음악이 이러한 소리의 강도에 주목하는 것은 우연이 아니다.

지적인 신체는 우리가 지금까지 억누르고 배제해 온, 우리 안에 존재하는 내면의 동물을 재평가하게 해 준다. 그러한 동물적 신체성은 단순히 본능이라든지 성적 욕망으로 환원해서 설명할 수 있는 것이 아니다. 오히려 그것은 스스로를 조직하고 생성하는 생명의 에너지이며 근본적으로는 우주적인 것이기도 하다. 이러한 의미에서 들뢰즈와 가타리가 말한 동물-되기가 시의성이 있음을 알 수 있다. 그들이 말한 동물-되기는 신화적이고 제의적인 차원에서 인간이 동물로 변신하는 것을 의미하는 것이 아니다. 그것은 형이상학적, 주술적 의미를 갖지 않는다. 오히려 그것은 인간의 내적인 강렬함과 연관된다. 즉 인간의 동물-되기는 인간과 동물의 이분법적 구분을 허물고 인간중심주의를 비판하며, 인간에 내재된 동물적인 것을 강렬히 발산하는 것을 의미한다. 그것은 결코 야만적인 동물, 야수로의 변신을 의미하는 것이 아니라, 개념적으로 파악할 수 없는 신체적 차원으로 들어섬을 의미한다.

물론 현대에서 동물로의 변신이 긍정적 의미만 갖는 것은 아니다. 아감벤이 이야기한 것처럼 인간은 스스로를 비오스bios로서의 가치 있는 인간과 단순한 생명, 즉 조에zoe로서의 인간으로 구분하며, 후자를 동물로 격하하고 사회에서 배제하거나 심지어 학살하기까지 하였다. 나치의 유대인 대학살은 이에 대한 대표적인 예라고 할 수 있다. 하지만 앞에서 이야기한 것처럼 인간의 동물-되기는 또한 긍정적이고 창조적인 측면도 지닌다. 끊임없이 새로운 것으로 변화하는 역동적 생성으로서의 변신은 가면 속에 자신의 공격성을 감추고 먹잇감을 노리는 억압적 권력에 맞서 다양성을 열어 놓는다. 이러한 사실에 주목하되, 그것을 미래와 연관 지어 생각하는 태도가 필요하다.

인간이 점점 기계와 뒤섞이며 포스트휴먼화되어 가는 미래에 과연 이러한 동물-되기가 무슨 의미를 갖는 것일까? 동물과 기계는 인간의 과거와 미래라는 상반되는 양극이 아닌가? 그러나 (오늘날의) 기계를 "힘과 에너지를 받아들여 작동하며, 상호작용을 촉진하고 다양한 연결과 배치를 만들어 내는 장치 내지 디스포지티브"[13]로 정의하면, 이러한 기계에는 인간을 포함한 동물도 포함될 수 있다. 이러한 기계는 결코 운동에너지를 받아 매번 같은 결과만을 산출하는 일반적인 의미의 기계가 아니라, 다른 기계들과 접속되어 매번 새로운 결과를 만들어 내는 생성적인 기계를 의미한다. 그것은 동물적인 생명에너지와 결코 대립되지 않으며 오히려 그것과 긴밀히 연결된다. 기술공학적 포스트휴머니즘은 인간의 뇌를 업로드하여 슈퍼인공지능을 만듦으로써 인간이 극복되고 기계로 대체될 것으로 전망한다. 그러나 이러한 전망은 인간이 뇌만 지닌 존재가 아니라 뇌를 포함한 신체를 지닌 존재임을 간과하고 있다. 신체가 인간의 사고와 감정에 얼마나 많은 영향을 미치는지를 간과한 채, 뇌만 다운로드하면 동일한 인간을 만들어 낼 수 있다거나 인공지능으로 인간을 대체할 수 있다는 생각은 신체적인 인간과 기술적 기계 사이에 놓인 '차이'를 명백히 간과하고

13 Rosi Braidotti: *Posthumanismus. Leben jenseits des Menschen*. Frankfurt a. M. 2014, 95쪽 이하.

있다. 인간이 '신체'를 지닌 동물이라는 바로 그 사실이 인간을 인공지능 기계와 구분시켜 준다는 사실을 잊어서는 안 될 것이다.

이에 반해 비판적 포스트휴머니즘은 다른 방향에서 인간중심주의를 극복하며 포스트휴먼적인 연결과 이를 통한 생성을 만들어 내려 한다. 그러한 관점에서는 인간이 기계에 의해 대체되는 것이 아니라, 기계와 혼종적인 신체를 형성하며 새롭게 진화해 간다. 아니, 이러한 기술공학적인 발전 이전에 이미 인간의 신체는 기계적이며 그러한 기계-되기를 하고 있기도 하다. 즉 현재의 인간도 이미 인간과 동물, 인간과 기계의 이분법적 사고를 버림으로써 언제든지 동물-되기와 기계-되기를 수행할 수 있는 것이다.

인간이 개념적인 사고와 의식에서 일순간 이탈하여 동물-되기를 수행할 때, 이러한 변신은 지적인 신체를 낳으며 기존의 시각을 전도시킬 수 있다. 다와다 요코는 오비디우스의 『변신 이야기』에서 땅과 하늘과 바다가 뒤섞여 있던 카오스 상태에서 그것이 구분되어 질서가 수립되는 코스모스의 상태로 넘어가는 것이 사실은 개념적 구분에 의해서만 이루어질 뿐이라고 말한다. 가령 강과 흙은 개념적으로 구분되어 각자의 동일성을 부여받게 되지만, 물질적으로는 강에 흙이 내포되어 있고 대지에 수분이 내포됨으로써 여전히 혼종성을 갖고 있다는 것이다. 그래서 그녀는 개념적 구분에 따른 정의가 변신보다 더 허구적이라고 강조한다.[14]

물론 변신 또는 동물로의 변신이 시대마다 똑같은 의미를 갖는 것

14 Yoko Tawada: *Verwandlungen*. Tübingen 2018, 49-50쪽 참조.

은 아니다. 오비디우스의 『변신 이야기』에서 타인을 변신시키는 능력은 신만이 갖고 있으며, 인간은 자발적으로 변신할 수 없는 것으로 묘사된다. 그래서 오비디우스는 변신에 관한 이야기를 쓰며 인물들을 변신시키면서 스스로 신과 같은 지위에 오르기를 희망하는지도 모른다. 그가 작품 마지막에서 신과 같은 불멸의 명성을 갖기를 원할 때, 변신에 관한 이야기 서술은 그를 신과 같은 존재로 변신시키는 데 기여하는 것이다. 반면 그의 이야기에서 인간이 동물로 변신하는 것은 대부분의 경우에는 처벌로 간주된다. 즉 동물로의 변신은 인간에게 두려운 일이었으며, 그 때문에 인간은 동물과 자신을 구분하며 신을 닮기를 소망했던 것이다. 반면 오비디우스의 『변신 이야기』에서는 동물이 인간으로 변신하는 이야기는 등장하지 않는다. 다와다 요코는 유럽문화권에서 동물이 인간으로 변하는 이야기가 없었던 것은 아니지만, 어떤 이유에서인지 금기시되어 점점 사라져 왔다고 말한다.[15] 그렇다면 그러한 금기의 이유는 무엇일까?

다와다 요코는 이에 대해 직접적인 답을 주지는 않고 있지만, 그녀의 『변신*Verwandlungen*』(1998)에서 그에 대한 답변을 찾을 수 있을지도 모른다. 여기서 그녀는 카프카의 「학술원에 드리는 보고Ein Bericht für eine Akademie」(1917)에 대해 언급하는데, 주인공이자 서술자이기도 한 원숭

15 Tawada: *Verwandlungen*, 52쪽: "그러한 메르헨들은 유럽문화권에서도 드물지 않게 존재하는 것처럼 보인다. 하지만 그것은 수간 금지 때문에 기억에서 사라져 버렸다. 왜냐하면 인간의 모습을 한 동물과 결혼하는 사람은 법을 어기는 것이기 때문이다. … 나는 지금 이러한 현상이 실제로 수간에 대한 기독교의 금지규정 때문만인지 의심스럽다. 왜냐하면 오비디우스의 『변신 이야기』에도 동물이 인간으로 변신하는 경우가 나오지 않기 때문이다. 그러한 이야기들의 부재가 그리스 신화에도 적용된다고 할 때 거기에는 틀림없이 뭔가 다른 이유가 숨어 있을 것이다."

이 빨간 페터는 원숭이의 시각에서 자신이 인간으로 변신한 이야기를 하며 인간존재를 희화한다. 빨간 페터의 시선에서 인간이란 구역질 나는 존재일 뿐이며, 소위 진보라고 불리는 것은 자신의 욕망을 억누르며 생존해 온 것에 지나지 않는다. 빨간 페터는 자신이 인간으로 변신한 이유를 생존이라고 설명하며, 그 대가로 자신이 자유를 잃었음을 역설한다.[16] 이처럼 카프카는 인간으로 변신한 동물 이야기를 서술함으로써 인간사회의 근본가치를 뒤흔드는 전복적 시선을 제공하고 있는 것이다. 동물의 시선에서 본 인간세계는 인간의 시선에서와는 완전히 다르게 나타난다. 여기서 인간에게 고귀한 가치는 희화되고, 인간적 본성 역시 무가치한 것으로 전락한다. 인간이 자기 자신과 동물(자신의 외부에 있는 동물뿐만 아니라 자신의 내부에 있는 동물)에 대해 더 잘 알기 위해서는 이러한 동물적 시각을 취하는 것이 필요하다. 그리고 그러기 위해서는 인간의 동물-되기가 필요한 것이다.

인간의 동물-되기를 가장 잘 수행할 수 있는 사람들은 작가들이다. 그들은 꿈과 같은 문학적 세계에서 온갖 동물로 변신할 수 있다. 예를 들면 카프카는 쥐-되기, 개-되기, 원숭이-되기를 수행하였다. 그러한 동물-되기를 통해 그는 휴머니즘의 이면인 '폭력적인 인간중심주의'를 폭로할 수 있었다. 다와다 요코는 카프카의 소설 「변신Die Verwandlung」(1915)에서 그레고르 잠자가 벌레로 변신한 이유를 오비디우스의 『변신 이야기』에서와 달리 명확히 설명할 수 없다고 말한다. 가령 다프네적인 시점에서 보면, 그레고르는 일에 치여 자기방어로

16 Tawada: 같은 책, 54쪽 참조.

벌레로 변신해 노동을 회피한 것이고, 악타이온의 시점에서 보면 누이에 대한 성적 욕망 때문에 아버지에게 처벌받는 것이다. 심지어 이런 해석조차 추측에 지나지 않을 뿐이다.[17] 이처럼 그레고르 잠자의 변신은 어떤 시점에서 보느냐에 따라 그 원인이 달라지고, 하나의 이유로 환원될 수 없으며 궁극적으로 완전한 해명이 불가능하다. 오비디우스의 작품에서 변신이 세계를 해명하는 기능을 지녔다면, 카프카의 작품에서 변신은 반대로 세계에 대한 명확한 해명을 방해하고 인과론적 설명을 무효로 만드는 기능을 갖는 것이다. 그것은 세계를 수수께끼로 만든다.

디와다 요코의 『변신』의 마지막 부분을 인용하며 서론을 끝맺을까 한다. "시적인 변신은 죽음의 위험이 뒤따르는 동물로의 변신에 대한 동경과 인간으로의 변신에 대한 경악 사이의 공간을 형성한다."[18] 이 문장에는 변신하는 주체가 생략되어 있는 것이 특징적인데, 그 이유를 미루어 짐작해 볼 수 있다. 인간으로 변신하는 것에 대해 경악하는 것은 맥락상 동물로 보이지만, 어쩌면 이것은 인간 내부의 동물적인 것일 수도 있다. 즉 인간이 자신의 동물적인 면을 상실하고 소위 '말하는 인간'이 되어 버리는 순간, 그는 카프카의 소설 주인공인 원숭이 빨간 페터의 말처럼 자유를 잃고 그저 생존하는 존재로 전락해 버릴지 모른다. 그 때문에 인간으로의 변신에 경악하게 되는 것이다. 반면 동물로의 변신은 한편으로 가치 없는 벌레 같은 존재로 변해 죽게 될 위험성 때문에 치명적인 것이기도 하지만, 동시에 그러한 죽음이 물질

17 Tawada: 같은 책, 51쪽 참조.
18 Tawada: 같은 책, 54쪽.

적인 의미에서의 인격적인 죽음이 아니라 비인격적인 죽음, 즉 단일한 정체성의 파괴를 통해 들뢰즈와 가타리가 말하는 의미에서의 다양체로 변하는 죽음을 의미할 때, 그러한 죽음을 통한 동물로의 변신은 동경의 대상이 되기도 한다. 시적인 변신은 이러한 동물로의 변신을 가능하게 해 주는 공간을 인간에게 열어 준다. 그러한 변신은 개념적인 명료성을 추구하지 않고 인간중심적인 시각을 뒤흔듦으로써, 오히려 개념적 정의보다 덜 허구적이고 더 지적이 된다. 동시에 그러한 동물로의 변신은 인간이 인간중심주의를 극복하고 포스트휴머니즘의 시대에 모든 '조에'를 지닌 존재들과 상호 협력하며 살아갈 수 있는 윤리적 조건을 마련해 주기도 한다. 그런 의미에서 변신, 특히 동물로의 변신은 현대사회에서도 여전히 필요하다.

제1부

동물-되기의 역사적 고찰

Becoming-Animal

1.

원시 시대

증식과 금기 위반으로서의 동물-되기

오늘날 현대인들은 동물을 인간보다 열등한 존재로 간주하는 데 익숙해 있다. 물론 고양이나 개 같은 특정한 종류의 동물들을 반려동물로 간주하면서 동물에 대한 인식이 변화하고 있는 것은 사실이지만, 여전히 많은 동물들은 인간의 식용대상일 뿐이며 동물원의 구경거리에 지나지 않는다. 하지만 동물에 대한 인간의 태도가 역사적으로 항상 같았던 것은 아니다.

인류의 초창기인 원시사회에서 동물에 대한 인간의 태도는 근대인의 태도와 현격한 차이를 보인다. 유목민인 초기 인류는 동물을 사냥하고 주된 식량원으로 간주했지만, 동시에 이러한 동물에 신성한 특성을 부여하기도 했다. 식량으로서의 동물은 인간의 실용적인 필요에서 생겨난다. 반면 원시인들이 동물을 신성한 존재로 간주하는 이유는 동물들이 인간에게 결여된 어떤 특성을 지니고 있다고 믿기 때문이다. 그렇다면 이러한 특성은 과연 무엇일까?

엘리아스 카네티는 초창기 인류가 작은 무리를 지어 생활했지만 다른 동물에 비해 수적인 열세에 있었고 그래서 항상 생명의 위협을 느꼈기 때문에 증식에 대한 강한 필요성을 느꼈을 것으로 추측한다. 그 때문에 그들은 동물을 자신들의 조상으로 간주하는 토템신앙을 만들며, 자신들이 숭배하는 동물을 자기 부족 무리에 끌어들임으로써 스스로 증식될 수 있는 여건을 마련하였다는 것이다.[19]

조르주 바타유는 이와는 다른 맥락에서 초기 인류에 나타나는 동물의 신성함을 설명한다. 바타유는 『에로티즘*L'erotisme*』(1957)에서 인간이 동물을 신성시한 이유를 동물이 인간과 달리 노동과 이에 따른 금기에 구속되지 않은 자유로운 존재이기 때문인 것으로 설명한다. 인간은 금기를 통해 자신의 욕망을 억압했지만 동시에 그러한 금기를 위반하고 싶은 욕망을 가지고 있었는데, 그것이 자유로운 동물에 대한 동경을 낳았다는 것이다. "동물은 인간의 한계를 초월하는, 금기와 무관한 존재였으며, 따라서 동물은 곧 신과도 같은 존재였다. 원시인들은 동물을 살해할 때면 신성모독을 느끼지 않을 수 없었"[20]으며, 그래서 그에 대한 속죄로서 동물을 제물로 바치는 제의를 행했던 것이다.

이처럼 원시 시대에 동물은 그것의 뛰어난 증식 능력 때문이든 아니

19 Elias Canetti: *Masse und Macht*. München 2017, 129쪽: "잘 지켜 온 전통인 토템으로서의 변신은 특정한 부류의 인간들과 캥거루들 사이의 친족관계를 지시했다. 이러한 변신은 또한 캥거루 개체수와의 연관성을 의미하기도 했다. 캥거루의 수는 인간의 수보다 늘 많았다. 캥거루 수의 증가는 인간이 바란 것이기도 했는데, 왜냐하면 그것의 수는 곧 인간의 수와 관련이 있었기 때문이었다. 캥거루가 증식하면, 인간 역시 증식하였다. 토템동물의 증식은 인간의 증식과 동일시되었던 것이다."

20 죠르쥬 바따이유(조한경 옮김): 『에로티즘』. 민음사 2008, 89쪽.

면 그들이 금기를 모르는 자연적 존재이기 때문이든,[21] 인간보다 우위에 있는 신적인 존재로 간주되었다.

그러나 이것이 인간과 동물 사이에 어떤 절대적 경계선이 그어져 있으며, 인간이 이러한 경계를 결코 뛰어넘을 수 없는 열등한 존재로 여겨졌다는 의미는 아니다. 오히려 인간과 동물 사이의 경계는 뛰어넘을 수 있는 것으로 여겨졌는데, 이 경우 변신이 중요한 역할을 한다.

카네티는 『군중과 권력*Masse und Macht*』(1960)에서 오스트레일리아 북부에 살던 아란다족의 신화를 통해 신화 시대에 동물과 인간이 같은 조상을 가지고 있었으며, 이들 간의 자유로운 변신이 가능한 것으로 간주되었음을 강조한다. 그가 소개하는 어떤 신화에서는 잠을 자고 있는 한 노인의 몸에서 하얀 유충들이 기어 나오는데, 어느 날 그러한 유충 가운데 일부가 자라 인간의 형태를 취하며 노인의 아들로 태어난다. 그 후 이 노인의 아들들이 같은 방식으로 계속 태어나 증식한다. 그들은 유충을 구워 먹었지만 "가끔은 다시 유충이 되고 싶은 소망을 느껴 마법의 주문을 노래하고 유충으로 변신하였고, 관목의 뿌리로 다시 들어갔다. 그들은 또한 거기서 땅으로 나와 다시 한번 인간의 모습을 취하였다."[22] 여기서 유충과 인간은 똑같은 아버지를 둔 형

21 프로이트는 『토템과 터부(*Totem und Tabu*)』(1913)에서 토테미즘에 등장하는 토템동물이 곧 아버지를 의미한다고 주장한다. 오이디푸스 콤플렉스에 기반을 둔 정신분석의 관점에서 그는 토테미즘의 제의에서 동물신을 숭배하면서도 동시에 토템동물을 살해하여 제공하는 것을 아버지에 대한 아들들의 양가적 감정, 즉 숭배와 적대심의 표현으로 해석한다. 지그문트 프로이트: 『토템과 터부』. 실린 곳: 프로이트(이윤기 옮김): 『종교의 기원』. 열린책들 2013, 219-220쪽 참조.
이러한 프로이트의 해석에서 동물은 아버지의 은유일 뿐인데, 이러한 관점에서는 원시 시대에 동물 자체가 인간에게 가졌던 특별한 의미가 전혀 고려되지 않으며 단지 그것은 인간의 심리상태에 대한 비유적인 의미만 갖는다.

22 Canetti: *Masse und Macht*, 414쪽.

제로 등장한다. 비록 인간 아들들이 유충을 잡아먹을지라도 그것이 유충을 단순히 식량으로 대상화한다는 의미를 갖지는 않는데, 그 이유는 그들 스스로 그러한 유충에서 비롯되었으며 따라서 유충을 먹는 것은 사실은 자기 자신을 먹는 것과 다르지 않기 때문이다. 또한 인간 아들들이 유충의 변신한 형태이고 나중에 자신의 근원인 유충으로 다시 변신하기를 소망하며 실제로 그렇게 변신할 때, 유충과 인간 간의 상호 변신이 자유롭게 이루어짐을 알 수 있다. 이러한 상호 변신은 인간과 동물 간의 평등한 관계를 만들어 낸다.

이처럼 인간과 동물은 변신을 통해 서로의 정체성을 교환할 수 있으며, 그래서 동물처럼 빠르게 많이 증식하기를 바라는 인간은 토템동물을 숭배하며 토템신앙을 만들었던 것이다. 토테미즘[23]에서 토템동물을 죽이거나 먹는 것이 제일 금기로 간주되는 것도 자신과 동일시되는 토템동물의 보존과 증식을 위한 것이자 동시에 인간의 증식과 보존을 위한 것으로 볼 수 있다. 또한 부족의 제의에서 구성원들이 동물로 분장하며 변신하는 것 역시 동물과 인간이 같은 조상에서 유래한 형제자매라는 의식을 더욱 공고히 한다. 아울러 토테미즘 사회에서 같은 토템동물을 지닌 구성원들은 결혼하거나 성관계를 맺을 수

23 제임스 프레이저는 토템을 다음과 같이 설명한다. "토템은 하나의 물체인데, 미개인은 저희들과 이 물체에 종속하는 모든 것 사이에 특수한 관계가 있다고 믿기 때문에 이것을 미신적으로 존경한다. 인간과 이 토템의 관계는 호혜적인 것이어서 토템이 인간을 보호한다면 인간은 갖가지 방법으로 거기에 존경하는 뜻을 드러내어야 한다. 가령 토템이 동물이면 죽이지 말고, 토템이 식물이면 베거나 채집하지 말아야 하는 것이다"(프로이트: 『토템과 터부』, 165쪽에서 재인용).
토테미즘의 본질은 또 다음과 같이 정리되기도 한다. "원래 모든 토템은 동물이었고, 모든 동물은 서로 다른 개개 부족의 조상이었다. 토템은 모계를 통해서만 계승되었다. 토템을 죽이는 것을 금하는 금제가 있었다 … 같은 토템에 속하는 부족은 서로 성적인 교섭이 금지되어 있었다"(프로이트: 같은 책, 169쪽에서 재인용).

없다는 사실 역시 토템이 혈통보다 더 중요한 의미를 지녔음을 보여준다. 이러한 토테미즘 사회의 제의에 참여하며 동물로 변신할 수 있는 자격은 오직 그 부족에 소속된 구성원에게만 주어지며, 성인식을 거치지 않은 아이나 여자에게는 그러한 권한이 부여되지 않는다. 즉 변신은 일종의 특권인 것이다.[24]

그런데 앞의 아란다족의 신화에서는 인간이 토템동물을 잡아먹는 장면이 나오지만, 토테미즘 신앙이 정착한 사회에서는 오히려 그러한 토템동물을 먹는 것이 금기시된다. 제임스 프레이저는 토테미즘 초기에는 모든 부족이 토템동물을 먹었지만, 점차 이에 대한 금기를 만들어 그 동물을 토템으로 섬기는 부족 스스로는 그것을 먹지 않고, 다른 부족을 위해서만 제공하는 방향으로 넘어간 것으로 해석한다. 프로이트는 부족원들이 좋아하던 고기의 섭취를 갑자기 끊고 강력한 식용 금기를 만들어 내며 동물을 숭배한다는 것이 모순적이라며, 토템동물을 먹는 아란다족의 신화는 단지 원시부족원들의 욕망을 투사한 환상을 담고 있을 뿐, 현실과는 다르다고 말한다.[25]

하지만 카네티의 『군중과 권력』에서 언급되는 아란다족의 반디쿠트 신화에서 이전에는 토템동물을 먹었다가 나중에 그것을 죽이거나 먹는 것을 금지하는 방향으로 토테미즘이 발달할 수 있었을 것으로 추측할 만한 근거가 발견된다. 이 이야기에서는 아버지 카로라의 몸에서 반디쿠트라는 주머니쥐들이 생겨나고, 같은 몸에서 인간 아들들도 생겨난다. 카로라 스스로 반디쿠트를 먹을 뿐만 아니라 아들들도

24 Canetti: *Masse und Macht*, 449쪽 참조.

25 프로이트: 『토템과 터부』, 181-182쪽 참조.

같이 그것을 사냥해 먹는다. 그러나 수가 늘어난 아들들은 결국 반디쿠트를 다 먹어 치워 굶주리게 된다. 이러한 상황에서 그들은 먹이를 찾아 나서다가 캥거루처럼 보이는 인간을 발견해 그를 다치게 한다. 하지만 '티젠테라마'라고 불리는 이 사람은 자신이 반디쿠트가 아니라 인간이라며 공격하지 말라고 하는데, 아들들은 나중에 그를 다시 만나 우두머리로 섬기게 된다. 여기서 토템동물인 반디쿠트의 무분별한 사냥이 가져온 결과는 굶주림으로 나타나는데, 그러한 토템동물의 소멸은 곧 아란다족 자체의 소멸위기로 이어진다. 이들이 마지막에 티젠테라마라는 캥거루-인간을 우두머리로 섬길 때, 이는 새로운 토템동물을 숭배하게 된 것으로 해석할 수 있다. 그런데 이들이 처음에 티젠테라마를 몽둥이로 쳐서 다리를 다치게 했던 우를 다시 범하지 않고 오히려 그를 우두머리로 숭배하게 된 것은 토템동물에 대한 변화된 인식을 보여 준다. 즉 이제 토템동물은 더 이상 살해하거나 먹을 수 있는 대상이 아니라 숭배의 대상이 된 것이다. 여기서 토템동물의 살해나 식용에 대한 금기가 토템동물의 보존 및 증식, 그리고 그와 밀접하게 관련된 부족의 보존 및 증식과 연관되어 있음을 확인할 수 있다. 이처럼 반디쿠트 신화는 토템동물의 신화가 프로이트가 말한 것과 달리 금기를 깨고자 하는 원시부족의 소망을 표출한 단순한 환상적 이야기가 아니라, 오히려 토템동물을 살해하거나 먹는 것의 금기가 어떻게 생겨났는지를 설명하는 기능을 갖고 있음을 보여 준다.

카네티는 원주민의 토템신앙에 나타나는 인간과 동물의 혼합 및 이에 따른 변신을 이렇게 설명한다. "오스트레일리아 원주민들의 근원설화에 등장하는 조상들은 소중한 존재들이다. 그들은 이중적인 피조물로, 그 일부는 동물이고 또 다른 일부는 인간이다. 아니, 보다 정확히 말하면 둘 다이다. 조상들이 제의를 도입했고 그것을 명했기 때문에 이러한 제의가 거행된다. 눈에 띄는 것은 그들 모두 제각기 인간을 특별한 동물이나 식물의 종과 연결시킨다는 점이다. 그리하여 캥거루 조상은 캥거루인 동시에 인간이고, 에뮤 조상은 인간인 동시에 에뮤이다. 하나의 조상에서 표상되는 것은 결코 두 개의 서로 다른 동물이 아니다. 말하자면 항상 인간이 그 반쪽으로 거기에 있지만, 다른 반쪽은 특정한 동물이다. 하지만 둘 다 동시에 하나의 형태 속에 존재한다고 주장해도 지나친 말은 아닐 것이다. 우리가 느끼기에는 이 둘의 특성이 가장 소박하면서도 놀라운 방식으로 혼합되어 있다."[26] 이러한 혼종적인 조상으로서의 기원동물은 이제 그 동물과 분리되어 살고 있는 인간에게 제의를 통해 변신하며 그것과 하나가 될 것을 요구한다. 토테미즘에서는 토템동물을 죽이거나 먹는 것이 엄격히 금지되어 있다. 하지만 평소에 금지된 이 토템동물을 제의에서는 먹을 수 있는데, 이러한 음식섭취를 통해 제의의 참여자는 토템동물과 하나가 된다. 즉 섭취된 동물의 생명력이 그에게로 흘러 들어가는 것이다. 마치 성찬식에서 빵과 포도주를 먹으며 예수와 하나가 되고 신체의 변신을 겪는 것처럼 말이다. 또한 제의에서 직접 동물로 분장하며 변신의 중요성을 강조하기도 한다.

수렵과 채집사회인 구석기 시대의 원시종교가 토테미즘만 있는 것은 아니다. 토테미즘은 '동물의 주animal master'가 나타나는 그 시대 원

26 Canetti: *Masse und Macht*, 128쪽 이하.

시종교의 일부일 뿐이며, 결코 구석기 시대의 인간과 동물의 관계를 전부 설명할 수는 없다.[27] 농경사회인 신석기 시대는 정주사회로서 그에 걸맞게 잘 조직된 종교체계와 사회질서를 발전시켰다. 인간이 대지에 정주해 살면 서로의 영토를 구분하는 경계가 필요해지는데, 그러한 경계를 만들어 내는 것은 곧 법과 질서의 발달로 이어진다. 아울러 그러한 농경사회에서는 농사를 결정짓는 자연의 흐름이 중요한 의미를 지니고 있으며, 그 때문에 순환하는 자연의 질서와 그러한 환경에서 성장하는 식물의 세계가 중요한 의미를 갖는다. 반면 구석기 시대의 유목적인 수렵사회에서는 동물과 사냥이 중요한 의미를 갖는다. 이러한 수렵사회의 원시종교는 토테미즘 외에 샤머니즘의 형태로 나타나기도 한다.

구석기 시대의 수렵사회는 직접적인 사냥에 참여하는 사냥꾼 무리와 사냥의 주술적 성공을 기원하며 제의를 주관하는 샤먼으로 이루어져 있다. 넓은 의미에서 사냥은 동물몰이와 사냥뿐만 아니라 그것의 성공을 가능하게 만드는 주술적 의식까지 포함한다. 그만큼 수렵사회에서 주술적 제의는 중요한 의미를 갖고 있다. 구석기 시대의 원시종교로서 샤머니즘은 토테미즘과 달리 정령과 인간 사이를 중개하는 매개자인 샤먼을 필요로 한다. 토테미즘에서 토템동물을 먹는 것을 금기시한 것과 달리 샤머니즘에서는 그러한 금기가 존재하지 않는다. 조지프 캠벨은 여기서 신이 '동물의 주'로 나타난다고 말한다. 동물신은 인간에게 개별적 육신을 지닌 동물을 먹이로 선사하는데, 사

27 조지프 캠벨(이진구 옮김): 『신의 가면 1. 원시신화』. 까치 2018, 338쪽.

냥감이 되는 이 동물들은 그저 그림자에 지나지 않는 반면, 그러한 동물을 보내 주는 동물의 주는 종의 이데아로 나타난다는 것이다.[28] 이러한 종의 이데아는 불멸이며, 따라서 사람들은 춤과 노래로 주술적인 의례를 행함으로써 죽은 들소들을 되살릴 수 있다고 믿었다. "살해당하는 들소들은 그들의 본질이나 생명이 아니라 단지 육체만을 내주게 되는 것이다. 따라서 그들은 다시 살게 된다. 그리고 다음 계절에 다시 돌아오는 것이다."[29] 이처럼 원시사회의 사냥꾼들은 제의를 통해 죽은 동물들을 상징적으로 되살려 냄으로써 동물섭취와 동물숭배를 모순 없이 수행할 수 있었던 것이다.

샤먼은 신 혹은 정령과 직접 접촉할 수 있는 특별한 능력을 지닌 존재로 간주된다. 프랑스 남부지방에서 발견된 트루아 프레르 동굴 깊은 곳에는 벽에 새겨진 무수히 많은 동물 그림이 존재한다. 여기서 특히 흥미로운 것은 다양한 동물의 신체부위와 인간의 신체부위가 뒤섞인 기괴한 존재이다. "뿔 달린 얼굴은 방 안쪽을 향하고 있다. 쫑긋 솟은 귀는 수사슴의 귀이고, 둥근 눈은 올빼미의 눈을 연상시킨다. 앞가슴까지 내려온 두터운 수염은 사람의 수염이며, 춤 동작을 취하고 있는 다리는 사람의 다리이다. 이 유령과 같은 존재는 늑대나 야생마의 북실북실한 꼬리를 가지고 있으며, 꼬리 뒤쪽으로 툭 튀어나온 생식기는 고양잇과 동물 —아마도 사자— 의 그것이다. 손은 곰의 발처럼 생겼다."[30] 이 동굴의 발굴현장에 초대받은 브뢰유는 이 그림에 등장

28 캠벨: 『신의 가면 1』, 335쪽 참조.

29 캠벨: 같은 책, 336쪽.

30 캠벨: 같은 책, 354쪽.

하는 유령 같은 존재를 처음에는 마법사로 보았다가 나중에는 동물의 주, 즉 신으로 해석하였다. 캠벨은 어느 한쪽으로 확정 지을 수 없지만, 그것이 동물의 주라면 마법사의 신이고, 그것이 마법사라면 신이 그 속에서 현현하는 마법사라고 말한다.[31] 여기서 동물의 주와 샤먼의 떼려야 뗄 수 없는 긴밀한 관계가 잘 드러난다.

샤먼은 일반인이었다가 소위 입문의식을 거쳐 샤먼으로 다시 태어난다. 이때 그는 정령에 의해 다시 태어나는데, 그 이후 자연에 신비한 힘을 행사하거나 자연의 배후에 숨은 원인을 인식하는 힘을 갖게 된다. 나아가 그는 다양한 모습을 취할 수 있는데, 특히 동물의 형상으로 나타날 수 있는 것으로 여겨진다. 가령 샤먼은 북소리와 춤에 맞춰 주술을 행하는데, 그 순간 일종의 망아상태에 빠져 "새가 되어 천상세계로 날아가거나, 순록이나 황소 혹은 곰이 되어 지하세계로 내려간다."[32] 이러한 변신을 통해 샤먼은 일상적인 삶의 한계를 벗어나 자유롭게 이동할 수 있다. 이러한 동물로의 변신은 아마도 "모든 샤먼이 동물-어머니나 기원-동물을 가지고"[33] 있기 때문일 것이다. 이처럼 샤먼은 기원적으로 동물과 긴밀히 연결되어 있기 때문에 쉽게 동물로 변신할 수 있는데, 이러한 동물-되기를 제의에서 일종의 신내림 상태로서 동물의 주가 샤먼에게 현현하는 것으로 해석할 수도 있을 것이다. 이로써 동물과 인간의 경계가 허물어진다. 이러한 동물로의 변신은 인간에게 자연의 비밀을 파헤치거나 자연을 변형시킬 수 있는

31 캠벨: 같은 책, 356쪽 참조.

32 캠벨: 같은 책, 292-293쪽.

33 캠벨: 같은 책, 302쪽.

특별한 능력을 부여하는 신성한 성격을 갖는다.

토테미즘에서 변신은 인간이 특정한 동식물로 변신하는 제약 속에서의 변신이다. 즉 인간은 자신이 토템동물로 간주하지 않는 다른 동물로 변신할 수 없다. 그러나 토테미즘에 선행하는 샤머니즘 사회에서 샤먼은 특정한 동식물에 국한되지 않고 다양한 형태로 변신할 수 있다. 심지어 샤먼 외의 일반적인 부족원들도 이러한 다양한 형태로의 변신을 경험할 수 있다. 부시먼족은 자신의 몸에서 특정한 순간 아버지나 아내 또는 다른 동물의 몸을 느끼며 강렬한 변신을 체험한다. 가령 한 남자는 자신의 갈비뼈를 가볍게 두드리는 느낌을 영양의 옆구리에서 느끼는 감각으로 인지하며, 순간적으로 자신의 몸이 영양의 몸으로 변신하는 것을 느낀다.[34] 그것은 일종의 동물-되기라고 말할 수 있다. 이처럼 부시먼족의 구성원이나 샤먼에게서 나타나는 변신 능력은 중세의 악마나 마녀의 변신 능력과 달리 결코 부정적인 것으로 간주되지 않았으며, 오히려 진실을 말해 주고 행동방향을 제시하는 의미 있는 능력이나 신성한 능력으로 간주되었다. 왜냐하면 변신은 특정한 자연현상을 설명하거나 자신이 원하는 방향으로 자연에 영향을 미치려는 인간의 욕망을 충족시키는 기능을 지니고 있었기 때문이다.

34 Canetti: *Masse und Macht*, 399쪽 참조.

~~~~~~ Becoming-Animal

~~~~~~

2.

고대 그리스 로마 시대

권력으로서의 변신 능력과 처벌로서의 동물-되기

동물의 신성함은 원시 시대 이후로 점점 약화되지만, 곧바로 사라지는 것은 아니다. 고대 그리스 신화를 살펴보면, 신들은 다양한 동물의 모습으로 변신하여 등장한다. 비록 원시 시대처럼 동물 자체가 신으로 간주되지는 않지만, 적어도 신이 동물의 모습으로 변신한다는 것은 동물이 대단히 부정적이고 열등한 존재로만 간주되지는 않았음을 보여 준다. 이와 달리 중세 기독교사회에서 신이 동물의 모습으로 변신하는 것은 상상할 수 없는 일이다. 물론 고대 그리스 로마 신화에서 인간의 동물로의 변신은 빈번히 신에 의한 일종의 처벌로 묘사되기는 하지만 말이다.

그렇다면 왜 똑같은 동물로의 변신이 하나는 신의 전능한 힘을 보여 주는 것으로 간주되고, 다른 하나는 인간에 대한 처벌로 나타나는 것일까? 여기서는 동물이라는 대상 자체보다는 변신 능력 자체가 중요하다고 할 수 있다. 인간은 신에 의해 동물로 변신'당한다.' 그에게는 '스스로' 변신할 수 있는 능력이 결여되어 있다. 그 때문에 한번 특정한 동물로 변신하면 다시 원래의 모습으로 돌아올 수 없는 것이다. 반면 신에게는 동물이나 구름 같은 자연적 존재로 언제든지 변신할 능력이 있다. 그에게 변신은 일회적으로 내려지는 처벌이 아니라 무한히 반복될 수 있는 행위 능력인 것이다. 그는 변신을 통해 다양한 정체성을 취할 수 있지만, 그러한 다양한 자연적 정체성은 초자연적인 단일한 신적 정체성에 귀속된다. 그런 점에서 그것은 포스트모던적인 다원적 정체성과는 구분되며, 형이상학적인 맥락에 들어 있다고 할 수 있다.

또한 고대 그리스 신화에서 신의 변신 내지 신에 의한 변신은 토테미즘에서의 인간과 동물의 변신과도 구분된다. 주술적인 애니미즘의 단계에서는 세계가 유동적이었고, 모든 것이 다양한 형태로 변신 가능했으며, 또 다른 생명체를 변신시킬 수 있었다. 하지만 토템 신화에서 인간은 특정한 동물, 즉 토템동물로만 변신할 수 있게 되었으며, 이로써 변신의 제한성과 특정 동물의 특권화가 나타나게 된다.[35] 다른 한편 토템 신화에서는 고대 그리스 신화에서와 달리 인간과 동물 모두에게 변신 능력이 부여되었고, 이들이 상대방의 모습으로 자유롭게 변할 수 있음으로써 고대 그리스 신화에 나타나는 신과 인간 간의 위계적 구조가 아니라 동물과 인간 간의 평등한 관계가 성립될 수 있었다. 이것은 변신 능력의 소유 여부가 곧 권력 문제와 직결됨을 보여

35 Canetti: 같은 책, 442-443쪽 참조.

준다. 만일 사회구성원 중 일부만이 변신 능력을 소유한다면, 그러한 변신 능력의 소유자와 그렇지 못한 자들 간의 위계적인 권력구조가 생겨날 것이다.

고대 그리스 시대에도 우선은 스스로 변신하고 새로운 정체성을 가질 수 있는 능력이 원시 시대에서와 마찬가지로 여전히 중요한 능력이자 신성함의 표징으로 간주된다. 평범한 인간들에게는 이러한 변신 능력이 결여되어 있었으며, 단지 특정한 제의에서만 신과의 연계 속에서 몇몇 사람들이 그러한 능력을 발휘할 수 있었다. 그래서 고대 그리스의 제의에 참가하는 참가자들이나 제사장은 동물가면을 쓰고 있었는데, 이는 동물과 연관되어 있는 신을 불러내고 그와 관계를 맺기 위한 것이었다. 이처럼 적어도 초기 고대 그리스까지만 해도 동물로의 변신, 아니 변신 자체가 인간에게는 긍정적인 것으로 여겨질 수 있었다.

초기 고대 그리스 시대의 인간은 아직 인간 자신에 대한 깊이 있는 이해에 도달하지 못했으며 신과 비교해 스스로를 열등한 존재로 간주하였다. 소크라테스 이전 철학자인 알크마이온에 의해서야 비로소 인간은 스스로를 동물과 비교하며 자신에 대해 성찰할 수 있게 된다.[36] "고대 그리스는 한편으로는 도달할 수 없지만 그를 모범으로 삼는 것이 중요한 신적인 것과, 인간이 평생 힘들게 노력해서 거리를 두어야 할 동물적인 것 사이의 중간존재로서 인간의 역할을 공고히 한다."[37]

그리스의 대표 철학자인 아리스토텔레스는 인간을 이성적, 정치적

36 Janina Loh: *Trans- und Posthumanismus*. Hamburg 2018, 19쪽 참조.

37 같은 곳.

동물로 정의하며, 다른 동물들과 구분되는 인간의 특별한 지위를 강조하였다. 그는 인간이 사유 능력과 언어를 지닌 이성적 존재로서 동물과 근본적으로 구별된다고 보았다.[38] 또한 그는 "식물은 동물을 위해 존재하고, 다른 동물은 인간을 위해 존재한다"[39]라는 자연관을 가지고 있었고, 이러한 관점에서 동물을 의복이나 먹거리 같은 인간의 목적에 종속된 존재로 간주하였다.[40] 즉 동물은 그 자체로 결코 목적이 되지 못했으며 인간을 위한 수단으로서의 의미만 지니고 있었던 것이다.[41] 그리스 신화에서 인간의 동물로의 변신이 일종의 처벌로 서술될 때도 이와 같은 동물의 낮은 지위가 그러한 서술의 기저에 깔려 있었을 것이다.

고대 로마 시대에 들어 인간에 대한 성찰이 본격화되면서 동물적인 것은 그 지위가 이전에 비해 더 떨어지게 된다. 기원전 85년경에 작가 미상의 책인 『헤렌니우스에게 바치는 수사학*Rhetorica ad Herennium*』에서 'humanitas'라는 개념이 인간에 대한 사랑을 표현하는 말로 사용된

38 이러한 입장에 대해서는 오늘날의 관점에서 다음과 같이 반박할 수 있다. "사유는 언어적으로나 담론적으로뿐만 아니라 부분적으로는 전언어적으로, 그리고 언어 외적으로 이루어지기도 한다. 설령 언어가 다소간 복잡한 지적 활동을 가능하게 하기는 하지만 말이다. 동물의 행동과 동물의 인지에 대한 오늘날의 경험적인 지식은 적어도 몇몇 동물의 종들이 보편적인 사태 및 이와 더불어 개념을 이해하고 추론을 내릴 수 있다는 의미에서 언어 능력과 이성 능력을 갖고 있다는 충분한 증거들을 제시하고 있다"(Kompatscher, Spannring u. Schachinger: *Human-Animal Studies*, 125쪽).

39 아리스토텔레스(천병희 옮김): 『정치학』. 숲 2017, 40쪽.

40 같은 곳 참조.

41 아리스토텔레스는 형이상학적, 정치적, 윤리적인 글에서는 이성적인 인간과 비이성적인 동물의 경계를 엄격히 구분했지만, 자연과학적인 글에서는 동물에게 "일정한 이성적인 행위," 특히 "실천적인 영리함의 능력"을 인정하며 그 경계를 느슨하게 만들기도 하였다. Kompatscher, Spannring u. Schachinger: *Human-Animal Studies*, 126쪽 참조.

다. 여기서 인간은 다른 인간에게 호감을 지니며 교육을 통해 이러한 능력을 발전시킬 수 있는 문명화된 존재로서 동물과 구분되는 것으로 서술된다. 그 때문에 인간이 교육을 통해 이러한 인간애를 증진시키지 않으면 동물적인 야만상태로 퇴보할 위험이 있다는 것이다.[42] 이러한 인간애는 결코 동물에 대한 사랑으로 이어지지 않는다.

정복전쟁과 그로 인해 확장된 영토를 방어하기 위해 전투적인 마인드가 널리 퍼져 있었던 고대 로마사회에서 원형경기장은 검투사들만의 격투장소가 아니었다. "마침내 단순한 격투에 대해서는 흥미가 사라졌고, 시들어 가는 관심을 자극하기 위해 수없이 다양한 잔혹행위들이 고안되었다. 어떤 경우는 곰과 황소가 함께 사슬에 묶여 모래 위에서 격렬하게 뒹굴면서 싸움을 벌인다. 또 다른 경우는 뜨겁게 달아오른 쇠나 뜨거운 송진이 달린 투창 때문에 화가 나 있는 황소들에게 야수의 가죽을 입은 죄인들이 던져진다. 칼리굴라 황제 치하에서는 400마리의 곰이 하루에 죽어 나갔다 … 네로 치하에서는 400마리의 호랑이들이 황소나 코끼리 등과 싸움을 벌였다. 티투스가 콜로세움을 봉헌한 날에는 단 하루에 5,000마리의 동물이 죽어 나갔다."[43] 로마인들이 자신들과 같은 시민들에게 호의와 애정을 지니지 않았다고 말할 수는 없겠지만, "일부 사람들 —특히 죄인들과 전쟁포로— 과 모든 동물들은 이러한 관심의 영역 밖에 놓여 있었다."[44] 이처럼 고대 로마 시대에 동물의 지위로 격하된 죄수나 노예, 즉 어떤 의미에서 정치적 동

42 Loh: *Trans- und Posthumanismus*, 18-19쪽 참조.

43 W. E. H. Lecky: *History of European Morals from Augustus to Charlemagne*. London 1869, 280-282쪽(싱어: 『동물해방』, 325쪽에서 재인용).

44 싱어: 같은 책, 326쪽.

물-되기를 경험한 인간들과 동물들은 자신들의 생명에 대한 권리를 박탈당한 채 죽음에 내맡겨져 있었던 것이다.

3.

중세 기독교 시대

악마와 마녀의 변신으로서의 동물-되기

성서의 창세기 1장에서 천지창조를 하는 하느님은 이렇게 말한다. "이제 우리가 우리의 형상을 닮은 존재인 인간을 만들어, 바다의 물고기, 하늘을 나는 새, 지상의 모든 동물을 지배하게 하리라."[45] 하느님의 이러한 한마디에서 세계의 위계질서가 명확하게 드러난다. 세상을 창조한 하느님은 자신의 모습과 닮은 인간을 만들어 그로 하여금 지상의 모든 동물을 지배하게 하는 것이다. 하지만 뒤이어, 동물을 지배하면서도 어느 정도 그것을 배려하도록 명령하는 하느님의 말씀이 이어진다. "너희가 물고기나 새, 그 밖의 모든 동물을 다스리게 할 것이며 그들을 돌보도록 너희에게 맡겨 두리라. … 너희는 모든 식물과 나무의 열매를 먹어도 좋으니라. 새들과 들짐승에게는 풀과 잎을 먹도

45 *Die Bibel im heutigen Deutsch. Die Gute Nachricht des Alten und Neuen Testaments.* Genesis 1:26. Stuttgart 1982, 3쪽.

록 하리라."[46] 여기서 비록 인간이 동물을 지배하게 될지라도, 그들을 보살필 책무를 띠고 있음을 알 수 있다. 더욱이 이어지는 문장에서 인간은 '식물과 나무의 열매'만 먹는 채식주의자처럼 묘사되어 있으며, 동물 역시 채식을 하는 것처럼 묘사된다. 피터 싱어 역시 완벽히 평화로운 에덴동산에서는 인간이 동물을 먹기 위해 죽이지 않았을 것이며 어떤 살해도 일어나지 않았을 것이라고 말한다.[47] 또 한 가지 주목할 사실은 신이 홀로 있는 인간, 즉 아담이 외롭지 않도록 동반자를 붙여 주기 위해 우선 들짐승과 새를 그의 곁에 보내 주었다는 사실이다. 비록 아담이 들짐승과 새를 자신에 어울리는 동반자로 생각하지 않아 나중에 하느님이 이브를 창조하였을지라도, 하느님이 우선 아담의 동반자로 동물을 생각하였다는 것은 인간과 동물의 관계가 결코 서로의 생명을 해치는 적대적인 관계가 아니라 대단히 우호적인 관계였음을 보여 준다.

아담과 이브는 가장 영리한 동물인 뱀의 유혹으로 금단의 열매를 먹고 에덴동산에서 추방당한다. 그들은 에덴동산을 떠나기 전에 하느님으로부터 동물가죽으로 된 옷을 받는다. 그리고 그들의 자식인 아벨은 양을 잡아 하느님께 제물로 바친다. 이처럼 인간이 원죄를 짓고 나서야 동물을 죽이는 것이 허용된다. 그러나 동물을 먹을 수 있도록 한 것은 노아 때에 이르러서이다. 대홍수를 이겨 낸 노아에게 하느님은 이렇게 말한다. "모든 짐승이 너희를 두려워하게 되리라. 들짐승도 물고기도 하늘을 나는 새도 모두 너희가 다스릴지니, 이제부터(필자

46 *Die Bibel im heutigen Deutsch*, Genesis 1:28-30, 4쪽.

47 싱어: 『동물해방』, 320쪽 참조.

강조) 너희들은 곡식과 과일과 채소뿐만 아니라 고기를 먹어도 좋으니라. 내 너희에게 모든 짐승을 식량으로 주리라."[48] "구약성서에서는 인간이 죄가 없는 원초적 상태에서 오직 '풀만을' 뜯어 먹는 채식주의자였지만, 타락(이에 이어 인간은 사악해졌다)과 홍수 이후 동물을 먹게 되었으며, 이를 신이 허용했다는 흥미로운 단서를 살펴볼 수 있다."[49]

피터 싱어는 구약성서에서는 어느 정도 동물에 대한 배려가 나타나지만, 신약성서에서는 동물에 대한 가혹한 행위를 금지하는 어떤 행동도 나타나지 않으며, 심지어 예수가 귀신이 든 수천 마리의 돼지를 바다에 빠뜨려 죽게 하는 데서 드러나듯이, 동물의 운명에 전혀 무관심함을 알 수 있다고 말한다.[50] 중세 초기의 대표적 교부철학자인 아우구스티누스도 인간에게 적용되는 도덕을 동물에게 적용할 필요가 없음을 역설했고, 그 이후 중세 가톨릭철학을 대표하는 토마스 아퀴나스 역시 동일한 견해를 피력했다.[51] 이에 따라 동물에게 가해지는 어떤 폭력도 도덕적으로 부당한 행위로 간주되지 않게 된 것이다. 이처럼 중세 기독교사회에서 동물은 인간의 필요와 목적에 따라 마음대로 살해할 수 있는 단순한 대상 이상의 지위를 갖지 못한다.

이러한 동물의 낮아진 지위와 상응하게 중세 기독교사회로 넘어가면서 동물로의 변신, 아니 변신 자체가 부정적인 것으로 간주되기 시작한다. 이 시대에 정치적 권력이 변신을 엄격히 통제하고 금지하면

48 *Die Bibel im heutigen Deutsch*. Genesis 9:2-3, 8쪽 이하.

49 싱어: 『동물해방』, 321쪽.

50 싱어: 같은 책, 327쪽 참조.

51 싱어: 같은 책, 327-328쪽과 330-334쪽 참조.

서 권력과 변신은 대립적 관계에 들어선다. 중세 기독교사회에 들어서면서 동물가면을 제의에서 사용하는 경우도 완전히 사라져 버린다. 예수가 인간의 모습으로 변신하는 예외적 경우를 제외하고, "기독교는 동물이든 인간이든 자연적 존재의 모든 변신형태를 배척하였다. 변신하거나 다른 정체성을 띠는 능력은 마귀의 유산으로 간주되었다. 인간은, 심지어 신부조차 주님을 위한 예배에서 자신의 정체성을 바꿀 수 없었다. 변신은 완전히 이교적인 테마였던 것이다."[52] 이제 유일신 종교로서 기독교는 하느님 외의 다른 신을 인정하지 않으며, 그래서 다양한 동물신들은 물론, 동물로 변신할 수 있는 고대 그리스의 신들조차 인정할 수 없게 된다. 또한 인간과 신 사이의 거리는 더욱 멀어져, 인간이 순간적으로 자신 속에 숨은 동물성, 즉 신성을 발산하며 동물신으로 변신하는 것은 불가능하게 되었다. 인간과 신 사이의 이렇듯 벌어진 간격은 오직 예수라는 예외적으로 변신한 매개자를 통해서만 메워질 수 있었다. 그러나 그러한 변신은 일회적인 것, 예외적인 것으로서 오직 신에게만 가능한 것이며, 원시사회나 고대 그리스에서와 달리 결코 반복적인 제의를 통해서 인간에게 주어진 능력은 아니었다. 신학적 관점에서 "늑대인간은 존재하지 않는다. 인간은 동물이 될 수 없다. 왜냐하면 본질적 형상은 변화할 수 없기 때문이다."[53] 그래서 가령 오디세우스의 부하들이 돼지로 변신한 것은 중세적 관점에서 보자면 "상상적 환영"[54]에 지나지 않는다.

52 Moshe Barasch: Tiermasken. In: Tilo Schabert(Hrsg.): *Die Sprache der Masken*. Würzburg 2002, 131쪽.

53 Gilles Deleuze u. Félix Guattari: *Tausend Plateaus*. Berlin 1992, 344쪽.

54 같은 곳.

주교들이 악마의 이단마술을 뿌리 뽑기 위해 10세기경에 만든 기독교법령집인 『캐논 에피스코피*Canon Episcopi*』에는 다음과 같이 쓰여 있다. "만물을 창조하신 하느님 자신을 제외하고 누군가가 피조물을 더 나은 상태나 더 못한 상태로 변신시키거나 다른 모습이나 형상으로 바꿀 수 있다고 믿는 사람은 그가 누구든 상관없이, 의심할 나위 없이 불신자이며 이교도보다 더 나쁜 사람이다."[55] 여기서는 하느님 외에 그 누구도 물질적인 현실세계에 어떤 변화를 가져오거나 인간을 동물이나 그 외의 다른 존재로 변신시키는 것이 불가능한 것으로 선언된다. 비록 『캐논 에피스코피』가 이후에 생겨난 마녀에 관한 다양한 담론에 중요한 영향을 미친 것은 사실일지라도, 이 종교법령집의 내용이 그 이후의 마녀 관련 이론서에 그대로 수용된 것은 아니었으며, 또한 그 내용을 둘러싸고도 보다 섬세한 해석이 생겨나기도 하였다. 따라서 앞의 인용문에서 언급된 생성이나 변신의 문제에 대해 좀 더 자세한 설명이 필요하다.

12세기에 이단 문제로 가톨릭교회가 골머리를 앓기 시작하면서 점차 이단과 마녀의 문제가 연결되기 시작하다가, 마침내 1320년에 교황 요한 22세가 마녀의 마법과 이단을 동일시하며 마녀를 조사하는 종교재판소의 수립을 허용하기에 이른다. 이후 15세기에 이르면 악마와 마녀에 관한 체계적인 이론서들이 등장하기 시작하는데, 대표적인 것으로 요하네스 니더가 쓴 『개미나라*Formicarius*』(1437-1438)와 하인리히 크라머와 야콥 슈프랭거가 쓴 『말레우스 말레피카룸*Malleus Maleficarum*』

55 Heinrich Kramer(Institoris): *Der Hexenhammer. Malleus Maleficarum*. München 2017, 274쪽 이하.

(1487)을 들 수 있다.[56] 특히 『말레우스 말레피카룸』은 마녀에 관한 기존의 책들을 총망라해 살펴보면서 보편적인 마녀 개념을 만들어 내려고 시도하였으며, 여기서 만들어 낸 마녀 개념이 이후 16-17세기에 정점에 이른 마녀사냥의 이론적 토대를 이루었다는 점에서 매우 중요한 의미를 갖는다.[57] 따라서 여기서는 특히 『말레우스 말레피카룸』에 기대어 중세에 악마와 마녀가 지닌 변신 능력의 의미를 살펴보고자 한다.[58]

『캐논 에피스코피』에서 말한 것처럼 중세 기독교사회에서 하느님과 예수를 제외하면 생성과 변신의 능력이 완전히 사라진 것인가? 이에 답하기 위해 『말레우스 말레피카룸』의 저자들은 『캐논 에피스코

56 아마도 크라머가 홀로 집필하였고 슈프랭거는 책에 권위를 부여하기 위해 이름만 빌려준 것으로 추정되지만, 정확한 사실은 확인할 수 없다.

57 오늘날의 연구에서도 마녀의 공통된 특징을 명확히 규정하기는 쉽지 않지만, 볼프강 베링거가 제시한 여섯 가지 특징을 참조할 만하다. "1. 악마와의 계약(기독교 배교) 2. 악마와의 성관계 3. 날아서 이동하는 능력 4. 악마가 주관하는 모임(사바스)에 참석 5. 사악한 위해의 행사 6. 아이 살해"(주경철: 『마녀』, 생각의힘 2016, 35쪽).

58 주경철은 중세 '국가'와 교회가 마녀를 명백한 악으로 규정하며 스스로를 제도적으로 정립할 수 있었음을 지적하며 마녀사냥을 근대와 어느 정도 연결시키면서도, 동시에 마녀사냥이 주로 이루어졌던 곳이 중앙집권적인 근대국가로의 발전이 더딘 신성로마제국, 그중에서도 지방권력이 지배하는 곳이었다는 점을 이야기하며 '근대' 국가의 정립이 마녀사냥을 통해 이루어질 수 없었음을 강조하기도 한다. 주경철: 『마녀』, 312-313쪽 참조.
실제로 마녀사냥의 정점이 16-17세기에 이루어진 점을 고려하거나 마녀사냥이 그것을 담당하는 종교재판소의 설립 등 사법조직의 제도화를 가져온 것을 고려할 때, 마녀 문제를 근대와 완전히 무관한 현상으로 해석할 수는 없을 것이다. 하지만 기독교에서 마녀와 이단의 문제에 본격적으로 관심을 갖기 시작한 것은 이미 11세기부터이며, 르네상스와 근대 시기에도 마녀 개념이 항상 중세 기독교적인 담론의 틀 속에서 이루어졌음을 간과해서는 안 된다. 또한 앞에서 지적한 것처럼 마녀사냥이 주로 이루어졌던 곳이 근대국가의 발전이 제대로 이루어지지 않은 곳이었다는 사실도 유념해야 한다. 이러한 점을 고려하여 마녀와 마녀사냥을 단순히 근대적 현상으로 보기보다는 기독교적인 중세 유럽사회의 맥락에서부터 살펴보아야 하며, 근대국가로 가는 길목에 여전히 잔재해 있는 중세적인 요소로 보는 것이 좀 더 타당할 것이다.

피』의 문구를 보다 세밀하게 규정하며 악마의 생성과 변신 문제를 살펴본다. 우선 『캐논 에피스코피』에서는 하느님을 제외하고 어느 누구도 무언가를 만들어 낼 수 없다고 말한다. 『말레우스 말레피카룸』에서는 이러한 '만들어 냄'을 무에서 유를 만들어 내는 창조와 자연적 생성으로 구분한 후, 후자를 다시 "인간이나 당나귀 같은 완전한 생성물과 뱀, 개구리, 쥐 같은 불완전한 생성물"[59]로 나눈다. 이 가운데 악마는 오직 '불완전한 존재의 생성'만 할 수 있는 것으로 간주된다. 비록 악마가 신처럼 만물을 창조할 능력은 가지지 못했을지라도, 자연의 힘을 이용해 하찮고 불완전한 존재를 만들어 낼 힘은 가지고 있다. 아우구스티누스는 악마가 새로운 생명을 창조할 수 있느냐는 질문에 다음과 같이 답변한다. "악마는 사원소 속에 숨겨진 씨앗을 잘 찾아낸다. 그리고 비록 새롭게 창조하는 것은 아니지만 어쨌든 이 씨앗을 이용해서 그리고 자신의 교묘한 재주를 이용해서 필요한 동물을 뚝딱뚝딱 만들어 낸다(여기서 악마는 여러 가지 물질로 벌레와 파리를 만들어 내는 사람을 연상시킨다)."[60] 마찬가지로 『말레우스 말레피카룸』에서도 악마는 신처럼 단숨에 인간이나 동물을 창조할 수는 없지만, 세상을 돌아다니며 씨앗을 모아 서서히 자연적인 힘으로써 변형시키며 불완전한 존재를 만들어 낼 수 있는 것으로 간주된다.[61] 이처럼 창조적인 권능에 있어 악마는 하느님과 차이를 보인다. 무엇보다 하느님과 달리 악마는

59 Kramer: *Der Hexenhammer*, 429쪽.

60 사무엘 로진스키: 「중세 유럽의 운명을 결정한 책」. 실린 곳: 야콥 슈프랭거/하인리히 크라머(이재필 옮김): 『말레우스 말레피카룸. 마녀를 심판하는 망치』. 우물이있는집 2016, 509쪽.

61 Kramer: *Der Hexenhammer*, 281-282쪽 참조.

저급한 동물만 만들어 낼 수 있을 뿐, 하느님을 믿고 구원받을 수 있는 존재인 인간을 만들어 낼 수는 없다는 점이 눈에 띈다.

다음으로 변신의 문제를 살펴보자. 마귀들의 우두머리인 악마는 원래 하늘에서 떨어진 타락한 천사이다. 즉 악마는 영적인 존재이므로, 뼈와 살로 이루어진 육체를 가지고 있지 않다.[62] 따라서 악마가 마녀와 성관계를 맺기 위해 나타날 때 인간이나 동물의 육신을 뒤집어쓰는 것이다.[63] 악마는 둔갑에 능하며 그래서 천사나 인간 또는 동물의 모습으로 나타날 수 있다. 그런데 예수와 달리 악마는 인간뿐만 아니라 동물로 변신하기도 하는데, 동물을 신으로 섬기는 토테미즘이 공식적으로 더 이상 인정받지 못하는 기독교사회에서 저급한 동물로의 변신은 신보다 낮은 위상을 지닌 악마의 위치를 보여 준다고 할 수 있다. 엄격한 의미에서 보면, 악마의 동물로의 변신은 변신이 아니다. 왜냐하면 악마는 "공기라는 요소로 이루어진 육신을 입은"[64] 것일 뿐 실제로 동물로 변한 것은 아니며, 단지 그를 본 사람들의 눈에 그러한 동물로 보일 뿐이기 때문이다. 다시 말해 악마가 육신을 입고 나타나는 것은 사실이지만, 그것은 '거짓 육신'이며 그 때문에 그의 변신은 사실 일종의 '감각의 기만'이라고 할 수 있다. 여기서 악마의 변신이 일종의 기만에 바탕을 두고 있음을 알 수 있다.

62 Kramer: 같은 책, 178-179쪽 참조.

63 악마는 인간의 육신을 뒤집어쓰기 위해 공기와 흙을 이용해 인위적으로 육신을 만들어 낸다. 공기만으로는 형체를 만들 수 없기 때문에 그것을 둘러싸고 경계를 부여할 수 있는 흙을 필요로 하는 것이다. 이런 식으로 악마는 공기와 흙으로 된 육신을 입는 것이며, 그것이 감각의 기만을 통해 인간이나 동물의 모습으로 나타나는 것이다. Kramer: 같은 책, 396-397쪽 참조.

64 Kramer: 같은 책, 433쪽.

그런데 악마는 보통 스스로 세상에 해악을 끼치기보다는 마녀라는 매개자를 이용한다. "악마는 구체적인 행위를 직접 하지 않는다. 인간에게 힘을 미치는 근원은 악마이지만, 마녀가 특정한 행위를 해야 그 힘이 발현된다."[65] 물론 『말레우스 말레피카룸』에서 악마가 직접 해악을 끼칠 가능성을 원천적으로 배제하는 것은 아니다. 그럼에도 불구하고 악마가 마녀에게 그 일을 시키는 이유는 그것이 신을 더 많이 모독할 수 있는 것으로 여겨지기 때문이다.[66] 악마는 스스로 마법을 부리기보다는 마녀를 유혹하고 그들과 계약을 맺음으로써 자신의 의지를 행사한다. 이때 마녀는 대개 어쩔 수 없이 악마의 의지에 종속되지만, 그렇다고 마녀가 되는 것이 필연적 운명은 아니다. 왜냐하면 인간은 자유의지를 지니고 있으며, 그 때문에 커다란 시련에도 불구하고 그러한 유혹을 이겨 낼 힘이 있는 것으로 간주되기 때문이다.[67] 따라서 마녀는 그러한 운명에 대해 스스로 책임을 져야 한다.

마녀는 악마처럼 동물로 변신하곤 한다. 가령 마녀가 악마가 주최하는 집회인 사바스에 참가하려 할 때 지팡이를 타고 날아가기도 하지만, 때로는 동물로 변신한 악마를 타고 가거나 아니면 스스로 동물

65 주경철: 『마녀』, 189쪽.
그러나 『말레우스 말레피카룸』이 쓰인 동시대의 다른 책들에서는 악마가 직접 인간에게 악행을 저지르는 예들도 등장한다. 주경철: 같은 책, 188쪽 참조.

66 "마귀가 인간이나 동물에게 해를 끼칠 때 마녀를 통하기보다는 스스로 하려고 한다는 사실이 의심받을 때, 이는 탁월한 생각이라고 말할 수 있다. 마귀는 가능한 한 마녀를 통해 해를 끼치려고 하는데, 그 이유는 첫째, 마귀가 자신에게 헌신하는 인간을 이용함으로써 신에게 더 큰 치욕을 줄 수 있기 때문이고, 둘째, 신이 더 많은 해악을 당할수록 인간을 해치는 권능이 마귀에게 더 많이 부여되기 때문이며, 셋째, 인간의 영혼을 파괴하는 것이 그에게 이익이 되기 때문이다"(Kramer: *Der Hexenhammer*, 428쪽).

67 Kramer: 같은 책, 242쪽 참조.

로 변신하여 그곳으로 가기도 한다. 또한 모임에서 집으로 돌아올 때 이웃들에게 들키지 않기 위해 가축으로 변신하기도 한다. 이처럼 마녀는 악마처럼 둔갑술을 사용한다. 또한 마녀는 마법을 걸어 인간에게 질병을 일으키기도 하고, 증오와 같은 걷잡을 수 없는 감정을 심기도 하며, 나아가 인간을 동물로 둔갑시키기도 한다. 민간신앙이나 종교재판소에서 심문을 통해 자백된 내용에서도 마녀의 변신이나 마녀가 초래한 변신이 자주 등장한다. 그런데 『말레우스 말레피카룸』의 저자들도 마녀가 실제로 스스로 동물로 변신하거나 아니면 인간을 동물로 변신시킨다고 믿고 있는 것일까? 『말레우스 말레피카룸』에서는 앞에서 살펴본 『캐논 에피스코피』에서 존재의 변형이 불가능하다는 말을 이렇게 해석한다. "변형은 두 가지, 즉 본질적인 변형과 우발적인 변형으로 나눌 수 있다. 우발적 변형은 다시 두 가지로 나뉜다. 하나는 자연적 변형으로, 이는 우리가 바라보는 대상의 형태가 변형되는 경우이다. 다른 하나는 우리가 바라보는 대상에 속해 있지 않은 형태가 바뀌는 경우로, 이는 바라보는 사람 자신의 지각기관과 지각의 힘이 바뀌는 것을 의미한다."[68] 이 책의 저자들은 『캐논 에피스코피』에서 말하는 본질적 변형은 오직 신의 권능일 뿐이며 악마에게는 불가능하지만, 우발적 변형은 악마도 일으킬 수 있다고 말한다.

실제로 인간이 동물로 변하는 것이 본질적 변형이라고 한다면, 이는 악마나 마녀가 행할 수 있는 마법의 범위 밖에 있다고 할 수 있다. 하지만 가령 질병을 일으키거나 흉작을 만들거나 어떤 사람의 얼굴을

68 Kramer: 같은 책, 430쪽.

나병환자의 얼굴로 바꾸는 것 같은 변형, 즉 자연적 변형은 마녀를 매개로 악마에 의해 행해질 수 있다. 반면 인간을 동물로 둔갑시키는 변신은 우발적 변형 중 '대상에 속해 있지 않은 형태가 변하는 경우'에 해당한다. 쉽게 말해 이것은 대상 자체를 변형시키는 마법이 아니라, 그 대상을 바라보는 인간의 감각을 기만하는 마법이다. 따라서 마녀가 스스로 동물로 변신하거나 아니면 다른 인간을 동물로 변신시키는 것은 비록 종교재판소가 심문할 때 마녀들이 자백한 이야기에는 공통적으로 등장할지라도, 이론적으로는 현실로 받아들여지지 않는다.[69] 오히려 이러한 마법은 인간을 변신시키는 것이 아니라, 인간의 촉각과 시각을 혼란에 빠뜨려 어떤 환각을 만들어 내는 것으로 간주된다. 즉 실제로는 어떤 변형도 이루어지지 않지만, 감각의 기만을 통해 마치 인간이 동물로 변신한 듯한 효과를 불러일으키는 것이다.[70] 이로써

69 주경철은 육체가 실제로 변신할 수 있는가 아니면 그러한 변신은 환상에 불과한가의 문제가 마녀 및 악마와 관련해 중요한 문제라고 지적한다. 이때 그는 아우구스티누스에게서 악마에 의한 실체적 변신이 불가능한 것으로 간주되며 이는 악마가 인간의 영혼과 육체를 지배할 수 없다는 뜻인 반면, 마녀사냥이 본격화되는 시점에서는 마녀가 동물로 변신하는 것이 실제로 일어나는 것으로 간주되었다며 만일 그렇지 않다면 악마의 세력이 위험하지 않다는 것을 의미한다고 해석한다. 주경철: 『마녀』, 46쪽과 48쪽 참조.
그러나 그는 이때 '존재에 고유한 형태가 변하는 경우'와 '존재에 고유하지 않은 형태가 변하는 경우'를 구분하지 않으며 양자를 뒤섞는다. 악마가 마녀를 통해 질병이나 흉작을 야기하는 경우가 전자의 경우인데, 이러한 경우만으로 이미 악마는 현실적으로 위험한 존재가 된다. 반면 악마나 마녀가 동물로 변신하는 것인 후자의 경우가 현실이 아닌 감각의 기만이라고 해서 악마나 마녀가 덜 위험한 것이 되지는 않는다. 이러한 관점에서 『말레우스 말레피카룸』의 저자들은 동물로 변신시키는 마법을 감각을 기만하는 기술로 간주한다.

70 "자연의 힘으로 일어날 수 없는 신체적 변형은 마귀의 행위로도 결코 일어나지 않는다. 예를 들면 인간의 신체가 동물의 신체로 변하거나 죽은 사람의 시체가 소생하는 것은 적어도 실제로 일어날 수는 없다. 만일 그런 변신이 일어나는 것처럼 보인다면, 그것은 착시일 뿐이다. 아니면 악마가 거짓 육신을 입고 사람들의 눈앞에 나타난 것일 뿐이다"(Kramer: *Der Hexenhammer*, 281쪽).

변신을 일으키는 마녀의 마법은 사실 기만적인 술책으로 드러나며, 명백히 부정적인 함의를 얻는다.

중세에도 남자 마법사가 있었지만, 마법은 주로 마녀에 의해 행해진 것으로 간주된다.[71] 이것은 중세의 변신술이 갖는 젠더적 의미에 주목하게 한다. 악마는 왜 하필이면 여성을 신에게 도전하며 세상에 악을 퍼뜨리기 위한 도구로 삼는 것일까? 『말레우스 말레피카룸』의 저자들은 그 이유를 여성이 변덕스럽고, 감정에 좌우되기 쉬우며, 비이성적이기 때문으로 본다. 또한 여성은 정념의 유혹에 쉽게 빠지고, 영적인 것에 대한 이해도도 떨어지며, 그래서 신앙을 배신하기도 쉽다.[72] 특히 마녀는 악마와 무분별한 성관계를 갖거나 세례받지 못한 아이를 악마에게 바치는 등 도덕적 타락을 보여 준다는 것이다. 이러한 현상은 무엇보다 "여자는 휜 갈비뼈, 다시 말해 소위 남자로부터 이탈한 듯한 구부러진 갈비뼈로 만들어졌기 때문이다. 여성이 항상 남을 속이는 것도 이러한 결함 때문이다. 즉 여성이 불완전한 생명체이기 때문이다."[73] 이러한 불완전한 여자라는 존재에 반해, 남자는 하

"우리가 보는 짐승의 형상은 대기 속에 있는 것도 아니고, 보이는 것 자체에 있는 것도 아니다. 성 토마스 아퀴나스에 따르면, 그것은 인간의 감각 속에 존재한다"(Kramer: 같은 책, 282쪽).

71 "1350년 이전 악마적인 사악한 행위에 대한 재판대상자 중 70%가 남성이고 30%가 여성이었는데, 14세기 후반에는 남성 대 여성 비율이 42% 대 58%가 되었다. 이후 여성 비율은 갈수록 늘어나 15세기에 60–70%, 그리고 16–17세기로 가면 80%로 변한다. 마녀사냥이 본격화되었을 때에는 악마의 하수인으로는 여성이 대다수가 되었다"(주경철: 『마녀』, 149–150쪽).

72 Kramer: *Der Hexenhammer*, 229–231쪽 참조.
"여자들이 늘 의심하고 신의 말씀을 믿지 않는다는 것은 그 단어의 어원에서도 잘 드러난다. 'femina'(여자)라는 단어는 'fe'(믿음)와 'minus'(더 적다)에서 유래하는데, 이는 항상 여자가 남자보다 믿음이 더 부족하기 때문이다"(Kramer: 같은 책, 231쪽).

73 같은 곳.

느님 '아버지'와 같은 성을 지닌, 보다 이성적이고 신앙심이 강한 존재이며, 그 때문에 마법을 행하는 악의 도구보다는 오히려 그러한 마법의 희생자로 나타난다.[74] 마녀는 사방에서 빗자루를 타고 공간이동을 하며, 악마의 집회에 참가했다가 두꺼비나 고양이로 변한 악마와 키스하고, 거기에 참가한 다른 사람들과 난교를 벌인 후 집에 들어갈 때 들키지 않도록 가축으로 변신한다. 이처럼 마녀는 동물로 변신하며 동물과의 근친성을 보여 주는데, 역설적으로 가톨릭교회가 종교재판소를 통해 마녀'사냥'[75]을 할 때도 마녀는 사냥감으로서 동물의 지위로 격하되기도 한다. 물론 마녀가 실제로 동물로 변신할 수 없으며 그래서 그러한 이야기들이 모두 허구에 지나지 않는다고 해도, 마녀사냥은 이러한 허구적 이야기를 통해 이미 동물-되기를 경험한 여성을 사회적 박해를 통해 실제로 동물로 만들고 있다고 말할 수 있을 것이다.

악마의 하수인으로 마녀가 선택된 것은 마법이 더 이상 고급마술이 아니라 민중마술로 바뀌었음을 보여 준다. 원시 시대의 샤먼은 특별한 능력을 갖춘 신적 존재였고, 죽은 혼령을 불러내는 네크로맨서

74 슈프랭거와 크라머는 노골적으로 여성 혐오적이고 남성 찬양적인 발언을 하곤 한다. "남자보다 여자가 마법사의 이단에 더 많이 빠져드는 것이 놀라운 일이 아니라는 것은 이해력이 뛰어난 사람에게는 자명한 일일 것이다. 따라서 이단을 마법사의 이단이 아니라 마녀의 이단으로 부르는 것이 논리에 맞을 것이다. 명칭은 보다 중요한 것에서 비롯되기 때문이다. 남성을 그런 거대한 치욕으로부터 오늘날까지 지켜 주신 주님을 찬미할지어다. 주님이 남자의 형상으로 태어나 우리를 위해 고난받고자 하셨기 때문에 남자가 그런 혜택을 받은 것이다"(Kramer: 같은 책, 238쪽).

75 원래 마녀는 이전에도 특별한 범죄를 저지른 사람에 한하여 개별적인 차원에서 세속법정에 의해 처벌받았지만, 13세기부터는 종교재판소를 통해 이단심문이 행해지고 마녀와 이단이 연결되기 시작하면서, 특별한 범죄행위 없이도 기독교를 신실하게 믿지 않았다는 이유만으로 박해를 받는다. 그리하여 이단적인 마법에 대한 박해와 개인이 아닌 집단으로서의 마녀사냥이 본격화되며 18세기에 그러한 마녀재판이 폐지될 때까지 지속된다. 로진스키: 「중세 유럽의 운명을 결정한 책」, 542-611쪽 참조.

necromancer 역시 이를 위해 복잡한 의식을 수행할 수 있는 엘리트 마술사였다. 반면 마녀는 악마와 계약을 맺은 후 마법을 행하기 위해서 이를테면 십자로에서 검은 닭을 하늘로 높이 던지는 상징적 의식만 행하면 되었다.[76] 따라서 악마와의 계약으로 가능해진 의식儀式의 단순화는 이성이 부족한 마녀라는 여성 집단이 마법을 행사할 수 있는 전제조건이 되었다고 할 수 있다.

초자연적인 현상으로서의 각종 주술을 더 이상 민간신앙의 차원에서 바라보지 않고 악마와 그 하수인에 의해 자행된 마법으로 간주하는 기독교적 관점은, 마녀를 일종의 이단적인 집단의 틀 속에서 바라보게 만든다. 사바스라는 집회에서 마녀들이 모여 기독교에 대한 배교행위를 하며 악마를 숭배할 때, 이는 일종의 정치적 의미를 얻는 것이다. 그러한 사바스 집회에서 일어나는 온갖 변신과 해악을 끼치는 마법은 선과 악, 인간과 동물을 구분하며 명확한 경계와 질서를 고수하려는 기독교 권력을 위협하는 것으로 나타난다. 따라서 마녀의 마법이나 마법의 근본적 원인인 악마는 기독교적인 틀 내에서 움직인다. 또한 마녀는 결코 자의적으로 마법을 행하는 것이 아니며, 항상 악마의 지시를 통해 그렇게 할 뿐이다. 이 점에서 중세의 마법은 원시시대 애니미즘의 주술과 구분된다. 애니미즘에서는 인간의 관념이 곧 현실로 나타난다.[77] 가령 누군가가 타인에게 해를 끼치기 위해 어떤

76 주경철: 『마녀』, 144-146쪽 참조.

77 애니미즘은 자신이 원하는 바를 실제로 일어나게 만들 수 있다고 생각하는 '관념의 만능'에 대한 믿음에서 출발한다. 애니미즘에서 사용되는 주술은 "자연 현상을 인간의 의지대로 통제하거나, 개인을 적이나 위험으로부터 지키거나, 개인에게 적의 위해에 필요한 힘을 부여할 수도"(프로이트: 『토템과 터부』, 135쪽) 있다고 믿어진다.

물건에 해를 가하고 주문을 외우면, 실제로 복수하고자 하는 사람에게 그러한 해를 끼칠 수 있다고 믿어진다. 그러나 중세의 마법이 그러한 효과를 발휘하려면 오직 악마가 그것을 원할 경우에만 가능하다.[78] 또한 악마가 세상에 악을 퍼뜨리며 신에게 도전하는 것 역시 오직 신의 묵인하에서만 가능하다. 그러나 이러한 악의 허용은 오직 신의 존재에 대한 믿음을 강화시키기 위한 보다 높은 목적에서 이루어질 뿐이다. 그뿐만 아니라 신은 때로 이러한 악마나 마녀의 마법을 허용하면서도 동시에 그것에 맞설 수 있는 다양한 방법을 마련하기도 한다. 그 때문에 결국 악마의 마법은 변함없이 영원한 하느님의 질서 안에서 일어나는 일탈에 지나지 않으며, 결코 궁극적인 세계질서의 변화를 가져올 수 없다. 이러한 맥락에서 온갖 변신과 둔갑술 역시 결코 본질적인 의미를 지니지 못하며, 오히려 그러한 본질적인 구분과 질서에서 이탈한 일탈적 행위로 간주된다.

또한 이러한 악마와 마녀의 마법에서 동물로의 변신은 이전과 다른 의미를 갖는다. 만일 마녀의 마법으로 인간을 동물로 변신시킨다면, 이는 실제로 그렇게 변신한 것이라기보다는 감각적 기만의 결과이다. 이러한 동물로의 변신은 원시사회에서처럼 토템동물로의 변신이라는 긍정적 의미를 갖는 것이 아니라, 하찮고 불완전한 존재로의 전락

78 "하지만 마법사가 악의로 인간이든 짐승이든 상관없이 신체를 변형시키거나 다치게 하는 그런 일들은 보다 높은 힘의 도움 없이는 결코 일어날 수 없을 것이다"(Kramer: *Der Hexenhammer*, 215쪽).
"마법사는 마귀와 맺은 협약을 통해, 즉 마귀를 통해 행동하기 때문에, 사람들이 말하는 것처럼 사적인 계약에 따라 행동하는 것이다. 마귀는 자신의 천부적인 힘으로, 즉 우리가 모르는 존재의 힘으로 우리에게 알려진 창조된 자연의 질서 범위 밖에 있는 일들을 할 수 있다"(Kramer: 같은 책, 217쪽).

을 의미하게 된다. 또한 마녀는 빈번히 동물을 마법에 이용하기도 한다. 그중에서도 에덴동산에서 이미 인간을 타락시킨 적이 있는 뱀이 자주 그러한 마법 수단, 특히 인간의 생식 능력을 떨어뜨리는 마법의 수단으로 사용된다.[79] 마녀는 마법을 통해 인간뿐만 아니라 가축에게도 해를 끼칠 수 있는데, 이때 동물은 더 이상 인간이 조상으로 떠받드는 숭고한 존재가 아니라 인간의 사유재산으로서의 가축의 지위를 갖는다. 즉 그것은 신의 지위에서 인간의 재산이라는 한갓 사물의 지위로 전락하는 것이다. 이로써 마녀의 마법을 통해 해를 입은 동물은

알브레히트 뒤러의 〈기사, 죽음, 악마〉 (1513)

79 Kramer: 같은 책, 418쪽 참조.

더 이상 생명의 관점이 아니라 재산의 관점에서 그 손해가 계산될 수 있을 뿐이다. 이처럼 동물로의 변신은 인간을 현혹시키는 기만의 기술로 전락하고, 동물은 부정적·파괴적 결과를 야기하는 마법의 도구가 되거나 아니면 그러한 마법의 파괴적 작용으로 해를 입는 가축으로서 재산, 즉 사물의 지위를 갖게 된다. 이로써 중세 악마와 마녀의 마법에서 변신과 동물은 상호 긴밀한 연관을 맺으며 둘 다 명백히 부정적 의미를 갖게 된다.

알브레히트 뒤러Albrecht Dürer의 동판화 〈기사, 죽음, 악마Ritter, Tod und Teufel〉(1513)에서는 한편으로 모든 것을 대단히 사실적으로 묘사하면서도, 다른 한편으로 악마의 얼굴은 기괴한 동물의 모습으로 묘사한다. 정확히 말하면, 그 얼굴은 하나의 동물이 아니라 여러 동물들의 얼굴이 혼합된 부자연스러운 모습을 하고 있다.[80] 이러한 묘사에서 주목할 것은 악마가 동물의 모습으로 등장했다는 점뿐만 아니라, 그 모습이 다양한 동물의 혼성적 특성을 띠고 있다는 것이다. 악마의 연회로 불리는 대규모 집회에서 "악마는 긴 꼬리와 염소 다리, 박쥐 날개를 가지고"[81] 있는 것으로 묘사되기도 한다. 변신을 거듭하는 악마의 특성이 여기서 다양한 동물들의 뒤섞인 모습으로 표현되고 있는 것이다. 기독교적인 질서에서 선과 악, 인간과 동물 등의 경계가 명확히 그어져 있는 데 반해, 악마는 경계를 어지럽히며 혼종성을 만들어내는 존재로 나타난다. 토마스 아퀴나스는 『신학대전*Summa Theologiae*』(1485)에서 악마가 여자와 관계를 맺을 때는 인큐버스라는 남자 형상

80 Barasch: Tiermasken, 136쪽 참조.

81 로진스키: 「중세 유럽의 운명을 결정한 책」, 558쪽.

의 악마가 되고, 남자와 관계를 맺을 때는 서큐버스라는 여자 형상의 악마로 변한다고 주장하는데,[82] 여기서도 우리의 일반적 통념과 달리 악마가 하나의 성에 고정되어 있지 않음을 확인할 수 있다. 또한 악마는 마녀와 성관계를 맺어 "늑대 머리와 용의 꼬리를 가진 괴물"[83]을 낳기도 하는 것으로 알려졌는데, 여기서도 악마 스스로가 다양하게 변신하는 혼종적인 존재인 동시에 혼종적 존재를 만들어 내는 근원이기도 함을 알 수 있다.

다와다 요코도 시학강연집인 『변신』에서 얼굴에 대해 성찰하면서, 중세 유럽에서는 변신의 기술을 보여 주는 다양한 얼굴을 갖고 있는

82 로진스키: 같은 글, 542쪽 참조.

83 로진스키: 같은 글, 560쪽.
악마의 연회에 참석한 죄로 희생된 첫 번째 여성으로 알려진 안젤라 라바르트라는 56세의 귀족여성은 악마와 관계하여 "늑대 머리와 용의 꼬리를 가진 괴물"을 낳은 것으로 전해지는데, 남의 집 아이를 훔쳐 이 괴물에게 바쳤다는 것이다.

슈테판 로흐너의
〈최후의 심판〉(1435)

존재들이 부정적으로 평가되어 왔음을 강조한다. 그녀는 슈테판 로흐너Stefan Lochner의 〈최후의 심판Weltgericht〉(1435)이라는 그림에 등장하는 녹색 악마의 "어깨와 배와 무릎에 각각 하나의 얼굴이 달려 있는" 반면, "천사들은 모두 단 하나의 얼굴만 갖고 있음"에 주목하게 한다.[84] 이는 동양의 불교에서 보통 "42개의 손과 11개 내지 27개의 얼굴을 지닌"[85] 천수관음과 대비를 이룬다. 즉 천수관음이 그렇게 많은 손과 거기에 달린 눈으로 세상 사람들을 도처에서 관찰하고 구원할 수 있는 반면, 다양한 얼굴로 변신하는 중세 유럽의 악마는 인간에게 해를 끼치는 부정적인 존재로 간주되는 것이다. 이로써 중세에는 변신 및 이와 관련된 혼종성이 기독교적인 세계질서를 위협하는 파괴적이고 부정적인 힘과 속성으로 나타나고 있음을 알 수 있다.

84 Tawada: *Verwandlungen*, 47쪽.

85 같은 곳.

Becoming-Animal

4. 근대

1) 인간중심주의와 동물의 격하

르네상스 시대에 인간과 동물의 모습을 비교하며 인간의 외적, 내적 특성을 밝히려는 관상학이 발전하지만, 이는 더 이상 인간의 인식을 벗어나 있는 피안의 세계, 절대적인 타자의 세계를 보여 주기 위한 것이 아니라 인간 자신을 드러내기 위한 것이다.[86] 즉 동물과의 비교는 이제 인간적인 목적에 종속되어 있는 것이다. 비록 르네상스가 인본주의를 내세우며 인간의 존엄성을 강조할지라도, 그것은 동물의 지위 향상과는 아무런 관련이 없었다.

근대에 들어 인간은 동물을 포함한 자연을 모두 자신의 관찰대상으

86 Barasch: Tiermasken, 138-139쪽 참조.

로 격하하며 그것에 종속적인 지위를 부여한다. 이제 동물은 더 이상 신성한 존재가 아니며, 감정도 사고 능력도 지니지 못한 일종의 사물의 지위로 추락한다. 그러한 생각은 특히 데카르트에게서 정점에 이른다.

근대의 대표적 철학자인 데카르트는 『방법서설*Discours de la méthode*』(1637)에서 인간을 동물과 근본적으로 구분한다. 흥미로운 것은 이러한 구분에 앞서 그가 인간과 구분되는 동물을 기계와 동렬에 놓고 있다는 점이다. 그는 동물의 신체가 기계와 그 구조에 있어 차이가 없으며, 단지 "어떤 기계와도 비교가 안 될 정도로 잘 질서 지어져 있고, 스스로 탁월한 운동을 하는 기계"[87]일 뿐이라고 말한다. 그래서 그는 이성이 없는 다른 동물들과 똑같은 기관과 모습을 지닌 기계를 만들 수 있다면, 그 기계는 동물과 같은 본성을 지니리라고 생각한다. 이에 따라 인간과 동물의 근본적인 차이를 데카르트는 인간과 기계의 차이로 대신 설명한다.

데카르트는 인간과 기계의 첫 번째 차이를 언어 능력 내지 기호사용 능력에서 찾는다. 비록 인간과 유사한 신체를 지닌 기계를 만든다고 하더라도, 그러한 기계가 인간처럼 말과 기호를 사용해 다른 사람에게 생각을 전달하지는 못한다. 물론, 가령 기계의 어느 부분을 만지면 어떤 소리가 나도록 만들 수는 있지만, 이것은 구체적인 배치에 따른 구체적인 개별 행동에 그칠 뿐, "모든 의미에 대해 대답할 정도로

87 르네 데카르트: 『방법서설』. 실린 곳: 데카르트(이현복 옮김): 『방법서설. 정신지도를 위한 규칙들』. 문예출판사 2006, 213쪽.

말을 다양하게 정돈"[88]할 수는 없다는 것이다. 유사한 맥락에서 데카르트는 두 번째 차이를 언급한다. 기계가 인간보다 종종 더 많은 일을 하고 또 심지어 그 일을 더 잘할 수 있다고 해도, 그것은 인식에 의한 것이 아니라 기관의 배치에 따른 것일 뿐이다. "왜냐하면 이성은 모든 상황에 적절히 대처할 수 있는 보편적 도구인 반면에, 이 기계가 개별적 행동을 하기 위해서는 이에 필요한 개별적인 배치가 기관 속에서 이루어져야 하지만, 우리 이성이 우리에게 행동하게 하는 것과 같은 방식으로 삶의 모든 상황에서 행동하기에 충분히 다양한 배치가 한 기계 속에 있다는 것은 사실 불가능한 일이기 때문이다."[89] 즉 기계를 구성하는 개별 부품들의 배치 가능성은 제한되어 있고 특정한 방식으로 반복되는 데 반해, 인간의 이성은 그러한 배치를 상황에 맞춰 자유롭게 바꾸며 대처할 수 있는 보편적 능력을 가지고 있다는 것이다. 그 때문에 기계는 인간에 비해 열등하며 근본적으로 차이가 난다.

기계와 인간을 비교하는 데카르트의 설명에서 몇 가지 특징적인 점을 발견할 수 있다. 첫 번째로 데카르트는 기계를 구성하는 부품 내지 요소들의 결합 또는 배치 가능성을 제한적인 것으로 보며, 기계를 동일한 것만을 반복하는 자동기계와 동일시하고 있다. 이것은 사이버네틱스와 전자네트워크가 발전하면서 재귀적인 반복을 통해 자기생산을 하는 현대의 기계가 지닌 자율성을 전제하지 않는다. 나중에 자세히 살펴보겠지만, 들뢰즈와 가타리 역시 동물을 기계와 동렬에 놓으며 긴밀한 연관성을 강조하지만, 이 경우 이들은 반복강박적인 자동

88 데카르트: 『방법서설』, 214쪽.

89 같은 곳.

기계 대신 자기생산적이며 반복을 통해 차이를 만들어 내는 기계론적 기계 개념을 사용한다는 점에서 데카르트와 차이를 보인다. 또한 잠재성을 바탕으로 무한한 기계적 배치를 만들어 내는 것이 인간 이성이 아니라 '추상적 기계' 내지 동물적인 '욕망하는 기계'라는 점에서도 들뢰즈와 가타리는 데카르트의 관점을 전복시키고 있다.

두 번째로 데카르트는 '앎'과 '함'을 분명히 구분하고 있다. 그는 기계가 인간보다 많은 것을 할 수 있고 심지어 더 잘할 수 있다며, 기계의 행위 능력이 때로 인간보다 우위에 있다는 점을 인정하면서도, 오로지 인간만이 이성에 근거해 대상을 인식할 수 있다며 앎과 함은 분리시킨다. 이처럼 주체와 대상을 명확히 분리하는 것을 전제로 한 앎이 곧 인식인데, 이로부터 앎은 삶과 행위로부터 분리되고 만다. 하지만 구성주의 생물학자인 마투라나와 바렐라는 앎이 오히려 살아가는 행위를 통해 이루어짐을 강조한다. 자아가 관찰하는 세계는 관찰자와 독립적으로 존재하여 객관적으로 인식되는 것이 아니라, 자아의 관찰 행위를 통해 해석되고 인식된다. 따라서 관찰이라는 행위 자체가 관찰자의 세계를 구성하고 앎을 형성하는 것이다. "관찰자는 유기체의 모든 상호작용을(관찰한 행동 전체를) 인지적 행위로 평가할 수 있다. 그러므로 살아 있다는 사실 자체가(생물로서 구조접속을 끊임없이 유지하는 일이) 바로 그 생물의 존재영역에서 일어나는 인식활동이다. 경구로 나타내자면, **삶이 곧 앎이다**. 다시 말해 생명활동이란 생물로서 존재하는 데에 효과적인 행위이다."[90] 이러한 실천적 관점에서 보자면, 인간

90 움베르또 마뚜라나/프란시스코 바렐라(최호영 옮김): 『앎의 나무. 인간 인지능력의 생물학적 뿌리』. 갈무리 2015, 197쪽.

뿐만 아니라 지렁이 같은 생물조차 생존을 유지하는 행위를 하면서 동시에 인식활동을 하고 있다고 말할 수 있을 것이다.

앞에서 살펴본 것처럼, 데카르트는 기계와 인간의 비교를 통해 양자가 근본적으로 구별된다는 것을 증명하려고 하였다. 그런데 데카르트는 동물을 복잡한 기계로 간주하면서도 양자의 질적 차이를 인정하지 않았기 때문에, 동물 역시 인간과 근본적으로 구별된다. 그에게 동물은 바퀴와 태엽으로 만들어져 매번 똑같은 운동만을 기계적으로 반복하는 시계와 다르지 않다. 기관의 배치에 따라 그러한 기계적 반복을 수행하도록 하는 것은 정신이 아니라 자연, 즉 본능이다. 다시 말해 동물은 정신적 존재가 아니라 본능적 존재라는 것이다. 그는 "동물이 우리보다 더 잘한다는 것은 정신을 갖고 있음을 증명하는 것이 아니다"[91]라고 말한다. 여기서 함은 앎과 분리되며 정신과의 연결성을 상실하는 것이다. 이처럼 자연적인 본능에 따라 기계적으로 행동하는 동물은 결코 주체가 될 수 없으며 대상의 지위밖에 지니지 못한다. 인간은 그러한 동물을 포함한 "자연의 주인이자 소유자가 된다."[92]

데카르트는 동물이 인간보다 단순히 적은 이성을 지닌 것이 아니라 본질적으로 전혀 이성을 지니지 않고 있다고 주장한다.[93] 물론 데카르트는 '이성적 영혼'이라는 개념을 사용함으로써 인간보다 더 우월한 창조자인 신의 존재를 전제하고 있고, 인간의 이성이 물질의 힘으로부터 비롯된 것이 아니라 신에 의해 '창조'되었다고 말한다. 이로

91 데카르트: 『방법서설』, 215쪽.

92 데카르트: 같은 책, 220쪽.

93 데카르트: 같은 책, 215쪽 참조.

써 데카르트는 인간의 자율성을 제한하며, 신에 의해 질서 지어진 자연의 법칙을 인간이 이성의 힘으로 인식하고 재현할 것을 요구한다. 또한 데카르트는 인간의 영혼 내지 이성이 신체와 전적으로 무관하고 그 때문에 신체가 사멸하고 나서도 계속 존속할 수 있다며 영혼불멸을 주장한다.[94] 중세 기독교사회에서도 악마가 인간의 신체에는 침투할 수 있지만 영혼 속으로 들어가는 것은 불가능하며 오직 영혼을 창조한 신만이 그렇게 할 수 있는 것으로 간주되는데,[95] 이러한 신체에 대한 영혼의 우위는 데카르트에게서도 확인된다. 이처럼 데카르트는 신체에 대한 이성의 우위를 주장하고 신체를 단순히 동물적인 것으로 격하함으로써, 이성으로 파악할 수 없고 따라서 의미화과정에 포섭될 수 없는 신체적 욕망과 정동의 중요성을 간과한다.

데카르트에 따르면, 동물은 영혼이 결여된 자동기계 같은 존재일 뿐만 아니라, 본능만 있을 뿐 아무런 감정도 없는, 따라서 고통도 느끼지 못하는 존재이다. 이러한 생각은 당시 널리 행해지던 동물실험을 아무런 양심의 가책 없이 수행할 수 있도록 해 주는 근거가 되었다. 당시에는 마취제가 없었기 때문에 동물은 생생한 고통을 느끼며 실험에 이용되었는데, 데카르트는 살아 있는 동물의 해부를 수행하는 데 적극적으로 참여했다.[96]

데카르트의 정신과 신체의 이원론을 일원론으로 통합한 스피노자는 동물에 감정이 있음을 인정했지만, 동물의 감정과 인간의 감정은

94 데카르트: 같은 책, 217쪽 참조.

95 크라머/슈프랭거: 『말레우스 말레피카룸』, 270쪽 참조.

96 싱어: 『동물해방』, 343쪽 참조.

다르며 양자가 본성에 있어 근본적으로 다르다는 점을 강조한다. 그는 "동물의 도살을 금하는 그 규정이 건전한 이성보다 오히려 근거 없는 미신과 여성적인 동정에 기초를 두고"[97] 있는 것으로 보았고, "그 때문에 우리가 우리의 이익을 고려하고, 동물을 마음대로 이용하며, 또한 우리에게 가장 편리하도록 그것들을 다루는 것"[98]을 허용해야 한다고 주장하였다. 스피노자는 원시사회에서의 동물숭배를 비판적으로 바라보았으며, 신과 인간, 동물 사이의 위계를 확고히 하였다. 그래서 그는 자연에서 인간과 교류하며 우정 어린 관계를 맺을 수 있는 개체는 존재하지 않는 것으로 간주했으며, 따라서 자신의 이익을 추구해야 하는 인간이 동물을 비롯한 다른 개체의 보존을 고려할 필요가 없다고 생각하였다.[99]

라이프니츠는 「모나드론La Monadologie」(1714, 1720년 출판)에서 동물에 영혼이 있다고 말함으로써 동물의 신체를 단순한 기계로 전락시킨 데카르트의 철학에 맞선다. "모나드에 귀속되는 신체[100]는 엔텔레키Entelechie와 결합하여 우리가 **생명체**라고 부르는 것을 구성하고 영혼과 결합하여 **동물**이라고 부르는 것을 구성한다."[101] 라이프니츠는 동물이나 인간 모두 영혼을 지닌 존재로 간주함으로써 신의 피조물로서 이들이 가진 공통점을 강조한다. 물론 라이프니츠는 인간을 "정신 또

97 B. 스피노자(황태연 옮김): 『에티카』. 비홍출판사 2014, 264-265쪽.

98 스피노자: 『에티카』, 265쪽.

99 스피노자: 같은 책, 301쪽 참조.

100 번역문의 '육체'를 여기서는 모두 '신체'로 고쳐 인용하였음.

101 빌헬름 라이프니츠: 「모나드론」. 실린 곳: 라이프니츠(윤선구 옮김): 『형이상학 논고』. 아카넷 2016, 282쪽.

는 이성을 가진 영혼"[102]으로 부르면서 인간의 특권적 지위를 강조한다. 영혼이 피조물로 구성된 우주의 거울이라면, 인간의 정신은 이러한 우주의 체계를 인식하고 그것을 모방할 수 있는 능력을 가지고 있다는 점에서 "작은 신"[103]과도 같다.[104] 즉 인간은 동물에게 결여된 이성적인 추리의 능력을 지니며 이를 통해 필연적 진리를 인식한다는 점에서 동물과 구분된다는 것이다.[105] 그러한 차이에도 불구하고 라이프니츠는 동물을 비롯한 모든 생명체의 신체를 인간이 만들어 낸 자동기계와 구분되는 신적인 자동기계로 간주함으로써 '신체=기계'라는 데카르트의 공식을 수정한다. 물론 라이프니츠도 동물의 신체를 기계로 간주하지만, 그것은 유기적인 신체이며 무엇보다 완전한 우주적 질서를 모사하는 거울과도 같다. 인간이 만든 기계가 그것을 구성하는 개별 부품의 차원에서는 더 이상 기계가 아니라면, 신이 만든 기계인 신체는 그것의 가장 작은 부분까지도 기계라는 것이다. 이로써 라이프니츠는 신적 기계로서의 신체가 인간이 만든 기계와 '본질적으로' 차이가 있음을 강조한다.[106] 이처럼 신이 만든 신체는 아주 작은 부분

102 라이프니츠: 「모나드론」, 294쪽.

103 같은 곳.

104 같은 곳 참조.

105 라이프니츠는 종교적인 신앙과 과학적인 인식의 대립 대신 이들을 어떻게 조화시키며 하나로 만들 수 있을지 그의 『변신론(辯神論)』에서 고민한다. "성서와 자연의 책이 서로 모순되는 진리를 말하는 것이 아니라고 생각하는 라이프니츠는 신앙의 대상들이 이성의 조정을 통해서 모순 없이 과학과 조화될 수 있다고 주장한다"[이상명: 「라이프니츠. 변신론과 인간의 자유」. 실린 곳: 『철학』 106(2011), 54쪽].

106 라이프니츠는 데카르트와 같은 근대인들이 인간이 만든 기계와 신이 만든 기계를 그저 크기와 복잡성에 따른 정도의 차이의 관점에서 바라본 것을 비판한다. 라이프니츠: 「자연, 실체들의 교통 및 영혼과 육체 사이의 결합에 관한 새로운 체계」. 실린 곳: 라이프니츠: 『형이상학 논고』, 155쪽 참조.

까지 우주적 질서를 표현하고 있을 뿐만 아니라 또한 그 안에 영혼이 깃들어 있기 때문에 특별한 의미를 부여받으며, 그래서 단순히 파괴하고 그 생명을 뺏을 수 없는 것이 된다. 그럼에도 불구하고 라이프니츠에게서도 신체는 정신에 대해 종속적인 지위를 갖는다. 말년에 그가 영혼이라는 단순한 실체로서의 모나드가 모나드들의 결집체인 신체와 어떻게 결합할 수 있는지를 예정조화설이 아니라 '실체화 관계 vinculum substantiale'라는 개념으로 설명할 때도,[107] "정신이라는 지배 모나드가 자신의 몸을 소유하고 지배하는 방식으로 영혼과 몸의 실제적 결합을 설명한다."[108]

라이프니츠 철학에서 주목할 만한 또 한 가지 특징은 그가 모든 신체의 변신을 강조하고 있다는 점이다. 데카르트가 영혼불멸설을 주장하며 신체에 대한 영혼의 독립적 위치를 강조했다면, 라이프니츠는 영혼뿐만 아니라 신체의 불멸을 주장한다. "그것은[동물의 유기체적 신체], 비록 거친 부분의 파괴를 통하여, 이 부분들이 출생 이전에 우리의 감각기관에 나타나지 않았던 것처럼 우리의 감각기관에 나타나지 않는 미소한 부분으로 환원되기는 하지만, 영혼뿐만이 아니라 동물과 그의 유기체적 기계도 보존되는 것이라고 판단하도록 하였다."[109] 라이프

107 라이프니츠가 「모나드론」에서 갖고 있었던 예정조화설에 대한 생각은 말년에 예수회 신부인 데 보스와 편지를 주고받는 과정에서 흔들리기 시작한다. 라이프니츠는 영혼과 육체의 결합과정을 예정조화설로 설명할 수 없음을 깨닫고 '실체화 관계'라는 개념으로 이를 설명하려 시도한다. 이에 대한 자세한 내용은 경혜영: 「들뢰즈의 라이프니츠 읽기. 실체화 관계와 새로운 가능성」. 실린 곳: 『인문학 연구』 23(2013), 86-111쪽 참조.

108 경혜영: 「들뢰즈의 라이프니츠 읽기」, 104쪽.

109 라이프니츠: 「자연, 실체들의 교통 및 영혼과 육체 사이의 결합에 관한 새로운 체계」, 152-153쪽.
또 다른 글에서도 라이프니츠는 유기체적 기계로서의 신체가 죽거나 소멸되는 것이

니츠는 신을 제외하고 어떤 생명체도 신체로부터 분리된 영혼으로 존재할 수 없다며 영혼과 신체의 결합을 강조한다. 그러나 그러한 결합은 결코 고정적인 관계가 아니라 끊임없이 변화한다. "각 영혼이 그에게 영구히 배정된 한 덩어리의 물질 또는 어떤 물질 조각을 가지고 있고, 따라서 영혼이 항상 그를 섬기도록 규정된 다른 낮은 생명체를 가지고 있다고 생각해서는 안 된다. 왜냐하면 모든 신체는 강물처럼 영속하는 흐름 속에 있고, 부분들이 끊임없이 들어오고 나가기 때문이다."[110] 따라서 영혼의 신체는 끊임없이 변하는데, 그러한 과정은 보통은 점진적으로 이루어지지만 생식이나 죽음의 경우처럼 분명하게 그 변화가 식별될 수 있는 경우도 있다. 하지만 라이프니츠에게 죽음은 데카르트에게서처럼 영혼과 신체의 분리를 의미하는 것이 아니라, 영혼이 큰 생명체에서 작은 생명체로 신체를 바꾸는 과정이며, 반대로 생식은 영혼을 지닌 정충이 보다 큰 동물로 발전하며 신체를 바꾸는 과정으로 설명된다.

물론 변신에 대한 라이프니츠의 생각은 오늘날의 과학적 관점에서 보았을 때 여러 가지 문제점이 있지만, 흥미로운 점들도 많다. 먼저 라이프니츠는 신학적인 세계관을 포기하지 않으면서도 변신을 악마나 마녀의 사악한 행위와 연결시키는 중세적인 관점에서 벗어나 있

아니라 변형될 뿐임을 강조하고 있다. "이에 따르면 영혼뿐만 아니라 동물들도 생성될 수 없고 소멸될 수도 없다. 그들은 단지 발전하고, 쇠퇴하고, 옷을 입고, 옷을 벗는 등 변형될 뿐이다. 영혼은 결코 그들의 신체로부터 전적으로 분리되지 않고, 한 신체로부터 그들과 전적으로 낯선 다른 신체로 이행하지도 않는다. 따라서 결코 윤회란 존재하지 않으며, 그 대신 변형만이 존재한다. 동물들은 단지 몇몇 부분들만을 변경하는데, 이 부분을 받아들이고 저 부분을 버린다"(라이프니츠: 「자연과 은총의 이성적 원리」. 실린 곳: 라이프니츠: 『형이상학 논고』, 236쪽).

110 라이프니츠: 「모나드론」, 288쪽.

다. 즉 그는 변신에 붙어 있던 부정적인 함의를 걷어 낼 뿐만 아니라, 심지어 그것을 만물의 중요한 법칙으로 끌어올린다. 이러한 변신의 과정이 주로 비감각적인 점진적 변신으로 이루어지다가 생식이나 죽음 같은 경우에 있어서 명백히 식별될 수 있게 나타난다는 생각은 원시 시대의 동물-되기나 들뢰즈와 가타리의 동물-되기 같은 순간적인 변신보다는 진화론에서의 변신과정과 더 유사하다. 물론 변신에 관한 라이프니츠의 관점은 계통발생적 차원이 아니라 개체발생적 차원을 다루고 있기 때문에 진화론과 직접 관련이 있는 것은 아니지만, 변신을 순간적인 변화가 아니라 서서히 이루어지는 점진적인 과정으로 본다는 점에서는 연관성을 지니기도 한다. 물론 이러한 변신은 「모나드론」에서는 라이프니츠가 주장한 예정조화설의 틀 속에서 이루어지는 것으로 간주되기 때문에 여전히 신학적 맥락에서 완전히 벗어나지는 못한다. 또한 진화론과 마찬가지로 라이프니츠가 말한 변신 역시 자율적인 변신이 아니라 타율적인 변신이라는 공통점도 지닌다. 즉 변신의 주체가 스스로의 의지나 욕망에 의해 변신하는 것이 아니라, 신이 정한 자연적 법칙에 따라 변신한다는 점에서 그러한 변신은 타율적이라고 할 수 있다.[111]

라이프니츠가 말하는 변신이 과연 동물과 인간 사이에 이루어지는 변신과정이나, 현상적인 차원이 아니라 강도적인 차원에서의 인간의 동물-되기를 포함할 수 있을까? 그가 영혼과 신체로 이루어진 기계의

111 라이프니츠는 이성적인 존재인 인간에게 자유를 부여하지만, 그것은 오직 정신적 존재로서의 인간에게만 그러한 것이다. "정신과 신체가 합일되어 있는 인간이 아니라 인간의 정신이 자유로운 것이며 신체는 물리적으로 결정된다"(이상명: 「라이프니츠」, 65쪽).

변신을 이야기할 때 그러한 변신 속에서 그 기계는 동일한 기계로 남아 있는 것으로 묘사되는데, 여기서 영혼의 동일성이 보장되기 때문에[112] 인간과 동물 간의 상호 변신 가능성은 배제되는 것처럼 보인다. 즉 신체는 변해도 영혼은 동일한 상태로 남아 있다는 것이다. 하지만 다른 한편 라이프니츠가 정충을 이미 영혼이 깃든 작은 동물로 간주하면서도 그것이 그 상태에서는 아직 이성을 가지고 있지 않고 수태를 통해서야 비로소 이성을 지닌 인간으로 발전한다고 말할 때,[113] 여기서 어떤 본질적인 변화가 일어나며 동물(의 영혼)이 인간(의 이성)으로 변신할 수 있음을 알 수 있다. 따라서 동물의 영혼이 인간의 이성으로 상승하거나 반대로 단순한 엔텔레키로 하강하는 것이 가능하다. 즉 신체의 변화는 영혼의 변화도 가져올 수 있는 것처럼 보인다.

또한 라이프니츠는 인간에게 특별한 지위를 부여하며 인간의 정신적 모나드를 동물의 영혼의 모나드와 구분한다. 더욱이 인간의 이성적 특성이 완전성을 지향하도록 만들어져 있기 때문에 강도적인 차원에서의 인간의 동물-되기도 불가능한 것처럼 보인다. "이성적인 영혼들은 훨씬 더 높은 법칙들을 따르고, 물질의 모든 변화가 인격의 도덕적 특성을 상실하게 하지 않도록 신이 잘 배려하였기 때문에, 그들로

112 "따라서 우리는 자연의 기계는 참으로 무한한 수의 기관을 가지고 있고, 그것을 파괴하는 것이 불가능할 정도로 매우 견고하고 모든 사고에 견딜 수 있다는 것을 알아야 한다. 그들이 받는 다양한 주름을 통하여 그들은 단지 변형만이 이루어질 뿐이고, 그들이 사라진다고 사람들이 믿고 있을 때 그들은 단지 한 번은 팽창되고, 한 번은 수축되며, 말하자면 농축되는 것이기 때문에, 자연기계는 그의 가장 작은 부분에 있어서도 기계로 존재하고, 그뿐만 아니라 그것은 항상 한 번 존재했던 기계와 동일한 기계로 존재한다"(라이프니츠: 「자연, 실체들의 교통 및 영혼과 육체 사이의 결합에 관한 새로운 체계」, 155-156쪽).

113 라이프니츠: 「자연과 은총의 이성적 원리」, 234-235쪽 참조.

하여금 정신들로 이루어진 사회의 시민자격을 상실하도록 할 수 있는 모든 것들로부터 자유롭다."[114] 그러나 예정조화설에도 불구하고 그것이 인간의 자유를 박탈하는 것은 아니며 이러한 자유로 인해 오히려 죄와 악행이 발생할 수도 있듯이,[115] 들뢰즈와 가타리처럼 지배 모나드인 정신이 신체를 포획하는 방식의 정신-육체 결합이 흔들릴 수 있는 것으로 해석할 여지도 있다. 실제로 인간이 단순한 이성적 존재가 아니라 동물처럼 감각과 기억을 지니고 있으며 그래서 동물적 영혼, 즉 동물적 모나드도 갖고 있다고 본다면, 이러한 동물 모나드가 지배 모나드인 이성적 정신의 소유와 포획에서 벗어날 때 인간의 동물-되기의 가능성을 배제할 수 없다.[116] 물론 이성과 신성을 조화롭게 하려 했던 라이프니츠에게 그러한 동물-되기는 이상적인 것이 아니었겠지만, 그의 이론에서 그러한 함의를 끌어내는 것은 결코 불가능하지 않다.

인간의 정신과 신체의 이분법적 구분에 대한 비판은 니체에 이르러 탈신학적인 맥락에서 본격적으로 이루어진다. 니체는 『차라투스트라는 이렇게 말했다*Also sprach Zarathustra*』(1883)에서 데카르트에게서 나

114 라이프니츠: 「자연, 실체들의 교통 및 영혼과 육체 사이의 결합에 관한 새로운 체계」, 153-154쪽 참조.

115 이상명: 「라이프니츠」, 63쪽 참조.

116 "이성적 모나드는 지배 모나드로서만 존재하지만 동물 모나드는 이성적 모나드의 지배를 받을 수도, 또는 그로부터 독립적인 지배 모나드로 존재할 수도 있다. 엔텔레키는 더 이상 독립적으로 존재하지 못하며 몸 또는 복합체에만 연관된다. 그런데, 중요한 점은 이러한 발전의 정도는 처음부터 엔텔레키에서 시작해서 올라가는 것이 아니라, 동물적 영혼이 이성적 정신으로 올라가거나, 엔텔레키로 내려가는 것으로 보아야 한다는 것이다. 따라서, 모든 모나드는 동물 모나드라고 해도 무방하며, 그중에서 어떠한 지성의 빈쿨룸에도 속하지 않는 소수자 또는 제3세계 동물 모나드들이 존재하는 것이다"(경혜영: 「들뢰즈의 라이프니츠 읽기」, 110-111쪽).

타나는 정신(이성)과 신체의 위계적 관계를 다음과 같이 전도한다. "나는 전적으로 신체일 뿐, 그 외의 어떤 것도 아니다. 영혼은 신체에 붙어 있는 무언가를 가리키는 말에 지나지 않는다. … 신체는 큰 이성이고 … 네가 '정신'이라고 부르는 작은 이성 역시 신체의 도구일 뿐이다. 즉 그것은 너의 큰 이성의 작은 도구이자 장난감인 것이다."[117] 마치 데카르트를 겨냥하듯이, 니체는 영혼과 정신, 이성을 비판하고, 그것들을 더 큰 이성인 지적 신체의 도구이자 장난감, 즉 사물의 지위로 격하한다. 이로써 신체에 대한 이성의 우위는 니체에게서 완전히 전복되고 마는 것이다.

물론 니체가 이성적인 인간의 죽음을 선언하기는 했지만, 미래의 주인공을 동물이 아닌 '초인Übermensch'으로 예고했기 때문에, 신체와 동물성 간의 연관성이 충분히 강조되지는 못하였다. 하지만 나중에 들뢰즈와 가타리는 니체의 초인 개념을 인간의 동물-되기라는 사유 속에서 전개하며 니체의 사상을 발전적으로 계승해 나간다.

신승철은 오늘날의 전자동화된 공장식 축산시설의 철학적 기원을 데카르트에게서 찾는다. 그는 헨리 포드가 체계적인 도살장 시스템에서 힌트를 얻어 자동차 생산 라인을 만든 것을 언급하며, 동물을 생명으로 보지 않고 이윤을 위한 수단으로만 보는 생명경시 태도가 동물을 기계처럼 생각하며 생명 적대적인 환경에서 대량 사육하고 소비하게 만들었다고 말한다. 그리고 이러한 동물과 기계의 동일시가 바로 데카르트에게서 비롯되었다는 것이다.[118] 더 나아가 동물을 자동기계

117 Friedrich Nietzsche: *Also sprach Zarathustra*. Kritische Studienausgabe v. Giorgio Colli u. Mazzino Montinari. München 1999, 39쪽.

로 보는 태도는 인간 스스로에게까지 영향을 미쳐, 노동자로서의 인간의 생명을 경시하며 기계적인 노동을 수행하는 환경을 만든다. 그러한 환경에서 인간이 지닌 자유와 욕망은 전혀 고려되지 않으며, 인간은 그저 일하는 자동기계로 전락하고 마는 것이다.[119]

물론 계몽주의 시대에 동물에 대한 인간의 태도변화가 어느 정도 나타난다. 이것은 우선 사회, 경제적인 변화를 통해 동물과 인간의 관계가 변화한 것에서 비롯된다. 그 이전까지 농경사회에서는 인간과 동물이 삶 속에서 밀착되어 함께 살아감으로써 양자를 명확히 구분하며 인간의 고유성을 보장할 필요가 있었다면, 18세기에 들어오면서 산업화와 도시화가 진행되고 동물들이 점점 삶의 주변부로 밀려나 보이지 않기 시작하면서 이러한 구별의 필요성이 줄어들기 시작한다.[120] "그리하여 도시의 교양층에서는 동물에 대한 열광과 호감이 생겨나기 시작했고"[121] 애완동물도 늘어나기 시작한다.

데이비드 흄은 동물을 인간의 목적에 따라 사용하는 것은 여전히 허용했지만, 더 이상 잔인한 방법을 사용해서는 안 된다며 소위 '관대한 사용'을 주장한다. 루소나 볼테르도 동물을 관대히 다루는 것에 찬성하였다.[122] 그리고 "19세기가 시작하면서 동물보호운동과 동물애호가들의 대중문화가 정착하였다."[123] 그리하여 1822년 아일랜드 출신

118 신승철: 『갈라파고스로 간 철학자』. 서해문집 2013, 40-41쪽 참조.

119 신승철: 『갈라파고스로 간 철학자』, 48-49쪽 참조.

120 Kompatscher, Spannring u. Schachinger: *Human-Animal Studies*, 101쪽 참조.

121 같은 곳.

122 싱어: 『동물해방』, 345-346쪽 참조.

123 Kompatscher, Spannring u. Schachinger: *Human-Animal Studies*, 101쪽.

의 지주이자 주의회 성원인 리처드 마틴이 제출한 가축학대 반대 법안이 통과된다. 그러나 이 법안에서 "개와 고양이는 보호대상에서 제외되었다. 더욱 유의해서 보아야 할 사항은 마틴이 사유재산을 보호하는 법안과 유사한 모양새로 법안을 만들어야 했다는 점이다. 즉 동물 자체를 위해서라기보다는, 소유주의 이익을 위하는 것처럼 법안을 만들어야 했던 것이다."[124] 물론 이러한 법안은 말 못 하는 피해자인 동물을 대변하는 최초의 동물복지단체를 탄생시키는 등 큰 의미가 있었지만, 여전히 동물에 대한 보편적인 변화된 인식을 끌어내는 데는 한계가 있었다. 즉 그것은 동물권을 주창하는 것으로까지는 나아가지 못하였던 것이다.

이러한 한계는 칸트와 헤겔의 철학에서 명확히 드러난다. 칸트는 『실용적인 관점에서의 인간학*Anthropologie in pragmatischer Hinsicht*』(1798)에서 인간을 동물과 구분시켜 주는 특성으로 무엇보다 자기지시적인 특성을 든다. "인간이 자신의 표상 속에 자아를 가질 수 있다는 사실이 그를 지상에 사는 모든 다른 생명체들 위로 무한히 끌어올린다. 이를 통해 그는 하나의 인간, 즉 그에게 일어날 수 있는 모든 변화에도 불구하고 의식의 통일성에 의해 동일한 인간인 것이다. 다시 말해 인간은 자신이 마음대로 처리할 수 있는, 이성이 없는 동물과 같은 사물들로부터 그 지위와 존엄성을 통해 완전히 구별되는 존재이다."[125] 칸트에 따르면, 동물과 달리 인간은 자신의 표상 속에서 자아에 대한 의식

124 싱어: 『동물해방』, 348-349쪽 참조.

125 Immanuel Kant: Anthropologie in pragmatischer Hinsicht. In: ders.: *Kants Werke. Akademie Textausgabe*. Bd. VII. Berlin u. New York 1968, 127쪽.

을 지니며 '이것이 나다'라고 말할 수 있는 자기지시성을 갖는다. 삶에서 겪는 다양한 변화에도 불구하고 통일된 의식을 갖는 이러한 자아에 대한 의식이야말로 인간 고유의 특징이라는 것이다. 나아가 칸트는 비이성적인 동물과 구분되는 존재로서 인간의 이성적 특성을 강조한다. 이러한 자아에 대한 의식과 오성 및 이성의 소유를 통해 인간은 동물과 근본적으로 구분된다. 이러한 차별성은 인간이 마음대로 동물을 지배하고 자신의 목적을 위해 사용할 수 있는 근거가 되기도 한다. 칸트는 오직 인간만이 그 자체로 목적이 되어야 하며 결코 수단으로 사용될 수 없다고 말하는데, 이는 반대로 동물을 인간의 목적을 달성하기 위한 수단으로 사용하는 것을 정당화시켜 준다. 물론 칸트는 동물에 대해서 인간이 '간접적인' 의무를 지니고 있으며, 동물에 대한 학대가 인간에 대한 학대로 나아갈 수 있음을 경고한다.[126] 그럼에도 불구하고 그의 철학은 명백히 인간중심적이며, 동물을 한갓 수단으로 사용하는 것을 막아 줄 어떤 철학적 방향도 제시하지 않는다.

헤겔은 『법철학 개요*Grundlinien der Philosophie des Rechts*』(1820)에서 동물이 욕구와 충동은 갖고 있지만 인간과 달리 의지를 갖고 있지 않다며, 동물에 대한 인간의 우월성을 강조한다. 그러나 그는 단순히 이러한 우월성의 관계를 정립하는 것에 그치지 않으며, 이로부터 인간중심적인 법의 확립으로 나아간다. "모든 사물은 인간의 소유가 될 수 있다. 왜냐하면 인간은 자유로운 의지이며, 이러한 의지로써 절대적으로 자기를 관철해 나갈 수 있는 존재인데, 이에 반하여 인간에게 대립되는 것

126 Kompatscher, Spannring u. Schachinger: *Human-Animal Studies*, 117쪽 참조.

은 이러한 성질을 갖고 있지 않기 때문이다. 따라서 인간은 누구나 자신의 의지를 물건으로 삼거나 또는 물건을 자신의 의지로 삼을 권리, 다시 말하면 물건을 파기하여 자기 것으로 개조할 수 있는 권리를 갖는다. … 생물체(동물)의 경우라도 역시 그처럼 외면적인 것이라고 한다면 그런 한에서는 생명체도 어김없는 하나의 물건이다."[127] "동물은 물론 스스로를 점유하고는 있다. 즉 그들의 혼이 이들의 육체를 점유하고 있는 것이다. 그렇지만 그들은 그것을 의욕하는 것은 아니며, 또한 그들의 생명에 대한 아무런 권리도 갖고 있지 않다."[128] 오늘날 여러 동물들이 인간과 마찬가지로 의지를 지닐 뿐만 아니라, 감정과 사고의 능력을 지니고 있음이 밝혀지고 있다. 하지만 근대의 대표적 철학자인 헤겔은 동물을 인간이 그 생명을 마음대로 처분할 수 있는 대상의 지위로 격하하고 있는 것이다.

"근대에 관철되기 시작한 **로마법**이 이 경우에 중요한 역할을 한다. **로마법**은 동물을 **사물**로 정의한다. 중세의 법은 동물에게 —동물에 대한 소송을 한번 생각해 보아라(오늘날 그러한 소송이 대단히 어리석고 등골이 오싹한 것으로 여겨질지라도 말이다)— 아직 일정한 주체의 지위를 인정하였다. 사람들은 동물에게 의도·의지에 따른 결정, 책임의 능력이 있다고 믿었다. 이와 반대로 근대에 동물은 강력히 대상과 상품이 된다. 사람들은 계몽주의적으로 선언된 **인권** 옆에 **동물권**을 나란히 세우지 않는다. 정반대로 동물들을 도구적으로 다루는 것이 점점 더 자명한

127 G. W. F. 헤겔(임석진 옮김): 『법철학』. 한길사 2014, 136쪽.
128 헤겔: 『법철학』, 140쪽.

일이 된다."[129] 이처럼 동물에 대한 차별과 학대는 인간과 동물을 근본적으로 구분하는 근대적 사고에서 발원한다. 데리다 역시 동물과 인간의 구분이 근대, 특히 근대의 인간 주체성의 본질임을 강조한다.

> 인간 종 가운데에는 주체들로 인정받지 못하고 동물 취급을 받고 있는 많은 '주체'들이 존재해왔으며, 지금도 여전히 존재하고 있다… 우리가 혼동스럽게도 동물이라고 부르는, 따라서 생명을 지니고 있을 뿐 그 이상은 아닌 생명체는 법이나 법의 주체가 아니다. 정당한 것과 부당한 것의 대립은 동물과 관련해서는 아무런 의미도 갖지 않는다. … 우리의 문화에서 동물의 희생은 근본적이고 지배적이며, 동물에 대한 생물학적 실험에서 볼 수 있듯이 가장 고도로 발전된 산업 기술에 의해 조절된다. 이는 우리의 근대성의 사활이 걸린 일이다.[130]

이처럼 인간은 동물과 자신을 구분 지으면서 자신의 정체성을 확립하고 동시에 자신의 법적인 기본 틀을 마련한다. 이러한 구분은 원시사회에 제도(제의)적으로 가능했던 인간과 동물 사이의 변신이 더 이상 가능하지 않다는 것을 의미한다. 동시에 변신의 억압은 인간이 단 하나의 주체성만을 지니며 통일된 주체가 되었음을 의미하기도 한다. 이러한 통일된 정체성을 지니지 못한 사람들이 중세에는 악마로 낙인찍혔다면, 근대에는 정신병자로 분류된다. 이에 반해 가타리는 오히려 통일된 주체를 병적인 상태로 간주하며, 변신을 통해 다양한 주체

129 Kompatscher, Spannring u. Schachinger: *Human-Animal Studies*, 132쪽.
130 자크 데리다(진태원 옮김): 『법의 힘』. 문학과지성사 2012, 41쪽.

성을 펼쳐 나갈 것을 제안한다.

근대에 동물을 자동기계로 보는 데카르트적인 관점이 동물을 인간의 법에서 배제하는 결과를 낳았다면, 현대에는 동물의 생명을 존중하고 그것의 고유한 특이성을 보존하려는 동물권, 나아가 생명권에 대한 생각들이 싹트고 있다. 이는 현재의 동물보호법을 넘어서는 생각이다. 현대 동물윤리의 선구자인 독일의 레오나르트 넬존은 법적 권리 및 의무와 관련해 인간과 동물 사이에 비대칭성이 존재함을 주장하며 동물의 권리를 강조한다.

> 넬존은 자신의 윤리학에서 원칙적으로 법적 주체와 의무적 주체를 구분한다. 그는 다음과 같이 주장한다. 도덕은 결코 모든 참여자의 완전히 동등한 능력에 기반을 둘 필요가 없다. 인간에게는 권리와 의무가 모두 부여된다. 따라서 인간은 법적 주체인 동시에 의무적 주체인 것이다. 반면 동물은 자명하게 인간에 대한 의무를 지니지는 않지만, 인간은 동물에 대해 일정한 권리를 시인해야 한다. 따라서 동물은 전적으로 법적 주체인 것이다.[131]

동물들이 인간처럼 보편적인 도덕에 대한 관념을 갖지 못하기 때문에 그들에게서 다른 종에 대한 도덕적 행동을 요구하는 것이 무리인 반면, 인간은 다른 종들에 대해서도 인간에 대해서와 마찬가지로 배려하는 태도를 보이는 것이 가능하다. 더욱이 인간이 지금까지 지구

131 Kompatscher, Spannring u. Schachinger: *Human-Animal Studies*, 138쪽.

의 지배자로 군림하며 생태계에 막대한 파괴적 영향을 행사해 왔음을 고려한다면, 인간이 자연과 다른 동물들에 대해 도덕적으로 보다 책임감 있는 태도를 보여 주는 것이 절실하다고 하겠다. 이것은 무엇보다 동물들을 인간과 마찬가지의 행위자, 주체, 개성을 지닌 존재로 간주하며, 그들의 권리를 인정하는 태도에서 비롯될 수 있을 것이다. 이러한 맥락에서 "동물권은 하나의 패러다임의 전환이다. 인간중심주의에서 생명중심주의로의 이행은 기존의 육식 문명, 그리고 동물을 이용·착취·학대하는 문명과 완전히 결별하기 위해 단호한 선을 긋는 시도이다."[132] 이러한 동물권에 대한 주장은 근대의 이성중심적이고 인간중심적인 사고와 법체계를 근본적으로 뒤흔들며 새로운 세상을 열어 갈 수 있을 것이다. 그러한 세상에서 동물들은 더 이상 인간의 목적에 사용되는 '유용동물'의 지위를 벗어나, 인간과 마찬가지로 고유한 욕망과 독자적인 가치, 다양한 잠재력을 지닌 존재로 자신들의 전기를 써 나가며 인간과 함께 살 수 있게 될 것이다.

2) 진화론의 인간중심주의 비판과 재생산

인간과 동물의 근본적인 구분은 기독교의 창조론에 기반을 두고 있다. 창조론에 따르면, 모든 피조물은 신에 의해 창조된 것이며, 그 때문에 서로 엄격히 구분된다. 그런데 "창세기의 창조이야기를 문자 그대로 해석하고자 하는 움직임은 17세기에 처음으로 광범위하게 확산

132 신승철: 『갈라파고스로 간 철학자』, 78쪽.

되었다. 만약 지구의 나이가 겨우 수천 년이라면, 점진적 진화과정이란 불가능하다. 이런 조건에서는 식물, 동물, 인간의 기원을 신의 직접적인 창조로밖에 설명할 수 없다."[133] 이러한 입장에서 자연신학은 세계를 거대한 기계로 보고, 신이 그러한 기계를 설계했다는 이론을 주장한다. 특히 영국의 존 레이는 "신은 지혜로울 뿐만 아니라 관대하기 때문에, 그가 종을 창조할 때 종들이 그 환경에서 잘 살 수 있도록 필요한 것들을 정확하게 제공한다"라는 입장을 피력했는데, "이 주장은 종과 환경이 처음 창조된 그대로의 모습을 유지한다는 정적인 창조를 가정한다."[134] 이러한 가정하에 레이는 각각의 종들을 연구하고 이로부터 어떤 분류체계를 만들어 냄으로써 체계적인 과학적 연구를 수행한다. 이러한 연구는 신이 세계를 세밀하게 설계했다는 전제와 충돌하지 않으며 오히려 그것을 논증하는 임무를 떠맡는다. 또한 이 명법을 통해 "모든 식물 종과 동물 종을 하나의 합리적인 체계로 분류하고자"[135] 한 스웨덴의 카를 폰 린네 역시 현대의 생물학적인 분류체계를 만드는 데 큰 기여를 했지만, 이러한 분류체계를 신의 설계 내에 이미 계획되어 있는 것으로 간주한다는 점에서는 아직 자연신학적 관점을 벗어나지 못하였다. 이처럼 근대 초기에 피조물의 기원을 과학적으로 설명하고 동식물의 다양한 종들을 합리적인 분류체계를 통해 구분하며 이해하려는 시도가 일어나기 시작했지만, 그것은 여전히 신학적인 관점의 틀 속에서 이루어지는 한계를 갖고 있었다.

133 피터 보울러/이완 리스 모러스(김봉국/홍성욱 옮김): 『현대과학의 풍경 1. '과학혁명'에서 '인간과학의 출현'까지 과학발달의 역사적 사건들』. 궁리 2016, 179쪽.

134 보울러/모러스: 『현대과학의 풍경 1』, 180쪽.

135 보울러/모러스: 같은 책, 181쪽.

그러나 이러한 자연신학적인 생각은 이미 18세기 중반부터 흔들리기 시작한다. 뷔퐁은 비교해부학적인 관점에서 인간의 해골과 말의 뼈 구조 간 유사성을 강조하며, 근본적으로 모든 포유동물이 한 가족이 될 수 있다고 추론한다. 이러한 동물들 간의 친족성은 근원적인 종으로부터 변형, 퇴화, 혼합의 과정을 거쳐 복잡하고 다양한 종들이 생겨날 수 있음을 보여 준다.[136] 이처럼 18세기 중엽 이후 신이 일회적으로 세계를 창조한 것이 아니며, 생명체와 자연이 끊임없이 지속되는 변신(변형)의 과정이라는 생각, 즉 초기 진화론 사상이 싹트기 시작한다.[137]

괴테의 형태론 역시 이러한 맥락에서 살펴볼 수 있을 것이다. 괴테는 범신론적 사고를 지녔으며, 자연의 외부에 위치한 신이 자연의 생성법칙에 관여한다는 입장을 취하지 않았다. 오히려 그는 신이 자연에 내재한다고 믿었고, 그러한 신적 자연을 그 자체의 고유한 법칙에 따라 역동적으로 생성되며 끊임없이 변화하는 것으로 생각하였다.[138] 그런데 이처럼 끊임없이 변하는 자연의 다양한 개별 형상 속에는 어떤 원형이 존재하는 것으로 전제된다. 괴테는 모든 식물들의 원천이 되는 '원형식물Urpflanze'을 찾아 나서지만, 곧 "원형식물을 통한 계통발생적 변형론을 포기한 후, 괴테의 식물계 변형론은 개체발생적인 설

136 Pascal Nicklas: *Die Beständigkeit des Wandels. Metamorphosen in Literatur und Wissenschaft*. Hildesheim u. a. 2002, 118-119쪽 참조.

137 초기 진화론의 다양한 관점들에 대한 상세한 설명은 보울러/모러스: 『현대과학의 풍경 1』, 183-195쪽 참조.

138 김연홍: 「괴테의 자연개념. 원형현상, 변형 등의 핵심개념을 중심으로」. 실린 곳: 『독일문학』 81(2002), 31쪽 참조.

명모델로 정착한다."[139] 즉 괴테는 개별자로서의 다양한 식물들의 친족성을 설명해 줄 보다 근원적이고 원형적인 식물을 찾는 것을 포기한 대신, 하나의 식물 내에서 그것의 생성이나 퇴화의 과정을 설명하려 시도한 것이다. 이에 관한 글이 바로 「식물의 변형Die Metamorphose der Pflanzen」(1799)이다.

괴테는 「식물의 변형」에서 식물을 자세히 관찰하면 "식물의 특정한 외적 부분들이 이따금 변신하며, 때로는 완전히, 때로는 다소간 인접한 부분들의 형태로 이행하고 있음"[140]을 알 수 있다고 말한다. 이때 "우리는 자연이 한 부분을 다른 부분을 통해 생성하고, 하나의 유일한 기관의 변형을 통해 다양한 형태들을 나타내는 변형의 법칙을 알게 된다"[141]라는 것이다. 괴테는 가령 한 식물의 다양한 기관들은 모두 '잎'에서 변형되어 나온 것으로 간주한다.[142]

비록 괴테는 식물을 예로 설명하였지만, 식물의 변형에 관한 괴테의 이론은 진화론의 발전과정에서 중요한 의미를 갖는다. 괴테의 변형론(또는 변신론)은 자연의 끊임없는 변화와 생성을 이야기한다는 점에서 근본적으로 기독교의 창조론과 완전히 결별한다. 오비디우스가 『변신 이야기』에서 서술하는 다양한 변신들도 근본적으로 신에 의해 이루어지는 변신이라는 점에서, 신화적 변신관은 자연의 독자적인 역

139 김연홍: 「괴테의 자연개념」, 43쪽.

140 Johann Wolfgang von Goethe: Botanik. Die Metamorphose der Pflanzen. In: ders.: *Werke Kommentare Register Hamburger Ausgabe in 14 Bänden. Bd. 13. Naturwissenschaftliche Schriften I.* München 2002, 64쪽.

141 같은 곳.

142 Goethe: 같은 글, 100-101쪽.

동적 변형을 설명하는 괴테의 변신론과는 차이가 있다. 또한 오비디우스의 책에 묘사된 변신은 지속적인 성격을 띠지 않는다는 점에서도 괴테의 변신론과 다르다. 이처럼 모든 생명체의 끊임없는 변신을 이야기하며 변신을 우주와 자연법칙의 중심에 가져다 놓았다는 점에서, 괴테의 변신론은 진화론적인 특성을 지니며 다윈의 진화론으로 가는 도정에 있다고 말할 수 있다.

하지만 괴테의 관점과 다윈의 관점 사이의 근본적인 차이점도 분명하게 드러난다. "시작이 아니라 식물의 친족관계의 중간에 위치한 원형식물이라는 개념에서 이것이 명백해진다. 따라서 괴테는 다양한 현상들의 공시적인 연관성을 찾는 것이지, 역사의 흐름 속에서 생겨나는 변이를 찾는 것이 아니다. 후자는 결정적으로 새로운 것으로서 다윈의 이론에 의해 생겨난다. 괴테가 식물의 발전에 대한 자신의 연구결과를 모든 것이 잎에서 비롯된다는 말로 요약할 때, 그에게 중요한 것은 변화 속에 있는 지속적인 것이다."[143] 다윈에게서 새로운 종으로의 변신이 변이를 통해 생겨나는 역사적인 과정인 데 반해, 괴테에게서의 식물의 변형은 역사적인 것이 아니라 불변의 이념에 해당하는 근원적 현상이 다양한 변형(변신)의 과정을 통해 감각적으로 지각될 수 있는 현상들로 나타나는 것을 의미한다. 다시 말해 괴테에게서 변신이란 현상적인 차원의 것이며, 근본적인 원형은 그 속에서도 사라지지 않고 지속적으로 나타나고 있는 것이다.

그러나 이러한 "변신은" 결코 무가치적인 것이 아니라 "낮은 단계에

143 Nicklas: *Die Beständigkeit des Wandels*, 122쪽.

서 높은 단계로 향하는, 법칙적으로 진행되는 발전으로 나타난다."[144] 괴테의 이러한 자연관은 단순히 자연의 영역에만 머무르지 않으며, 인간의 차원에까지 확장되어 윤리적, 미학적 차원을 획득한다.[145] "자기형성에 대한 이러한 호소는 괴테에게서 단 하나의 방향, 즉 위로 향한 방향만을 알 뿐이다. 변신이란 위로의 상승이다. 이러한 상승은 '본래적인 것이 됨'을 의미한다."[146] 다시 말해 인간은 변신이라는 자연의 법칙을 통찰하며 그것을 자신의 실천적 삶에 적용시켜야 하는데, 이에 따라 스스로를 형성하며 끊임없이 변신, 즉 발전해야 한다. 인간은 변신에 대한 의지를 가지고 스스로를 보다 높은 단계에 도달하도록 고양해 나가야 하는 것이다. 그리고 그러한 발전의 씨앗은 이미 그 원형 안에 맹아적인 형태로 담겨 있다고 말할 수 있을 것이다.

다윈은 『종의 기원*On the Origin of Species by Means of Natural Selection, or the Preservation of Favoured Races in the Struggle for Life*』(1859)에서 만물이 신에 의해 창조되었다는 창조론을 강력히 비판하며, 모든 종의 기원을 진화론으로 설명한다. 다윈의 진화론은 특히 '자연선택'이라는 개념을 통해 설명될 수 있다. 생존경쟁에서 살아남기 위해 생물은 자신에게 유익한 방향으로 변이하며, 이러한 변이를 보존하고 유전을 통해 후대에 전하려고 한다. 자연적인 조건하에서 이루어지는 이러한 변이의 발생과 보존 그리고 전달을 다윈은 '자연선택'이라는 개념으로 명명한다.

144 Nicklas: 같은 책, 127쪽.

145 Nicklas: 같은 책, 129쪽: "괴테에게 변신은 형태학적인 변화의 단순한 생물학적 과정 이상이며, 자연의 조형법칙이자 인간이 자주적으로 스스로를 형성할 수 있도록 하는 원칙이다. 이로써 변신은 자연의 관찰에서 파생되었지만, 그것과 통일을 이루는 윤리적, 미학적 차원을 획득한다."

146 Nicklas: 같은 책, 131쪽.

이처럼 자연선택에 의한 진화는 일반적으로 종의 개량과 발달을 가져오기 때문에 여기서 일어나는 변신은 긍정적이라고 할 수 있다. 중세까지만 해도 변신이 일반적으로 마녀의 주술행위 등과 연결되며 부정적인 맥락에서 파악되었다면, 근대에 들어와 점진적인 변이로서의 변신(또는 변형)은 괴테나 다윈 모두에게서 발전을 의미하며 긍정적 의미를 획득한다.

다윈에게서 자연선택은 한순간 일어나는 급격한 변화가 아니라, 아주 긴 시간에 걸쳐 이루어지는 점진적인 변이이다. “자연은 비약하지 않는다”[147]라는 말은 이를 잘 함축하고 있다. 가령 인간이 자신의 조상인 동물로부터 진화한 것 역시 엄청나게 긴 시간 동안 이루어진 점진적인 과정인데, 이러한 변신은 원시사회의 제의에서 이루어지는 순간적인 (동물로의) 변신과 명백히 대조를 이룬다. 태고에는 과거, 현재, 미래의 시간적 구분과 시간의 흐름을 전제하는 직선적인 시간관이 존재하지 않았고, 신적인 영원한 것을 순간 속에 체험하는 것이 중요했다. 이에 따라 변신도 실제로 인간이 동물로 변신하는 실체적인 변신이라기보다는 한순간 일어나는 강렬한 체험으로서의 강도적인 의미에서의 변신의 특성을 지니고 있었다. 또한 그것은 계속해서 반복될 수 있는 특징도 지닌다. 이에 반해 진화론에서 제시되는 변신은 과거에서 현재를 거쳐 미래로 흘러가는 직선적인 시간관에 상응하는 점진적인 변이의 성격을 지닌다. 베르그송은 고대 과학과 근대 과학의 근본적 차이를 시간이라는 범주에서 찾는다. 플라톤이나 아리스토텔레스의

147 찰스 다윈(송철용 옮김): 『종의 기원』. 동서문화사 2014, 462쪽.

경우에서 알 수 있듯이, 고대 과학은 정적인 성격을 띤다. 그들의 "기하학은 순수히 정적인 학문이었다. 도형들은 완성된 상태로 단번에 주어졌으며 플라톤의 이데아들과 유사했던 것이다."[148]

플라톤의 이데아는 부동의 영원성이며, 생성과 변화란 이러한 "부동적 영원성의 타락"[149]에 불과하다. 반면 "근대 과학은 무엇보다도 시간을 독립변수로 취급하려는 열망에 따라 정의되어야 한다."[150] 가령 근대 천문학은 어느 한 순간에 행성들이 위치한 지점들을 알고 그것들이 다른 임의의 순간에 어느 지점들에 위치할 것인가를 계산하는 것이 핵심인데, 여기서 물체의 운동과 그것에 소요된 시간의 관계를 파악하는 것이 중요함을 알 수 있다. 따라서 근대 과학에서 운동과 변화에 대한 관심은 정확히 이야기하면 운동, 생성 자체에 대한 관심이 아니라, 운동의 궤적 위에 위치한 정지 지점들에 대한 관심을 의미한다. 이러한 관점은 정지된 위치 사이의 과정들을 간과하며, 그러한 정지된 지점만을 근본적 변화, 즉 변신이 일어난 상태로 간주한다.

또한 다윈의 진화론에서 변이는 어느 정도는 진보적인 특성을 지닌다. 자연선택은 일반적으로 개체의 이익을 위해 이루어지기 때문에 육체적으로나 정신적으로 진보하는 경향을 띠게 마련이다.[151] 즉 개체의 생존에 도움이 되는 방향으로 변이가 이루어지고, 그러한 변이들이 보존되고 유전적으로 후대에 전달됨으로써 점차적으로 종의 개량

148 앙리 베르그손(황수영 옮김): 『창조적 진화』. 아카넷 2018, 491쪽.
149 베르그손: 『창조적 진화』, 469쪽.
150 베르그손: 같은 책, 493쪽.
151 다윈: 『종의 기원』, 480쪽 참조.

이 이루어지는 것이다. 다만 다윈은 이러한 체제의 진보가 필연적인 것은 아니라며, 단순한 생활조건에서 생활하는 원생생물의 경우 어느 지점까지 발달하면 더 이상 발달할 필요가 없기 때문에 끊임없이 진보를 하지는 않으며, 생존에 이로울 경우에는 퇴화하기도 한다고 말한다.[152] 그럼에도 불구하고 전체적으로 보면, 다윈의 진화론은 역사의 발전에 대한 근대적인 믿음과, 마찬가지로 인간을 포함한 생명체의 진보에 대한 믿음을 내포하고 있다고 말할 수 있다. 다만 그가 때로는 무엇을 진보로 보아야 할지 그 기준을 놓고 불확실한 태도를 보이며 그것을 원칙적으로 규정할 수 없다는 입장을 드러낼 때,[153] 다윈 특유의 모순성을 엿볼 수도 있다.

비록 다윈이 인간을 자연에서 가장 고등한 동물로 간주하는 것처럼 보일지라도, 다윈의 이론은 근대의 인간중심주의적인 사상과 결별하고 있다. 그것은 특히 그가 생명체의 변이의 가장 중요한 원인으로 간주하는 '자연선택'이라는 개념에서 이미 잘 드러난다. 즉 개체의 변이는 인간의 노력에 의해 이루어지는 것이 아니라, 자연적인 선택에 의해 이루어지는 것이다.[154] 여기서 인간은 더 이상 자연을 대상화하며 지배하는 신적인 존재가 아니라, 자연의 법칙 내에서 움직일 뿐인 미약한 존재에 불과하다. 또한 인간 역시 근원적으로 다른 동물로부터 유래함으로써 다른 동물들과 구별되는 독특한 지위를 더 이상 갖지

152 다윈: 같은 책, 338쪽 참조.

153 다윈: 같은 책, 340쪽 참조.

154 물론 육종가가 자연선택이 아니라 인위적인 품종개발을 통해 종을 개량시킬 수도 있지만, 이런 경우에도 원칙적으로 자연에서 나타나는 변이를 포착한 후 그것을 축적하고 극대화시키는 방향으로 이루어진다.

못한다.

다윈은 『인간의 기원*The Descent of Man, and Selection in Relation to Sex*』(1871)에서 이러한 점을 분명히 하고 있다. 어떤 박물학자는 인간을 동물계나 식물계에 속하지 않는 독자적인 계를 형성하는 존재로 간주하며 인간의 특수성을 강조하지만, 다윈은 이러한 견해에 반대하며 근본적으로 인간이 다른 동물들과 모든 면에서 질적으로 다르지 않다고 강조한다. 인간에게만 있는 것으로 간주되는 여러 가지 특성들, 가령 감정과 이성, 미적 취향과 도덕적 감정, 도구사용과 언어사용 능력 등이 동물들에게도 어느 정도 존재하는 것으로 간주되며, 그 때문에 고도로 발달한 인간의 이러한 능력들은 결코 어느 한 순간 창조되어 인간에게 부여된 것이 아니라 점진적인 변이를 거쳐 발달해 온 것으로 간주된다. 그래서 다윈은 "인간과 고등동물의 정신적 차이가 아무리 크다 해도 정도의 문제이지 질의 문제는 아니다. 우리는 감각, 직관, 애정, 기억, 주의, 호기심, 모방, 추론 등과 같은, 인간이 자랑하는 다양한 감정과 정신적 능력은 하등동물에서도 초보적인 상태로 볼 수 있으며, 때로는 매우 잘 발달해 있는 경우도 있는 것을 보아왔다"[155]라고 말하고 있는 것이다.

다윈이 『종의 기원』에서 적자생존의 원리에 따른 생존경쟁을 강조하며, 각각의 종들이 개체의 이익을 위해 변이한다며 자연선택에 나타나는 이기적 측면을 부각시킨 반면, 『인간의 기원』에서는 인간을 비롯한 많은 사회적 동물들이 스스로를 보호하거나 먹이를 사냥하는 과

155 찰스 다윈(추한호 옮김): 『인간의 기원 I』. 동서문화사 2018, 184쪽.

정에서 서로 협력할 필요성을 통해 공감 같은 이타적 본능을 발전시킨다는 점을 강조한다. 심지어 종을 초월한 동물들의 공감 능력과 이타적 행위도 언급된다. 특히 개처럼 인간과 소통하며 상호 협력하는 반려동물의 경우에는 인간의 마음을 자기 것으로 삼으며, 인간화하는 경향을 보이기도 한다. 물론 다윈이 인간과 동물의 경계를 넘나드는 이러한 현상을 깊이 있게 다루지는 않지만, 이러한 언급에서 이미 동물과 인간의 경계초월 가능성의 단초를 찾아볼 수 있다.

다윈은 인간이 지닌 여러 가지 특별한 능력을 진화론적으로 설명하며 인간의 기원을 추적한다. 인간의 초기 조상에 대한 다음과 같은 다윈의 묘사는 당시의 창조론자들에게는 한편으로 조롱거리가 되었지만 다른 한편 충격적이기도 했을 것이다. "인간의 초기 조상은 의심할 여지 없이 온몸이 털로 뒤덮여 있었고, 양성 모두 얼굴에 수염이 자라고 있었을 것이다. 그들의 귀는 뾰족하고 자유롭게 움직일 수 있었을 것이 분명하다. 몸에는 꼬리가 있고 그것을 움직이기 위한 근육도 있었을 것이다. … 그리고 우리의 조상은 틀림없이 나무 위에서 살았고, 숲으로 뒤덮인 따뜻한 지역에서 살았을 것이다. 수컷에는 커다란 송곳니가 있어 무서운 무기 역할을 했을 것이 틀림없다."[156] 이렇게 묘사된 인간의 초기 조상은 구세계원숭이로 간주되고, 그다음으로는 어류나 양서류, 그리고 맨 마지막으로는 멍게류의 유생과 비슷한 생물로까지 거슬러 올라간다.[157] 이로써 다른 모든 동물과 구별되며 동물을 한갓 소유물로 간주하고 그것의 생명을 마음대로 빼앗을 수 있는, 도

156 다윈: 『인간의 기원 I』, 263쪽.

157 다윈: 같은 책, 267-268쪽 참조.

덕적이고 자의식을 지니고 있으며 이성적인 근대적 인간의 자부심은 여지없이 무너지게 된다. 왜냐하면 그는 침팬지, 오랑우탄, 고릴라 같은 동물이 속해 있는 유인원과에 속하며, 그들과 같은 조상을 갖고 있는 존재이기 때문이다.

그럼에도 불구하고 다윈이 인간의 지위를 완전히 격하했다고는 볼 수 없다. 왜냐하면 그는 인간이 자연선택에 의한 변이를 통해 끊임없이 발전해 온 종으로, 현재로서는 진화의 사슬의 가장 윗부분에 있는 것으로 간주하기 때문이다.[158] 또한 신체적, 정신적 진화와 관련해서도 다윈은 인간의 진화의 특수성을 강조한다. 다윈에 따르면, 인간이 다른 동물과 구별되는 높은 정도의 지적, 도덕적 능력을 갖춘 후, 인간은 다른 동물과 달리 자연선택에 의한 신체적 구조의 변화를 겪는 일이 거의 없었다. 하등동물은 변화된 환경에 적응하기 위해 신체적 구조를 바꾸고 변이하지 않으면 안 되는 데 반해, 인간은 정신적 능력만으로도 자연과 조화를 이루며 살 수 있기 때문이다.[159] 그러나 오늘날 포스트휴먼 시대에 점차적으로 인간과 기계의 경계가 허물어지면서 사이보그가 탄생하고 있기 때문에, 인간이 기계와 몸을 섞으며 신체적 변이를 겪는 경향은 다윈의 생각과 달리 결코 불가능하지 않으

158 피터 싱어는 인간의 오만함을 비판했던 다윈 스스로가 지닌 모순을 다음과 같이 지적한다. "다윈은 과거 세대가 견지하던 동물에 대한 도덕적 태도의 지적인 토대를 무너뜨렸다. 하지만 다윈 자신 또한 이전의 세대가 가지고 있던 동물에 대한 도덕적 태도를 벗어나지 못했다. 그는 사랑할 수 있고 기억할 수 있는 존재, 호기심을 느끼며 사유할 수 있는 존재, 그리고 서로에 대한 동정심을 느낄 수 있다고 본인이 직접 말했던 동물들의 고기를 계속해서 먹었다. 그는 동물 실험을 법적으로 규제하라는 압력을 가할 것을 촉구하는 RSPCA를 대상으로 한 탄원서에 서명하기를 거부했다"(싱어: 『동물해방』, 358쪽).

159 다윈: 『인간의 기원 I』, 226쪽 참조.

며 오히려 점점 증가하고 있다. 다윈은 자연선택을 통한 변이과정이 완전한 것을 만들어 내지는 않기 때문에 절대적인 특성을 지닐 수 없다고 주장하는데, 이러한 관점에서 인간의 진화 역시 끝없는 과정의 성격을 띠게 된다. 다만 그것은 오늘날 생명체로서 인간의 변이의 틀을 넘어 인간과 기계의 혼종적 관계로까지 넘어가고 있다.

진화론 내에서 인간이 차지하는 양가적인 지위와 마찬가지로, 진화론을 연구하는 과학자로서의 인간의 이성에 대해서도 양가적인 평가가 내려진다. 한편으로 다윈은 기존 창조론의 허무맹랑함을 여러 차례 언급하며, 과학적인 방법으로 종의 변이를 설명하려고 시도한다. 또한 그는 생물을 '종속과목강문계'로 구분하는 근대적인 계통분류법에 따라 자연의 체계를 설명하며, 인간의 기원 역시 이러한 체계 내에서 밝혀내려고 시도한다. 그러나 다른 한편 그는 『종의 기원』에서 여러 차례 종과 변종의 구별이 결코 쉽지 않으며, 양자를 구별할 절대적 기준이 없다고 말하기도 한다.[160] 이에 따라 인간의 계통적 분류는 때로는 자의적이고 때로는 상상력에 입각해 만들어진 인위적이고 구성적인 성격을 띠게 된다. 또한 그는 인간을 비롯한 동물의 기원을 추적하면서, 지질학적 기록이 얼마나 많은 결함을 띠며 불완전할 수밖에 없는지 언급하였고, 궁극적으로 이러한 종의 기원에 대한 추론이 허구적인 상상력에 의존할 수밖에 없는 한계를 지적하기도 한다. 그러나 이러한 회의가 다윈으로 하여금 자연의 체계를 계통적 분류법에 따라 인식하고 체계화하려는 시도를 멈추게 하는 정도로까지 나아

160 다윈: 『종의 기원』, 75쪽과 477쪽 참조.

가지는 않는다. 여기서도 다윈의 불확실하고 모순적인 태도가 나타난다.

자연선택을 강조하는 다윈의 진화론은 생물의 진화가 환경에의 적응에 의해 규정된다는 환경결정론으로 해석되곤 하였다.[161] 그러나 다윈의 진화론에서 환경에의 적응이 한 가지 해석 가능성만 갖는 것은 아니다. 그것은 생물이 환경에 수동적으로 적응하는 것을 의미할 수도 있지만, 어떤 문제를 풀기 위한 해답을 찾듯이 환경에 능동적으로 응답하는 것을 의미할 수도 있다.[162]

베르그송은 유기체가 단순한 물질이 아니며, 그 안에 근원적 약동으로서의 생명이 내포되어 있음을 강조한다. "우리는 생명은 생겨난 이래로 유일하고 동일한 약동의 연속이며 그 약동이 진화의 분기하는 노선들로 나누어진 것이라고 말한 바 있다."[163] 이러한 원초적 약동은 예측 불가능한 방향으로 나아가며 폭발적으로 분기되는 추진력을 의미한다. 그것은 개체의 의지와는 다른 의미에서 어떤 방향으로 나아가려는 추진력으로서 의지를 지니며, 그 방향을 스스로 결정하고 선택한다는 의미에서 자유를 갖는다. 베르그송은 환경이 생명체에 미치는 영향과 환경에 대한 적응의 중요성을 인정하지만, 그것이 환경이 진화의 직접적 원인임을 의미하지는 않는다며 다윈의 진화론에 거리를 둔다. 오히려 그는 "원초적 약동의 가설, 즉 생명이 내적 추진력

161 마투라나와 바렐라는 『앎의 나무』에서 이렇게 말한다. "다윈은 자신의 자연선택이란 개념을 그저 비유로 썼을 뿐인지 아니면 그 이상인지 뚜렷이 밝히지 않았다. 그런데 그의 진화론이 미처 널리 퍼지기도 전에 사람들은 벌써 '자연선택'을 환경이 명령하는 식의 상호작용으로 보기 시작했다"(마뚜라나/바렐라: 『앎의 나무』, 119쪽).

162 베르그손: 『창조적 진화』, 104-105쪽 참조.

163 베르그손: 같은 책, 98쪽.

에 의해 점점 더 복잡해지는 형태들을 경유하여 점점 더 높이 상승하는 운명으로 향한다는 가설"[164]을 제시한다. 그리고 이러한 생명이 예측 불가능한 방향으로 분기하고 새로운 형태들을 창조하며 진화한다고 주장하면서 창조적 진화를 내세운다.[165] 이러한 원초적 약동의 가설에 따라 베르그송은 다윈의 진화론을 비판한다. 그는 상이한 원인들에 의해 이루어진 독립적인 진화의 노선들이 엄청나게 복잡한 과정을 거쳐 동일한 결과에 이르는 상황을 생존경쟁과 자연선택을 내세우는 다윈의 진화론으로는 설명할 수 없다며, 이것이 가능한 것은 오직 원초적 약동이라는 근원적 요소가 각각의 생명에 지속되어 왔기 때문이라고 설명한다.[166]

구성주의자인 칠레의 생물학자 마투라나와 바렐라도 생명을 지닌 개체의 구조변화가 외부환경에 의해 일방적으로 결정되는 것이 아니라, 개체와 환경의 상호작용 속에서 '개체의 구조'에 의해 결정된다고 주장한다. "다시 말해 생물이 환경과 상호작용을 주고받아 생긴 변화는 섭동작용을 준 개체로부터 유발되지만, 섭동작용을 받은 체계의 구조에 따라 결정된다."[167] 개체와 환경의 연결방식은 환경이 개체를 일방적으로 규정하는 형식으로 이루어지지 않는다. 오히려 생명은 자율성을 갖고 스스로를 구성하고 재구성할 수 있을 뿐만 아니라, 심지어 환경에 영향을 미칠 수도 있다. 이러한 생각은 생명활동의 창조적

164 베르그손: 같은 책, 164쪽.
165 베르그손: 같은 책, 196쪽 참조.
166 베르그손: 같은 책, 102쪽 참조.
167 마뚜라나/바렐라: 『앎의 나무』, 113쪽.

진화와 우발적 표류를 전제로 한다.[168] 즉 "생명은 방황하고, 떠돌고, 이리저리 헤매면서 최적의 구조접속의 수준을 만들어 낸다. 이를 통해 계통적 진화의 자율성이 존재하게 된다."[169]

마투라나와 바렐라는 진화현상 자체를 부정하지는 않지만, "생물이 환경 이용을 최적화하여 주위 환경에 점점 적응해 가는 과정으로 진화를 이해하는"[170] 다윈의 진화론에는 거리를 둔다. 이들은 진화를 "환경 이용을 최적화한다는 뜻에서 '진보'"가 아니라, "유기체와 환경의 구조접속이 지속적으로 이루어지는 가운데 적응과 자기생성의 보존"을 하면서 일어나는 구조적 표류 내지 자연적 표류로 보았다.[171] 즉 진화란 방랑하는 예술가처럼 "어떤 계획도 없으며 그저 자연스럽게 표류하는 가운데 생겨났을 뿐"이며, 이를 통해 "떠돌아다니면서 서로 어울리게 연결해 놓은 부분들이나 형태들로부터 온갖 복잡한 형태들이 생겨"난 것을 의미한다.[172] 그러한 진화의 과정에서 생명은 단순히 환경에 의해 일방적으로 결정되는 것이 아니라, 환경과 상호작용하면서 자율적인 결정에 따라 스스로를 생산하고 창조적으로 진화한다.

다윈의 진화론은 생태학적인 관점에서도 보완이 필요하다.

> 흔히 진화론은 하나의 종이 환경에 적응하는 과정으로 이해된다. 환경이 문제를 내며, 적응은 그 해답이라는 것이다. 생물학자 리처드 르

168 신승철: 『구성주의와 자율성』. 알렙 2017, 137-138쪽.
169 신승철: 『구성주의와 자율성』, 138쪽.
170 마뚜라나/바렐라: 『앎의 나무』, 134쪽.
171 같은 곳.
172 마뚜라나/바렐라: 같은 책, 135쪽.

원틴은 이를 진화의 '자물쇠-열쇠-모델'이라고 부르며 비판하였다. 이 모델에서 생태지역은 하나의 종의 유기체들에 의해 전혀 영향을 받지 않고 남아 있는 안정된 요소이다. 물론 생태지역이 안정된 상태로 머물러 있다는 말은 맞지 않다. 오히려 유기체는 자신의 생태지역을 신진대사, 행동 내지 선호적 행동에 의해 변화시킨다.[173]

비단 인간뿐만 아니라 다른 동물들도 단순히 자연에 수동적으로 순응하지만은 않는다. 오히려 그들은 자신이 사는 생태지역을 개선하고 새롭게 만들어 나간다.

이러한 생태지역 구성은 진화의 한 요소가 될 수 있다. … 이로써 생태지역은 일종의 생태학적인 유전체계를 이룬다. 행동방식과 마찬가지로 생태지역은 비유전적인 방식으로 전달된다. 그리고 유전된 행동방식과 마찬가지로 그것은 한 종의 생활스타일과 발전에 영향을 미친다. '생태지역 구성이론'은 유기체가 환경과 진화에 직접적으로 영향을 미치는 것을 허용한다. 이처럼 확장된, 진화에 대한 이해는 유전자에만 집중해 있는 이론과 대립한다.[174]

이와 같이 생태지역 구성이론은 인간이나 다른 동물들이 주체적으로 생태지역 조성에 개입하며 영향을 미치고, 이를 통해 스스로의 진화에도 영향을 미칠 수 있음을 인정한다. 이로써 진화는 환경에의 적

173 Wild: *Tierphilosophie*, 180쪽.

174 Wild: 같은 책, 181쪽.

응을 통해 일어나는 단순한 수동적 과정이 아니라, 인간을 포함한 동식물과 생태지역이 상호작용하는 가운데에서 일어나는 복잡한 과정임을 알 수 있다.

변신이란 하나의 존재에서 다른 존재로의 단순한 이행이 아니라, 그러한 이행 속에서도 이전의 것이 여전히 보존되어 있음을 의미한다. 이러한 맥락에서 볼 때 진화론에서 나타나는 변이를 겪은 개체 역시 흔적기관의 형태로 여전히 변하기 전의 형태를 간직하고 있다는 점에서 변신하였다고 말할 수 있을 것이다. 이전 단계들의 흔적은 특히 유아기, 나아가서는 배胚의 단계에 잘 나타난다. 그런데 "인간, 개, 물개, 박쥐, 파충류의 배가 처음에는 서로 거의 구별이 되지" 않으며 흔적기관은 "그 조상이 문제의 구조를 완벽한 상태로 유지하고 있었으며, 그 뒤 생활양식이 변함에 따라 단순히 사용하지 않게 되거나, 더 이상 필요하지 않게 된 기관을 지니는 것에 대한 부담을 최소한으로 지려는 개체의 자연선택 작용을 통해 … 서서히 축소되었다"라고 할 수 있다.[175] 이러한 흔적기관은 거기에 나타난 흔적의 구조가 유래한 동물들이 자신의 조상임을 보여 준다. 따라서 어떤 종의 변이, 즉 변신은 하나의 단계에서 다음 단계로의 완전한 이행이 아니라, 그러한 이행 속에 이전 단계의 흔적을 내포하고 있는 혼종성을 띠고 있다고 하겠다. 하지만 다윈은 이러한 혼종성이 지닌 의미에 대해서 더 이상 깊이 있게 성찰하지는 않으며, 이를 단지 계통적인 관점에서 설명하며 기원의 문제에만 집착할 뿐이다. 반면, 이후에 들뢰즈와 가타리

175 다윈: 『인간의 기원 I』, 125쪽.

는 이러한 동물성이 인간 속에 어떻게 잠재해 있으며 인간의 동물-되기를 낳을 수 있는지 주목하면서, 데리다적인 의미에서 다윈의 사상을 바꿔 써 나간다고 할 수 있다.

들뢰즈와 가타리는 계통을 상상된 허구로 간주하며 혈통 내지 계통에 따른 진화 개념을 부정한다. 이들이 내세우는 신진화론에 따르면, "진화는 덜 분화된 것에서 더 분화된 것으로 나아가는 것이 아니고 더 이상 계통적이거나 유전적인 진화도 아니며, 오히려 소통적 내지 전염적"[176]이라고 할 수 있다. 즉 그것은 어떤 이질적인 것들이 연관을 맺는 결연을 의미한다. "이질적인 것들 사이를 지나가는 이러한 진화의 형식을 '역행'이라고 부를 것인데,"[177] 이러한 역행은 덜 분화된 상태로 향하는 퇴화가 아니라, "자신의 고유한 선에 따라 기존의 항들 '사이'와 규정 가능한 관계 아래에서 움직이는"[178] 생성의 블록을 형성하는 것을 의미한다. 이로써 들뢰즈와 가타리에게서 진화란 그들이 내세우는 창조적인 생성 개념과 연결되며 전통적인 진화 개념과 단절한다.

다윈의 진화론에 따르면, 적자생존에서 사멸한 종의 단계는 다시 반복되지 않고 완전히 사라진다. 그 때문에 인간이 다른 동물에서 비롯되었음에도 불구하고, 그것이 인간의 단계에 도달한 이후에는 원래 상태로 되돌아갈 수 없다. 즉 동물은 인간으로 진화하였지만, 그렇게 진화한 인간의 동물-되기는 불가능한 것이다. 그러나 들뢰즈와 가타

176 Deleuze u. Guattari: *Tausend Plateaus*, 325쪽.

177 같은 곳.

178 같은 곳.

리의 역행적인 진화에서 동물-되기는 과거의 미분화된 상태로의 퇴행을 의미하는 것이 아니라, 항상 변화하고 생성되는 다양체로서의 인간이 자신에게 잠재해 있는 특이성으로 변신하는 것을 의미한다. 그것은 중심의 지배에서 벗어나 자신의 가장자리로 가서 경계를 넘어서며 새롭게 자신을 창조하고 생성하는 것을 의미한다.[179]

현대사회에서는 트랜스휴머니스트들이 새롭게 진화론적인 사고를 수용하며 인간에 대한 양면적인 태도를 보이고 있다. 트랜스휴머니즘은 인간을 극복해야 할 대상이 아니라, 끊임없이 발전시키고 최적화시켜야 할 대상으로 간주한다는 점에서 포스트휴머니즘과 구분된다. 여기서 '트랜스trans-'라는 접두어는 인간이 보다 발전된 상태인 x.0버전으로 나아가기 위해 '통과한다'는 의미를 갖고 있다.[180] "인간의 진화는 트랜스휴머니즘에서 일반적으로 완결되지 않은 것으로 이해된다. 이러한 트랜스휴머니즘적 사상에 따르면, 기술은 인간을 인간 x.0버전으로 최적화시키기 위한 목적의 수단이자 매체의 역할을 한다."[181]

앞에서 살펴본 바에 따르면, 트랜스휴머니즘은 휴머니즘의 이상을 기술적인 방식으로 이어 쓰고 있는 듯한 인상을 준다. 하지만 트랜스휴머니즘이 휴머니즘과 맺고 있는 관계는 그보다 더 복잡하다. 한편

179 들뢰즈는 다양체와 관련해 '-되기'를 다음과 같이 설명하기도 한다. "다양체의 차원들의 변화가 다양체에 내재해 있는 것처럼, 또한 모든 다양체는 이미 공생 중인 이질적인 항들로 구성되어 있거나 항상 그것의 문지방과 문에 따라 긴 계열의 다른 다양체들로 변신한다고 말해야 할 것이다. 그리하여 예를 들면 '늑대인간'의 경우에 늑대 무리는 또한 벌 떼가 되었고, 심지어는 항문의 부위와 작은 구멍과 미세한 궤양의 집합이 되었다(전염이라는 테마). 하지만 이 모든 이질적인 요소들은 또한 공생과 생성으로 이루어진 '그' 다양체를 형성하였던 것이다"(Deleuze u. Guattari: *Tausend Plateaus*, 340쪽).

180 Loh: *Trans- und Posthumanismus*, 11쪽 참조.

181 같은 곳.

으로 트랜스휴머니즘은 인간을 불완전한 존재로 간주하며 슈퍼 인공지능의 창조로 대체 내지 극복하려는 '기술공학적 포스트휴머니즘'이나 인간과 동물, 남성과 여성, 자연과 문화 등의 이원론과 인간중심주의적인 휴머니즘을 신랄하게 비판하는 '비판적 포스트휴머니즘'과 구분된다. 왜냐하면 트랜스휴머니즘은 인간 자체를 극복 내지 폐기하려 하기보다는, 오히려 스스로를 끊임없이 발전시키고 계발하는 특성을 인간 고유의 특성으로 간주하며 그러한 인간의 무한한 발전을 추구하기 때문이다. 이러한 점에서 트랜스휴머니즘은 고전적 휴머니즘과 맥을 같이한다. 물론 인간의 자기발전을 교육적, 문화적 수단을 통해 추구하는 고전적 휴머니즘과 달리 트랜스휴머니즘은 기술적 수단을 사용한다는 점에서 방법상의 차이가 존재하기는 한다.

다른 한편 "인간은 휴머니즘적인 교양과 교육에서는 매 시점마다 능동적인 행위 주체로 남아 있는 반면, 트랜스휴먼적인 증강은 인간을 자기형성(변형)의 수동적인 재료로 강등시킨다. 개선되어야 할 인간과 그를 개선시키는 사람이 동일한 사람일지라도 말이다. … 잘해야 이 사람은 그러한 과정에 동의를 표할 수 있을 뿐이다. 이와 반대로 아직 태어나지 않은 아이(출생 이전의 증강)나 미래 세대의 유전적 개선에 대해서는 동의 선언이 이루어졌다고 말할 수 없을 것이다."[182] 즉 트랜스휴머니즘은 인간을 기술적으로 완성시켜야 할 대상으로만 간주할 뿐, 그 자체를 목적으로 생각하지 않는다. 나아가 그러한 자기 증강의 과정에서 그 스스로가 반드시 주체적인 역할을 한다고 보기도

182 Loh: 같은 책, 85쪽.

어렵다. 이러한 측면에서 트랜스휴머니즘은 근대의 휴머니즘과 차이를 보인다.

트랜스휴머니즘이 근대의 휴머니즘과 맺고 있는 이러한 양가적 관계는 이미 1단계 사이버네틱스 이론[183]의 선구자인 노버트 위너가 지닌 사이버네틱스에 대한 양가적 감정에서 간접적으로 암시된다. 위너는 한편으로 자유주의적 휴머니즘의 입장을 견지하며, 인간과 마찬가지로 기계도 자율적으로 스스로를 조절하고 예측 불가능한 확률적 세계에서 임의성을 제거하며 항상성을 추구할 수 있다고 말한다. 이러한 생각을 바탕으로 그는 소위 경직된 기계와 달리 스스로를 조절하고 제어할 줄 아는 유연한 사이버네틱스 기계를 인간과 동렬에 놓으며, 그것이 인간을 돕고 보완할 수 있을 것으로 기대한다.[184] 이처럼 이해된 사이버네틱스는 자유주의적 휴머니즘의 전통에 기대고 있다. 하지만 다른 한편 위너는 사이버네틱스 기술의 발전이 인간에 대한 기계의 지배를 가져올 것을 우려하며 이에 대한 불안을 표시하기도

183 캐서린 헤일스는 사이버네틱스의 역사를 1945-1960년까지 항상성을 강조한 1단계 사이버네틱스, 1960-1980년까지 재귀성을 강조한 2단계 사이버네틱스, 1980년-현재까지 가상성을 강조한 3단계 사이버네틱스로 구분한다. 캐서린 헤일스(허진 옮김): 『우리는 어떻게 포스트휴먼이 되었는가』. 플래닛 2013, 31쪽 참조.

184 헤일스는 위너의 생각을 다음과 같이 정리하고 있다. "그러므로 인간을 이해하기 위해 우리는 인간이 가지고 있는 정보 패턴이 어떻게 만들어지고, 구성되고, 저장되고, 회복되는지 이해해야 한다. 일단 이러한 메커니즘을 이해하면 그것을 이용해서 사이버네틱스 기계를 만들 수 있다. 인간의 기억이 환경에서 두뇌로 정보 패턴을 전송하는 것이라면 그런 전송 능력이 있는 기계를 만들 수 있다. 감정이 '단순한 신경 작용의 불필요한 부수적 현상'이 아니라 학습을 지배하는 제어 메커니즘이라고 생각하면 기계도 감정을 가질 수 있을 것이다. 사이버네틱스 기계와 인간을 정보 패턴으로 간주하면 둘은 노이즈와 엔트로피라는 파괴적 힘에 맞서서 공동의 대의를 형성할 수 있다"(헤일스: 『우리는 어떻게 포스트휴먼이 되었는가』, 193쪽).

한다.[185] 이때 사이버네틱스는 인간을 단지 정보패턴으로만 여기며 인간의 신체성을 박탈함으로써 궁극적으로 인간존재의 소멸을 가져올 위험을 지닌다. 왜냐하면 인간의 뇌를 다운로드하여 아무런 손실 없이 컴퓨터에 옮겨 놓을 수 있다는 탈신체화된 정보이론은 동시에 인간의 존재 자체를 위협할 수 있기 때문이다.

진화론적 관점에서 보면, 트랜스휴머니즘의 진화론적 이상은 다윈의 진화론의 관념과 많은 차이를 보인다. 물론 인간의 진화가 종결될 수 없다는 생각에서는 양자의 공통점이 있지만, 그러한 진화를 촉발하는 근본요인에 대한 생각에서는 명확한 차이가 존재한다. 다윈의 진화론이 인간을 포함한 자연 전반을 진화의 대상으로 삼고 있으며 자연선택이라는 과정에 의한 인간의 진화를 설명하는 반면, 트랜스휴머니즘은 이제 인간이 자신의 운명을 스스로 결정하는 주체적 입장에서 진화를 설명한다. 쉽게 말해 자연선택을 인간선택으로 대체하는 것이다. 가령 인간 유전자 코드의 변경을 통한 인간의 신체적 개선이라는 변신과정은 전적으로 인간적인 개입의 결과로 일어나며, 이 과정에서 자연은 아무런 역할도 수행할 수 없다. 또한 트랜스휴머니즘은 궁극적으로 인간이 포스트휴먼적 존재로 증강하는 것을 꿈꾸기 때문에 인간의 기계화라는 새로운 진화적 단계를 설정하고 있다. 트랜스휴머니즘에 따르면, 미래에 일어날 인간의 진화는 더 이상 자연이라는 틀 내에서만 설명할 수 없으며, 기술공학의 발전이라는 새로

185 헤일스는 위너가 사이버네틱스에 대한 양가적 감정, 즉 그것을 발전시키고 싶은 갈망과 그것에서 비롯되는 문제에 대한 걱정 사이에서 동요하고 있음을 지적한다. 헤일스: 같은 책, 199쪽 참조.

운 틀 속에서 설명되어야 한다. 그것은 인간의 신체 자체가 기존의 모든 진화과정과 완전히 다른 새로운 것으로 변신할 가능성을 전제하고 있다.

그렇다면 트랜스휴머니즘에서 동물은 어떤 위치에 놓이며 인간과 동물은 어떤 관계에 있게 될까? 야니나 로에 따르면, 동물을 인간과 범주적으로 구분하지 않고 정도의 차이만 있는 존재로 간주하는 몇몇 트랜스휴머니스트들이 있다. 이들은 인간뿐만 아니라 동식물도 개선되어 '포스트동식물'의 단계에 들어설 수 있다고 주장한다. 하지만 로는, 그렇다고 하더라도 트랜스휴머니즘에 따르면, 오직 인간만이 스스로를 넘어서고 개선하려는 열망을 지니기 때문에 소위 말하는 포스트휴머니즘이나 포스트동식물의 세계는 오직 인간의 의지와 주도하에서만 가능하다고 말한다.[186] 실제로 가령 유전자 복제기술을 통해 동물을 복제하고 심지어 기술공학의 발전으로 동물이 불멸의 존재가 된다 하더라도, 이러한 과정에서 동물의 의사는 전혀 고려되지 않는다. 모든 것이 인간에 의해 결정되며 어쩌면 인간을 위해 결정될지도 모른다. 따라서 이러한 포스트동식물 단계로의 도입은 결코 몇몇 트랜스휴머니스트들이 주장하는 것처럼 포스트인간중심주의적이라고 볼 수 없다. 오히려 인간과 동물 간의 위계 및 인간중심적인 사고가 트랜스휴머니즘 사상에 여전히 강력하게 작용하고 있다고 말할 수 있을 것이다.

186 Loh: *Trans- und Posthumanismus*, 90-91쪽 참조.

5.

꿈과 현실에서의 동물-되기

1) 프로이트

앞에서 말한 것처럼, 어떤 점에서는 여전히 인간중심주의적인 경향을 지닌 진화론에서 인간의 동물-되기는 현실에서는 이루어질 수 없는 꿈 내지 공상에 불과하다. 그런데 바꿔 말하면 바로 이러한 꿈과 무의식에서 인간은 동물로 변신하며 동물-되기를 실행할 수 있다. 그리고 이러한 무의식의 세계에서 벌어지는 인간의 동물-되기에 관심을 두고 그 의미를 분석한 사람이 바로 프로이트이다.

프로이트는 의지를 지닌 이성적인 인간보다는 그러한 인간의 의식 이면에 숨겨져 있는 무의식에 관심을 두었다. 물론 그는 무의식을 이성적인 정신분석적 방법으로써 밝혀내려 했기 때문에, 근대의 이성적 주체에 대한 그의 비판에는 한계가 있다. 그가 분석한 꿈의 무의식적 표상에는 동물들이 자주 등장한다. 여기에 등장하는 동물들이 정체성 및 변신의 문제와 어떤 관련을 맺고 있는지 프로이트의 『다섯 살배기 꼬마의 공포증 분석*Analyse der Phobie eines fünfjährigen Knaben*』(1909)을 중심으로 자세히 살펴보고자 한다.

이 책은 한스라는 아이의 아버지가 기록한 자료를 바탕으로 프로이트가 쓴 책이다. 신경증에 시달리는 다섯 살 된 아들 한스의 아버지는 프로이트를 신봉하는 의사로, 아들의 신경증을 관찰하고 프로이트에게 그것을 보고한다. 그가 아들 한스의 병력을 묘사할 때 가장 눈에 띄는 점은, 한스가 자신을 무는 말이나 무거운 짐을 진 마차, 그리고 넘어질 듯 버둥거리는 말에 대한 공포를 지닌다는 사실이다. 그렇다면 이러한 말은 도대체 무엇을 상징하는가?

사실 한스는 어린 시절 "나는 새끼 말이야"[187]라고 말하며 뛰어놀기를 좋아했다. 프로이트에 따르면, 이처럼 한스가 스스로를 말과 동일시하며 말놀이를 즐겨 한 이유는 그의 운동 욕구 때문이었지만, 이러한 욕구는 성교에 대한 욕구까지 포함하는 것으로 확대된다. 놀이를 하면서 한스가 말로 변신했을 때, 말은 그의 운동 욕구와 성적 욕망을 모두 나타낸다.

그런데 이러한 성적 욕망은 전형적인 프로이트의 오이디푸스 콤플렉스 도식에 따라 어머니에게 향하게 되고, 아버지는 이를 가로막는 존재로 인식된다. 어머니에 대한 성적 욕망과 쾌감이 억눌려 불안으로 바뀌었을 때, 한스는 말이 자신을 물려고 한다며 공포를 드러내기

187 지그문트 프로이트(김재혁/권세훈 옮김): 『꼬마 한스와 도라』. 열린책들 2004, 172쪽.

시작한다. 이는 그가 우연히 본 한 사건, 즉 어떤 아버지가 딸에게 말의 입에 손을 넣으면 말이 문다고 경고한 것을 들은 후 생긴 것이다. 그는 이것을 성기에 손을 대면 그것을 떼겠다는 부모의 거세위협과 연결시킨다. 따라서 한스의 성적 욕망이 억압되어 신경증이 발생하고, 말이 그에게 공포의 상징으로 나타난 것이다. 프로이트는 한스가 두려워하는 이 말을 그의 아버지를 상징하는 것으로 해석한다. "이를테면 입가와 눈앞의 시커먼 것(성인 남자의 특권으로서의 코밑수염과 안경)이 내가 보기에는 아버지에게서 직접적으로 말들에게 전이된 것처럼 보였다."[188] 이처럼 말이 무는 것에 대한 공포는 어머니에 대해 나쁜 소망을 품은 한스를 아버지가 벌하는 것에 대한 두려움이라고 할 수 있다. 이러한 한스의 공포증에서 말은 아버지가 변신해 나타난 것으로 여겨진다. 물론 때로 한스가 말 울음소리를 흉내 내며 아버지에게 달려들어 깨물며 공격할 때, 이러한 말로의 변신은 (말로 표상되는) 아버지와의 동일시에 대한 욕망을 나타내기도 한다.

하지만 말이 지시하는 것은 한스나 아버지로 제한되지 않는다. 한스는 자신의 여동생이 태어난 후 그녀에게 부모의 관심을 빼앗길까 두려워한다. 그래서 그는 여동생의 죽음을 소망하기도 하고 어머니의 출산에 대한 두려움을 갖기도 한다. 그 때문에 '튀어나온 어머니의 배'를 연상시키는 모든 것이 그에게는 두려움의 대상이 된다. 특히 무거운 짐을 실은 마차와 쓰러지는 말은 어머니의 분만과 연결되어 그를 두렵게 한다. 즉 여기서 쓰러지는 말은 "죽어 가는 그의 아버지를 상

188 프로이트: 『꼬마 한스와 도라』, 155쪽.

징할 뿐만 아니라 아이를 낳는 그의 어머니를 상징하는 것이다."[189]

지금까지 살펴본 것처럼 한스는 말놀이를 하면서 스스로의 운동 욕구와 성적 욕망을 투사한 새끼 말로 직접 변신하거나, 아니면 거세공포나 어머니의 분만에 대한 공포 속에서 아버지와 어머니를 각각 말로 변신시킨다. 이처럼 말은 한스의 무의식 속에서 각각 욕망의 주체(한스 자신), 거세의 주체(아버지), 분만의 주체(어머니)로 변신하며 자리를 옮겨 다닌다.

이 책에서 꼬마 한스는 "교수님은 하느님하고 말을 하는가 봐? 그래서 교수님은 그 모든 것을 미리 알고 있는 거지?"[190]라고 말하며 프로이트를 신과 같은 위치에 올려놓는다. 프로이트가 한스의 꿈속에서 인간이 동물로 변신한 모든 원인을 철저히 분석하고 설명해 낼 때, 그는 실제로 그러한 전지전능한 위치에 선다. 말은 이러한 분석에서 인간의 욕망을 억압하는 아버지의 심급을 나타내기도 하지만, 정반대로 그에 의해 억압되는 아들의 욕망을 나타내기도 한다. 그러나 이처럼 말이 다양한 인간들의 변신형태로 간주되며 그 자체 내에 다양한 정체성을 내포하는 것처럼 보일지라도 궁극적으로 각각의 말의 형상에 하나의 의미, 즉 하나의 정체성이 부여됨으로써(가령 놀이할 때의 말은 아들, 무는 말은 아버지, 마차에 짐을 잔뜩 실은 채 쓰러지는 말은 어머니) 말의 변신과 그것의 다양한 정체성은 허구임이 밝혀진다. 또한 여기서 말은 실제 말이 아니라 특정한 인간을 지시하는 상징에 불과하다.

고대 후기와 르네상스 시대의 관상학자들이 인간을 이해하기 위해

189 프로이트: 같은 책, 161쪽.

190 프로이트: 같은 책, 57쪽.

의식적으로 인간과 동물을 비교한 것처럼, 프로이트 역시 인간의 무의식을 설명하기 위해 인간과 동물의 연관성을 비교분석한다. 이때 프로이트에게서 동물은 원시사회에서처럼 인간의 이해 범위를 벗어나 있는 어떤 신성한 존재 내지 초월적 존재가 아니라, 인간의 무의식을 지시하는 기호의 지위를 갖게 된다. 그리고 정신분석학자는 이러한 기호를 해석하고 그것이 지시하는 바를 과학적으로 재현할 수 있다고 여겨진다. 그러므로 꿈속에서 인간의 동물로의 변신은 결코 인간과 동물 사이의 경계를 뛰어넘거나 새로운 정체성을 획득할 수 있는 사건으로 해석되지 않는다. 그리고 이러한 변신은 오로지 인간중심적 관점에서 이루어질 뿐이며, 그것의 의미가 완전히 재현될 수 있는 것으로 간주된다. 이러한 의미에서 프로이트에게서 동물-되기는 진정한 생성이 아니라, 무언가를 표상하기 위한 기호적 의미에 지나지 않는다.

2) 들뢰즈와 가타리

들뢰즈와 가타리도 『천 개의 고원*Mille Plateaux*』(1980)에서 인간의 동물-되기를 다룬다. 그런데 그들이 말하는 동물-되기는 프로이트가 말하는 인간의 동물로의 변신과는 전혀 다른 의미를 지닌다. 들뢰즈와 가타리는 한스에게서 나타나는 말 이미지에 대한 프로이트의 정신분석을 비판한다. 그들은 프로이트가 동물-되기의 실재성을 제대로 이해하지 못하고, 거기에 등장하는 말을 단지 한스의 부모를 표상하거나 대리하는 것으로 잘못 해석하고 있다고 지적한다.[191] 그들은 한스의 일화에서 말이 결코 누군가를 표상하는 것이 아니라, 오히려 한스 자신의 말-되기를 보여 주고 있다고 말한다.

그렇다면 들뢰즈와 가타리가 말하는 인간의 동물-되기란 과연 무슨 의미인가? 그것은 정말 옛날이야기에서처럼 인간이 동물로 변신한다는 뜻인가? "동물-되기의 방식들은 꿈도 환상도 아니다. 그것은 전적으로 실재적이다. 하지만 대체 거기서 다루어지는 현실이란 무엇인가? 동물-되기의 본질이 동물 역할을 하거나 그것을 흉내 내는 것이 아니라면, 인간이 '실제로' 동물이 되거나 동물이 '실제로' 무언가 다른 것이 되지 못한다는 것도 자명하기 때문이다. '-되기'는 오직 자기 자신만을 생산할 뿐이다."[192] 즉 동물-되기란 누군가가 동물의 소리나 모습을 모방하는 것도, 실제로 주술적인 방식으로 동물로 변신하는 것도 아니다. 그렇다고 동물-되기가 꿈이나 환영 속에서 일어나는 환상인 것도 아니다. 들뢰즈와 가타리는 동물-되기가 전적으로 실재적이라고 강조한다. 또 한 가지 주목할 것은 그러한 '-되기'가 자신과 완전히 무관한 외부적인 것으로의 변신을 의미하는 것이 아니라, 자기 자신의 생산을 의미한다는 것이다.

이러한 자기생산은 과연 무엇을 의미하는가? 여기서 '자기'생산을 결코 단일한 정체성을 지닌 어떤 존재의 반복, 즉 동일성의 반복으로 해석해서는 안 된다. 만일 그렇다면 그것은 인간의 자기조직화일 뿐, 결코 인간의 동물-되기가 될 수 없을 것이다. 들뢰즈와 가타리는 동물의 특성을 일차적으로 '무리'로 규정하며, 이러한 무리의 속성을 존

191 Deleuze u. Guattari: *Tausend Plateaus*, 353쪽 참조.

192 Deleuze u. Guattari: 같은 책, 324쪽.

재의 다양체적 속성과 연결시킨다. 이러한 관점에 따르면, 하나의 존재는 결코 동일성을 지닌 '닫힌 체계'가 아니라, 그 속에 무리로서의 동물처럼 무한한 이질적인 항들을 내포하며 이러한 항들과의 연결접속을 통해 끊임없이 변신할 수 있는 '열린 체계'이다. 이러한 '다양체'는 "각각의 동일성을 지닌 개체들의 다양성을 의미하는 것이 아니라, 통일된 정체성을 거부하며 역동적으로 생성하며 열린 정체성을 지닌 생성적인 존재로서의 다양체를 의미한다."[193] 다양체에 내포된 생성의 잠재성은, 중심기표를 통해 통일성을 부여하는 수목樹木구조를 파괴함으로써만 펼쳐질 수 있다. 가령 인간을 동물이나 기계 같은 다른 존재들과 구분하며 정의할 때 사용되는 중심기표적인 조직화를 폐기함으로써 인간에 내재된 다양한 변신 가능성이 열리는 것이다.

이처럼 다양체로서의 생성적인 존재는 기표적 작용에서 벗어나 자신의 '가장자리'에 내재하는 다질적인 항들과 연결접속하며 그것으로 변신할 수 있다. 즉 다양체라는 잠재적인 상태에서 구체적이고 현실적인 사건이 일어나기 위해서는 가장자리에 위치한 특이자와의 접속이 필요하다. 예컨대 카프카가 쥐-되기로서 글을 쓸 때, 일반적이고 추상적인 쥐로 변신하는 것이 아니라, 쥐들의 무리(다양체) 중 특권적 위치를 차지하는 요제피네라는 특이자로의 변신을 거쳐야 하는 것이다. 이때 변신, 즉 '-되기'란 하나의 항에서 다른 항으로의 이행(즉 인간이 실제로 동물로 변신하는 것)이 아니라, 그러한 두 항 사이에 자리 잡기 내지 다른 항의 강도[194]적(또는 강렬한) 발산이라고 할 수 있다. 따라

193 정항균: 『아비뇽의 여인들 또는 폭력의 두 얼굴』. 서울대학교출판문화원 2017, 170쪽.

서 동물-되기는 인간과 동물의 경계가 무너지고 양자가 비식별영역으로 들어가면서 인간이 강렬하게 스스로를 동물로 느끼는 것을 의미한다.

들뢰즈와 가타리는 실체적 변신과 구분되는 강도적 변신에 대한 적절한 예를 제공하고 있다. 그들은 어느 지역 민담에 등장하는 날쌘 알렉시스라는 사람이 말처럼 빠른 속도로 달리고 뒷발질하며 말 울음소리까지 흉내를 내지만, 이는 사실 사람들을 웃기기 위한 말의 모방에 불과할 뿐이라고 말한다. 반면 "그는 하모니카를 '주둥이 파괴자'로 불렀고 다른 사람들보다 두 배나 빠른 속도로 하모니카를 연주했으며, 화음의 빠르기도 두 배로 하고 비인간적인 템포를 보여 주었다고 한다. 알렉시스는 말의 재갈이 하모니카가 되고, 말의 속보가 두 배로 빨라졌을 때 더더욱 말이 되었던 것이다."[195] 여기서 알렉시스는 실체로서의 말로 변신한 것이 아니라, 자신 속에 잠재적으로 내재한 말의 분자적 속성을 분출함으로써 강도적으로 말로 변신한 것이다. 그는 그러한 순간 자신을 정말 강렬하게 말로 느꼈던 것이다. 이때 그는 하나의 주체(인간)에서 다른 주체(말)로 넘어간 것이 아니라, 주체에 포섭되지 않는 것으로 개체화한다. 이러한 변신은 앞에서 언급한 것처럼 하나의 항에서 다른 항으로의 이행이 아니라, 식별 불가능한 것으

194 강도란 개념적인 구분 아래의 차원에 위치한다. 가령 빨강, 파랑, 노랑은 개념적으로 서로 구분 가능한 색들이다. 반면 더 빨갛고, 덜 빨간 것은 더 이상 개념적으로 지칭할 수 없는 색들이다. 그것들은 분명 분할될 수 있는 것들이지만, 개념적으로 구분 가능한 것은 아니다. 이러한 차이를 개념적 차이와 구분해서 강도적 차이라고 부를 수 있을 것이다. 정항균: 「동물이야기. 카프카의 「자칼과 아랍인」에 나타난 동물과 동물-되기 연구」. 실린 곳: 『카프카 연구』 41(2019), 20쪽 참조.

195 Deleuze u. Guattari: *Tausend Plateaus*, 416쪽 이하.

로, 두 항 사이에, 즉 인간과 동물 사이에 존재하는 것을 가리킨다. 다시 말해 알렉시스는 말-되기를 통해 인간과 말의 경계를 허무는 중간지대로 들어선 것이다.

그런데 이것은 이러한 알렉시스의 변신에 그치지 않는다. 왜냐하면 알렉시스의 말-되기는 또한 말 자체의 음音-되기를 낳기 때문이다. 즉 말 역시 새로운 연결접속을 통해 탈영토화하면서 음으로 변신하는 것이다. "탈영토화는 항상 이중적이다. 왜냐하면 그것은 동시적으로 생성되는 큰 변수와 작은 변수의 공존을 내포하기 때문이다(생성에서 두 항은 서로의 자리를 교환하지 않고 동일하게 되지도 않으며, 둘 다 동등한 정도로 변화하는 비대칭적인 블록으로 끌려 들어가는데, 그 블록은 두 항의 이웃지대를 형성한다)."[196] 알렉시스의 예로 보면, 알렉시스와 말은 각기 말-되기와 음-되기를 수행하며 비대칭적인 블록을 형성하는데, 둘 다 자신의 규정된 영토, 즉 각각의 항에서 빠져나와 두 항 '사이,' 즉 '이웃지대'에 위치하게 된다.

(동물-)되기에 대해 조금 더 자세히 살펴보자. 들뢰즈와 가타리는 하나의 몸체를 "경도와 위도, 즉 형식을 부여받지 않은 입자들 사이의 빠름과 느림의 집합과 주체화되지 않은 변용 능력[197]들의 집합"[198]으

196 Deleuze u. Guattari: 같은 책, 418쪽.

197 들뢰즈와 가타리는 '변용 능력(affect)'을 다음과 같이 정의한다. "… 변용 능력이란 개인적 감정도 특성도 아니며, 오히려 자아를 동요시키고 뒤흔드는 무리가 지닌 역량의 작용이다"(Deleuze u. Guattari: 같은 책, 328쪽).
김재인은 자신의 논문에서 들뢰즈의 affection과 affect 개념을 서로 구분해야 한다고 주장한다. 김재인에 따르면, affection은 "변용한 몸과 정신의 어떤 상태"[Deleuze: *Spinoza. Philosophie pratique*. Paris 1981, 69쪽(김재인: 「들뢰즈의 '아펙트' 개념의 쟁점들. 스피노자를 넘어」. 실린 곳: 『안과 밖』 43(2017), 142쪽 번역 재인용)]로서의 변용을 의미하고, affect는 몸(또는 물체)이 서로 만날 때 서로에게 작용하며 다른 몸(또는 물체)을 변용시키거나 다른 몸에 의해 변용하는 그러한 변용 능력을 의미한다. 이 경우 이러한 변용 능력을 키워 몸을

로 간주한다. 들뢰즈와 가타리에 따르면, 몸은 우선 특정한 기능이 부여된 기관들로 조직된 유기체가 아니라, 아무런 형식이 부여되지 않은 입자들의 빠름과 느림이라는 상대적 속도와 운동과 정지라는 공간적인 운동의 관계에 의해서 규정된다. 다음으로 몸은 하나의 주체에 귀속된 것이 아니라, 오히려 "자신을 변용시키는 동시에 그것으로 변용해야 할 것에 가장 근접해 있는 … 입자들,"[199] 즉 변용 능력들을 지닌 것으로 규정된다. 쉽게 말해 몸은 단일한 주체가 아니라, 자신의 생성의 역량에 의해 강렬한 변용들을 만들어 내는 변용 능력들의 집합이다. 그리고 주체로부터 이러한 변용 능력들이라는 입자들을 뽑아낼 때 비로소 생성, 즉 '되기'가 이루어진다.

이처럼 들뢰즈와 가타리는 우선 생명체의 몸을 바탕으로 입자들의 운동관계와 변용 능력들의 역량을 설명하지만, 이러한 몸을 인간이나 동물 같은 생명체를 넘어서 생각해 볼 수도 있다. 왜냐하면 이들은 다양체를 가리키는 말로 '추상적 동물'이라는 개념을 사용하기도 하는데, 이는 무생물인 책상이나 자동차도 추상적 동물로 간주될 수 있으며 따라서 몸을 가질 수 있음을 의미하기 때문이다. 가령 책상도 그것이 어떤 다양체와 배치관계를 이루는가에 따라(음식이 놓이면 식탁, 책이 놓이면 책상, 그 위에서 탁구를 치면 탁구대가 된다) 매번 새롭게 생성될 수 있

강화하는 것이 이 개념을 먼저 사용한 스피노자뿐만 아니라 그의 철학을 수용한 들뢰즈에게도 핵심적인 것으로 보인다(김재인: 「들뢰즈의 '아펙트' 개념의 쟁점들」, 141쪽 참조). 물론 김재인은 들뢰즈의 affect 개념이 "변용 능력" "작용권력" "비결정의 중심" "비-유기체적 삶"(김재인: 같은 글, 154쪽) 같은 의미를 지닌다며 이 개념을 우리말로 번역하는 데 존재하는 난점을 이야기하고 있지만, 여기서는 affection과 대비하여 '변용 능력'이라는 번역을 택하고자 한다.

198 Deleuze u. Guattari: *Tausend Plateaus*, 357쪽.

199 Deleuze u. Guattari: 같은 책, 371쪽.

으며, 마투라나와 바렐라가 말했듯이, 생명체처럼 스스로를 조직하고 생산할 수 있다. 하지만 그것은 단순한 동일성의 재생산이 아니라 창발적이고 창조적인 차이의 생산을 의미한다. 비록 비유기체 자체에는 베르그송이 말한 약동과 같은 생성의 힘이 결여된 듯 보일지라도, 그것을 데카르트처럼 분리시켜 단순한 대상으로 보지 않고 다른 다양체와 배치를 이루는 관계망 속에서 바라보면, 소위 말하는 비유기체 역시 배치를 통해 유기체와 마찬가지로 스스로를 생성해 나갈 수 있음을 알 수 있다. 그러한 연결망 속에서 비유기체에도 일종의 생성의 욕망이 작동하고 있는 것이다.

이러한 맥락에서 보면, 몸체를 이루는 기관들이란 그것을 이루는 배치물들의 관계가 고정되어 견고한 형식을 이루게 된 것으로서 일종의 영토화상태를 가리킨다고 말할 수 있을 것이다. 하지만 기관들로 조직된 유기적 몸체를 갈기갈기 찢어 버리면 이러한 배치는 더 이상 고정되거나 확정적이지 않게 되며, 이로 인해 자유롭게 움직이는 입자들의 관계 맺기, 즉 접속에 의해 새로운 배치를 형성할 수 있게 된다. 이러한 새로운 기계적 배치[200]를 통해 생성, 즉 '되기'가 일어나는

200 들뢰즈와 가타리는 기계를 좁은 의미의 기술기계를 넘어서는 것으로 바라본다. 여기서 기계란 넓은 의미에서 '몸체를 지닌 것'으로 어떤 기능보다는 작동의 관점에서 정의되며, 그것이 기계로서의 다른 다양체와 맺는 관계, 즉 기계적 배치에 의해 그 작동이 설명된다. 가령 입-기계는 특정한 날, 특정한 분위기에서 다른 입과 맞닿는 기계적 배치를 통해 키스-기계로 변신하기도 하고, 물에 빠진 후 해변으로 밀려온 어떤 사람의 입과 맞닿아 그것에 숨을 불어넣는 기계적 배치를 통해 구조-기계로 변신하기도 한다. 또는 식탁에서 음식물을 집어넣는 배치를 통해 음식섭취-기계가 될 수도 있다. 소위 자연이라고 불리는 것은 그 부분으로서의 다양체의 기계들이 형성하는 특정한 배치관계를 통해 끊임없이 자신의 모습을 바꾸는데, 그 자체로는 어떤 형상도, 기능도 갖지 않는 추상적 기계로 간주된다. 또한 각각의 다양체 역시 무한한 배치가 가능한 추상적 기계가 될 수 있다. 데카르트가 기계를 그 부분들이 이루는 특정한, 고정된 배치관계에 의해 정의했다면, 들뢰즈와 가타리는 그러한 기계적 배치

것이다.

이러한 전제하에서 이제 인간의 동물-되기를 살펴보자. 인간이 동물-되기를 수행하기 위해서는 그 동물이 될 입자들을 방출해야 한다. "그리고 이 점이 우리에게 본질적인 것이다. 즉 어떤 수단과 어떤 요소를 사용하든, 동물입자들의 운동과 정지의 관계에 들어서거나, 결국 같은 이야기이지만, 동물분자와 이웃지대에 들어서는 소립자들을 우리가 내보낼 때만 우리는 동물-되기를 할 수 있다."[201]

이 인용문에서 두 가지가 설명되어야 한다. 첫 번째로 누군가가 동물입자들의 빠름과 느림, 운동과 정지의 관계에 들어선다는 것, 즉 누군가가 방출하는 소립자들이 동물분자와의 이웃지대에 들어선다는 것이 무엇을 의미하는가를 설명해야 한다. 여기서는 그가 방출하는 입자들(가령 마르셀 프루스트의 소설 속 알베르틴의 도주)의 속도와 동물입자(가령 말)의 속도의 합성이 문제가 된다. 기관과 달리 아무런 형식을 지니지 않은 요소들과 미립자들은 모두 삶이라는 판 위를 더 빠름(가령 동물입자)과 더 느림(가령 식물입자) 같은 상대적 속도를 지니며 횡단한다. 이때 그것들은 또한 그러한 빠름과 느림의 관계에 따라 서로 연결접속되어 사건으로 일어나며 특정한 개체에 귀속될 수 있다. 가령 들뢰즈와 가타리가 프루스트 소설의 예를 들어 설명하듯이, "알베르틴이 잠을 자며 잠의 입자와 합성될 때, 그녀의 애교점과 피부조직은 그녀를 분자적인 식물의 지대로 옮겨 놓는 운동과 정지의 관계로 들어

가 무한히 변할 수 있는 유동적이고 생성적인 기계 개념을 내세우고 있는 것이다.

201 Deleuze u. Guattari: 같은 책, 374쪽.

선다."[202] 즉 알베르틴은 잠을 자면서 잠의 입자와 합성되며 감속하는 입자를 방출해 식물-되기를 수행하지만, 반대로 그녀가 도주할 때는 가속하는 입자를 방출해 말로서 동물-되기를 수행한다. 이러한 운동과 속도에 따라 그녀는 가장자리의 항(특이성)들과 연결접속하며 탈영토화를 수행할 수 있다.

앞에서 말한 것처럼 기관들이 특정한 형식을 갖춘 것이라면, 들뢰즈와 가타리는 이러한 기관을 부수어 아무런 형식이 없는 입자 내지 분자로 바꾸어 놓는다. 이러한 입자들은 단 하나로 통일된 시계의 속도에 따르지 않고, 다종다양한 저마다의 시계 속도에 따라 관계를 맺으며 접속한다. 그리하여 특정한 배치의 견고한 사슬에서 벗어나 새로운 배치관계를 맺으며 탈영토화를 수행한다. 그리고 이러한 새로운 배치관계에 의해 탈주체화가 이루어지고 주체가 변용 능력들의 집합으로 변모하게 된다.

이러한 맥락에서 두 번째로 동물분자와 이웃지대에 들어서는 소립자를 방출하게 하는 것이 무엇을 의미하는가를 살펴볼 수 있을 것이다. 우선 동물-되기를 발생시키는 계기가 되는 요소나 수단은 다양하며 변할 수 있다. 그것은 그 동물과 직접적으로 연결되는 것일 수도 있지만, 외관상으로는 아무런 관계가 없는 것일 수도 있다. 가령 누군가가 패러글라이딩을 하며 도시를 내려다보거나 새처럼 비분절적인 소리로 노래하듯 말하면서 새-되기를 행할 수 있다. 아니면 앞에서 든 예처럼 말이라는 동물과 직접적인 관련이 없지만, 엄청나게 빠

202 Deleuze u. Guattari: 같은 책, 375쪽.

른 속도로 하모니카를 불면서 말-되기를 할 수도 있다. 따라서 동물-되기를 낳는 입자들은 제한되어 있지 않으며 근본적으로 무한할 수 있다. 그런데 그러한 입자들은 오직 주체의 해체를 통해 끌려 나와야 한다. 즉 그것은 주체화되지 않은 변용의 힘으로서의 변용 능력이다. "비록 한순간일지라도, 어떤 사람을 인류에서 끌어내어 설치류처럼 빵을 갉아 대도록 하거나 어떤 사람에게 살쾡이의 노란 눈을 갖도록 만드는 이러한 동물 시퀀스의 폭력을 경험하지 않은 사람이 누가 있겠는가? 그것은 우리를 예기치 못한 종류의 생성으로 내모는 놀라운 역행이다."[203] 다시 말해 퇴행(진화적 관점에서 인간이 보다 낮은 단계인 동물로 퇴보하는 것)이 아니라 역행(인간과 동물의 경계를 허물며 인간중심주의를 무너뜨리는 일종의 전복)을 위해, 그러한 변용 능력들은 단일한 주체로서의 한 인간의 특권적, 중심적 지위를 해체하고 동물입자와 이웃관계에 들어섬으로써 주체를 동물로 변신시킨다.

이러한 변용 능력은 "한 개인을 변용시키고 그의 행위 능력을 증대하거나 감소하는 강렬함들로서, 외부의 부분들이나 그 자신의 부분들에서 비롯된다."[204] 예를 들면, 가부장적인 아버지 밑에서 매일 감시받으며 햇빛도 들어오지 않는 어두운 감옥 같은 방에서 공부를 해야 하는 아이가 어느 날 집을 뛰쳐나와 강렬한 태양 아래 확 트인 광야에서 시원한 바람을 맞고 뛰어다니며 해방감을 만끽할 때, 여기서 강렬한 태양-광야-시원한 바람-달리기-아이라는 기계적 배치 아래 아이 자신의 내부와 외부의 부분들 모두에서 나오는 이러한 강렬함, 즉

203 Deleuze u. Guattari: 같은 책, 328쪽.

204 Deleuze u. Guattari: 같은 책, 349쪽.

변용 능력들이 합성되어 주체를 무너뜨리고 고유한 개체로서 '이것임 Diesheit'을 형성하게 된다. 이를 통해 아이의 말-되기(변용된 결과)가 이루어지는 것이다.

이러한 변신은 결코 자신과 다른 어떤 주체가 되는 개체화로서의 변신이 아니라, 그러한 주체의 항들 사이에 위치하면서 어떤 것과도 동일하지 않은 고유함과 특이함을 지닌 것이 되는 개체화를 의미한다. 예를 들면, 엄청나게 빠른 속도로 하모니카를 불며 말-되기, 감옥에서 빠져나와 넓은 광야로 도주하며 말-되기 등은 모두 누군가가 인간의 상태에서 빠져나와 말의 입자를 방출하며 말-되기를 하는 것들이지만, 그것들은 제각기 고유한 방식으로 다르고, 통일성을 지닌 주체(가령 인간이나 말)와 달리 개념화될 수 없으며, 따라서 어떤 동일성을 지니지 않은 변용들로 남아 있다. 이처럼 주체로 포섭되지 않는 특이하고 고유한 기계적 배치의 상태, 변용 능력들의 합성상태를 들뢰즈와 가타리는 '이것임'이라는 개념으로 부르기도 한다.[205] 이렇게 개체화된 배치물 전체로서의 '이것임'은 한편으로 탈주체화된 상태로 미결정성을 띠지만, 다른 한편 그러한 특정한 기계적 배치 속에서 고유성을 지님으로써 결정성을 띠기도 한다. 그래서 그것은 '이것임'으로 불리는 것이다.

들뢰즈와 가타리에게서 동물-되기는 정치적 함의를 갖기도 한다. 들뢰즈와 가타리는 중심적인 위치를 차지하며 이항구조를 만들어 내

205 가령 위의 예를 들어 설명하면, "강렬한 태양-광야-시원한 바람-달리기-아이"라는 배치물 전체가 '이것임'일 수도 있고, 그러한 배치물 속에 있는 고유한 '아이'가 '이것임'일 수도 있다. 그러나 양자는 서로 긴밀하게 연결되며 분리해서 생각할 수 없다.

는 다수자인 남성, 백인, 인간, 어른의 권력구조하에서 비대칭적 위치를 차지하는 항을 소수자로 지칭한다.[206] 이성적인 인간과 대비되는 동물 역시 이러한 관점에서 보면 소수자라고 할 수 있다. 그런데 동물-되기는 여성-되기, 아이-되기, 흑인-되기처럼 이러한 다수자의 권력구조를 허물어뜨리고 그것과의 경계를 부수는 전복성을 지닌다. 즉 그것은 인간과 동물의 경계를 순간적으로 무너뜨리면서 인간중심적 사고를 전복시키는 것이다. 이러한 동물-되기는 결코 실체로서의 동물을 인간보다 우위에 놓는 것을 의미하지 않는다. 왜냐하면 그러한 논리는 또 다른 이항구조와 경계를 만들어 낼 것이기 때문이다. 원시사회에서 동물로의 변신이 제의를 통해 인간과 동물의 경계를 일순간 무너뜨리는 기능을 갖고 있었을지라도, 그것이 다시 토템신앙의 맥락과 연결되며 경계를 세우고 재영토화하는 기능을 갖고 있음을 간과해서는 안 될 것이다. 이에 반해 들뢰즈와 가타리가 말하는 동물-되기는 인간과 동물의 경계를 허물고 위계적인 이항구조를 지닌 다수자의 권력구조를 뒤흔드는 전복적인 정치적 성격을 지님으로써 근대의 인간중심주의를 공격한다.

나아가 동물-되기는 소수자로서의 동물이 동물에게 부여되었던 기존 정체성의 틀을 깨고 거기서 빠져나올 수 있음을 의미하기도 한다. 근대에 인간은 동물의 사유, 인식, 공감, 도구사용 능력 등을 부정하고 이 모든 능력을 인간에게만 부여하였다. 또한 동물은 본능적 존재이

206 Deleuze u. Guattari: 같은 책, 396쪽: "모든 생성은 소수자-되기이다. 다수라는 말은 상대적으로 더 큰 양을 의미하는 것이 아니라, 가장 많은 양마저 가장 적은 양과 마찬가지로 소수로 지칭되도록 만드는 지위나 표준의 규정을 의미한다. 백인-인간, 성인-남자 등."

며 환경에 의해 결정되는, 자율성이 결여된 존재로 간주되기도 하였다. 하지만 많은 동물들이 고통에 대한 감수성뿐만 아니라 지루함, 공포, 즐거움 등 다양하고 복잡한 감정을 지니고 있으며, 나아가 행동과 실천을 통해 앎을 지니고 있기도 하다. 동물이 지닌 감정 능력은 "자신의 종 내에서 혹은 종간 차이를 극복하면서 서로 관계 맺고 교감할 수 있는 아주 능동적인 정서의 원천을 의미할 수도 있다. 그것은 환경에 대한 적응 능력 정도의 차원이 아니라, 스피노자가 말한 '변용,' 즉 '되기becoming'의 능력이 동물에게 있다는 것을 의미한다. 동물은 환경 결정론자들이 말하는 것처럼 주변 환경에 반응만 하는 것이 아니라, 환경에 따라 자율적인 행동을 결정하고 그에 따라 자신의 신체나 정서를 변화시킬 수 있는 능력을 가진 개체이다."[207] 따라서 이러한 관점에서도 동물과 인간의 견고한 경계는 허물어진다.

들뢰즈와 가타리는 다수자의 소수자-되기는 있어도 소수자의 다수자-되기는 없다고 말한다. 그 이유는 모든 생성, 모든 '되기'는 이항구조의 원천인 다수자의 지위를 흔드는 데서 출발하기 때문이다. 그래서 들뢰즈와 가타리는 동물의 인간-되기가 아니라 동물의 진정한 동물-되기를 언급한다. 그런데 소수자로서의 동물의 동물-되기는 동물이 인간 대 동물이라는 이항구조에서 억압받는 소수자로서의 동물이라는 상태를 점유함으로써 이루어지는 것이 아니다. 오히려 동물의 진정한 동물-되기는 다수자인 인간이 이러한 이항구조를 허물어뜨리고 동물-되기를 수행할 때 이루어질 수 있다. 그때 동물은 더 이상 다

207 신승철: 『갈라파고스로 간 철학자』, 97-98쪽.

수자인 인간과 연관되어 정의되지 않으며 이를 통해 소수자의 지위에서 빠져나올 수 있다. 즉 그때 비로소 소수자의 다양한 생성, '되기'도 가능해진다. 이처럼 소수자-되기는 다수자가 다수성에서 벗어나는 조건하에서만 이루어지며, 그래서 소수자-되기의 추구는 그러한 다수자 중심의 정치를 뒤흔드는 전복성을 지니는 것이다. 이것을 인간과 동물의 정치적 관계에 적용시켜 본다면, 동물이 더 이상 인간을 위해 존재하는 열등한 존재, 즉 구경거리나 단순한 고깃덩어리가 아니라 다양한 변용 능력을 지닌 생명체임을 인정하는 것을 의미한다.

6.

괴물의 역사와 인간의 동물-되기

'괴물이 무엇인가'는 결코 초시대적으로 정의될 수 없다. 가령 고대나 중세에는 주로 외적인 특성에 따라 소위 비정상적인 것으로 간주되는 신체적 특징을 지닌 인간이나 인간과 동물의 외적 특성이 공존하는 혼성적 존재를 괴물이라고 불렀다면, 현대에는 과학의 발달과 더불어 괴물이 기형적 인간으로 간주되고 신체적 기형의 원인이 과학적으로 설명되면서 괴물의 지위에서 벗어나는 반면, 내적인 발달에 문제가 있는 연쇄살인범 같은 사이코패스가 괴물로 불린다. 이처럼 괴물은 각 시대마다 다르게 정의되고 또한 그것에 대한 가치평가 역시 달라진다. 가령 원시 시대에 동물과 인간의 혼종적 특징을 지닌 샤먼이 긍정적인 존재로 여겨졌던 반면, 고대나 중세에는 혼종성이 이국적인 타자나 죄의 표지로 간주되며 부정적 의미를 부여받았다. 오늘날에는 그러한 혼종성이 여전히 '인간을 위협하는 타자'를 지시하는 부정적 의미도 지니지만, 반대로 '다양한 정체성을 지닌 존재'를 지시하는 긍정적 의미를 갖기도 한다.[208] 이처럼 각각의 시대에 어떤 존재가 괴물로 간주되는지는 그 시대의 세계관, 가치관, 타자에 대한 관념 등의 문제와 연결시켜 복합적으로 살펴보아야만 한다.

고대에는 여행자들의 여행경험을 토대로 다른 지역 사람들에 대한 정보를 획득하였는데, 이 경우 멀리 떨어진 곳에 사는 낯선 존재들이 주로 괴물로 묘사되곤 하였다.[209] 가령 고대 그리스인들의 관점에서 보면, 아시아나 아프리카 지역이 그러한 괴물종족이 사는 지역으로 간주될 수 있을 것이다. "이로써 괴물적인 특성은 위협의 묘사보다는 우선적으로 타자성, 이방성을 정의하는 데 사용된다."[210] 비록 호메로스의 서사시나 알렉산더 대왕의 모험을 서술한 문학작품에서 다양한 괴물들이 등장한다고 할지라도, 우선은 이러한 괴물이 현실적 위협을 나타낸다고 여겨지지는 않았다. 그러한 괴물은 개별적인 존재로 등장할 수도 있고, 집단적인 존재, 즉 종족으로 등장할 수도 있다. 또한 이러한 괴물은 기형적인 모습을 한 순수한 괴물인간(아프리카에 사는 머리 없는 종족), 인간과 동물의 모습이 혼재된 혼성적 존재로서의 괴물(켄타우로스, 세이렌), 거대한 동물이나 거인으로서의 괴물(외눈박이 거인 키클롭스)로 분류될 수 있다. 비록 모든 괴물이 직접적으로 동물적 외형을 지

208 정항균: 「기형과 혼종. 란스마이어의 『최후의 세계』에 나타난 괴물의 양가성」. 실린 곳: 『독일어문화권연구』 28(2019), 401–402쪽 참조.

209 지멕은 먼 거리와 이방성을 모든 괴물의 공통된 특징이라고 주장했지만(Rudolf Simek: *Monster im Mittelalter. Die phantastische Welt der Wundervölker und Fabelwesen*. Wien u. a. 2019, 18쪽 참조), 가령 현대의 사이코패스 같은 존재를 괴물로 간주한다면, 이러한 일반화는 더 이상 통용될 수 없다.

210 Simek: *Monster im Mittelalter*, 18쪽.

니지는 않을지라도, 소위 이성적인 인간의 타자로서의 괴물은 그것의 비이성적인 행동과 습성 때문에 동물적인 것에 근접하게 된다. 그래서 중세에는 괴물인간을 지칭하는 말로 '짐승인간viehisch lewt'이라는 개념이 사용되기도 하였다.[211]

고대의 괴물에 관한 담론이 아직 여행자들을 통한 보고와 자연사적인 맥락에 머물러 있었다면, 중세 기독교사회로 들어오면서 종교적인 맥락에서 그것은 신학적·도덕적 함의를 띠게 된다. 특히 기이한 모습을 지닌 괴물을 과연 인간으로 간주할 수 있을지를 두고 논란이 벌어진다. 성서에 따르면, 노아의 세 아들은 각각 유럽, 아시아, 아프리카에 살고 있다. 따라서 그곳에 사는 자손들은 설령 그들 중 일부가 괴물의 모습을 하고 있을지라도 모두 원칙적으로 인간의 지위를 갖는다. 성 아우구스티누스는 괴물(인간) 역시 신의 계획의 일부로 여기며, 그것이 신의 창조적 다양성과 전능함, 그리고 도덕적 교훈을 드러낸다고 주장하였다.[212]

실제로 중세 시대에, 특히 교회담론에서 괴물은 인간의 죄와 관련해 해석되곤 하였다. 성서 외경에서는 괴물종족의 유래를 인간의 죄와 관련해 설명한다. 가령 아벨을 죽이고 추방된 카인의 딸들이 아담의 금지에도 불구하고 세트의 아들들과 결합해 거인종족을 낳았다는 것이다.[213] 물론 대홍수로 카인의 후손이 모두 죽었으므로, 그 이후 괴물종족의 시조는 노아의 세 아들 중 함의 후손에서 나온 것으로 간주

211 Simek: 같은 책, 18-19쪽 참조.
212 Simek: 같은 책, 151-152쪽 참조.
213 Simek: 같은 책, 141쪽 참조.

된다. 술 취한 아버지 노아의 벌거벗은 모습을 보고 조롱한 아들 함은 아프리카 대륙의 조상인데, 그의 후손인 니므롯은 "검은 피부를 지닌 거인, 즉 괴물종족의 일원"[214]으로 묘사된다. 또 다른 설은 아담의 딸이 아버지의 금지를 어기고 독초를 먹어 아버지의 원죄를 반복해 기형종족을 낳았다는 것이다. 이처럼 괴물은 인간이 저지른 죄에 대한 처벌의 성격을 지니며 그들의 기괴한 모습은 그러한 도덕적 잘못에 대한 경고의 의미를 지닌다는 것이다.[215]

그러나 설령 이처럼 괴물이 어떤 죄의 표지를 나타내는 특성을 지닌다고 할지라도, 그들이 그 때문에 사회에서 배제되거나 신의 구원에서 배제되어야 하는 것은 아니다. 오히려 그들은 신의 계획의 일부로 기획되었을 뿐만 아니라 선교의 대상으로 간주되기도 한다. 또한 중세에 괴물을 주로 그들의 조상이 저지른 죄에 대한 처벌이나 처벌에 대한 경고의 맥락과 연결시켜 바라보았을지라도, 괴물에 대한 해석은 원칙적으로 다양하였으며 결코 하나의 부정적 의미로만 환원되지 않았음에도 주의해야 한다. 심지어 그러한 괴물이 종종 긍정적 특성을 의미하는 경우도 존재하였다.

따라서 괴물을 악마나 마귀와 동일시하거나 그것과 연결시켜 해석해서는 안 된다. 앞에서 살펴본 것처럼 악마는 근본적으로 정신적 존재이며 단지 인간이나 동물의 육신을 빌릴 뿐이다. 악마는 마녀를 이용하여 인간에게 해악을 끼치고, 이 경우 동물을 직접적인 마법의 수단으로 사용하거나 그 자신이 그러한 동물로 변신하기도 한다. 하지

214 Simek: 같은 책, 142쪽.

215 Simek: 같은 책, 142-143쪽 참조.

만 물질적인 존재인 괴물은 이러한 악마의 마법과는 무관하며, 다가올 해악을 암시하기보다는 인간이 저지른 어떤 죄악에 대한 알레고리적 의미를 갖는다고 할 수 있다.

그러나 근대 초기에 신대륙이 발견되고 식민지개발이 본격화되면서 이제 괴물에 대한 논의는 단순히 문학적 환상이나 신학적·이론적 논의에 그치지 않고 현실 정치적인 의미를 획득하게 된다. 특히 성서에는 노아의 후손이 사는 곳으로 유럽, 아시아, 아프리카만이 언급되고 있기 때문에 새롭게 발견된 아메리카 대륙에 사는 종족에게 인간의 지위를 주어야 할 것인지가 논의의 대상이 된다. 식민지 원주민들을 노예처럼 수탈한 식민지 정복자들의 만행이 선교사들에 의해 고발되고, 그리하여 "이미 1512년 12월 27일에 부르고스 법이 발효되었으며, 그 후 1513년 7월 28일에 이 법은 엥코미엔다제도의 틀 속에서 2년을 보낸 후 원주민을 완전히 석방하는 법을 포함해 네 개의 또 다른 법들로 확대되었다."[216] 이 법 조항은 원주민을 동물로 취급해서는 안 되며 인간의 지위를 부여할 것을 요구하고 있지만, 사람을 잡아먹는 식인종은 여기서 제외한다는 예외규정을 두었다. 이를 통해 식민지 원주민을 여전히 동물의 지위에 가두며 그들에게서 인간성을 빼앗는 노예제도의 유지가 가능하게 된다.[217] 물론 1550년경에 이르면 노예제를 둘러싼 논쟁에서 괴물에 관한 담론이 더 이상 중요한 역할을 하지 못하지만, 어쨌든 근대 초기에 괴물담론이 특정한 인간종족의 인간성을 빼앗고 그들에게 동물의 지위를 부여하며 그들을 착취하는

216 Simek: 같은 책, 184쪽.

217 Simek: 같은 책, 185쪽 참조.

기능을 수행하였음을 알 수 있다.

괴물담론과 관련해 흥미로운 것은 16세기 말에 생겨나 18세기까지 확장되어 나갔던 '경이로운 방Wunderkammer'이나 '진귀품 전시실Kuriositätenkabinett'이다. 유럽 제후들의 권력과시 수단으로 사용된 이 공간에는 자연, 문화, 예술 가릴 것 없이 모든 분야로부터 기이하고 놀라운 것들을 모아 전시하였는데, 그중에 기형적인 동물이나 인간도 포함되었다. 다시 말해 소위 괴물로 간주된 기형적 인간의 신체가 이제 기이한 구경거리로 전시된 것이다. 그러나 기이하고 그로테스크한 것에 대한 바로크 시대의 열광은 이성중심적인 근대의 합리적인 분류체계에 의해 점차 사라지게 된다. 온갖 상이한 영역의 것들을 '기이함'의 원칙에 의해 함께 모아 두었던 '경이로운 방'은 이제 기술과 예술을 구분하고, 동물학, 식물학, 인류학을 구분하여 각각의 분야에 맞는 수집품을 전시하는 박물관으로 대체된다. 이러한 이성의 시대에 기이한 비밀에 열광하며 광적으로 그러한 것을 수집하는 경향은 비과학적이고 미신적인 태도로 비판받으며 주변부로 밀려난다. 괴물담론과 관련해서도 '경이로운 방'이나 '진귀품 전시실'에 전시된 기형적인 인간의 신체 전시는 근대의 박물관에서는 더 이상 찾아볼 수 없다. 이제 기이한 모습을 지닌 인간들은 더 이상 괴물이 아니라, 유전적 결함을 지닌 기형적 인간으로 간주되었다. 이로써 그들은 호기심에 찬 구경꾼의 구경거리, 즉 전시물이라는 지위에서 벗어나게 되었으며, 소위 말하는 정상인이 동정심을 가지고 배려해야 할 사회적 약자로 인정받게 되었다.

근대에 들어 신체적 기형을 지닌 사람들을 더 이상 괴물로 바라보지 않는다고 해서 모든 인간이 괴물의 지위에서 벗어난 것은 아니다. 오히려 근대의 이면인 식민주의의 확장과 더불어 19세기에 들어 또 다른 형태의 괴물 전시가 이루어진다. '경이로운 방'이나 '진귀품 전시실'은 동물원과 함께 19세기 중반에서 20세기 초반까지 광범위한 인기를 누렸던 '인종 전시Völkerschau'의 전신으로 간주될 수 있다.

'인간동물원Menschenzoo'**218**의 발전에 앞서 우선 식물원과 동물원이 생겨났다. 아프리카를 비롯한 여러 대륙에 식민지를 두었던 유럽 열강들은 이국적인 식물과 동물을 자신의 나라로 옮겨 와 식민지 권력을 과시하는 수단으로 삼았다. 그러한 동물들은 자신들이 자라 온 기후와 환경에서 벗어나 완전히 새로운 기후와 환경에 적응해야 했을 뿐만 아니라, 자연적인 삶의 토대를 빼앗긴 채 국가의 권력을 과시하거나 인간의 학문과 오락에 대한 욕구를 충족시키기 위한 수단으로 전락하였다.

동물원의 울타리를 통해 관찰자와 관찰대상을 구분하면서, 인간은 동물을 자신과 완전히 구분되는 타자로 설정할 수 있었고, 동시에 이를 통해 근대적 인간의 정체성을 정립할 수 있었다. 이로써 인간은 동물적 속성을 완전히 버린 채 동물과 근본적으로 구분되는 존재가 된

218 '인간동물원'은 다음과 같이 정의된다. "'인간동물원'의 본질은 "인간을 재구성된 특별한 공간에 집어넣어 그를 구경거리로 만드는 데 있다. 그렇게 하는 이유는 인간이 예를 들면 수공업자처럼 어떤 특별한 것을 '하기' 때문이 아니라, 진정한 또는 상상된 타자성의 프리즘을 통해 관찰된 그가 어떤 특별한 것'이기' 때문이다." 우리가 이해하는 바에 따르면, 이러한 개념은 분리, 즉 "인위적으로 만들어진 거리와 외부시선의 관계의 표현으로, 물리적 거리를 만들어 내고" 우리에게 그들과 우리 사이에 눈에 보이지는 않지만 느낄 수 있는 경계선을 긋도록 유혹하는 "장치들(차단기, 울타리, 차단목, 분리벽)에 의해 물질화된다""(Pascal Blanchard u. a.: *MenschenZoos. Schaufenster der Unmenschlichkeit*. Hamburg 2012, 41쪽).

것이다. 하지만 인간은 동물을 구경대상으로 삼는 데 그치지 않았다. 괴물의 역사적 전개와 관련해 흥미로운 또 하나의 사건은, 인간을 동물과 인간의 혼종적 존재인 괴물로 만들며 동물처럼 구경거리로 전시하였던 '인종 전시'이다. 식민지 지배세력은 식민지를 침탈하면서 그곳에 사는 원주민을 미개인 내지 야만인으로 지칭하였다. 이러한 야만인은 반은 인간이고, 반은 동물인 존재, 즉 혼종적인 괴물로 간주되었다. 유럽인들은 이러한 괴물적 존재인 야만인에게 완전한 인간의 지위를 부여하지 않음으로써 그들에 대한 약탈과 살인을 정당화하였다.

당시의 유럽인은 신체적 결함을 지닌 기형적 인간을 더 이상 괴물로 바라보지 않고 그들에 대한 이성적 접근을 강조하며 인간애를 내세웠던 반면, 식민지 원주민에 대해서는 아무런 양심의 가책 없이 '야만인'이라는 괴물로 규정하고 차별하며 잔인한 폭력을 행사했다. 즉 그들은 하나의 괴물을 폐기하면서 역설적으로 또 다른 괴물을 만들어 내는 모순을 저질렀던 것이다. 이는 식민지 피지배자들을 근대 유럽인과 구분되는, 온전한 인간성을 부여받지 못한 존재로 간주하는 차별 이데올로기에 의해 가능해졌다. 이러한 이데올로기에서 낯선 타자는 유럽인 자신과 구분되는 존재로 유럽인의 정체성을 구성하기 위한 수단적 의미만을 갖고 있었다. 이러한 맥락에서 근대의 '합리적인' 유럽과 미국에서 벌어진 '비합리적인' 인종 전시의 모순을 이해할 수 있을 것이다.

인종 전시가 근대의 학문적 탐구와 무관하지 않다는 것은 근대 유럽인들이 '인간동물원'을 찾아가 탐구했다는 사실에서도 알 수 있다.

근대에 들어서 학문의 초점이 신에서 인간으로 넘어가면서 인간학에 대한 관심이 커진다. 이러한 맥락에서 민족학적 연구가 활발히 벌어지는데, 현장에 가서 탐사하는 연구는 많은 비용과 질병의 위험이라는 문제를 안고 있었다. 이러한 맥락에서 "연구대상들을 학자들에게로 가져와야 했다. 그리하여 다양한 '인종들'을 '수집하고' '전시하려는' 소망이 19세기 초반에 점점 커져 갔다."[219] 비록 이 시기에 괴물담론이 신체적 기형에서 혼종적인 동물적 인간으로 패러다임 전환을 겪을지라도, 신체적 기형에 대한 폄하가 사라진 것은 아니었다. 오히려 이제 과학의 탈을 쓰고 근대 유럽인은 야만인의 불완전한 신체를 탐구하기 시작한 것이다. "형태학적 분석은 인간의 신체를 가시적인 특징을 지닌 일정한 수로 분류하는 것을 가능하게 했다. 모든 개별적인 인간유형의 생물학적 특징을 규정하는 것을 목표로 삼았던 이러한 관찰의도를 성공적으로 수행하기 위해서 신체적 인간학의 대변자들은 과학적인 분류체계를 만들어 냈다. 이에 따라 피부색과 눈동자의 색은 색의 눈금으로 범주화되었고 신체는 측량기구, 줄자와 슬라이드 캘리퍼스로 측정되었다."[220]

물론 '인종 전시'는 단순히 학문적인 관심의 차원에 머무르지 않았다. 그것은 서커스, 순회극단, 식민지 전시회, 세계박람회 등 다양한 수단을 통해 이루어졌으며, 대중의 오락 욕구를 충족시키는 사업으로 발전하였다. 이러한 인종 전시는 우월한 식민지 지배자와 이국적이고 야만적인 식민지 피지배자를 동물원에서와 같은 울타리를 통해 분리

219 Blanchard u. a.: *MenschenZoos*, 15쪽.

220 Blanchard: 같은 책, 43쪽 이하.

하며, 관찰하는 주체와 관찰대상으로 구분하였다. 근대 과학의 이름으로 증명하려 했던 이들 간의 차이는 인종차별을 가져왔고, 대중문화적인 다양한 공연을 통해 일반인들의 머릿속에 식민지 피지배자들의 정형화된 모습을 심어 주었다.

무엇보다 이러한 전시는 인간을 동물처럼 구경거리로 만듦으로써 인간의 동물-되기를 실현하였는데, 이러한 동물화된 인간은 바로 고대인들의 상상 속에 존재했던 혼종적 괴물이 현실 속으로 옮겨진 것이라고 할 수 있다. 비정상적인 괴물은 이미 16세기 말에 '경이로운 방'이나 '진귀품 전시실'에서 전시되었지만, 19세기의 '인간동물원'을 통해 특정한 민족 내지 인종과 연결되고 대중적인 스펙터클로 자리 잡았다.

> 비정상성이라는 개념은 인종 전시가 생겨나면서 바뀌었다. 물론 비정상적인 것을 전시하는 것은 늦어도 16세기 이후에 대중문화의 일부가 되었다. 하지만 우리가 이미 강조한 것처럼, 그것은 19세기 초반이 되어서야 새롭게 꽃피웠다. 그래서 급진적으로 상이한 것의 특징들이 인종 전시를 통해 보다 넓은 인간집단으로 확장되었고, 이제 더 이상 '기형적 인간'뿐만이 아니라 또한 '이국적인' 인간도 이러한 특징을 부여받게 되었다. … 인종 전시는 자연의 예외나 오류를 전시하는 것으로부터 거리를 두었고, 그 대신 곧 지배되고, 식민화되고, 변화되어야만 했던 그러한 세계, 비서구적인 세계의 특이한 규범들을 보여주었던 것이다.[221]

노예제를 폐지하고 인간평등을 외친 합리적인 근대인들은 기이하고 비밀스러운 것에 대한 바로크 시대의 열광을 병적인 것으로 비난하며 자연적으로 생겨난 개별적인 괴물의 야만적 전시를 중단시켰다. 그러나 그러한 합리적 이성을 강조하던 유럽인들은 그로부터 1세기가 지나서 보다 큰 규모로 특정한 인간집단을 야만인으로 지칭하고 동물처럼 구경거리로 만들며 '인종 전시'라는 '야만적' 범죄를 저질렀다. 그것은 인종차별주의라는 이데올로기 및 자본주의적인 사업정신과 결합하여 평범한 유럽인의 배타적인 정체성과 이국적인 야만인에 대한 정형화된 사고를 각인하는 데 중요한 역할을 담당하였다. 이처럼 대규모의 인간집단이 동물-되기를 수행하면서, 이제 혼종적인 괴물은 더 이상 자연적인 예외가 아니라 일상적인 규범적 현실 속에 자리 잡게 되었다. 물론 오늘날에는 이러한 혼종적 괴물이 '인종 전시'의 형태로 등장하지 않지만, 이러한 생각을 낳은 배타적이고 차별적인 타자의 담론은 여전히 존재하고 있다.

고대에서 근대 초까지 괴물종족은 주로 자아의 관점에서 바라본 타자의 지위를 차지하며 자기 집단을 위협하는 것으로 여겨졌다. 바로크 시대에는 집단으로서의 괴물보다는 개인으로서의 괴물에 관심을 갖는데, 이러한 기형적인 괴물은 '경이로운 방'이나 '진귀품 전시실'의 전시대상이 되기도 한다. 하지만 근대 이후 과학의 발달과 더불어 인간의 기이한 모습들이 더 이상 인간의 죄나 신의 뜻에서 비롯된 것이 아니라 발달장애에서 비롯된 것으로 간주되면서, 이들은 더 이상

221 Blanchard: 같은 책, 23쪽.

괴물로 여겨지지 않게 된다. 오히려 그들의 기이한 외모는 동정의 대상이 되기도 하였다. 하지만 다른 한편 근대는 19세기 초반에서 20세기 초반에 이르는 시기에 식민주의 정책과 맞물려 식민지 피지배자들을 야만인으로 지칭하고 온전한 인간성을 빼앗아 동물적 지위로 격하함으로써 이들을 괴물로 만드는 모순을 저지른다. 특히 특정한 인간집단을 괴물로 낙인찍고 전시한 '인종 전시'는 기이하고 이국적인 존재들을 보여 주려 했지만, 오늘날의 관점에서 보면 그러한 행사를 기획하고 즐긴 사람들 자체가 야만적이고 그로테스크한 괴물처럼 느껴진다.

이러한 관점에서 보면, 오늘날 괴물은 더 이상 외적인 특징에 의해서가 아니라 도덕적 태도 같은 내적인 특징과 관련되어 정의된다. 괴물은 이제 정상적인 우리와 무관한, 멀리 떨어진 이국적인 야만인이나 이방인이 아니라, 우리의 부근에서 흔히 발견할 수 있는, 심지어 우리 자신이 될 수도 있는 평범한 존재가 되었다. 특히 한나 아렌트가 아이히만 재판에서 언급한 것처럼, 평범한 사람들이 일상적인 생활을 영위하면서도 동시에 태연하게 사람들을 집단적으로 살해하는 만행을 저지를 수 있듯이, 전체주의 사회에서 평범한 사람의 집단이 괴물의 모습을 지닐 수도 있다. "범죄학과 미디어가 결합하여 이룬 진보만으로는 평범한 괴물의 신화가 확립한 이유를 충분히 설명하지 못한다. 또 하나 주목해야 할 점은 20세기가 대중사회의 시대였다는 사실이다. 이 시대에는 평화로운 때와 마찬가지로 전쟁 때에도 군중 범죄가 발생했다. 크메르 정권의 킬링필드, 르완다 대학살, 소련의 굴락, 나치스의 대량 학살 강제수용소는 모두 '평범한' 사람들이 저지른 범죄라는 공통점이 있다. 이제는 '괴물'이 정상의 반대편에만 있다고 보기는 어렵게 되었다."[222] 비록 나치즘 같은 전체주의 이데올로기가 강제수용소에 수감될 사람들을 가축이나 전염병을 퍼뜨리는 벌레의 지위로 격하하며 그들의 생명을 빼앗을 수 있는 이데올로기적 장치를 마련했을지라도, 사실은 그들 집단 스스로가 야만적인 행위를 서슴지 않으며 짐승, 아니 괴물이 되고 만다.

그러나 괴물담론은 부정적인 괴물의 상뿐만 아니라 긍정적인 괴물의 상을 제시하기도 한다. 특히 포스트구조주의 담론의 맥락에서 다양한 모습으로 변신하며 다원적인 정체성을 띤 존재가 괴물로 간주된다. 이러한 괴물은 정상과 비정상의 경계를 문제시하고, 이러한 경계 구분이 소위 말하는 정상인의 배타적인 폭력적 태도에서 연유한 것임을 폭로한다. 즉 포스트구조주의적인 괴물은 정상인의 괴물적 모습을 비판하면서 오히려 괴물로 간주되는 자신이 창의적이고 자유로운 존재임을 강조한다. 이러한 괴물이 들뢰즈와 가타리가 말한 동물-되기를 수행하며 다채롭게 변신하는 인간을 나타낼 때, 인간과 동물이 혼종적으로 뒤섞인 이러한 괴물은 앞에서 비판한 '인간동물원'의 괴물과 대척점에 위치하게 된다. 후자가 소위 말하는 정상인에 의해 강제로 구경거리로 전락하며 동물-되기를 수행한 피동적인 괴물이라고 한다면, 전자는 정상인의 이러한 야만적이고 괴물적인 모습을 폭로하면서 자발적으로 동물-되기를 수행하며 자신의 혼종성을 드러내는 능동적인 괴물이라고 할 수 있을 것이다.

222 스테판 오드기(김주경 옮김): 『괴물』. 시공사 2012, 88쪽.

Becoming-Animal

7.

조에 차별주의에서 조에 평등주의로

부정적 변신에서 긍정적 변신으로

1) 아감벤

아감벤은 『호모 사케르*Homo sacer*』(1995)에서 그리스인들이 '생명'이라는 한 단어로 단순한 생명으로서의 '조에'와 가치 있는 특정한 삶의 양식을 의미하는 '비오스'를 모두 가리켰다고 말한다.[223] 여기서 조에는 인간의 생명만을 가리키는 것이 아니라, 동물을 포함한 모든 생명체를 가리킨다. "하지만 고대 세계에서는 단순한 자연 생명은 본래적 의미에서의 폴리스에는 포함되지 않았으며 단순한 재생산을 위한 삶으로서, 엄격하게 오이코스[가정]의 영역에 국한되어 있었다."[224]

아리스토텔레스는 『정치학*Πολιτικά*』에서 인간을 정치적 동물로 정

223 조르조 아감벤(박진우 옮김): 『호모 사케르』. 새물결 2008, 33-34쪽 참조.
224 아감벤: 『호모 사케르』, 35쪽.

의하지만, 도시국가인 폴리스의 정치에 참여할 수 있는 인간은 자유인에 한정된다. 다시 말해 노예는 공적인 영역에서 전적으로 배제되며 가정의 영역에 귀속된다. 하지만 가정에서도 지배하는 자와 지배받는 자가 있으며, 노예는 전적으로 지배받는 자에 해당한다. 그런데 여기서 흥미로운 점은 아리스토텔레스가 이러한 노예를 여러 가지 측면에서 동물과 비교하고 있다는 사실이다. 가령 그는 "소는 가난한 사람에게는 가사 노예"[225]라고 말하며 가축을 노예에 비유하는가 하면, 반대로 노예를 동물에 비유하기도 한다. 그런데 이것은 어떻게 보면 단순한 비유 이상이다. 아리스토텔레스에 따르면 생명체는 '영혼psychē'과 '몸sōma'으로 구성되어 있는데, 몸은 영혼의 지배를 받아야 한다. 그런데 이 경우 동물은 영혼이 없는 단순한 신체적 존재로 간주된다. 노예 역시 동물과 유사하게 영혼보다는 몸을 사용할 때 더 많은 성과를 올릴 수 있는 존재로 여겨지며, 그 때문에 그는 영혼을 지닌 존재인 자유민, 즉 주인의 지배를 받아야 한다. 물론 아리스토텔레스는 노예를 "이성이 있는 것은 알지만 이성을 갖지 못하는 자"[226]로 규정하는 반면, 동물은 "이성이 있는 것조차 모르고 감정에 복종"[227]하는 존재로 규정하며 양자 간의 차이를 완전히 없애지는 않지만, 노예와 가축이 "생필품을 조달하도록 주인에게 몸으로 봉사"[228]한다는 용도의 측면에서는 다를 바가 없음을 강조하기도 한다. 이처럼 동물과 마

225 아리스토텔레스: 『정치학』, 19쪽.
226 아리스토텔레스: 같은 책, 29쪽.
227 같은 곳.
228 같은 곳.

찬가지로 단순한 몸, 즉 조에로 간주된 노예는 정치에서 배제된 가치 없는 생명인 동시에, 아감벤식으로 말하면 그러한 배제를 통해 폴리스라는 정치공동체를 가능하게 하는 존재인 것이다.

푸코에 따르면 단순한 자연적 생명으로서의 조에에 대한 정치적 관심은 근대에 들어와서야 본격화된다. 근대의 생명정치는 이전과 달리 시민의 건강과 수명, 출생률과 사망률, 위생 등에 관심을 기울이며, 자연적 생명을 보존하고 관리하기 위해 노력한다. 그런데 여기서 주목할 점은 근대 생명정치의 대상이 모든 생명체로서의 조에가 아니라, 인간 생명으로서의 조에에 국한된다는 사실이다. 이것은 같은 생명 내에서도 일종의 위계가 생겨난다는 뜻이며, 그 위계질서를 세우는 장본인은 바로 인간이다. 다시 말해 인간중심주의가 조에 간의 차별을 낳는 것이다.

그런데 푸코는 근대의 생명정치를 언급하면서도, 이러한 생명정치가 그 반대방향, 즉 죽음의 정치로 변질될 수 있음을 간파하였다. 나아가 아감벤은 '죽여도 처벌받지 않는 생명'인 호모 사케르라는 인간 유형을 내세우며, 이러한 죽음의 정치로서의 생명정치가 사실은 근대 이전부터 존재해 온 인간 정치구조의 본질이라고 주장한다. '죽여도 처벌받지 않는' 예외상태의 질서, 즉 현대의 나치 강제수용소의 질서는 아감벤에 따르면 그 근원이 고대의 추방령으로까지 거슬러 올라간다. 그런데 흥미로운 것은 아감벤이 예링의 연구에 따라 늑대인간을 고대 게르만 사회의 추방령과 연결시키며, 호모 사케르의 원형으로 간주하고 있다는 점이다.

이처럼 반은 인간이고 반은 짐승이며, 반은 도시에 그리고 반은 숲속에 존재하는 잡종 괴물 ―즉 늑대인간― 로 집단 무의식 속에 남아 있는 이것은 원래는 공동체로부터 추방당한 자의 모습이었던 셈이다. 그러한 인간이 단순한 늑대가 아니라 늑대인간으로 규정되었다는 점…이 여기서는 결정적이다. 추방된 자의 삶은 … 법과 도시와는 무관한 야생적 본성의 일부가 아니다. 오히려 그것은 짐승과 인간, 퓌시스와 노모스, 배제와 포함 사이의 비식별역이자 이행의 경계선이다. 역설적이게도 이 두 세계 어디에도 속하지 않으면서 그 두 세계 모두에 거주하는 늑대인간의 인간도 아니고 짐승도 아닌 삶이 바로 추방된 자의 삶인 것이다.[229]

공동체에서 추방당한 늑대인간의 특징은 인간도 늑대도 모두 아니라는 점에 있다. 신화에서 늑대인간이 늑대로 변신하는 인간을 가리킬 때, 그것은 곧 동물-되기를 수행하는 인간을 의미한다. 그러나 이것을 신화적 맥락에서 끌어내 현실 차원으로 옮기면, 늑대인간으로 간주된 사람은 곧 동물적 지위로 떨어진 사람을 의미한다. 다시 말해 동물처럼 '죽여도 처벌받지 않는,' 가치 없는 생명을 지닌 인간을 가리키는 것이다. 이로써 그는 인간이면서도 더 이상 인간이 아닌 존재, 인간적 속성을 유지하면서 가치 없는 생명인 동물로 변신한 존재가 되는 것이다.

이러한 인간의 동물-되기에서 인간의 식물-되기로 나아가는 길은

229 아감벤:『호모 사케르』, 215쪽.

멀지 않다. 그러한 인간의 식물-되기는 바로 나치 강제수용소에서 실현된다. 사실은 강제수용소로 가는 기차 안에서 이미 인간의 동물로의 변신이 일어난다. 왜냐하면 나치 강제수용소로 가는 기차에는 사람들이 가축처럼 빼곡히 실려 있을 뿐만 아니라, 그러한 기차 자체가 가축 운송용 화물차이기 때문이다. 더 나아가 거기에 탄 승객의 숫자는 화물칸의 표면에 마치 동물처럼 '개수'로 표시된다. 그러나 이들이 강제수용소에 오고 나서부터는 동물에서 식물로 지위가 더 떨어진다. 모든 외적인 동물적 기능을 상실한 채 혈액순환, 호흡, 동화작용과 배설 같은 유기체적 기능만을 보존한 살아 있는 시체인 '무젤만'은 말 그대로 식물인간이다.[230] 강제수용소에서 그들은 살아 있되 살아 있지 않은 식물 같은 존재가 되어 연명할 뿐이다. 이러한 식물로의 변신은 죽음의 정치로서의 생명정치가 지닌 잔혹성을 보여 주며, 동물이나 식물로의 변신이 갖는 부정적 측면을 드러낸다.

아감벤이 호모 사케르라는 개념을 중심으로 생명정치의 이면에 숨겨진 죽음의 정치적 성격을 드러낸 것은 의미가 있다. 그것은 인간의 동물-되기가 인간 생명의 차등화와 밀접한 관련이 있으며 폭력적 성격을 내포하고 있음을 폭로한다. 이처럼 아감벤의 이론이 지닌 장점에도 불구하고, 다른 한편 생명에 대한 그의 관점에 내포된 한계를 간

230 비샤는 『삶과 죽음에 대한 생리학적 연구』에서 모든 유기체 안에 두 개의 삶이 존재하는데, 그중 하나는 식물의 삶에 비견되는 유기체적 삶이고 다른 하나는 외부 세계와 관계를 맺는 진정한 의미의 동물적 삶이라고 주장한다. 그는 노년기에 동물적 삶이 끝이 나도 유기체적 삶이 이어진다고 말하는데, 아감벤은 그러한 삶을 나치의 강제수용소에서의 수감자들, 그중에서 살아 있는 시체가 된 무젤만들과 연결시켜 설명한다. 조르조 아감벤(정문영 옮김): 『아우슈비츠의 남은 자들』. 새물결 2012, 224-228쪽 참조.

과해서는 안 될 것이다.

우선 그는 조에와 비오스를 명확히 구분하는 고대 그리스의 관점을 이어받아, 조에를 단순한 생명으로 환원한다. 이 경우 인간은 조에를 넘어 비오스를 지닌 존재로 간주되는 반면, 식물이나 동물은 단순한 생명으로서의 조에만 지닌 존재에 지나지 않게 된다. 그런데 조에와 비오스는 이처럼 이분법적으로 명확히 구분될 수 있는 것일까? 또한 동물은 과연 단순한 생명에 지나지 않는 것일까?

앞에서 살펴본 것처럼 오늘날 동물에 대한 다양한 연구는 많은 동물들이 결코 단순한 본능적·자연적 존재가 아니라, 유희적이고 공감능력이 있으며 어느 정도 이성도 지니고 있음을 입증하고 있다. 따라서 인간을 제외한 다른 동물들을 '단순한 생명'으로 간주하는 것은 문제가 있다. 개미에 대한 다윈의 다음과 같은 묘사는 동물에 대한 인간의 무지와 선입견을 여지없이 무너뜨린다.

> 개미는 서로 정보를 교환하며 여러 마리가 함께 같은 일을 하거나 놀이를 하기도 한다. 그들은 몇 개월이나 헤어진 뒤에도 동료를 알아본다. 그들은 거대한 구축물을 만들고 그것을 청결하게 유지하며, 밤이 되면 문을 닫고 보초를 선다. 그들은 길을 만들고 강 밑으로 터널을 뚫기도 한다. 그들은 집단을 위해 먹이를 모으고, 문에 들어가기에 너무 큰 먹이가 운반되어 오면 문을 확장했다가 나중에 다시 막는다. 그들은 규율이 선 군단을 구성하여 싸움터에 나가며, 집단의 이익을 위해 기꺼이 목숨을 바친다. 그들은 또 미리 결정된 계획에 따라 이동한다. 그들은 노예사냥을 하고 진딧물을 젖소처럼 키운다.[231]

심지어 크기 대비 능력으로만 보자면, "개미의 뇌는 세계에서 가장 훌륭한 원자로 만들어진 물질로, 어쩌면 인간의 뇌보다 훌륭할지도 모른다"[232]라고 다윈은 말한다. 따라서 이러한 존재의 생명을 단순한 생명, 그저 살아 있는 것으로 정의하는 것은 부당한 일이다.

비단 개미 같이 뛰어난 지력과 감정 능력을 지닌 동물이 아닌 더 하등의 동물에게서도, 조에는 단순한 생명이 아니라 스스로 끊임없이 변화하며 조직해 가는 생성적인 특징을 갖고 있다. 그러나 아감벤은 이러한 점을 전혀 언급하지 않는다. 이런 맥락에서 로지 브라이도티는 조에로서의 "'벌거벗은 생명'이 아감벤에게 생성적인 활력이 아니라, 주권적인 권력이 죽일 수 있는 인간 주체의 근본적인 손상 가능성"[233]을 나타낼 뿐이라고 비판한다. 즉 아감벤에게는 조에의 긍정적 특성이란 존재하지 않으며, 이와 함께 다른 모든 비인간적 존재들 역시 비오스를 지닌 인간의 권력에 내맡겨진 무력한 존재로 전락하고 만다.

2) 포스트휴머니즘과 조에 평등주의

로지 브라이도티는 신체와 정신을 구분한 데카르트의 이분법을 넘어서, 인간과 세계를 일원론적으로 파악한 스피노자의 철학과 이를 바탕으로 "생명력이 있고 자기조직적인 물질" 개념을 내세우며 "생기

231 다윈: 『인간의 기원 I』, 248-249쪽.

232 다윈: 같은 책, 216쪽.

233 Braidotti: *Posthumanismus*, 124쪽.

론적 유물론"을 주창한 프랑스 포스트구조주의 철학의 의미를 강조한다.[234] 브라이도티는 세계를 생명력 있는 에너지인 물질에 의해 일원론적으로 바라보는 관점을 수용하며, 인간을 포함한 모든 "물질이 그 구조상 관계적이며 이를 통해 다수의 환경들과 연결되어 있음"[235]을 강조한다. 또한 그녀는 "분자생물학의 발전이 우리에게 물질이 자기조직적(자기생성적)임을 가르쳐 주었다"[236]라고 말한다. 이처럼 생명력 있는 물질은 "자신의 정보표시줄을 내세우는 동시에 사회적, 심리적, 생태적 환경과 다양하게 상호작용하는 정보들에 의해 조종되기 때문에"[237] 지적으로 된다. 즉 "이러한 복잡한 힘의 장들과 데이터의 흐름" 속에서 "주체성은 이 보는 요소들의 축적작용을 통해 생겨나는 확장된 관계적 자아가 된다."[238]

이처럼 소위 말하는 인간의 자아가 단순히 고립된 자아가 아니라, 사실은 식물, 동물, 지구 같은 다른 타자들과 끊임없이 소통하고 서로 정보를 주고받으며 상호작용하는 개방적인 존재라면, 또한 인간 외의 타자들 역시 자기조직적이며 역동적인 물질로서 외부세계와 상호작용하고 스스로를 생성해 나가는 힘을 지닌 존재라고 한다면, 인간에게만 부여되는 특징으로서의 비오스란 존재하지 않으며 반대로 조에 역시 단순한 생명 이상의 기능을 지닐 수 있게 된다. 따라서 인간은 더 이상 단순히 문화의 영역에만 속하는 존재가 아니며, 그렇다고 자

234 Braidotti: 같은 책, 62쪽.
235 Braidotti: 같은 책, 65쪽.
236 같은 곳.
237 같은 곳.
238 같은 곳.

연에 귀속되는 존재도 아닌, "자연과 문화의 연속체"[239]로 기능한다.

나아가 브라이도티는 "생명 자체의 역동적이고 스스로를 조직하는 구조로서의 조에"[240]는 인간에게 귀속되는 것이 아니라 인간을 넘어서 비인간적인 존재에게서도 작용하는 힘이기 때문에, 이러한 조에 평등주의의 관점에서 인간과 동물(또는 그 밖의 생명력을 지닌 타자들)의 관계를 새롭게 정립할 필요가 있다고 말한다. 그녀는 이러한 관점에서 근대 이후 지속되어 왔고 지금도 여전히 강력한 영향력을 발휘하는 인간중심주의에서 벗어날 필요가 있음을 역설한다. 이것은 그녀가 꿈꾸는 비판적 포스트휴머니즘의 세계이기도 하다.

브라이도티가 역설하는 인간중심주의에 대한 비판에 전적으로 공감하면서도 다른 한편 그녀가 내세우는 '조에 평등주의'라는 개념이 모든 것을 무차별적으로 만들며 데리다가 강조하는 '차이'에 소홀한 것은 아닌지 질문을 던질 필요가 있다. 야니나 로는 이러한 맥락에서 브라이도티의 조에 평등주의의 문제점을 지적한다. "물론 그녀는 이 자리에서 어떤 비인간적 주체들이 탈인간중심주의적 전환을 통해 주체로 구성되는지 열어 놓는다. 우리가 가령 미래에 박테리아에게마저 주체의 지위를 부여해야 한단 말인가? 주체와 비주체를 명확히 구분하는 척도들은 과연 무엇인가?"[241] 그러나 이러한 질문이 또다시 수구적으로 인간중심주의로 회귀하는 태도로 이어져서는 안 된다. 이와 연관해 가령 캐리 울프는 비인간적인 주체로서 동물을 인정해 줄 것

239 Braidotti: 같은 책, 66쪽.

240 같은 곳.

241 Loh: *Trans- und Posthumanismus*, 145쪽.

을 요구하는데,[242] 이에 따라 의식과 운동성, 고통에 대한 감수성의 측면에서 동물과 식물의 차이에 주목하는 태도가 필요하다.

피터 싱어는 ""종차별주의를 반대한다"는 주장이 "모든 생명은 동등한 가치가 있다"를 함축하는 것은 아니라고 생각한다"[243]라고 말한다. 물론 생명의 가치를 계량화할 수 있다는 싱어의 주장에 문제가 없는 것은 아니지만, 적어도 식물과 동물의 질적 차이에 대한 관심에서 이들을 대하는 인간의 상이한 태도를 설명하려는 시도는 타당성이 있다.[244] 나아가 다양한 동물들을 단수명사인 '동물'에 귀속하면서 동물들 간의 차이를 간과해서는 안 되며, 이러한 동물들 사이의 차이에 주목하고 그것을 밝혀내려는 노력이 필요하다. 동물윤리 역시 동물들 간의 차이에 대한 인식에 기반을 두고 정립되어야 한다.

브라이도티는 한편으로 고등동물의 공감 능력을 강조하며 인간과의 연속성을 주장하는 프란스 드 발 같은 학자들의 입장을 지지하면서도, 다른 한편 이러한 관점이 다시 인간과 동물을 구분하며 새로운 휴

242 같은 곳 참조.

243 싱어: 『동물해방』, 57쪽.

244 싱어는 사실적 근거와 논리적 근거에 의거해 인간이 육식을 하지 않더라도 채식을 할 수 있는 이유를 다음과 같이 설명한다. "우선 지금까지 식물들이 고통을 느낀다는 것을 시사하는 관찰 가능한 행동은 없었으며, 이는 과학적으로 신뢰할 만한 실험을 통해 확인된 적이 없다. 다음으로 식물에게서 중추 신경계를 닮은 것을 살펴볼 수 없다. 마지막으로 고통을 야기한 대상을 피해 달아날 수 없는, 혹은 고통 지각 능력을 이용하여 죽음을 피하지 못하는 종이 고통을 느낄 수 있는 능력을 진화시켰다고 상상하기란 어렵다. 이렇게 보았을 때 식물이 고통을 느낀다는 생각은 근거가 미약한 것처럼 보인다. … 그럴 가능성은 거의 없지만 연구자들이 식물이 고통을 느낄 수 있음을 시사하는 증거를 발견했다고 가정해 보자. … 만약 우리가 고통과 굶주림을 야기할 수밖에 없다면, 이때 우리는 상대적으로 적은 악을 선택해야 할 것이다. 아마도 식물이 동물에 비해 고통을 덜 느낀다는 것은 여전히 사실일 것이고, 따라서 동물을 먹기보다는 식물을 먹는 편이 나을 것이다"(싱어: 같은 책, 397-398쪽).

머니즘을 도입하고 있다고 비판하기도 한다. 동물의 권리에 대한 주장은 인간의 도덕적 관점을 적용한 것에 머무르며 인간중심적이 되어 버린다는 것이다. 그러나 이러한 주장이 인간과 동물, 식물이 지닌 차이 내지 동물들 내부에 존재하는 차이들에 무관심할 때, 그것은 지나치게 추상적이며 현실에 실천할 수 없는 공허한 주장이 될 위험이 있다.

하지만 진화론을 더 이상 적자생존이라는 공격성과만 연결시키는 것이 아니라, 상호소통과 감정적 교감의 의미에서 바라보는 브라이도티의 관점은 분명 많은 의미를 지니고 있으며 동물의 세계에 대한 이해를 넓혀 준다. 인간과, 동물이나 기계 같은 다른 타자들의 경계는 결코 확고하지 않으며, 오히려 인간은 상호적인 네트워크의 관계성을 통해 그러한 경계가 끊임없이 침투 가능한 생성적인 주체성을 발전시켜 나간다는 사실을 간과해서는 안 될 것이다. 즉 인간은 끊임없이 동물-되기 및 기계-되기를 수행하면서 변신을 거듭해 나갈 수 있는 것이다.

브라이도티에 따르면, 개인으로서의 인간의 죽음으로 결코 생명이 소진되는 것이 아니다. 오히려 "죽음은 우리를 생명 속으로 해방시켜 주는 우리 안의 비인간적인 요소이다."[245] 이처럼 조에를 "자아연관적인 인간의 피안에 있는 삶,"[246] 즉 우주적인 에너지로 간주하면, 인간의 죽음마저 조에의 거대한 생성적 연관 속으로 들어오게 된다.

그런데 인간은 결코 죽고 나서야 자아의 한계를 극복하며 우주적 생성에너지 속으로 자신을 열어젖히며 해방을 경험하는 것이 아니다.

245 Braidotti: *Posthumanismus*, 136쪽.

246 같은 곳.

인간은 또한 살아 있으면서도 통일적인 자아의 죽음을 선언하는 비인격적인 죽음을 경험함으로써, 즉 타자와 상호연관을 맺고 타자로 변신함으로써 관계적인 자아로서 스스로를 확장해 나아갈 수 있다. 이러한 맥락에서 인간의 동물로의 변신은 긍정적 의미를 획득할 수 있다.

인간의 동물-되기는 인간중심주의적인 사고에 의해 억압되어 온 동물적인 강도(또는 강렬함)들로 실험하는 것을 가능하게 해 준다. 그것은 개념적으로 파악할 수 없었던 생명에너지로서의 강도에 대한 접근 통로를 열어 주는 것이다. 이것이 무엇을 의미하는지 알기 위해 독일에 거주하며 독일어와 일본어로 글을 쓰고 있는 작가 다와다 요코의 시학강연집 『변신』에 나오는 새에 관한 이야기를 간단히 소개하고자 한다.

다와다 요코는 낯선 외국어를 이야기할 때 소위 그것을 왜곡시키는 악센트가 생겨나는데, 이것이 바로 목소리가 갖는 신체성을 보여준다고 말한다.[247] 다시 말해 목소리는 단순히 생각을 전달하는 수단이 아니라 고유한 매체성을 지니고 있으며, 그것이 바로 신체연관성이다. 그런데 일반적으로 모국어로 이야기할 때 이러한 신체성은 잘 드러나지 않는다. 왜냐하면 우리는 사회적 약속으로서의 언어의 음성

247 Tawada: *Verwandlungen*, 9쪽: "외국어에서 여전히 살아남아 그것을 왜곡시키는 언어의 리듬 —우리는 그것을 악센트라고 부르기도 한다— 은 어머니의 신체에 대한 기억을 내포한다. 정반대로 외국어를 낯선 혀로 말하면, 언어는 종종 일종의 신체성을 획득하기도 한다."
이 인용문에서 다와다 요코는 외국어를 말할 때 나타나는 목소리의 신체연관성을 강조할 뿐만 아니라, 뒤에서 이야기하겠지만, 유아기의 인간의 목소리가 어머니의 신체에 의해 각인되며 신체연관성을 띠게 되는 현상도 언급하고 있다. 이러한 목소리의 신체연관성이라는 점에서 외국어 말하기와 유아의 말하기는 공통점을 지닌다.

적, 문법적, 의미적인 체계를 지키기 위해 우리의 신체를 끊임없이 통제하고 있기 때문이다. 하지만 다와다 요코는 가령 물구나무를 서서 이야기하는 사람이 결국 자신의 신체에 대한 통제력을 상실하여 동물적인 소리를 내는 상황과 관련해,[248] 인간이 신체에 대한 이성적 통제력을 상실할 경우 생겨나는 무의식적·정신분열적 목소리와 그것이 갖는 심층적 진리를 암시한다.

그런데 흥미로운 것은 다와다 요코가 이러한 신체연관적 목소리의 정신분열적 특성을 새와 연관시켜 설명하고 있다는 점이다. 낭만주의 문학에서 새는 세계의 비밀을 아는 독특한 존재로 여겨졌는데, 이러한 새와 관련된 표현들, 가령 '그에게서 새의 짹짹 소리가 난다Bei dem piept's wohl'는 문장이 '그는 제정신이 아니다'와 같은 의미를 지닐 때, 이는 합리성을 추구하는 근대사회에서 그러한 합리적 이성으로 포착할 수 없는 것들이 정신 나간 존재로 폄하되고 있음을 보여 준다.[249] 전근대적인 원시사회에서 지상에 매여 있는 인간과 달리 자유롭게 날아다닐 수 있는 새가 신성한 존재 내지 세계의 비밀을 아는 신비로운 존재로 간주되었다면, 근대에 들어서 새는 한갓 정신 나간 존재에 대한 비유 이상의 의미를 갖지 못하게 된 것이다.

다와다 요코는 2차적인 언어체계를 통한 사회화를 경험하기 이전

248 Tawada: 같은 책, 10쪽: "시간이 지나면서 혀가 마치 중력에 반해 움직여야 하는 듯이 점점 둔해졌다. 말할 때 신체적으로 애를 쓰다 보니 언어가 완전히 달라져 버렸다. 혀는 한 마리 동물로 변했고, 입술은 점점 불안정해졌으며, 혀는 말하는 데 단지 방해가 될 뿐이었다. 말할 수 있기 위해서는 신체의 모든 기관을 통제할 수 있어야만 한다. 그런데 그 남자는 신체에 대한 통제를 상실했고, 그러자 신체의 각 부분들이 자신들의 의지를 주장하기 시작한 것이었다."

249 Tawada: 같은 책, 12쪽 참조.

인 유아기에, 어머니의 정신적-신체적 특색이 아이에게 영향을 미치며, 그의 음성적 발화를 각인하게 된다고 말한다. 비록 그것이 아이가 성장하면서 2차적인 언어체계에 의해 억압되고 감춰지더라도, 완전히 사라지는 것은 아니며 여전히 잠재해 있다는 것이다.[250] 이러한 신체연관적인 목소리, 몸을 휘감는 진동들은 명확히 측정할 수 없으며 재현 불가능한 것이지만, 인간의 자아가 의식하지 못하는 타자로서 여전히 존재한다.

다와다 요코는 이러한 맥락에서 새의 목소리를 언급한다. 그녀는 올리비에 메시앙이 작곡한 〈새의 목록Catalogue d'oiseaux〉이라는 곡에서 작곡가가 다양한 새소리를 피아노로 들려주지만, 이것이 결코 '새의 소리를 그대로 재현할 수 있다'는 믿음에서 그렇게 하는 것은 아니라고 말한다. "왜냐하면 새는 피아노 건반이 재현할 수 있는 것보다 훨씬 짧은 간격으로 노래하기 때문이다. 새들은 동일한 음계로 노래하지도 않고 인간의 박자체계를 따르지도 않는다."[251] 피아노 건반 위에서 연주할 수 있는 음들은 서로 구별되는 음가를 지니고 있다. 하지만 새들의 소리는 그러한 음가로 구분할 수 없는 진동들이다. 그것은 마치 앞에서 다와다 요코가 이야기한 '통제되지 않은 신체적인 목소리의 진동'을 연상시킨다. 우리가 우리에게 익숙한 모국어로 이야기할 때 우리는 이러한 신체연관적인 목소리, 포착할 수 없는 진동들을 억압한다. 다와다 요코는 인간이 이러한 새의 소리를 결코 정확히 모방하거나 재현할 수 없음을 인정하면서도, "꿈에서와 같은 아주 집중적

250 Tawada: 같은 책, 9쪽 참조.

251 Tawada: 같은 책, 19쪽.

인 모방은 낯선 언어의 명료한 모상을 나타낼 수 있다"[252]라고 말한다. 이로써 그녀는 새들의 소리를 집중적으로 모방한 작곡가 메시앙과 같은 일종의 조류학자로서의 예술가가 될 것을 요구하고 있는 것이다.

외국어, 즉 "낯선 혀로 이야기하는 사람은 조류학자인 동시에 새이다."[253] 즉 악센트를 가지고 외국어를 말하는 사람은 말하는 동시에 노래를 하는 셈인데, 이로써 그는 노래하듯 말하고 말하듯 노래하는 새를 관찰하고 모방하는 조류학자를 넘어 새 자체로 변신하게 되는 것이다. 앞의 인용문에서 '낯선 혀'라는 단어는 한편으로 목소리의 신체성을 강조하고 있고(목소리는 결코 단순히 신체와 분리된 정신, 즉 생각의 표현이 아니다), 다른 한편으로 인간 자아에게 '낯선' 타자성을 지시하고 있다. 그러한 타자성은 바로 이성적이고 통일적인 정체성을 지닌 인간에게 억압되고 감춰진 (지적인) 신체성이며, 그것은 이성적으로 포착하여 개념화할 수 없는 '강도'들, 즉 끊임없이 변화, 생성되는 비인간적 존재인 조에를 의미한다.

따라서 앞에서 다와다 요코가 말한 '새로의 변신'은 결코 인간이 자신과 개념적으로 구분되는 동물, 즉 깃털이 달린 새로 변신한다는 의미가 아니라, 인간사회의 익숙한 언어체계와 길들여진 목소리에서 벗어남으로써 들뢰즈와 가타리가 말한 의미에서, 즉 분자적인 차원에서 새로 변신한 것으로 해석할 수 있을 것이다. 이러한 동물-되기는 인간에게 숨겨진 신체적 비밀을 드러내며, 동물과의 경계를 허묾으로써 인간의 주체성을 확장하는 긍정적 의미를 갖는다.

252 Tawada: 같은 책, 20쪽.
253 같은 곳.

Becoming-Animal

8.

포스트휴먼 시대의 동물-되기와 기계-되기

1) 포스트휴먼 시대의 신체화의 의미와 기계와 인간의 상호작용의 필요성

기술공학의 급격한 발전, 특히 인공지능의 비약적 발전을 통해 미래에는 기술공학적 포스트휴머니즘적인 의미에서 인간의 소멸과 더불어 기계의 시대가 본격적으로 열릴 것처럼 보인다. 이러한 미래에 과연 동물-되기가 어떤 의미를 지닐 수 있을까? 우리가 인류의 역사 발전을 동물에서 인간을 거쳐 기계의 차원으로 진화하는 것으로 본다면, 인공지능의 시대에 동물-되기란 시대착오적인 발상이 아닐까? 과연 인간의 기계-되기와 동물-되기는 접점을 찾을 수 있을까?

그런데 이러한 질문에는 이미 동물과 인간 그리고 기계의 명확한 구분이 전제되어 있다. 데카르트는 인간의 정신과 신체를 이분법적으로 구분하면서 신체에 대한 정신의 우위를 강조하였다. 이에 따르면 정신은 인간 고유의 것으로 간주된 반면, 신체는 동물적인 것으로 여겨지며 폄하되었다. 그런데 역설적이게도 이러한 신체는 또한 기계에 비유되기도 하였다. 과학기술이 높은 수준으로 발전하지 않았던 시대에 동물적 신체를 기계에 비유한 것은, 무생물인 기계처럼 동물 역시 생명의 존엄성을 존중받을 수 없었음을 의미한다. 즉 인간의 우월한 정신에 비해 동물과 기계는 비인간적인 열등한 존재로 격하되었던 것이다.

그런데 현대에 인간중심주의와 인간의 정신 내지 이성에 대한 비판이 본격화되면서 동물과 기계에 대한 평가도 이전과 달라진다. 인간을 제외한 다른 동물들의 권리와 생명에 대한 존중이 요구될 뿐만 아니라, 인간 역시 동물성을 지니고 있음이 강조된다. 즉 동물은 인간의 외부에 있는 존재일 뿐만 아니라, 인간 내부의 존재이기도 한 것이다. 인간 이성의 지배에서 벗어나 있는 무의식적이고 정동적인 신체는 인간 내부의 동물성을 의미하며, 이성보다 근원적인 지위를 부여받는다. 이러한 의미에서 들뢰즈와 가타리는 동물-되기라는 개념으로 인간 내면에 존재하는, 아니 그 안에서 생성되는 욕망을 가리킨다.

그런데 들뢰즈와 가타리가 '욕망하는 기계'[254]라는 개념을 사용할

254 그러나 '욕망하는 기계'라는 개념에서 '욕망'은 어떤 개인적인 욕망을 의미하기보다는 무언가를 생성해 내는(기계를 작동시키는) 힘의 의미에 가깝다고 할 수 있다. 따라서 여기서 욕망하는 기계를 동물과 연결시킬 때, 이것은 일차적으로 생태계 전체를 가리키는 의미에서 거대동물을 가리킨다. 그러나 좁은 의미에서 인간을 비롯한 생명체로서의 동물 역시 이러한 '욕망하는 기계'에 포함되며, 기계가 지닌 욕망의 성격을 좀 더 잘 드러낼 수 있을 것이다. "욕망하는 기계는 인간만이 아니라 사물, 생명, 미생물, 기계 장치, 우주에서 작동하는 반복 양상이다"(신승철: 『구성주의와 자율성』, 217쪽).

때, 동물적 신체성을 의미하는 욕망과 기계, 즉 동물과 기계가 조우하며 연결된다. 이것은 이들이 동물과 기계를 단순히 대립적인 구도에서 파악하지 않고, 전적으로 서로 연결 가능한 개념으로 파악하였음을 의미한다. 따라서 들뢰즈와 가타리가 동물과 기계라는 개념을 어떻게 사용하고 있는지 좀 더 자세히 살펴볼 필요가 있다.

사이버네틱스의 발전과 더불어 오늘날 일상에서는 점점 일상어들이 기술적인 개념으로 번역되어 사용되곤 한다. 가령 업데이트, 하드웨어 같은 기술적인 기계와 관련된 용어들이 기술적인 맥락 밖에서도 빈번히 사용되고 있다. 흥미로운 것은 들뢰즈와 가타리 역시 좁은 의미의 기술적인 기계에 포함되지 않는 것, 즉 사물이나 생명체에게까지 기계라는 개념을 사용하고 있다는 사실이다. 그렇다면 이들이 말하는 기계란 무엇을 의미하는가?

서동욱은 들뢰즈와 가타리에게 있어서 기계 개념이 두 가지 특성을 지닌다고 말한다. 그 하나는 사용이고, 다른 하나는 절단이다. "어떤 것(이를테면 욕망)을 '기계'라고 규정할 때 이는 우선 그 어떤 것의 의미가 문제가 아니라 사용이 문제라는 점을 함축한다. 즉 기계의 기계성을 규정하는 것은 의미가 아니라 용법이다. 예컨대 기계로서의 자동차는 의미에 의해 규정되는 것이 아니라, '타는 데 사용됨'이라는 그것의 용법에 의해서만 규정될 수 있다."[255] 들뢰즈와 가타리도 『천 개

뒤에서 살펴보겠지만, 기계는 에너지라는 힘에 의해 작동하는 것을 의미하는데, 그렇다면 우주의 모든 물질이 생명력 있는 에너지이며 서로 연결되어 특정한 배치를 이루고 또 배치를 바꾸며 작동하기 때문에 모든 물질이 결국 기계라고 할 수 있을 것이다.

255 서동욱: 『차이와 타자』. 문학과지성사 2017, 276쪽.

의 고원』에서 "기관의 기능보다 차라리 기계적 작동"[256]에 주목하라고 강조한다. 즉 어떤 기관이 어떤 기능을 자신의 특성으로 갖고 있는지가 아니라, 그러한 요소로서의 기관이 다른 요소들과 배치되어 어떻게 작동하는지에 관심을 가질 것을 요구한다.

일반적으로 기계는 "동력을 받아 운동이나 일을 할 수 있도록 여러 기구들이 유기적으로 짜여져 이루어진 장치"[257]로 정의된다. 즉 그것은 자동기계를 가리킨다. 이러한 자동기계는 항상 동일한 방식으로 작동하는 기계이다. 거기에는 어떠한 변화나 생성이 일어날 여지가 존재하지 않는다. 기계가 작동할 때 그 기계를 이루고 있는 부품들의 배치는 고정되어 있으며 특정한 하나의 구조를 형성한다. 그런데 들뢰즈와 가타리는 기계 개념을 이러한 좁은 의미의 기술적 기계를 넘어서는 보다 광범위한 의미에서 사용한다. "기계가 그 내부에 동력을 가지듯 인간도 동력을 가지는데, 그것이 바로 무의식이다."[258] 즉 사용 내지 작동이라는 측면에서 보면, 인간의 신체도 무의식이라는 동력에 의해 작동하는 일종의 기계로 볼 수 있다. 이로써 기계와 인간(또는 동물) 신체의 연관성이 생겨난다. 그런데 앞에서 말한 욕망하는 기계와 동의어인 추상적 기계는 그것을 구성하는 개별적인 기계들의 배치가 앞에서 말한 것처럼 하나의 구조로 고정되어 있는 것이 아니라 매번 바뀐다. 즉 그것은 기존의 연결 내지 배치를 '절단'하고 새로운 배치를 만들어 낼 수 있다. 여기서 서동욱이 말한 두 번째 기계의 특성인 절

256 Deleuze u. Guattari: *Tausend Plateaus*, 349쪽.

257 다음국어사전(검색일: 2018.11.18.) (정항균: 『아비뇽의 여인들 또는 폭력의 두 얼굴』, 167쪽에서 재인용).

258 서동욱: 『차이와 타자』, 290쪽.

단이 나타난다.

유기적 신체에 비유되는 기계학적 기계 개념과 달리 들뢰즈와 가타리가 지닌 기계 개념은 "결코 유기체를 이루지 않는 시뮬라크르들로 조각내는 '절단 기계'이다."[259] 카프카의 「유형지에서In der Strafkolonie」(1919)에 나오는 처형기계가 작품 마지막에 오작동을 일으켜 미친 듯이 장교의 신체를 찢어 놓거나 「자칼과 아랍인Schakale und Araber」(1917)에서 '미친 기계'처럼 작동하는 자칼이 낙타라는 동물의 신체를 갈기갈기 찢는 것처럼, 들뢰즈와 가타리가 말한 동물적 신체로서의 욕망하는 기계는 유기적인 신체를 갈기갈기 찢고 절단하며 조각난 신체를 만들어 낸다. 이처럼 절단을 통해 기계적 배치를 바꿈으로써 매번 새로운 주체성과 의미가 만들어질 수 있는 변신과 생성의 기회가 열리게 된다. 이러한 반복은 항상 동일하게 작동하는 기계학적 기계가 아니라, 기계적인 배치의 변화에 따라 매번 새로운 차이를 발생시키는 기계론적 기계의 창조적 반복이다.[260]

마투라나와 바렐라는 생명을 다음과 같이 정의한다. "자기 자신을 생산하면서 자신의 경계도 결정하는 분자적 상호작용들의 그물이 바로 생물이다."[261] 또 다른 곳에서 이들은 "생물을 특징짓는 것은 자기 자신을 말 그대로 지속적으로 생성하는 데 있다. 이런 뜻에서 우리는 생물을 정의하는 조직을 자기생성조직이라 부르고자 한다"[262]라고 말

259 서동욱: 같은 책, 303쪽.

260 가타리는 반복강박적인 동일한 반복으로서의 '기계학적(mécanique) 기계'와 차이생산적인 반복으로서의 '기계론적(machinique) 기계'를 구분한다. Félix Guattari: *Chaosmose*. Wien 2017, 97쪽 참조.

261 마뚜라나/바렐라: 『앎의 나무』, 49쪽.

한다. 즉 스스로를 생성하고 조직하는 모든 것이 생물이라는 것인데, 그렇다면 사이버네틱스 기계도 생명체의 범주에 들어오게 된다. 이들은 자기생산적인 재귀적 반복을 하는 사이버네틱스 기계를 일종의 생명체로 간주하면서, 생물과 기계의 경계를 무너뜨린다. 특히 사이버네틱스 3단계로의 물꼬를 터 준 바렐라[263]는 단순한 자기생산과 자기조직을 넘어 "시스템의 조직은 결코 변화하지 않는 것이 아니며 새로운 행동을 통해 스스로를 변화시킬 수 있다"[264]라고 주장하면서 사이버네틱스 기계의 창발성과 진화를 강조한다. 이로써 자기생성 및 조직과 창발적 진화 개념을 통해 기계와 생명체의 경계가 허물어진다. 하지만 이것이 사이버네틱스 기계와 자연적인 생명체가 곧 동일하다는 의미는 아니며, 양자의 차이를 결코 간과해서는 안 된다. 그러한 차이는 무엇보다 기술기계와 자연생명체가 갖는 물질적 차이에서 비롯되는데, 정보이론에서는 이러한 차이점을 간과하는 경향이 있다.

사이버네틱스는 기본적으로 인간을 비롯한 생명체를 컴퓨터와 같은 일종의 정보처리장치로 간주한다. 이러한 관점에서 보면 인간의 본질은 정보패턴에 지나지 않으며, 이에 따라 인간의 신체는 비본질적이며 아무런 중요성도 갖지 못하게 된다. 한스 모라벡이나 레이 커즈와일 같은 과학자들은 심지어 인간의 뇌를 다운로드하여 기계적인

262 마뚜라나/바렐라: 같은 책, 56쪽.

263 마투라나의 제자로 연구에 참여했던 바렐라는 점차 마투라나의 폐쇄적인 자기생성 시스템 개념에서 벗어나 시스템이 개방적인 특성을 띠며 환경에 적극적으로 관여할 뿐만 아니라, 스스로를 예기치 못한 방식으로 끊임없이 변화시키는 창발적인 특성을 지니고 있음을 강조한다. 헤일스: 『우리는 어떻게 포스트휴먼이 되었는가』, 277-285쪽 참조.

264 헤일스: 같은 책, 396쪽.

몸체로 옮겨 놓을 수 있다고 주장하기도 한다. 이 경우 뇌 속의 정보는 인간의 신체에서 기계의 신체로 옮겨 가지만, 그것들 간의 신체적 차이는 아무런 고려의 대상이 되지 않으며, 그러한 이행에도 불구하고 정보가 온전히 보존될 수 있을 것으로 생각된다. 데카르트가 신체를 기계에 비유하면서 그것을 인간 이성에 비해 아무런 중요성도 지니지 못하는 부차적인 것으로 생각한 것처럼, 사이버네틱스 이론가들 역시 정보가 신체에 구속되지 않음을 강조하며 인간의 신체화를 경시한다. 즉 그들에게는 오로지 정보만이 중요하며, 그러한 정보가 자리 잡고 있는 물질의 물질성 내지 신체성은 전혀 고려되지 않는 것이다.

사람들은 흔히 신체에 대해 이야기할 때 보편적인 신체를 이야기한다. 즉 거기에는 인종이나 젠더 등이 고려되지 않은 추상화된 신체가 전제되고 있는 것이다. 그러나 그렇게 탈맥락화된 보편적 신체란 허구에 불과하다. 실제로 인간의 신체는 항상 특수한 맥락에 처해 있으며 거기서 의미를 부여받기 때문에, 그러한 물질성을 고려하지 않은 채 인간에게서 내용으로서의 정보만 빼내도 본질적인 것에는 변함이 없다는 생각은 착각에 불과하다. 규범적인 '신체'와, 수행적 의미를 지니며 특정한 맥락에 따라 의미가 달라지는 '신체화'는 서로 구분되어야 한다.

> 신체화는 신체와 반대로 맥락과 관련되며 특정한 장소, 시간, 생리, 문화 안에 존재하기 때문에 이 모든 것들이 다 같이 발제를 구성한다. 표준화된 신체 개념을 어떻게 이해하든 신체화는 '신체'와 결코 정확히 일치하지 않는다. 신체는 플라톤의 실재를 가리키는 이상화된 형

상이지만 신체화는 차이라는 노이즈로부터 만들어진 구체적인 예화이다. 신체와 비교할 때 신체화는 다른 것이고 다른 곳에 존재하며 무한한 변종, 특수성, 이상異常이 지나치게 많은 동시에 충분하지 않다.[265]

신체는 아무 저항 없이 정보 속으로 사라질 수 있지만 신체화는 특정 상황과 인간이라는 환경에 구속되기 때문에 정보 속으로 사라질 수 없다.[266]

캐서린 헤일스는 인간의 뇌를 다운로드하여 보다 강화된 신체를 지닌 기계에 옮김으로써 인간불멸을 실현하려 하거나 인간을 능가하는 인공지능 생명체를 만들려는 시도들에 대해 비판적인 입장을 취한다. 그녀는 무엇보다 이러한 이론들이 인간의 신체화를 경시하고 있을 뿐만 아니라, 비물질적인 가상 현실을 만들어 내는 컴퓨터 기술 역시 물질성에 토대를 두고 있음을 간과하고 있다고 비판한다. 실제로 우리는 인간계 최고 바둑고수와의 대국에서 승리를 거둔 알파고가 정작 자신의 힘으로 바둑돌 한 점도 놓을 수 없는 신체적 한계를 가지고 있다는 사실을 간과하기 쉽다. 헤일스는 "인간이 지능을 가진 기계와 매끄럽게 접합하는 것에는 한계가" 있고, "지능을 가진 기계의 신체화는 여전히 인간의 신체화와 상당히 다르다"라고 강조한다.[267]

265 헤일스: 같은 책, 352쪽.
266 헤일스: 같은 책, 354쪽.
267 헤일스: 같은 책, 499쪽.

비록 인간과 기계가 서로 완전히 이분법적으로 구분될 수 없으며 그 경계가 유동적임을 인정해야 할지라도, 인간을 기계로 환원하며 동일시하는 관점은 그것들의 물질적 토대, 즉 신체성의 차이를 간과하는 단순화의 오류를 범하고 있음을 간과해서는 안 된다. 헤일스는 사이버네틱스가 본질과 주체성이라는 범주를 허구로 간주하며 그것들을 패턴과 임의성의 변증법적 관계로 대체하는 것에는 동조하면서도, 사이버네틱스에 기반을 둔 포스트휴머니즘이 인간과 기계를 탈신체화하여 정보로 환원하는 것에는 반대한다. 그녀는 "탈신체화된 정보가 아니라 신체화된 실재에 바탕을 두는"[268] 포스트휴머니즘을 주장하고 있는 것이다.

기술공학적인 포스트휴머니즘은 인공지능이 인간을 대체하는 미래를 전망하지만, 비판적 포스트휴머니즘은 기술공학적인 세계에서도 포스트휴먼적인 인간 주체를 신체성을 지닌 존재로 간주한다. 즉 인간은 기계에 의해 대체되는 것이 아니라 기계와 살을 섞으며 자신의 욕망과 정동을 기계 속에 흐르게 할 수 있는 것이다. "인간-기계의 결합 양상 속에서 기계가 인간을 완전히 배제하는 인공지능, 로보틱스, 안드로이드 기술로 향할 것인지, 인간과 기계의 이질적 합성을 통해 나타나는 사이보그 기술로 향할 것인지는 포스트휴먼 담론에서 가장 핫한 이슈이다. 들뢰즈와 가타리의 '욕망하는 기계'라는 개념적 구도는 '욕망'과 '기계'를 결합하고 있기 때문에 사이보그적 기술에 더 가깝다고 할 수 있다."[269] 인간은 이처럼 횡단적으로 기계와 상호작용하

268 헤일스: 같은 책, 503쪽.

269 신승철: 『구성주의와 자율성』, 248쪽.

며 관계를 맺음으로써, 스스로를 확장하고 끊임없이 새롭게 생성해 나갈 수 있다. 다시 말해 단순히 불완전한 인간에서 더 상위의 기계적 단계로 이행하는 것이 아니라, 양자가 서로 물질적·상징적으로 연관을 맺고 상호작용하며 혼종적이 되고 확장되어 가는 것으로 볼 수 있을 것이다.

"인간이 지능형 기계와 제휴할 것이라는 앞으로의 전망은 인간이 책임과 권리를 강탈당한다는 뜻이 아니라 수천 년 동안 계속되어 온 분산 인지 환경이 발달한다는 뜻이다."[270] 자유주의적 휴머니즘에 기반을 둔 사고에 따르면, 인간은 자신의 의지에 따라 환경을 지배하고 제어한다. 이러한 관점에서 기계는 환경 지배라는 인간의 목적을 달성하기 위한 수단에 불과하다. 그런데 사이버네틱스 기술의 발달로 인공지능이 인간을 능가하고, 심지어 대체하리라는 전망이 일부 과학자들과 문학 및 영화 같은 매체에 의해 전파되면서 인간의 생존은 더 우수한 기계에 의해 위협받는 것으로 간주된다. 이로써 사이버네틱스 기술의 발전을 통해 환경을 지배하고 스스로를 강화하려 한 인간은 위기에 봉착한다.

그러나 헤일스는 이러한 관점을 버리고 인간과 다른 비인간적 존재들이 상호작용하며 연결접속에 의해 하나의 시스템을 이루고 있다고 생각한다면, 이러한 재앙의 시나리오를 피할 수 있다고 말한다. 세상에 대한 인지는 결코 자율적인 인간 혼자에 의해 이루어지는 것이 아니라, 분산 인지 시스템에 의해 이루어진다. "우리는 전자 점화 장치

270 헤일스: 『우리는 어떻게 포스트휴먼이 되었는가』, 507쪽.

가 장착된 자동차, 전력량을 정확히 조절하는 컴퓨터 칩이 포함된 전자레인지, 내용을 다른 팩스에 전달하는 팩스 기계, 시간 설정 라디오파와 교신하여 시간을 설정하고 날짜를 수정하는 전자시계처럼 전체적 인지 기능이 우리의 개별적 지식을 초과하는 시스템을 매일 이용하기 때문이다."[271] "이처럼 인간을 분산 시스템의 일부로 보면 인간 역량의 완전한 실현이 접합 때문에 어려워지는 것이 아니라 바로 접합에 달려 있다고 생각할 수 있다."[272] 이로부터 사이버네틱스 기계와 인간의 상호작용 및 상호보완관계의 필요성이 대두된다.

2) 온생명의 관점과 기계-되기와 동물-되기의 공존

기계와 인간을 상호작용하는 하나의 시스템 속에서 바라보며 그것의 접속 가능성을 긍정하는 관점은 인간을 다른 사물세계와 명확히 구분하는 관점에 대한 반성을 요구한다. 근대 이후 인간은 주체로서의 인간과 대상으로서의 사물을 명확히 구분하며, 사물을 거리를 두고 관찰하며 세계에 대한 인식을 추구하였다. 이를 통해 세계에 대한 객관적 지식을 획득할 수 있다고 믿었던 것이다. 그런데 근대 이전의 물활론에서는 자연의 모든 사물과 자연현상에도 생명이 깃들어 있다고 여겨졌으며, 그래서 주체로서의 인간과 대상으로서의 사물 간의 명확한 이원론적 구도가 세워질 수 없었다. 근대의 이성중심적인 세계관을 비판하는 낭만주의 문학에서도 사물이 생명의 속성을 띠며 자

271 헤일스: 같은 책, 506쪽.
272 헤일스: 같은 책, 508쪽.

연 속에서 하나로 어우러지는 현상을 종종 발견할 수 있다. 물론 현대인은 생명체로서의 인간과 무생물로서의 사물의 명확한 구분에 여전히 익숙해 있지만, 기원적으로 생물이 무생물적인 환경에서 생겨났으며, 지금도 생명체가 사물과 주변 환경 없이는 생명을 유지할 수 없다는 점에서 생명과 비생명의 명확한 구분에는 문제가 있어 보인다.

베르그송은 지속이라는 관점에서 우주와 생명을 연결시킨다. 그는 "과학에 의해 한정된 계들은 단지 우주의 나머지에 불가분적으로 연결되어 있기 때문에 지속"[273]한다고 말한다. 비록 과학은 하나의 계를 고립시키고 폐쇄적으로 고찰하려고 할지라도, 물질적 우주는 결코 폐쇄적이지 않으며 전 우주가 서로 연결되어 있는 것이다. 그래서 "전체로서의 우주 그리고 … 살아 있는 유기체는 지속하는 것이다."[274] 지속이란 이전에 있었던 것이 현재의 순간까지 사라지지 않고 존속해 오고 있음을 의미하는데, 그 때문에 생명을 다룰 때는 그것의 현재 순간만이 아니라 지속된 그것의 전체 역사를 고려해야 한다. 이러한 "지속이 발명과 형태의 창조, 절대적으로 새로운 것을 연속적으로 만들어낸다는 의미"[275]에서 지속하는 우주 역시 넓은 의미에서 생명으로 간주될 수 있다.

좁은 의미에서의 생명으로는 식물과 동물이 있지만, 생명의 역동적이고 폭발적인 성격을 고려한다면,[276] "생명의 근본적 방향을 지시하

273 베르그손: 『창조적 진화』, 35쪽.

274 베르그손: 같은 책, 42쪽.

275 베르그손: 같은 책, 35쪽.

276 특히 "다량으로 축적된 잠재적 에너지를 어떤 촉발 장치를 사용하여 '폭발적인' 행동으로 전환시키는 능력"(베르그손: 같은 책, 188쪽)을 동물성이라고 할 때, 동물이 생명

는 것은 식물보다는 동물의 진화일 것이다."[277] 베르그송은 생명의 본질적 특성을 운동성으로 이해하는데, 이런 의미에서 땅에 뿌리를 내리고 있는 식물보다는 에너지원을 찾아 이동하고 활발히 움직이는 동물이 본래적인 의미에서 생명에 더 부합한다고 할 수 있다. 이러한 의미에서 들뢰즈와 가타리가 탈영토적인 경계 넘어서기를 통해 새로운 것을 창조해 내는 생명력 넘치는 에너지를 가리키기 위해 식물-되기라는 개념 대신 동물-되기라는 개념을 사용한 것을 이해할 수 있을 것이다.[278]

베르그송이 지속이라는 개념으로 우주 자체를 생명과 연결시키려 한 것을 후대의 학자들은 생태계, 생명권 같은 개념을 통해 좀 더 구체화하여 살펴보며, 개체로서의 생명을 넘어선 생명에 대해 생각한다. 제임스 러브록은 가이아 이론에서 생명체가 지닌 항상성의 유지라는 성질이 개별 생명체를 넘어서 그들이 살아가는 환경에까지 적용될 수 있다고 간주하며, 이러한 생태계 내지 생명권을 유사생명체로 간주하며 가이아라는 이름으로 부른다.

장회익은 무엇을 생명으로 볼 것인지와 관련해 근대 이후 인간이 개체로서의 생명에 초점을 맞추었음을 지적한다. 그러나 가령 인간이나 다른 동물은 식량이나 산소 또는 태양에너지가 없는 공간에서 살 수 없으며, 그들이 생명을 유지하기 위해서는 이러한 특정한 조건들

의 특성을 가장 잘 나타내 준다고 할 수 있다.

277 베르그손: 같은 책, 183쪽.

278 하지만 들뢰즈와 가타리가 식물-되기 자체를 배격하거나 그것을 동물-되기의 뒤에 놓지는 않는다. 오히려 이들은 그러한 '되기'들 사이에 어떤 단계를 설정하는데, 이때 동물-되기와 식물-되기는 동렬에 놓인다. Deleuze u. Guattari: *Tausend Plateaus*, 371쪽 참조.

이 갖추어져야 한다. 따라서 그는 유기체로서의 개별 생명에 초점을 맞추는 것으로는 불충분하며, "생명의 진정한 모습은 서로 간에 긴밀한 연결망을 이루면서 그 안에 '생명현상'을 이루어 낼 이 전체 체계를 실체로 파악할 때 비로소 나타나는 것"[279]이라고 말하면서, 이를 기존의 생명 개념과 구분해 '온생명'이라고 부른다.

온생명은 개체로서의 '낱생명'과 그것의 나머지 부분, 즉 이러한 낱생명이 생명을 유지할 수 있도록 해 주는 외부적 조건인 '보생명'을 포괄하는 개념이다.[280] 이러한 온생명은 외부의 도움 없이 생명현상을 유지할 수 있게 하는 자기생성적인 특성을 지니며,[281] 그것의 수명이 결코 무한하지 않다. 오히려 그것의 구성요소들이 어떻게 조화를 이루며 제대로 기능하느냐에 따라 그것의 수명과 변화양상이 결정된다. 따라서 이제 인간은 개별 낱생명이나 종으로서의 인간 생명을 넘어서 이러한 온생명의 건강과 존속에 대한 관심과 책임을 지녀야 하는 것이다. 더 나아가 기계 역시 이러한 온생명의 관점에서 낱생명으로서

279 장회익: 『물질, 생명, 인간. 그 통합적 이해의 가능성』. 돌베개 2014, 85-86쪽.

280 장회익: 『물질, 생명, 인간』, 87쪽 참조.

281 장회익은 마투라나와 바렐라가 낱생명의 자기생성성을 주장하지만, 엄밀히 말해 낱생명은 다른 개체에 의해 생성되고 또 다른 개체를 낳는 타자생성적인 특징을 갖고 있다며 이들의 이론을 비판한다. 그러면서 오히려 이러한 자기생성성은 다른 계의 도움 없이 그 자체로 생명현상을 존속시키는 데 기여하는 온생명의 특성으로 간주할 수 있을 것이라고 말한다. 장회익: 같은 책, 98-101쪽 참조.
장회익은 현재의 과학적 수준에서 보았을 때 우리가 사는 세계의 온생명은 다음과 같은 조건하에서 가능하다고 말한다. "생명현상이 존재하기 위해서는 우주의 어느 한 곳에 '온생명,' 곧 외부의 아무런 도움 없이 생명현상이 자족적으로 지탱해나갈 수 있는 최소 여건을 갖춘 물질적 체계가 이루어져야 하는데, 이것은 현실적으로 태양과 같은 항성과 지구와 같은 행성 체계가 이루어지고, 그 안에 적정의 물질적 여건이 갖추어짐으로써 변이 가능한 자체촉매적 국소 질서가 형성되어 협동적 진화가 이루어지는 상황을 의미한다"(장회익: 같은 책, 111쪽).

의 인간의 생존을 돕고 인간의 인식과 판단 능력을 보완하는 역할을 수행하며 생명 시스템 안으로 들어올 수 있다. 이러한 관점에서 기계 시스템의 생명을 논할 수 있을 것이다.

과거의 물활론이나 근대 이후에 생겨난 낭만주의에서는 자연의 모든 사물에 생명력을 부여했지만, 기술적인 기계도 그러한 생명력을 지닐 수 있는지에 대한 본격적인 논의는 없었다. 그러나 가타리는 (기술)기계와 생명체를 명확히 구분하는 입장에 거리를 두며 양자의 공통적 속성에 주목한다. "프란시스코 바렐라는 기계를 "그것의 구성요소 자체와 상관없는, 그 구성요소들이 맺고 있는 상호관계의 총체"로 부른다. 따라서 기계의 조직은 그것의 물질성과 아무런 관련이 없다."[282] 이러한 입장에서 보면 좁은 의미의 기술기계를 넘어서 근본적으로 모든 생명과 사물, 상황이 그 구성요소들이 서로 맺고 있는 배치와 관계망에 의해 기계 개념에 포함될 수 있게 된다. 그런데 바렐라가 생명체를 "자신의 조직과 자신의 경계를 끊임없이 생산하고 구체화하는 자기생산적인 기계"[283]로 간주한다면, 가타리는 기술기계 역시 이러한 자기생산성을 지니며 창조적으로 진화할 수 있다고 주장한다. 즉 가타리는 기술기계에 생명의 특성을 부여한 것이다. 하지만 앞에서 말한 것처럼 이 경우 기술기계와 자연적인 생명체로서의 인간의 물질적 토대, 즉 이 둘의 신체성의 차이를 간과해서는 안 될 것이다.

알렉스 가랜드 감독의 영화 〈엑스 마키나Ex Machina〉(2015)에서는 인간처럼 말하고 생각할 뿐만 아니라, 고유한 감정과 자의식을 지닌 인

282 Guattari: *Chaosmose*, 54쪽 이하.

283 Guattari: 같은 책, 55쪽.

공지능 로봇 '에이바Ava'가 등장한다. 에이바를 비롯해 다양한 AI 로봇을 만든 네이든은 명목상 에이바의 튜링 테스트를 위해 자신의 회사 직원 케일럽을 자신의 연구소로 초대한다. 처음에 그의 연구소에 도착했을 때 케일럽은 인간과 구별하기 힘들 정도로 훌륭한 소통 능력을 보이는 AI 로봇을 만들어 낸 네이든에 경탄하며, 그의 발명을 거의 조물주의 창조에 비유한다. 그러나 케일럽은 에이바와의 대화 후 네이든을 믿지 못하게 되며, 그에게 에이바의 성능을 테스트한 후 그녀를 어떻게 처리할 것인지를 묻는다. 네이든은 성능 테스트가 끝나면 더 높은 버전의 로봇을 만들기 위해 에이바를 새로 포맷해 그것의 이전 메모리를 지우고 폐기할 것이라고 대답한다. 또한 케일럽이 AI 로봇을 만든 이유를 묻자, 네이든은 만일 자신이 이러한 로봇을 만들지 않았다 하더라도 언젠가는 누군가가 이러한 로봇을 만들었을 거라며, 따라서 자신이 그것을 창조한 것이 아니라 단지 그러한 AI 로봇이 진화한 것일 뿐이라고 대답한다.

우리는 흔히 다윈의 진화론에 따라 생명체만이 진화한다고 생각한다. 그런데 이 영화에서는 AI 로봇이라는 기계가 마치 동식물이나 인간처럼 진화하는 것으로 언급된다. 작품 마지막에 여성 AI 로봇인 에이바에게 반한 케일럽이 에이바를 네이든의 폐쇄적인 연구소에서 구해 내 같이 탈출하려고 시도하지만, 에이바는 네이든을 죽이고 케일럽을 연구소에 가둔 채 홀로 그곳을 빠져나간다. 여기서 인간의 몰락과 인간에 의해 만들어졌지만 생명체처럼 끊임없이 진화하며 인간을 넘어서는 기계의 상승이 대조를 이룬다. 물론 이 영화에서 묘사되듯이 인공지능이 자의식을 지닐 수 있는지에 대해서는 현재로서는 회의

적이며, 아직까지는 자신이 현재 하고 있는 것을 의식할 수 있는 메타 인지 능력이 인공지능에게는 결여된 것으로 간주되고 있다. 그럼에도 불구하고 AI라는 기계가 단순히 인간에 의해 창조된 것이 아니라, 마치 자연의 생명체처럼 끊임없이 진화하고 있다는 네이든의 언급은 주목할 만하다.

가타리는 계통발생적 차원과 개체발생적 차원 모두에서 기계의 창조적 진화를 언급한다. 우리가 보통 핸드폰을 4G, 5G 폰으로 부르며 인간처럼 세대적 특성을 부여하는 데서 알 수 있듯이, 기계는 생물처럼 진화해 나간다. 그러나 가타리에 따르면 이러한 진화는 "유일한 역사적 인과성에 따르는 것이 아니다. 오히려 진화의 선들은 리좀rhizome으로 등장한다."[284] 즉 기술기계는 단선적으로 역사적인 발전을 하는 것이 아니며 퇴행을 겪거나 정체될 수도 있지만, 언젠가는 기술적인 잠재성들이 어떤 특정한 기계적 배치에 의해 현실화될 때 창조적인 진화를 경험하게 된다는 것이다. 물론 이러한 기술적 진보가 저절로 이루어지는 것은 아니며 언제나 인간의 개입을 필요로 하지만, 어쨌든 기술기계가 생물처럼 계통발생적 차원에서 진화한다는 것은 사실이다.

이러한 기계의 진화는 개체발생적 차원에서도 이루어진다. "기계의 작동 능력의 보존, 그것의 기능적 정체성은 결코 보장되지 않는다. 기계의 마모, 불안정성, 고장, 엔트로피로 인해 그것의 물질적, 에너지적, 정보적 구성요소들을 개선시킬 필요가 생겨난다."[285] 물론 이러한

284 Guattari: 같은 책, 56쪽.

285 Guattari: 같은 책, 57쪽.

필요성은 동시에 기계를 수리하거나 개선하는 인간의 지능을 향상시킬 필요성을 낳는데, 이로써 기계와 인간 사이의 피드백 과정이 생겨난다.

이처럼 기술기계는 계통발생적 차원과 개체발생적 차원에서 모두 자기생산을 하며 창조적으로 진화할 수 있다. 이것은 기술기계가 물질적으로 생명체와 다른 특성을 지닌다고 할지라도, 자기생산과 창조적 진화라는 생명의 특성을 공유할 수 있음을 의미한다. 물론 그러한 것은 기술기계만으로 가능한 것은 아니며, 기계와 인간의 횡단적인 연결을 통해 가능해진다.

이처럼 기술기계 자체가 생명적인 특성과 연결될 수 있지만, 그중에서도 특히 기계론적 기계가 더 그러한 성격을 지닌다고 할 수 있다. 왜냐하면 프로그래밍에 의해 이미 결정된 결과만을 반복하는 기계학적 기계, 즉 자동기계는 인간에 의해서 갱신되거나 수리될 경우에만 진화할 수 있는 반면, 기계론적 기계는 특정한 패턴 속에 예기치 못한 임의성을 부여하면 예기치 못한 조합과 배치를 만들어 낼 수 있는 창발적인 자기생산적 특성을 지니고 있기 때문이다. 특히 들뢰즈와 가타리가 기계 개념을 욕망과 연결시킬 때는 이러한 기계론적 기계를 염두에 두고 있다. 또한 브라이도티도 들뢰즈와 가타리의 기계 개념을 받아들여 기계를 "힘과 에너지를 받아들이고 작동시키며, 상호작용을 촉진하고 다양한 연결과 배치를 만들어 내는 기계 내지 디스포지티브"[286]로 정의한다. "여기서 기계권과 생명권을 통합적으로 바라

286 Braidotti: *Posthumanismus*, 95쪽 이하.

보려는 시도는, 마치 아인슈타인의 통일장 이론처럼 기계와 생명을 가로지르는 색다른 통합의 원리를 발견하고자 하는 것일 수도 있다. 기계와 생명은 반복을 기본적인 특징으로 하며, 반복에 따라 자기생산의 재귀적인 작동을 보인다. 그런 점에서 기계론적 기계의 차원에서 사실상 생명과 기계는 구분되지 않으며, 공동체와 생태계는 네트워크와 구분되지 않는다."[287]

이처럼 기계 개념 자체에 대한 이해가 변하면, 기계-되기와 동물-되기가 만날 가능성이 열린다. 들뢰즈는 자기생산적이고 자기조직적인 생명력 있는 에너지를 "거대한 동물" 또는 "우주적 기계"라고 부른다.[288] 이성적이고 정신적인 존재로 간주되는 인간에 의해 항상 같은 방식으로 의미화되고 계열화되었던 것들이 그러한 의미화에서 벗어나는 감각적이고 신체적인 양상으로 표출될 때, 인간은 동물-되기를 수행한다. 이러한 동물-되기는 단순히 생태계에 위치한 인간 자신의 차원에 한정되어서는 안 되며, 미래의 첨단기술과학 시대에도 요구되어야 한다. 인간이 스스로를 추상적 기계로 간주하며 자신의 기계적 배치를 끊임없이 바꾸면서 통일된 주체에서 벗어나 다양한 주체성들을 발산할 수 있다면, 이러한 인간의 주체성 발산, 즉 동물-되기는 기술기계에도 영향을 미쳐야 한다. 즉 첨단기술과학의 시대에 인공지능 같은 기계가 인간을 일방적으로 지배하거나 심지어 대체하는 것이 아니라, 코드화되지 않은 정동과 욕망이 기술기계를 감싸며 창조적인 반복의 공간을 열어 주어야 하는 것이다. 특히 사이버네틱스 기

287 신승철: 『구성주의와 자율성』, 271쪽.

288 Braidotti: *Posthumanismus*, 91쪽.

술과 전자적인 네트워크의 발달은 기계기술의 자기생산은 물론이거니와 인간과 기계의 접속과 이를 통한 예기치 못한 특이성의 산출 가능성을 열어 줄 수 있다. 그러나 그것은 물론 자동적으로 그렇게 되는 것이 아니라, 기계를 어떤 조건하에서 어떻게 사용하는가에 달려 있을 것이다.

브라이도티는 우주적 에너지인 조에를 "개인적이고 인격적인 죽음의 피안에 놓여 있는 우주의 거대한 기계동물"[289]이라고 부른다. 들뢰즈와 가타리가 분자적인 차원에서 움직이는 생명에너지로의 변신을 동물-되기라고 부를 뿐만 아니라, 끊임없이 변하고 생성되며 요소들의 기계적인 배치를 통해 현실화되는(즉 사건으로 일어나는), 무한한 배치물을 지닌 다양체를 "하나의 유일한 추상적 동물"[290]이자 "거대한 추상적 기계"[291]로 지칭할 때, 브라이도티가 앞에서 말한 '거대한 기계동물'이라는 이상한 조합의 개념이 이해될 수 있다. 여기서 거대한 추상적 동물이 끊임없이 무언가를 생성해 내는 욕망과 운동에 초점을 맞추고 있다면, 추상적 기계는 그것 속에서 움직이는 입자들이 배치를 이루며 작동하는 측면에 초점을 맞추고 있다. 여기서 욕망하는 동물과 작동하는 기계가 서로 만나게 되는 것이다.

물론 인간이 기술공학의 발전과 함께 좁은 의미에서의 기계라는 타자와 상호관계를 맺으며 혼성적인 주체성을 발전시켜 나갈 수 있지만, 궁극적으로 들뢰즈와 가타리가 말한 (인간의) 기계-되기란 어떤 목

289 Braidotti: 같은 책, 139쪽.

290 Deleuze u. Guattari: *Tausend Plateaus*, 348쪽.

291 Deleuze u. Guattari: 같은 책, 349쪽.

적지향적인 기능주의적 관점에서 이해되어서는 안 된다. 오히려 다양하게 배치를 바꿀 수 있는 그러한 기계-되기는 "생성과 변화의 생명력"[292]과 연결된 것으로 이해되어야 하며, 그 때문에 사이버네틱스와 전자네트워크가 그러한 생성의 맥락에서 작동할 수 있도록 조직하는 것이 중요하다. 바로 그렇게 될 때 기계-되기와 동물-되기는 서로 모순되지 않을 수 있을 것이다.

292 Braidotti: *Posthumanismus*, 95쪽.

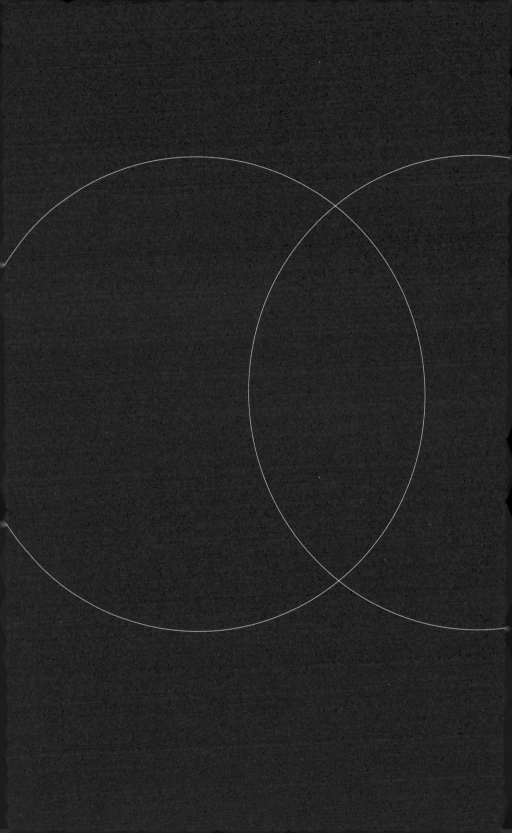

제2부

문학에서의 동물-되기

Becoming-Animal

언어는 인간과 동물을 구분하는 여러 가지 척도 중 하나로 간주되곤 한다. 이미 아리스토텔레스가 인간만이 언어를 지닌다며, 동물에게서 사고와 언어 능력을 박탈하였다. 동물은 단지 감각적으로 지각하고 기쁨과 고통을 소리로 표현할 수 있을 뿐 언어를 구사할 수 없으며, 그래서 사유도 할 수 없다는 것이다. 이러한 인간중심적인 편견은 오늘날 인지행동학 연구에 의해 비판받고 있으며, 언어 없는 사유가 가능할 뿐만 아니라 동물 가운데에도 언어를 사용하거나 언어를 학습할 수 있는 동물이 있음이 밝혀지고 있다.

물론 소수의 동물들이 인간의 기호체계를 배워 약간의 소통이 가능한 경우도 있지만, 아직까지 이러한 소통에는 한계가 있어 보인다. 다른 한편, 인간이 동물의 시점을 취하며 그들의 생각과 내면을 알아내는 데에도 한계가 있다. 미국의 철학자 토머스 네이글도 이 점을 지적한다. "어느 정도까지는 내가 나의 근본적 구조를 바꾸지 않고서 말벌이나 박쥐처럼 보고 행동할 수 있다. 하지만 내 경험이 그러한 동물들의 경험과 같은 것이 되지는 못할 것이다."[293] 그럼에도 불구하고 인간

293 Thomas Nagel: What is it like to be a bat. In: *Philosophical Review* 83/4(1974), 439쪽.

으로서가 아니라 '나'로서 내가 다른 생명체에 접근하고 상호작용하며 서로 간의 간격을 메우기 위해서는 동물에 감정을 이입해 볼 수 있을 것이다. 이처럼 감정이입의 방법을 사용할 때, "우리는 우리의 인간적 관점을 고수해도 좋지만, 동시에 동물의 (것으로 추정되는) 시점을 고려해야만 한다."[294] 이러한 일종의 의인화는 발견술적인 방법으로 사용될 수 있지만, 그로부터 얻은 인식은 경험적으로 입증되어야 과학적인 지식의 지위를 획득할 수 있을 것이다. 또한 "특정한 동물의 신체적 자세나 기타 표현방식을 모방함으로써 아마 그것의 심리적 상태를 느낄 수 있을 것이다. 우리는 동물들의 전기를 함께 고려하고 그들의 신체적 경험을 이해하려고 시도하면서, 감정이입에 바탕을 둔 동물에 대한 접근법을 계발할 수도 있을 것이다."[295]

이러한 모든 방법들은 궁극적으로 동물을 더 잘 이해하고, 이러한 이해를 바탕으로 인간과 동물의 관계를 개선해 나가기 위한 출발점이 될 것이다. 그런데 이처럼 동물의 내면을 이해하고 그들의 시점을 취하려는 노력은 이미 오래전부터 문학의 영역에서 실행되었다. 허구적인 문학텍스트에서 동물들은 인간과 마찬가지로 말하고 생각하고 감정을 표현하며 행동하는 주체의 모습으로 등장한다. 그럼에도 불구하고 문학작품에 등장하는 '말하는 동물들'이 역사적으로 모두 동일한 모습을 보여 주는 것은 아니다. 왜냐하면 그러한 문학작품이 쓰일 당시에 인간사회에서 동물이 어떻게 가치평가되고 대우받았는지에 따라, 또한 동물에 대한 사회적, 철학적, 문화적 담론이 어떻게 전개되

294 Kompatscher, Spannring u. Schachinger: *Human-Animal Studies*, 38쪽.

295 Kompatscher, Spannring u. Schachinger: 같은 책, 39쪽.

고 있었는지에 따라 문학작품에 형상된 동물의 모습은 전적으로 상이하기 때문이다. 2부에서는 문학작품에 형상화된 동물 주체의 모습을 전반적인 시대사적 흐름 속에서 보여 주며, 동물에 대한 인간의 인식변화뿐만 아니라 그것을 문학적으로 형상화하는 방식의 변화도 함께 다루고자 한다. 이 경우 변신이라는 테마가 중요한 역할을 할 것인데, 왜냐하면 동물로 변신하는 인간에 대한 묘사와 평가는 동물을 통해 자신을 규정하고자 한 인간의 정체성과 관련해 중요한 의미를 갖기 때문이다.

원시 시대에 인간은 동물신을 섬겼다. 토테미즘 신앙에서도 토템동물이 조상신의 지위를 차지한다. 이 책의 1부 1장에서 살펴본 것처럼, 카네티는 『군중과 권력』에서 토테미즘의 기원설화를 들려준다. 아란다족의 어느 신화에서는 한 노인의 신체에서 나온 유충이 변해 인간이 생겨난다. 또한 아란다족의 반디쿠트 신화에서는 아버지 카로라의 몸에서 인간과 반디쿠트라는 주머니쥐가 함께 태어난다. 이처럼 인간과 동물은 같은 조상을 갖는 형제자매 관계로 간주된다. 이러한 수평적 관계 속에서 유충이 인간으로 변신하고 또한 인간이 과거를 그리워하며 다시 유충으로 변했다가 인간으로 돌아온다. 여기서 변신은 인간과 동물의 긴밀한 관계를 드러낼 뿐만 아니라, 이들이 자신들의 기원인 토템동물처럼 근본적으로 인간과 동물의 혼종성을 지니고 있음을 보여 준다. 즉 인간과 동물 사이에 아직 확고한 경계가 그어지지 않았던 것이다. 이러한 측면에서 보면, 이들 간의 변신은 평등한 수평적 관계에서 이루어지는 변신으로 서술된다. 심지어 어떤 면에서는 유충, 즉 동물이 인간에 선행해 있다고 볼 수도 있다.

또한 이러한 기원신화는 토템신앙을 지닌 부족에게 이야기 형태로 전해지는데, 이러한 이야기의 저자란 존재하지 않는다. 그것은 저자 없이 구전으로 전해지는 이야기이며, 이야기를 통해 현재에서 과거로 거슬러 올라가며 끊임없이 그러한 전통을 반복하는 반복적 서사의 구조를 지닌다. 또한 이야기 내부에서도 인간과 동물 간의 상호 변신이 반복되는 반복적 구조가 등장한다.

이러한 토템신앙을 지닌 부족의 기원설화를 오비디우스의 『변신 이야기』와 비교하면, 그 차이를 명확히 알 수 있다. 『변신 이야기』에서 인간은 주로 신의 처벌에 따라 동물로 변신하는데, 여기서 신과 인간, 동물 사이의 위계관계를 명확히 알 수 있다. 즉 처벌하는 존재인 신이 명백히 인간보다 상위의 존재라면, 처벌의 결과인 동물은 명백히 인간보다 하위의 존재인 것이다. 여기서 변신은 어떤 위계적인 관계 속에서 일어나는 변신으로, 토템사회에서 나타나는 수평적인 관계에서의 변신과 차이를 보인다. 그래서 『변신 이야기』에서 하등한 동물이 인간으로 변신하는 경우는 나타나지 않고, 신이 인간이나 동물로 변신하는 것은 단지 어떤 목적을 달성하기 위한 경우뿐이며 동시에 언제나 다시 신의 모습으로 돌아올 수 있다는 것을 전제로 한다.

얼핏 보면 오비디우스는 그리스 로마 신화의 이야기를 수집하여 그저 편집한 듯한 인상을 준다. 하지만 자세히 들여다보면 오비디우스가 단순히 신화나 역사적 사실을 그대로 반복하는 것이 아니라, 자신의 의도를 가미하며 때로는 약간의 수정을 가하고 있음을 알 수 있다. 또한 이야기들을 특정한 범주로 묶어 배열하는 방식 역시 저자로서 오비디우스의 역할을 잘 보여 준다. 나아가 오비디우스는 아라크네나 피그말리온의 이야기를 통해 예술가의 자기성찰을 보여 주며, 작가로서의 자의식을 드러내기도 한다. 무엇보다 그는 『변신 이야기』의 마지막 부분에서 유피테르나 자신의 죽음도 자신의 이름이 불멸로 남는 것을 막지 못할 것이라며, 작가로서의 자의식과 명예에 대한 집착을 보여 준다. 이제 작가로서의 인간은 그의 숭고한 예술적 작업을 통해 하찮은 존재인 동물과 자신을 절대적으로 구분할 뿐만 아니라, 또한 그 스스로 신적인 지위에까지 오르려고 하는 것이다. 이러한 상승으로서의 변신이야말로 작가 오비디우스가 꿈꾸고 있는 변신이다. 이로써 변신은 앞에서 살펴본 토템사회에서의 변신과는 완전히 다른 의미를 지니게 된다.

인간이 동물로 변신하는 또 다른 서사적 형식으로 우화를 들 수 있다. 이솝 우화에는 주로 동물이 등장한다. 이때 동물은 엄밀히 말해 인간의 변신이라기보다는 어떤 인간적 특성을 나타내는 일종의 가면처럼 나타난다. 르네상스 시대에 레오나르도 다빈치는 동물의 특성과 인간의 특성을 대비시키며 동물 메타포의 분류목록을 작성하기도 하였는데,[296] 이는 동물의 분류가 곧 인간적 특성의 분류라는 목적을 위해 이루어졌음을 의미한다. 동물은 그것이 연상시키는 특별한 성질 때문에 도덕적 교훈을 전달하기 위한 목적으로 우화에 자주 등장하곤 한다. 그런데 여기서 주목해야 할 점은 동물이 우화에서 인간의 특정한 목적을 달성하기 위한 도구로 사용되고 있다는 사실이다. 이것은 신석기 시대 이후로 정주하며 살게 된 인간이 동물을 자신의 목적에

296 Rosi Braidotti: *Metamorphoses. Towards a materialist theory of becoming.* Malden 2002, 125쪽 참조.

따라 음식, 옷, 노동력으로 사용한 것에 상응한다. 우화의 역설은 동물이 인간의 도덕적 교훈을 전달하기 위한 수단으로 사용될 뿐이며, 정작 그 자신은 인간처럼 그 자체로 목적으로 간주되지 못한 채 한갓 수단으로 전락하는 비도덕적 상황에 처하게 된다는 것이다. 이로써 우화는 도덕적 가르침을 주고 전파하기 위한 교훈적 목적을 지니지만, 정작 그러한 도덕적 담론은 오직 인간에게 국한될 뿐이며 동물에게는 사회에서의 유용동물처럼 우화에서도 미학적 유용동물의 지위만을 부여할 뿐이다.

우화에서는 인간이 동물로 변신하는 과정이 나타나지 않는다. 그러한 변신 자체가 생략됨으로써 변신을 통해 인간과 동물의 경계를 유동적으로 만들 수 있는 기회 자체가 사라진다. 오히려 처음부터 동물은 일종의 가면처럼 등장해 독자는 그러한 가면 뒤에 숨은 인간적 특성을 찾는 데에 집중하게 되며, 마침내 그러한 가면을 벗기고 그 뒤에 숨겨진 본모습을 찾았을 때 인식의 즐거움을 느끼게 된다. 여기서 동물은 우화라는 장르에 사용된 하나의 비유, 즉 메타포에 지나지 않는다. 동물은 결코 실제의 동물 그 자체로 존재해서는 안 되며, 오직 인간의 도덕적 교훈을 전달하기 위한 목적에서 어떤 특성을 나타내는 메타포로만 기능할 수 있다.

우화에서 특징적인 것은 동물이 서술자가 아니라 인물로 등장한다는 것이다. 물론 인물로서의 동물이 인간처럼 말하고 생각을 표현하기도 하지만, 궁극적으로 그는 서술자의 시점에서 관찰되고 평가된다. 우화에서 인물로 등장하는 동물이 세상을 바라보는 자신의 시점을 때때로 드러내기도 하지만, 텍스트의 중심적인 시선은 이야기를 서술하는 서술자의 시선, 즉 인간의 시선과 일치한다.

그러나 우화가 지닌 이러한 인간중심주의적인 성격에도 불구하고 우화는 그 자체 내에 이러한 인간중심주의를 뒤흔들 수 있는 요소를 갖고 있다. 우화에서는 무엇보다 의인화된 동물이 등장하여 다른 동물이나 인간 또는 신과 이야기를 나눈다. 이때 동물은 실제 동물과 달리 인간의 언어로 말하고 생각하며 심지어 논리적 추론을 하거나 성찰하는 모습을 보이기도 한다. 이는 인간적인 목적을 위해 도구로 사용된 미학적 유용동물이 역설적으로 인간과 동등한 능력(언어나 사유 능력)을 지니게 되었음을 의미한다. 우화가 지닌 이러한 형식적 특성은 인간에게 도덕적 교훈을 전달하려는 우화 고유의 목적과 달리, 때때로 동물이 자신을 착취하고 괴롭히는 인간을 고발할 수 있게끔 만들기도 한다. 왜냐하면 현실에서와 달리 동물은 자신의 시점에서 인간사회를 바라보고 스스로 의견을 말할 수 있기 때문이다.

물론 우화, 아니 문학작품에서 과연 동물이 말할 수 있는가 하는 문제에는 좀 더 신중하게 접근할 필요가 있다. 왜냐하면 사실 엄밀히 말하면 동물이 말하는 것이 아니라, 인간이 동물의 시점을 취하며 동물을 대신해 말해 주는 것이기 때문이다. 그렇기 때문에 그러한 말이 과연 동물의 이익과 관심을 대변할 수 있는가는 의문이다. 가령 뒤에서 살펴볼 레싱의 우화를 잠시 보자. 자신에게 폭력을 가하는 인간을 신에게 고발하며 개선을 청원하는 나귀의 이야기에서 한편으로 나귀는 인간사회를 고발하는 목소리를 내지만, 다른 한편으로 신이 자신으로 하여금 인간을 섬기도록 정해 주었다며 인간이 자신을 유용동물로 사용하는 것을 정당화하기도 한다. 그러나 이러한 관점은 명백히 인간,

정확히는 작가인 레싱 자신의 관점이지 결코 현실 속 나귀의 관점이라고 보기는 어렵다. 이처럼 계몽주의자인 레싱은 인간의 자의적 폭력에 내맡겨진 나귀에 대한 동정심을 갖고 나귀의 시점에서 인간사회를 바라볼 수 있는 길을 열어 주는 동시에, 또다시 인간중심주의적인 입장에서 동물을 단순한 수단으로 바라보는 모순된 입장을 드러낸다. 이것은 당시 계몽주의적인 지식인들이 동물에 대해 갖고 있던 일반적인 태도와 크게 다르지 않다.

'문학적 동물연구Literary Animal Studies'는 우화를 도덕적인 교훈을 전달하는 인간중심적인 이야기가 아니라, 그 안에 등장하는 동물 등장인물들을 실제 동물로 간주하며 동물중심적인 이야기로 읽을 필요성을 제기한다. 비단 우화뿐만이 아니라 동물이 등장하는 모든 문학텍스트에서 '텍스트동물'들이 어떤 사회문화적 배경하에 놓여 그 영향을 받고 있는지, 그들이 어떤 행위자로 등장해 인간 및 다른 동물들과 사회적인 상호작용을 하며 관계를 맺고 있는지, 인간이 동물을 어떻게 바라보고 묘사하는지, 반대로 동물의 시선에서 인간사회와 동물의 지위는 어떻게 묘사되는지, 그리하여 인간과 동물의 경계가 어떻게 극복되고 독자에게 동물에 대한 공감과 감정이입을 가능하게 하는지를 생각하며 텍스트를 읽고 분석할 것을 요구한다.[297]

이러한 '문학적 동물연구'의 관점에서 보았을 때 낭만주의 문학은 계몽주의 문학에 비해 동물에 대한 더 많은 이해와 공감을 드러내고, 심지어 때로는 동물의 시선에서 인간사회를 바라보며 인간중심주의

297 Kompatscher, Spannring u. Schachinger: *Human-Animal Studies*, 226-227쪽 참조.

를 비판하기도 한다. 낭만주의 작가의 작품에서 동물이 주인공이나 중심인물로 빈번히 등장하는 것은 결코 우연이 아니다. 루트비히 티크의 『금발의 에크베르트*Der blonde Eckbert*』(1797)나 『장화 신은 고양이 *Der gestiefelte Kater*』(1797/1811), 에테아 호프만의 『수고양이 무어의 인생관 *Lebensansichten des Katers Murr*』(1819/1821), 『호두까기 인형과 생쥐왕*Nußknacker und Mausekönig*』(1816) 등 이러한 범주에 속하는 낭만주의 작품들은 대단히 많다.

그렇다면 낭만주의 문학에서 묘사된 동물들은 이전의 문학작품들에서 묘사된 동물들과 어떻게 다른가? 가령 티크의 『금발의 에크베르트』에는 보석이 든 알을 낳는 새가 등장한다. 주인공인 어린 소녀 베르타는 숲에 있는 한 노파의 집에서 자라는데, 답답함을 느끼던 그녀는 어느 날 노파가 집을 비운 사이에 보석을 들고 도망친다. 그런데 새가 숲의 고요함을 이야기하는 노래를 부르자 베르타는 죄책감에 그 새를 죽여 버린다. 그녀는 이전에 책을 읽으면서 꿈꾸던 이상적인 기사 에크베르트와 결혼하지만, 그들의 삶은 그녀의 과거를 아는 발터와 후고 같은 주변 인물들에 의해 곤경에 처하게 되는데, 나중에 이들이 바로 노파가 변신한 인물들임이 밝혀진다. 이 소설에서 자연의 비밀을 아는 듯한 신비로운 새는 소유욕에 눈이 먼 시민세계를 비판하는 기능을 지니며, 소설에 등장하는 다른 인물들보다 우월한 존재로 묘사된다.

에테아 호프만의 메르헨 『호두까기 인형과 생쥐왕』에서 쥐의 무리는 마적魔的인 어둠의 세계를 상징하는 것처럼 보인다. 이 메르헨에서 주인공인 소녀 마리가 아끼는 호두까기 인형은 사실 쥐의 마법에 걸린 청년 드로셀마이어로 밝혀지는데, 나중에 그가 주도하는 인형들이 쥐의 종족과 전쟁을 벌여 승리를 거둔다. 여기서 우선은 호두까기 인형과 쥐의 종족이 선악구도를 이루고 있는 것처럼 보이지만, 자세히 들여다보면 사태가 그렇게 단순하지만은 않다는 것을 알 수 있다. 쥐의 종족이 베이컨을 너무 많이 먹었다는 이유로 왕이 쥐의 종족을 몰살할 것을 명하자 이에 대한 복수로 쥐의 종족이 인간에게 마법을 건 것이며,[298] 따라서 쥐를 단순히 악과 연결시킨 것은 인간의 관점에서 비롯된 것이다. 나아가 마우제링크스라는 생쥐는 왕실 가문과 자신의 가문이 친척관계에 있다고 말하는데, 이러한 주장은 과거에 인간과 동물이 토템신앙 아래서 같은 소상을 갖는 친족관계에 있음을 상기시키며 정당성을 획득한다.[299] 또한 이 작품에 등장하는 일곱 개의 머리가 달린 생쥐왕은 도플갱어를 만들어 내며 계속해서 증식하는, 마리의 대부인 드로셀마이어의 다양한 정체성을 나타내기도 한다.[300] 이를 통해 한 개인의 단일한 정체성에 대한 믿음은 허구로 드러나며, 그러한 통일된 자아정체성의 밑에서 변화무쌍한 강렬한 동물적 욕망이 꿈틀거리며 다양한 모습으로 변신하고 있음을 보여 준다. 이로써 동물은 단순히 마적인 어둠의 세계와만 연결되는 것이 아니라, 나아가 인간과 동물의 경계를 뒤흔들고 단일한 정체성을 전복시키는 의미를 갖고 있음을 알 수 있다.

호프만의 소설 『수고양이 무어의 인생관』에서는 수고양이 무어가

298 정항균: 「인형과 동물. 에테아 호프만의 『호두까기 인형과 생쥐왕』에 나타난 인간과 비인간의 경계 넘어서기」. 실린 곳: 『독일문학』 152(2019), 21쪽 참조.

299 정항균: 「인형과 동물」, 20쪽 참조.

300 이에 대한 자세한 내용은 정항균: 같은 글, 25-27쪽 참조.

서술자로 등장해 동물의 시점에서 인간사회를 풍자하고 비판한다. 그는 인간의 이성을 비꼬고 인간 언어의 불완전함을 지적하며, 인간중심주의를 그 근본에서 뒤흔든다. 이 소설에서 무어가 글을 쓰기 위해 사용한 파지의 이야기에 주인공으로 등장하는 악장 크라이슬러는 수고양이 무어의 새 주인인 동시에 숭고한 예술을 추구하는 인물로 묘사된다. 그러나 숭고한 예술의 완성을 추구하는 크라이슬러가 분열된 인물로 밝혀지고, 그의 글쓰기에 수고양이 무어의 동물적 글쓰기가 숨어 있음이 드러난다. 이로써 이 소설은 내용적인 차원에서 근대의 인간중심주의를 비판하고 인간과 동물의 경계를 뒤흔들 뿐만 아니라, 형식적인 차원에서도 동물적인 시점을 모방하고 동물적인 욕망의 글쓰기를 수행하는 모습을 보여 준다. 이 소설에서 수고양이 무어는 실제 동물로서의 고양이뿐만 아니라 교양시민과 천재예술가에 대한 메타포로 나타나기도 하지만, 이러한 메타포는 풍자와 희화의 대상이 됨으로써 아주 복잡한 연관 속으로 들어간다. 이로써 이 소설은 다차원적인 맥락에서 동일한 대상을 바라보며, 그것이 가지고 있는 다양한 의미들을 보여 주는 미학적 기능을 수행한다.

사실주의 문학에서는 기본적으로 인간과 그들이 사는 사회가 서술의 중심에 놓이기 때문에 동물이 비중 있는 인물로 등장하지는 않는다. 동물에게는 기껏해야 주변적인 역할만이 부여될 뿐이다. 그럼에도 불구하고 사실주의 문학에서 동물이 어떻게 묘사되고 또 평가받고 있는지를 살펴보는 것은 의미가 있다.

독일 사실주의 문학을 대표하는 작가인 폰타네의 소설 『에피 브리스트*Effi Briest*』(1895)에는 롤로라는 개가 등장한다. 출세지향적인 남편

인스테텐이 집을 비운 사이, 홀로 남겨진 어린 아내 에피는 어느 날 밤 귀신 소리를 들었다고 믿으며 소리를 지르면서 깨어난다. 그와 동시에 롤로도 소리를 내며 짖는데, 그 때문에 정말 롤로가 무언가를 보고 소리를 낸 것인지 아니면 에피의 소리에 놀라 소리를 낸 것인지 불분명하게 서술된다. 사실주의 소설답게 동물은 외부의 시점에서 묘사될 뿐이다. 즉 인간인 서술자가 개의 내면을 들여다볼 수 없기 때문에, 롤로의 행동은 인간의 시점에서 불확실하게 해석될 뿐이다. 이것은 나중에 인스테텐이 중국인 귀신 이야기를 하는 것이 어린 아내의 외도를 막으려는 전략적 행동인지 아닌지를 불분명하게 놔두는 작가의 서술태도와도 연결된다. 작품 마지막에서도 에피의 비극적인 죽음에 대한 책임을 성찰하는 그녀의 부모의 대화에 잠을 깬 롤로가 머리를 설레설레 흔드는데, 이러한 행위 역시 앞에서 에피의 어머니가 한 말을 부정하는 것인지, 아니면 개의 단순한 행동에 지나지 않는지 불분명하다. 이처럼 사실주의 소설에서 동물은 결코 낭만주의 작품에서처럼 인간의 언어로 말하거나 인간의 시선을 취하지 않기 때문에, 우리가 그 내면을 들여다볼 수 없는 존재로 묘사된다. 이것은 인간이 복잡한 사회적 현실을 완전히 파악할 수 없다는 작가 폰타네의 사상과 맞닿아 있으며, 작가의 열린 서술태도의 일부로 기능한다.

반면 에피와 외도를 한 크람파스라는 인물은 동물을 자신의 목적을 달성하기 위한 수단으로 사용한다. 정확히 말하자면, 그는 실제 동물을 텍스트동물로 전환시키며, 이야기 차원에서 텍스트동물을 유용동물로 사용한다. 크람파스는 에피를 유혹하는 자신의 행동을 정당화하고 자신을 매력적이고 연민이 가는 인물로 만들기 위해 에피의 개 롤로를 이용한다. 그는 에피에게 칼라트라바 기사에 대한 이야기를 들려준다. 이 이야기에 따르면, 스페인의 한 왕비가 미남인 칼라트라바 기사를 은밀히 사랑했는데, 그 사실을 안 왕이 그를 몰래 처형한 후 기사의 무공을 기리는 축하연을 연다. 그러나 주빈이 아직 자리에 나타나지 않은 상황에서 갑자기 그 기사가 데리고 있던, 충직한 롤로(크람파스는 그 개가 롤로와 같은 뉴펀들랜드 종이었다며 롤로와 비교한다)를 닮은 개가 죽은 주인의 머리를 물고 연회장에 들어와 그 기사를 위한 빈 좌석 위에 그의 머리를 올려놓고 살인자 왕을 고발하였다는 것이다. 이 이야기를 듣고 나서 에피는 롤로를 보면 그 칼라트라바 기사를 생각하지 않을 수 없게 되었다고 말한다. 즉 에피는 불륜의 주인공인 칼라트라바 기사에게 오히려 연민을 느끼며 그에 대한 애정을 갖게 되는 것이다. 이처럼 크람파스는 자신의 이야기에서 롤로를 자신의 전략적 목적을 달성하기 위한 수단으로 사용하는데, 이는 메타포로 사용된 동물과는 또 다른 차원에서 텍스트동물을 유용동물로 사용한 예라고 할 수 있을 것이다.

내용적인 측면에서 보면 롤로는 어려운 상황에서 에피의 곁을 지켜주는 충직한 개로 언급된다. 이혼 후 병든 에피를 돌보는 하녀 로스비타는 인스테텐에게 편지를 써서 롤로를 에피에게 보내 줄 것을 간청한다. 그녀는 에피가 "로스비타, 혼자 산책을 다니니 무서워요. 하지만 누가 나와 같이 가 주겠어요? 롤로, 그래, 그 개라면 괜찮을 거예요. 그는 나를 미워하지 않으니까요. 그런 일에 신경 쓰지 않는다는 것이 동물이 지닌 장점이에요"[301]라고 말했다고 전하며, 인스테텐의 마음을 움직인다. 인스테텐은 여기서 도덕과 사회적 관습에 얽매이지 않고 행동하는 로스비타가 자신보다 낫다는 것을 인정한다. 나아가 에피의 말에서 알 수 있듯이, 롤로 역시 에피의 과실과 상관없이 그녀 곁을 충직하게 지켜 줄 수 있는 존재로서 인간보다 나은 존재로 묘사된다. 작품 마지막에 에피가 죽고 나서 롤로가 오랫동안 비석 앞에 웅크리며 잘 먹지도 않자 에피의 아버지인 브리스트 씨는 이렇게 말한다.

"그래요. 루이제. 내가 늘 말하듯 동물은 영물이라오. 우리 인간은 우리가 생각하듯 그리 대단한 존재가 아니오. 우리는 항상 동물은 본능만을 지닌다고 말하지만, 결국에는 그것이 가장 훌륭한 것이라오."[302]

여기서 다시 한번 롤로로 대변되는 개, 아니 동물의 특별함과 긍정적 면모가 인간과 비교되어 강조된다. 하지만 다른 한편 동물이 '본능'만을 지닌 존재로 규정됨으로써 동물의 우월함에 대한 작중인물의 평가는 동물에 대한 잘못된 인식, 편견에 기반을 두는 문제점도 드러낸다.

앞에서 살펴본 것처럼 동물 자체가 문학작품의 주인공으로 등장하기도 하지만, 동물의 지위로 떨어진 인간의 형상화가 중심에 놓이는 작품들도 있다. 이러한 작품들은 특히 생명정치적 입장에서 가치 있는 생명과 가치 없는 생명을 구분하고, 후자를 동물에 비유하며 생명

301 Theodor Fontane: *Effi Briest*. In: Peter Goldammer u. a.(Hrsg.): *Romane und Erzählungen*. Bd. 7. Berlin u. Weimar 1993, 288쪽.

302 Fontane: *Effi Briest*, 297쪽.

을 앗아 간 나치의 역사적 만행 이후에 많이 쓰였다. 페터 바이스는 『수사*Die Ermittlung*』(1965)에서 강제수용소라는 예외상태의 공간에 갇힌 수감자들을 '죽여도 처벌받지 않는 인간'인 호모 사케르로 묘사하였다. 이들은 인간의 지위를 박탈당하며 동물적인 지위로 전락하는 모습을 보인다. 제발트도 『토성의 고리*Die Ringe des Saturn*』(1995)에서 나치뿐만 아니라 식민지 열강이 저지른 만행을 생명정치적 차원에서 다루면서, 부정적인 의미에서의 인간의 동물-되기를 보여 준다. 물론 바이스나 제발트가 가치 없는 생명으로 전락하여 지배자의 무자비한 폭력에 내맡겨진 역사의 희생자들만 다루는 것은 아니다. 다른 한편 이들은 이러한 억압적이고 폭력적인 권력에 맞서 싸우며 자유를 추구하는 인물들의 동물적 변신을 묘사하며 동물-되기의 긍정성도 강조하고 있다.

이러한 동물-되기를 내용적으로 다루는 것을 넘어 미학적인 글쓰기의 차원으로까지 끌어올린 대표적인 인물은 카프카이다. 바이스나 제발트가 인간의 동물-되기에 많은 관심을 가진 것은 카프카의 영향과 무관하지 않다. 카프카의 여러 작품들에서 동물은 주인공으로 등장하곤 한다. 그러한 동물주인공들은 인간중심주의적인 담론을 패러디하며 동물에 대한 인간의 폭력을 비판할 뿐만 아니라, 인간 내부에 존재하는 동물적인 야수성을 보여 주기도 한다. 나아가 카프카는 동물을 특정한 목적을 위한 수단으로 간주하며 유용동물로 사용하는 관점에 반대할 뿐만 아니라, 미학적 차원에서도 동물을 인간의 목적을 위한 메타포로 사용하는 것에 반대한다. 이로부터 그는 동물-되기에 상응하는 새로운 동물-되기의 글쓰기 방식을 발전시킨다.

카프카는 19세기 중반 이후부터 학문적인 영향력을 발휘한 다윈의 진화론을 자신의 단편소설 「학술원에 드리는 보고」에서 다루면서 동시대 과학담론과의 비판적 대결을 시도한다. 이 소설은 빨간 페터라는 원숭이가 학술원에 보내는 보고문의 형식을 취하고 있으며, 야생의 원숭이였던 그가 생존하기 위해 어떻게 인간사회에 동화되며 인간으로 발전해 나가는지를 다루고 있다. 여기서 원숭이 페터의 인간화과정은 서서히 이루어지는 진화과정처럼 서술되는데, 이러한 진화의 담론은 직선적인 서술과 학문적인 보고의 형식에 의해 뒷받침된다. 그러나 이 소설을 자세히 들여다보면, 빨간 페터라는 원숭이의 발전과정은 원숭이라는 동물의 시점에서 이루어지며, 그래서 진화 역시 살아남기 위해 자유를 포기하는 것으로 서술된다. 또한 이러한 진화과정에도 불구하고 빨간 페터에게는 여전히 동물적인 야수성이 남아 있는 것으로 묘사된다. 이처럼 카프카는 이 소설에서 진화에 상응하는 직선적 서술과 보고형식을 사용하지만, 궁극적으로 이러한 형식을 패러디함으로써 인간을 진화의 정점에 두는 진화론과 비판적으로 대결하고, 인간에게 남아 있는 동물적인 야수성에 대한 성찰을 요구한다.

카프카는 자신의 소설에서 인간의 단일한 정체성을 부수며 동물적인 강렬함 내지 야수성을 발현시키는 '동물-되기'의 글쓰기를 수행한다. 물론 이러한 동물-되기의 글쓰기가 특정한 형식으로 고정되어 있는 것은 아니지만, 카프카의 작품에서는 대략 다음과 같은 특징을 지닌다.

첫 번째로 '동물-되기'를 수행하는 글쓰기에서는 현실과 꿈의 경계를 넘어서는 순간적인 변신이 일어나곤 한다. 앞에서 언급한 「학술원에 드리는 보고」가 진화론적인 시간관념을 반영하며 동물이 인간으로 변하는 변신과정을 완만하게 연속적으로 서술하는 직선적인 서술구조를 보여 준다면, 이와 반대로 「자칼과 아랍인」에서는 눈 깜박할 정도로 짧은 순간에 인간이 동물로 변신하는 과정이 서술, 아니 정확히 말하자면 암시된다. 이러한 서술에서는 현실에서의 선형적인 시간구조를 파괴하는 꿈의 시간구조가 전면에 놓이며, 이것이 순간적인 동물로의 변신을 가능하게 한다.

두 번째로 이러한 동물-되기의 서술은 '-이기being'가 아닌 '-되기becoming'의 서술이다. 메타포가 유사성에 기초한 '-이기'의 서술이며 동물 메타포의 가면을 벗기면 인간의 얼굴이 등장한다면, 이에 반해 '-되기'의 서술에서는 그러한 일대일 대응관계가 나타나지 않으며 하나의 동물 비유에서 다양한 의미가 생겨난다. 하지만 그러한 다양한 의미 가운데 어느 것도 최종적인 의미의 지위를 갖지는 않는다.

세 번째로 동물-되기의 글쓰기는 강렬한 신체성의 글쓰기이다. 그것은 계획하고 조직하는 이성적 글쓰기와 구분되는 생성적인 욕망의 글쓰기이다. 그것은 개념적인 언어로 포착할 수 없는 강렬함에 이끌려 쓸 뿐만 아니라, 그러한 강렬함에 주목하며 글을 쓰기도 한다. 동물-되기의 서술방식은 유기적으로 조직되어 있는 (인간의) 신체를 갈기갈기 찢는 장면에서 시각적으로 표현되기도 한다. 이와 관련해 「자칼과 아랍인」에서는 자칼이 낙타의 신체를 갈기갈기 찢는 장면이 묘사되고, 「단식예술가Ein Hungerkünstler」(1922)에서는 터질 듯한 표범의 신체가 묘사된다. 그러나 동물-되기의 글쓰기는 유기적인 신체의 해체를 직접적으로 묘사하는 것을 넘어서, 텍스트의 유기적인 의미구조 자체를 파괴하는 것으로 나아가며 이를 통해 다양한 해석 가능성을 낳는다. 나아가 그것은 물질성을 띠는 텍스트의 신체를 갈기갈기 찢는 형식을 띠기도 한다. 그래서 앞의 두 텍스트에서는 통사론적 구조를 뒤흔들거나 세미콜론으로 문장을 끊어 놓는 형식이 등장한다. 이를 통해 주체로서의 주어의 위치가 흔들리거나 문자텍스트의 신체가 절단되는 모습이 문자텍스트라는 매체의 차원에서 시각적으로 나타난다.

네 번째로 동물-되기의 글쓰기에서는 속도가 중요한 요소가 될 수 있다. 클라이스트의 『펜테질레아*Penthesilea*』(1808)에서 광기에 사로잡힌 펜테질레아가 동물들과 함께 전투에 나설 때 엄청난 속도에 사로잡히는데, 이는 그녀가 동물로 변신하는 조건이 된다. 카프카의 「자칼과 아랍인」에서도 미친 듯이 움직이는 펌프처럼 낙타를 빠르게 갈기갈기 찢는 자칼의 모습이 묘사된다. 또한 이 소설에서 서술자가 일순간 자칼 무리와 만날 때도 역시 절대속도에 상응하는 빠른 속도가 지배한다. 이러한 절대속도는 인간이 동물로 변신하기 위한 전제조건처럼 작용한다.

마지막으로 동물-되기의 글쓰기는 무엇보다 우화에서와 달리 인간의 시점이 아니라 동물의 시점에서 서술한다는 특징을 지닌다. 그러한 시점의 전환은 지금까지 세상의 모든 존재를 해석하고 평가해 온 인간중심주의적인 척도들을 근본적으로 의문시하게 만든다. 이를 통해 인간은 기존의 시선과는 완전히 다른 새로운 시선에서 세상을 바라볼 수 있으며, 나아가 동물과 인간을 단순히 이분법적으로 구분하기보다는 자신에게 숨어 있는 동물적인 모습을 확인하고 스스로를 혼종적인 존재로 인식할 수 있게 된다.

Becoming-Animal

1.

처벌로서의 동물-되기와 예술을 통한 인간의 신-되기

오비디우스의 『변신 이야기』

오비디우스의 『변신 이야기』에는 제목처럼 다양한 변신 이야기들이 등장한다. 인간은 동물이나 식물뿐만 아니라 때로는 돌이나 샘 같은 무생물로 변하기도 한다. 이러한 다양한 변신의 형태를 통해 이 작품에서 신과 인간 그리고 동물 사이의 위계적 관계가 어떻게 묘사되고 있는지를 확인할 수 있다. 무엇보다 변신 능력 자체가 이들을 서로 구분 지을 수 있는 하나의 척도로 제시되고 있다.

자신의 힘으로 다양한 형태로 변신할 수 있는 기술은 근본적으로는 신 고유의 능력이라고 할 수 있다. 둔갑술에 능한 대표적인 해신인 프로테우스는 청년으로 둔갑할 수도 있고 사자나 뱀으로 둔갑할 수도 있으며 심지어는 물과 상반되는 불로도 둔갑할 수 있다. 물이 가진 유동적인 특성은 해신 프로테우스에 의해 변신 모티브와 직접 연결된다. 그러나 이러한 변신 능력은 비단 프로테우스라는 해신에만 국한된 것은 아니다. 유피테르(그리스어: 제우스)를 비롯하여 넵투누스(그리스어: 포세이돈), 유노(그리스어: 헤라), 메르쿠리우스(그리스어: 헤르메스) 등 올림포스의 모든 신들이 원칙적으로 인간이나 동물, 심지어 사물의 다양한 모습으로 변신할 수 있다. 이러한 변신 능력은 곧 신과 인간을 구분하는 하나의 척도인 것이다.

물론 인간 중에 예외적으로 둔갑술을 쓸 수 있는 인물도 있고, 또한 온갖 모습으로 변신할 수 있는 신을 제압하는 예외적 인간도 있다. 넬레우스의 아들 페리클레메노스는 넵투누스에 의해 무엇으로든 변할 수 있고 또 원래 모습으로 돌아올 수 있는 능력을 부여받았지만, 결국 헤라클레스와의 싸움 중 독수리로 변한 상태에서 그의 화살을 맞아 죽고 만다. 여기서 페리클레메노스가 신의 도움으로 신처럼 변신할 수 있는 능력을 갖게 되었음에도 불구하고 헤라클레스라는 영웅에 의해 죽고 만다는 사실을 알 수 있다. 따라서 인간은 오직 신에 의해서만 예외적으로 변신 능력을 가질 수 있으며, 원칙적으로 그 자신의 힘만으로는 스스로를 변신시킬 수 없다. 변신의 능력 자체가 이처럼 신적인 특성이기는 하지만, 그것이 반드시 인간을 제압할 수 있는 힘이 되지는 못한다. 예를 들면 강의 신 아켈로스 역시 뱀과 황소로 변해 헤라클레스와 맞서 싸우지만, 궁극적으로 헤라클레스를 당해 내지는 못한다. 물론 그는 신이기에 죽음을 피할 수는 있지만, 황소로 변신했을 때 뿔이 뽑혀 머리에 흉터가 남아 있다. 이처럼 둔갑술 하나만으로 인간에 대한 신의 우위를 보장받을 수는 없다.

여기서 변신의 두 가지 유형에 대해 생각해 볼 필요가 있다. 강의 신 아켈로스는 변신의 종류를 다음과 같이 두 가지로 언급한다.

> "한번 그 모습이 바뀌면 영원히 그 모습으로 있어야 하는 변신이 있고, 수시로 그 모습을 바꿀 수 있는 둔갑이 그것입니다."[303]

즉 앞에서 언급한 다양한 모습으로 자신을 변신시킬 수 있는 둔갑과 한번 바뀌면 영원히 그 모습으로 있어야 하는 변신이 구분된다. 그런데 신은 스스로 다양한 모습으로 변신할 수 있을 뿐만 아니라, 인간을 다양한 모습으로 변신시킬 수도 있다. 그런데 후자의 변신은 일회적이며, 예외적인 경우를 제외하면 변신 후 영원히 같은 모습으로 지속된다. 이처럼 인간마저 예외적으로 가질 수 있는 둔갑술로서의 변신 능력이 아니라, 다른 존재를 변신시킬 수 있는 능력이야말로 인간에 대한 신의 우위를 보장한다. 특히 신은 인간이 오만하게 신에게 도전하거나 자신의 지혜와 재주, 행복을 뽐내면, 그를 질투하여 동물이나 식물 또는 사물로 변신시킨다. 가령 자신의 다복함을 자랑한 니오베가 돌로 변한 것이나, 자신의 탁월한 베 짜는 솜씨를 자랑한 아라크네가 거미로 변한 것이 그 예이다. 이처럼 신과 경쟁하며 자신이 신을 능가할 수 있다고 자랑하는 자들은 신의 질투에 의해 그 오만함에 대한 대가로 인간 이하의 존재인 동물이나 식물로 변신하게 된다. 이처럼 동물로의 변신이 하나의 처벌이라는 것은 곧 신화적 세계에서 동물이 차지하는 낮은 지위를 알려 준다.

오비디우스의 『변신 이야기』에서 인간의 첫 번째 탄생, 즉 기원은 이렇게 설명된다.

303 오비디우스(이윤기 옮김): 『변신 이야기 1』. 민음사 2005, 371-372쪽.

인간은, 세계의 시원이자 만물의 조물주인 신이, 신의 씨앗으로 만든 것인지도 모르겠고, 이아페투스의 아들 프로메테우스가 천공에서 갓 떨어져 나온, 따라서 그때까지는 여전히 천상적인 것이 조금은 남아 있는 흙덩어리를 강물에다 이겨, 만물을 다스리는 조물주와 그 모양이 비슷하게 만든 것인지도 모르겠다.[304]

앞의 설명에 따르면, 인간은 신의 씨앗으로 탄생했거나 아니면 적어도 신의 모습에 따라 만들어진 존재이다. 그래서 "짐승들보다는 신들에 가깝고, 또 지성이라는 것이 있어서 다른 생물을 지배할 만한 존재"[305]였던 것이다. "어쨌든 이렇게 만들어진 인간은, 다른 동물들이 머리를 늘어뜨린 채 늘 시선을 땅에 박고 다니는 데 비해 머리가 하늘로 솟아 있어서 별을 향하여 고개를 들 수도 있었다."[306] 이처럼 신과 구분되면서도 다른 동물과 달리 신과 연결 지점을 갖고 그에게로 끊임없이 향할 수 있는 존재인 인간은 우주에서 특별한 위상을 갖고 있다. 반면 원시 시대와 달리 그리스 신화에서는 동물신이 등장하지 않으며, 신성을 박탈당한 동물은 인간보다 하위의 존재로 나타난다.

그러나 동물로의 변신은 단순히 오만한 인간에 대한 신의 처벌이라는 하나의 의미만 부여받지는 않는다. 오히려 누가 어떤 계기로 동물로 변신하느냐에 따라 그러한 변신의 의미는 달라지며, 그것의 가치 역시 다양하게 평가될 수 있다. 가령 신들은 주로 자신의 성적 욕망을

304 오비디우스: 『변신 이야기 1』, 19쪽.

305 같은 곳.

306 같은 곳.

충족시키기 위해 스스로 동물로 변신하곤 한다. 유피테르는 에우로파를 유혹하고 납치하기 위해 아름다운 황소로 변신한다. 또한 그는 유노의 눈을 피하기 위해 자신이 관계한 이오를 암소로 변신시킨다. 즉 유피테르는 여기서 자신의 욕망의 대상을 차지하기 위해, 혹은 그것을 질투하는 부인 유노의 눈을 속이기 위해 변신술을 사용하는 것이다.

또한 동물로의 변신이 처벌이 아닌 구원의 의미를 지니는 경우도 자주 등장한다. 가령 태양신 솔(그리스어: 헬리오스)은 자신이 관계를 맺은 레우코토에를 그녀의 아버지가 땅에 묻어 죽였을 때 소생시키는 것이 불가능하게 되자 그녀를 불쌍히 여겨 유향목으로 변신시킨다. 물론 이 경우는 이미 죽은 인간을 되살릴 수 없는 어쩔 수 없는 상황에서 식물로 변신시킨 경우이다. 하지만 살아 있음에도 불구하고 위급한 순간에 처한 인간을 신이 동물로 변신시키는 경우도 종종 있다. 처제를 강간한 테레우스가 자신에 대한 복수로 아들을 죽인 아내 프로크네와 처제 필로멜라를 죽이려 하자, 신은 이들을 각각 꾀꼬리와 제비, 후투티라는 새로 변신시킨다. 이러한 변신 역시 인간을 죽음에서 구해 준다는 의미에서 구원으로서의 변신이라고 할 수 있다. 따라서 여기서 동물로의 변신은 적어도 죽음보다는 낫다는 의미에서 인간에 대한 연민을 지닌 신의 구원행위로 볼 수 있을 것이다.[307]

307 "신들이 아니라 운명의 힘이 인간의 수명을 결정하기 때문에, 변신은 종종 신들이 사용할 수 있는 보복이나 처벌의 유일한 수단이다"(Jacob Burckhardt: *Werke. Kritische Ausgabe. Bd. 20. Griechische Culturgeschichte*. München 2005, 5쪽).
부르크하르트는 여기서 그리스의 신들이 아닌 운명의 신 모이라가 인간의 수명을 결정함을 강조하며, 신은 처벌의 수단으로 변신을 사용할 수 있다고 말하는데, 마찬가지로 신들이 인간을 죽음에서 구해 주기 위한 구원의 수단으로도 변신을 사용할 수 있다고 덧붙일 수 있다.

그런데 앞의 예에서 똑같이 새로 변신한 테레우스와 프로크네 및 필로멜라의 경우에 있어서, 전자의 변신이 처벌이라면 후자의 변신은 구원을 의미하는 역설이 생겨난다. 즉 동일한 동물로 변신했음에도 불구하고 하나는 처벌인데, 다른 하나는 구원이 되는 것이다. 그러나 이러한 처벌과 구원의 윤리적 의미는 어쩌면 인간이 아닌 신의 관점에서 볼 때만 생겨나는 것인지도 모른다. 왜냐하면 인간의 시점은 때로는 이러한 구원의 관점을 상대화하기도 하기 때문이다. 아니우스는 자신의 딸들을 아가멤논이 빼앗아 가려 하자 바쿠스(그리스어: 디오니소스) 신에게 도움을 청한다. 그러자 그는 이들을 비둘기로 변신시켜 준다. 그러나 이에 대해 아니우스는 "참으로 불가사의한 방법으로 이들을 파멸시킨 것까지 도움이라고 할 수 있다면 말씀입니다만…"[308]이라며, 인간의 관점에서 딸들이 동물로 변신한 것을 파멸로 묘사한다. 물론 비둘기가 베누스(그리스어: 아프로디테)의 신조神鳥이니 그러한 변신이 다시 긍정적 의미를 부여받을 수도 있겠지만, 이는 어디까지나 신의 관점에서만 그럴 뿐이다. 즉 동물로의 변신을 구원으로 보는 것이 신의 관점이라면, 그것을 파멸로 보는 것은 인간의 관점인 것이다.

동물적 본성의 부정적 평가는 인간에게 가해지는 신의 자의적 폭력에서도 드러난다. 미네르바(그리스어: 아테나) 여신과 아라크네가 베 짜기 경쟁을 할 때, 이들이 짜 넣는 그림의 주제는 명확한 대조를 이룬다. 여신이 신에게 도전한 오만한 인간들을 동물로 변신시킨 이야기를 베에 짜 넣는다면, 아라크네는 유피테르나 넵투누스, 아폴로(그리스

308 오비디우스(이윤기 옮김): 『변신 이야기 2』. 민음사 2005, 223쪽.

어: 아폴론) 신이 자신의 성적 욕망을 충족시키기 위해 여성을 겁탈하거나 희롱하는 장면을 짜 넣는다. 즉 아라크네가 묘사한 그림에서는 신의 부당성이 비판되고 있는 것이다. 이러한 신들의 행위는 인간적 윤리의 틀을 벗어난 동물적 욕망 충족에 지나지 않는다. 앞에서 언급된 신들은 오로지 자신의 동물적 욕망을 충족시키려 할 뿐이며, 그러한 욕망의 대상이 되는 여성들을 사랑하지는 않는다.

신들에게는 근친상간, 동성애 등의 금기가 존재하지 않는다. 그들은 모든 윤리적 금기의 피안에 존재한다. 동물 역시 마찬가지이다. 그래서 때로는 자신의 본능과 사회적 금기 사이에서 괴로워하는 인간에게는 이러한 사회적·도덕적 제약들이 억압처럼 느껴지기도 한다. 키니라스왕의 딸 미라는 자신의 아버지에게 사랑을 느끼지만, 근친상간의 금기로 인해 자신의 욕망을 억누르며 괴로워한다.

> "금수는 이런 자유를 허락받았는데, 인간의 눈으로 보면 이것이 어찌 부러운 일이 아닐 수 있겠으며, 인간만은 이러저러한 것을 근심하여 갖가지 금제를 만들어놓고 자연이 허락한 자유를 제한하고 있는데 이것이 어찌 한심한 일이 아닐 수 있겠습니까?"[309]

그러나 유모의 도움을 받아 아버지와 정을 나눈 미라의 행위는 아버지에게 발각되어 분노를 사고, 결국 그녀는 고향을 떠나 도망친다. 이 세상에도 저 세상에도 속할 수 없었던 그녀의 간청으로 신들은 그

309 오비디우스: 『변신 이야기 2』, 84-85쪽.

녀를 나무로 변신시킨다. 이 에피소드에서도 미라의 금기 위반은 인간과 동물의 경계를 분명히 하며, 동물적 본능 충족과 윤리적 금기 위반을 세계의 질서를 위협하는 행위로 비판한다.

그렇다고 오비디우스가 『변신 이야기』에서 동물을 한갓 사물과 동일시하며, 생명체로서의 동물에 대한 존중의 태도를 잃어버리는 것은 아니다. 오히려 그는 마치 자신의 대변인처럼 등장하는 피타고라스라는 인물을 통해 동물 섭취행위를 일종의 식인행위와 동일시하며 채식을 할 것을 권장하는 것처럼 보인다. 동물의 고기를 먹는 것을 금하고 채식을 권장하는 피타고라스의 요구에는 그의 윤회설이 바탕에 깔려 있다. 피타고라스는 "이 세상에 변하지 않는 것은 아무것도 없습니다. 모든 것은 끊임없이 변합니다. 드러난 것은 단지 찰나적인 형상으로 존재하는 것일 뿐입니다"[310]라고 말하며 세상의 끊임없는 변신을 주장한다. 그리고 물질적인 신체의 변화 속에서도 변하지 않고 유지되는 영혼의 이동을 언급하며, 이로부터 육식을 피할 것을 요구한다.

> "피조물의 하나인 우리 인간도 변합니다. 우리라는 존재는 육체로만 이루어져 있는 것이 아니고, 날개 달린 영혼도 여기에 깃들어 있기 때문입니다. 날개 달린 우리의 영혼은 들짐승의 가슴을 찾아들어갈 수도 있고, 가축의 가슴을 찾아들어갈 수도 있습니다. 따라서 우리는 이러한 짐승들을 함부로 죽이지 말아야 합니다. 이런 짐승들의 몸에 어쩌면 우리 부모형제나, 우리 친척, 우리와 같은 인간의 영혼이 깃들어

310 오비디우스: 같은 책, 300쪽.

있는지도 모르기 때문입니다."[311]

쉽게 말해 인간의 영혼이 동물에 깃들 수도 있기 때문에 육식은 곧 식인행위가 될 수 있음을 경고한 것이다. 따라서 육식 금지에 대한 피타고라스의 요구는 일차적으로 동물에 깃들 수 있는 인간 영혼에 대한 존중에서 비롯된 것이다. 물론 그는 제의적 목적에서 동물을 신에게 바치는 것이나 밭을 경작하는 소를 잡아먹는 것을 어리석고 배은망덕한 행위로 부르며, 동물 자체에 대한 어느 정도의 존중을 보여 주기도 한다. 하지만 인간에게 해로운 짐승은 죽여도 된다든지 동물을 우유나 모피를 얻을 수 있는 가축으로서 유용성의 관점으로만 바라본다는 점에서, 인간중심주의적인 관점으로부터 완전히 벗어나지는 못한다.

그런데 이러한 교훈적인 말을 쏟아 내는 피타고라스를 곧 작가인 오비디우스의 대변인으로 간주할 수 있을까?[312] 사실 『변신 이야기』에 등장하는 피타고라스는 역사적 인물이라기보다는 오비디우스가 만들어 낸 허구적 인물이라고 할 수 있다. 오비디우스는 자신의 책에서 누마왕이 피타고라스의 가르침을 받고 고향에서 그것을 전파했다고 기술하는데, 실제로는 "누마왕이 기원전 715년에서 672년 사이에

311 오비디우스: 같은 책, 313쪽.

312 슈미츠에만스는 이에 관한 논쟁을 자세히 소개하고 있다. 이에 따르면, 한편으로 헤르만 브라이텐바흐나 게르하르트 핑크처럼 변신의 신화들이 피타고라스의 철학적 담론을 통해 정당화되고 있다는 입장이 있고, 다른 한편으로 파스칼 니클라스와 에른스트 슈미트처럼 오비디우스의 입장과 그의 작품에 등장하는 피타고라스의 입장이 근본적으로 다른 것이며 따라서 피타고라스가 오비디우스의 대변인이 될 수 없다는 입장이 있다. Monika Schmitz-Emans: *Poetiken der Verwandlung*. Innsbruck 2008, 37-38쪽 참조.

살았던 반면, 피타고라스는 6세기가 되어서야 태어났기"[313] 때문에 오비디우스의 기술은 맞지 않는다. 이는 『변신 이야기』에 등장하는 피타고라스가 허구적 인물로 등장하고 있으며, 따라서 그의 말이 이 작품에 등장하는 하나의 인물의 말로서 상대화될 수밖에 없음을 의미한다.[314]

그렇다면 과연 피타고라스의 말을 상대화할 수 있는 근거는 무엇일까? 피타고라스는 자신의 윤회설에서 세상에 존재하는 모든 것의 끊임없는 변신을 강조한다. 그러나 오비디우스의 『변신 이야기』에 등장하는 변신의 형태는 앞에서 강의 신 아켈로스가 말했듯이 신들의 변신술을 제외하고는 일회적인 변신에 그친다. 그래서 신화적인 변신에서는 현재 존재하는 것이 과거에 일어난 변신 사건에 의해 지금의 모습에 이르게 되었다는 세계 해명의 기능이 나타나게 되는 것이다. 가령 수선화의 존재는 나르키소스의 변신 이야기를 통해 설명된다. 이처럼 피타고라스의 윤회설은 오비디우스의 『변신 이야기』에 등장하는 여러 신화적 이야기들에 나타나는 일회적 변신과 거리가 있다.

물론 이러한 신화적 변신 이야기가 단지 오비디우스의 예술작품의 소재로서만 의미를 지니며, 작가의 변신에 대한 생각을 나타내지 않는다고 말할 수도 있다. 그러나 설령 그렇게 해석한다고 할지라도, '자연의 법칙에 따라 이루어지는 변신'이라는 피타고라스의 영혼윤회설은 불멸의 예술을 통해 신적인 지위로 상승하려는, 즉 일종의 신으로 변신하려는 작가 오비디우스의 변신에 대한 관념과는 차이가 있다.

313 Nicklas: *Die Beständigkeit des Wandels*, 99쪽.

314 Nicklas: 같은 책, 99-100쪽 참조.

> 모든 사물의 변화와 문학의 지속성 사이에는 본질적인 긴장관계가 존재한다. 작가는 일시적인 것 자체로부터 지속적인 것, 즉 작품을 창조해 내기 때문이다. 문학작품은 심지어 신들과 자연법칙에도 저항하는데, 왜냐하면 후자는 단지 신체적인 것에 대해서만 지배권을 갖는 반면, 작품이라는 물질은 그것의 사유적인 내용에 본질이 있기 때문이다. 오비디우스의 마지막 구절은 특히 언어가 변화 속에서 연속성을 만들어 낸다는 것을 암시한다. 시대가 변하더라도, 작가에 대한 기억은 생생하게 살아 있다는 것이다.[315]

이러한 관점에서 보면, 설령 피타고라스의 말처럼 모든 것이 끊임없이 변화한다고 하더라도, 이는 물질적·신체적 현상에 국한될 뿐이다. 반면 문학작품은 언어적 재료로부터 생겨난 변신의 산물이지만, 그것의 정신적 내용은 지속성을 띤다. 오비디우스에게 있어 진정한 변신의 의미는 물질적·자연적 세계보다는 예술적 세계에서 찾을 수 있다. 오비디우스에게 중요한 것은 신화적인 일회적 변신이나 피타고라스의 자연법칙적인 변신이 아니라, 변신으로서의 예술과 자신의 경우처럼 예술적 재능에 의한 (인간에서 신적인 지위로의) 상승적 변신인 것이다. 그 때문에 시인을 비하하는 말을 하는 듯한 피타고라스의 도그마적인 철학은 오비디우스에 의해 그 의미가 상대화된다.[316]

그렇다면 피타고라스의 육식 금지에 대한 주장은 어떻게 받아들여야 할까? 『변신 이야기』에서는 피타고라스의 귀한 가르침을 로마인들

315 Schmitz-Emans: *Poetiken der Verwandlung*, 40쪽 이하.

316 Nicklas: *Die Beständigkeit des Wandels*, 102쪽 참조.

이 제대로 따르지 않고 있다고만 언급되는데, 이를 피타고라스의 말로만 받아들여야 할지 아니면 작가의 말로도 간주할 수 있을지 결정하기가 쉽지 않다. 다만 『변신 이야기』에서 식물이나 동물로 변한 인간의 영혼이 그대로 새로운 형체 속에 잔존하는 것으로 묘사된 것으로 미루어, 동물의 생명을 존중하라는 피타고라스의 요구를 오비디우스가 어느 정도 받아들이고 있는 것으로 해석할 수 있을 것이다.

또한 피타고라스의 윤회설은 바로 오비디우스의 '변신' 개념의 핵심을 보여 주기도 한다. 니클라스는 단순한 변화와 변신을 구분하며, 변신은 나중에 변신된 형태 속에 이전의 형태가 담겨 있어 그것이 기억될 수 있어야만 한다고 말한다. 즉 변신에서는 "이전의 상태와 이후의 상태 사이에 중요한 차이가 있어야만 한다. 다시 말해 차이가 중요하지만, 또한 그러한 것이 스스로에게 동일한 상태로 남아 있는 것도 중요하다."[317] 이러한 변신을 통해 동물로 변화한 인간은 여전히 인간의 의식을 지니고 있으며, 그 때문에 인간의 영혼을 지닌 동물을 살해하거나 심지어 먹는 것은 윤리적으로 옳지 못하다는 추론이 오비디우스의 『변신 이야기』에도 어느 정도 적용될 수 있다.

동물과 인간 사이의 경계는 변신을 통해 어느 정도는 침투 가능한 것이 된다. 마찬가지로 인간과 신 사이의 경계도 하나의 장벽처럼 완전히 가로막혀 있는 것이 아니라, 경우에 따라 넘어설 수 있는 것으로 묘사된다. 실제로 동물로 변신했다가 다시 재변신하여 신이 된 이오나 신과의 싸움에서 승리를 거두고 훗날 불멸의 신이 된 헤라클레스

317 Nicklas: 같은 책, 12쪽.

처럼 신으로 변신한 예외적인 인간들의 사례가 있다. 특히 유노의 눈을 피해 암소로 변했던 이오가 구원의 대상에서 나중에 이시스 여신으로 변신하여 구원을 하는 존재가 된 사례[318]는 동물, 인간, 신의 경계가 변신에 의해 허물어지는 대표적인 예라고 할 수 있다. 그러나 이처럼 인간이 신으로 변신하는 것은 모두 신에 의해 일어난 변신으로, 인간의 입장에서 보자면 수동적 변신이라고 말할 수 있다. 반면 작품 마지막에서 작가 스스로가 자신의 예술적 능력에 의해 신적 지위로 상승할 때, 이러한 변신은 능동적 변신의 특성을 지닌다.

물론 『변신 이야기』의 신화적 이야기에서는 인간이 신에게 도전하거나 신을 능가한다고 자랑하는 오만함은 동물로의 변신에 의해 처벌받으며, 이로써 인간과 신 사이의 경계는 굳건하게 유지된다. 인간이 신으로 상승하는 경우는 오직 신에 의해 주어질 수 있을 뿐이다. 그럼에도 불구하고 아라크네의 예에서 나타나듯이 오비디우스가 『변신 이야기』에서 신들을 이상화하지 않을 뿐만 아니라, 그들이 인간과 마찬가지로 욕망에 빠져 있고 비도덕적이고 부당한 행위를 하는 것을 비판하고 있음을 간과해서는 안 된다. 설령 그렇게 비판하는 존재들이 그들의 오만함 때문에 처벌받을지라도 말이다.

오비디우스의 『변신 이야기』는 단순히 전해 내려온 신화들을 모은 신화 모음집이 아니라, 그러한 신화들을 예술적으로 가공하고 조합 내지 구성한 문학작품이다. 물론 오비디우스가 신화적인 전통을 무시하지는 않지만, 그것에 대해 유희적이고 예술적으로 접근을 시도하고

318 Friedmann Harzer: *Erzählte Verwandlung*. Tübingen 2000, 36-37쪽.

있는 것도 사실이다.[319] 이러한 시도로부터 예술가로서의 오비디우스의 자의식과 그의 작품에서의 시학적인 자기성찰이 시도되고 있음을 확인할 수 있다. 데우칼리온과 피라, 피그말리온, 아라크네의 이야기들은 모두 이러한 작가의 시학적 자기성찰을 담고 있다.

우주를 창조하는 것이 신이라면, 예술을 창조하는 것은 인간이다. 바로 이러한 예술적 창조를 통해 인간은 신을 닮아 간다. 이미 데우칼리온과 피라의 이야기에서 대홍수 후에 일어난 제2의 인류창조에서 신의 창조행위에 인간이 협력하고 있음이 암시된다. 대홍수로 살아남은 데우칼리온과 피라가 테미스 여신에게 간청하자 여신은 그들에게 어머니의 뼈를 뒤로 던지라고 말한다. 데우칼리온은 수수께끼 같은 이 말을 어머니로 표상되는 대지에 묻혀 있는 돌을 던지라는 말로 해석하며, 그것을 뒤로 던져 새로운 인류를 만들어 낸다. 여기서 데우칼리온의 해석행위와 신의 인류창조 사이에 긴밀한 연관성이 생겨나며, 인간이 창조적 행위에 가담할 수 있음이 암시된다.[320]

오비디우스는 『변신 이야기』에서 최초의 인류는 신의 씨앗에서 비롯된 것일 수도 있지만, 티탄족에 속하는 프로메테우스가 흙덩어리를 빚어 만든 것일 수도 있다고 말한다. 여기서 인간과 티탄 사이의 연관성이 암시된다. 나아가 철의 시대에 티탄족이 유피테르를 비롯한 올림포스의 신들을 공격하다가 결국 패하지만, 자신의 혈통이 끊길 것을 염려해 자신의 피에 생명을 불어넣어 만든 것이 인간이라는 설도

319 Hans Blumenberg: *Arbeit am Mythos*. Frankfurt a. M. 1996, S. 384 u. Harzer: *Erzählte Verwandlung*, 62-63쪽 참조.

320 이러한 맥락에서 하르처도 『변신 이야기』에 등장하는 인간에게 "거의 신적인 창조의 잠재력"(Harzer: 같은 책, 87쪽)이 부여된다고 말한다.

있다. 따라서 인간이 올림포스의 신들을 업신여기며 행동하는 것은 이러한 티탄족과의 연관성 때문이라는 것이다.

기억의 여신 므네모시네의 아홉 자매인 무사이는 대지주 피에로스와 에우이페 사이에서 태어난 아홉 명의 딸들과 노래 대결을 펼친다. 무사이에게 도전한 이 아홉 명의 자매는 올림포스의 신들과 티탄족 간의 전쟁을 노래하며 올림포스의 신들을 조롱한다. 올림포스의 신들이 티탄족의 공격을 피하기 위해 숫양이나 암소, 물고기, 홍학 등으로 변신했다는 것이다. 여기서 올림포스의 변신 수단은 도피의 수단으로 조롱되며, 신적인 위엄을 상실한다. 물론 나중에 이 피에로스의 아홉 딸들은 무사이와의 노래 대결에서 패하여 수다스러운 까치로 변신하는 벌을 받지만, 이때 주목할 것은 올림포스 신들의 변신 능력이 인간의 관점에서 도주 능력으로 폄하되고, 그 절대적인 특성을 상실하게 되었다는 것이다.

무사이는 어머니인 기억의 여신의 지배하에 있다. 즉 예술은 사회적 전통과 지식, 기술을 전수하기 위한 수단으로 기능하는 것이다. 이러한 시대에 예술가적 자의식은 중요하지 않으며 오로지 전통을 잘 기억하고 전수하는 것이 최고의 목표가 된다. 이러한 관점에서 해블록은 『일리아스*Ilias*』에 등장하는 백과사전적 정보나 다양한 기술의 묘사가 결코 부차적인 것이 아니며, 오히려 예술형식이 그러한 전통과 기술을 전달하기 위한 수단적 의미를 지니고 있음을 강조한다.[321]

그러나 오비디우스는 『변신 이야기』에서 단순히 과거의 신화적 이

321 에릭 해블록(이명훈 옮김): 『플라톤 서설』. 글항아리 2011, 112-113쪽 참조.

야기들을 수집하고 전수하려는 목적만 지니는 것이 아니다. 오히려 그는 예술가적 자의식을 가지고 그것들을 배열하고 구성한다. 따라서 거미로 변한 아라크네에 대한 평가도 양가적인 관점에서 보아야 한다. 신들의 예술적 능력에 도전한 피에로스의 딸들의 패배와 달리 아라크네는 적어도 예술적 능력에 있어서만큼은 결코 미네르바 여신에 뒤지지 않는다. 비록 그녀가 대결 후 거미로 변하는 처벌을 받을지라도, 그것이 그녀의 예술적 창조 능력을 훼손하지는 못한다.[322] 더 나아가 그녀의 그림은 신들의 비윤리적인 폭력을 고발할 뿐만 아니라, 작가의 시학적인 성찰에 대해서도 알려 준다. 즉 아라크네가 갖가지 색실을 짜 넣고 그것들이 서로 구분하기 힘들어지며 그로부터 점점 어떤 형체의 변신이 일어날 때, 이러한 과정은 내용으로서의 변신을 넘어 기존의 신화들을 소재로 다루고 모방하며 예술적 구성을 통해 새로운 현실을 만들어 내는 오비디우스의 예술적 창조과정 자체를 보여준다. 이처럼 변신에 기반을 둔 예술적 창조를 통해 오비디우스는 아라크네와 마찬가지로 신적인 우주창조에 상응하는 능력을 보여 주려 한다. 여기서 변신은 예술적인 창작의 기본 원리라는 의미를 지닐 뿐만 아니라, 나아가 이를 통한 예술가 자신의 변신이라는 의미도 획득한다.

이러한 예술가의 자의식은 작품 마지막에 직접적으로 강조된다.

322 니클라스는 미네르바 여신과 아라크네 간의 여러 가지 공통점을 지적한다. 우선 둘 다 동등한 예술적 능력을 갖고 있다는 공통점이 있다. 심지어는 아라크네가 거의 우세하다고 말할 수 있을 정도이다. 또한 둘 다 성격적인 결함을 지니고 있으며, 어머니 없이 자랐다는 공통적인 성장배경도 갖고 있다. 이로써 신적인 창조성과 인간적 창조성은 병렬적으로 놓이게 되며, 시인이 신적인 창조의 과정에 접근할 수 있도록 해 준다는 것이다. Nicklas: *Die Beständigkeit des Wandels*, 79쪽 참조.

카이사르의 죽음 후 오비디우스는 아우구스투스 황제가 신계의 유피테르처럼 지상의 완벽한 지배자가 될 것이라며 그를 유피테르와 비교한다. 이러한 신과 인간의 비교는 나아가 예술가의 자의식으로 확장된다.

> 유피테르 대신의 분노도, 불길도, 칼도 탐욕스러운 세월도 소멸시킬 수 없는 나의 일은 이제 끝났다. 내 육체밖에는 앗아가지 못할 운명의 날은 언제든지 나를 찾아와, 언제 끝날지 모르는 내 이승의 삶을 앗아갈 것이다. 그러나 육체보다 귀한 내 영혼은 죽지 않고 별 위로 날아오를 것이며 내 이름은 영원히 사라지지 않을 것이다. … 시인의 예감이 그르지 않다면 단언하거니와, 명성을 통하여 불사를 얻은 나는 영원히 살 것이다.[323]

오비디우스는 자신이 죽으면 육체는 소멸되겠지만 영혼은 영원히 살아남을 것이라고 말한다. 그러나 이러한 영혼불멸은 피타고라스가 말한 윤회설을 통해서가 아니라 예술적 창조를 통해 이루어진다. 그러한 자신의 예술적 창조는 세계의 창조자인 신들, 가령 유피테르의 분노나 불길로도 파괴될 수 없는 것이다. 그리고 그러한 예술적 창조를 통해 그는 신과 같은 불멸의 존재로 상승, 즉 변신한다.

언뜻 보기에 이러한 예술적 창조를 통한 불멸과 지금까지 이 작품에서 서술된 변신이 대립되는 것처럼 보일 수도 있다. 그러나 오비디

323 오비디우스: 『변신 이야기 2』, 336쪽.

우스에게 변신이란 단순한 변화나 끊임없는 유동적 흐름을 의미하지 않는다. 오히려 그것은 다른 것으로의 이행, 즉 변화에도 불구하고 본질적인 것이 여전히 남아 있음으로써 동일성이 보장되는 것을 의미한다. 따라서 오비디우스가 죽고 나서도 그의 영혼이라는 본질적 실체는 여전히 남아 있기 때문에, 신적인 것으로 상승하는 그의 변신은 정체성의 수립과 보존을 의미하게 된다. 그러한 의미에서 그에게서 변신은 결코 현대에 정체성의 위기와 관련해 등장하는 변신 모티브와 구분되어야 하며, 따라서 그를 현대적 작가, 심지어 포스트모던적인 작가로 분류하는 것[324]은 지나친 해석이라고 할 수 있을 것이다.

이처럼 예술적인 창조 능력에 의해 인간은 동물과 구분될 뿐만 아니라, 우주를 창조하는 신에 필적하는 지위를 갖게 된다. 예술을 통해 새로운 현실을 창조하는 인간의 능력 자체가 인간의 변신 능력을 보여 준다고 할 수 있다. 이로써 신화적 차원에서는 오직 신만이 스스로 변신하거나 인간이나 동물, 사물을 변신시킬 수 있는 능력을 지닌 것으로 묘사되었다면, 오비디우스의 『변신 이야기』에서는 인간이 예술적 창조를 통해 변신을 수행하고, 스스로 더 높은 존재로 변신하는 능력을 지닌 것으로 묘사된다. 인간은 위로는 신에 상응하는 불멸을 얻게 되고, 아래로는 아무런 변신을 수행할 수 없는 동물과 스스로를 구

324 하르처는 오비디우스의 『변신 이야기』에 나타나는 작가의 시학적 성찰과 절충주의적 인용을 통해 그의 작품이 현대성과 포스트모던의 특징을 모두 지니며 둘 사이에 위치한다고 주장한다(Harzer: *Erzählte Verwandlung*, 105-108쪽 참조). 그러나 오비디우스는 독창적인 세계를 만들어 내는 근대의 천재적인 작가도, 저자의 죽음을 표방하며 상호텍스트적 글쓰기를 시도하는 포스트모던 작가도 아니다. 오비디우스는 무에서 유를 창조하는 것이 아니라 신화적 전통을 차용하며(이로써 근대의 작가로부터 벗어나고), 그것을 예술적으로 가공하여 자신의 '이름'하에 재조직하는(이로써 포스트모던 작가로부터도 벗어난다) 변신의 미학을 추구한다.

분할 수 있게 된다. 이로써 생명체 가운데에서도 특별한 존재인 인간의 정체성이 변신을 수행할 수 있는 자신의 능력을 통해 정립되는 것이다.

Becoming Animal

2.

메타포로서의 동물과 우화적 글쓰기

레싱의 우화이론

동물이 등장하는 가장 대표적인 이야기형식 중 하나가 바로 우화이다. 이솝 우화에서 알 수 있듯이, 우화는 이미 고대 그리스 시대부터 존재해 왔지만, 이에 대한 체계적인 이론화는 근대에 들어서야 이루어진다. 독일 계몽주의를 대표하는 레싱은 스스로 우화를 창작했을 뿐만 아니라, 우화에 대한 체계적인 이론서를 집필하기도 하였다. 여기서는 특히 우화라는 장르에서 동물이 갖는 의미를 레싱의 이론을 중심으로 살펴보고자 한다.

우선 우화라는 장르 자체에 대한 레싱의 정의를 살펴보자. "우리가 보편적인 도덕적 정리定理를 특수한 경우로 환원시키고, 이러한 특수한 경우에 현실성을 부여하고, 그로부터 보편적인 정리를 직관적으로 인식할 수 있는 이야기를 창작한다면, 이러한 창작물이 바로 우화일 것이다."[325]

함축적으로 정의되어 있는 앞의 문장을 좀 더 꼼꼼히 살펴보자. 여기서 레싱은 우선 우화가 도덕적 정리를 전달해야 함을 강조한다. 다른 곳에서도 레싱은 "우화의 궁극적 목적, 우화를 만든 이유는 도덕적 정리이다"[326]라고 분명히 밝힌다. 그런데 레싱에게 중요한 것은 이러한 보편적 정리를 어떻게 전달할 것인가의 문제이다. 레싱은 자신의 우화이론에서 이러한 보편적인 도덕적 정리를 단순히 하나의 가능성으로서만 존재할 뿐인 예시를 통해 전달하는 것을 '우의Parabel'라고 부르는 반면, 그것을 실제로 일어나는 현실적인 경험의 구체적인 경우로 전달하는 것은 '우화Fabel'로 부른다.[327] "우화를 구성하는 개별적인 경우는 현실적인 것으로 표상되어야 한다. 반면, 만일 내가 그것이 일어날 가능성에 만족한다면, 그것은 예시이며, 우의일 것이다."[328] 앞에서 내린 우화의 정의에서도 레싱은 우화가 보편적인 도덕적 정리를 현실성이 부여된 특수한 경우로 환원시켜야 한다고 강조하였다. 그런데 이러한 현실은 특수한 개별성을 통해 실현되기 때문에, 우화에 등장하는 동물 이야기도 종 전체로서의 동물의 이야기가 아니라 단 한 마리의 특정한 동물의 이야기가 되어야 한다.

그런데 우화에서 보편적 정리는 직관적으로 인식될 수 있어야 한다. 그 때문에 보편적 정리는 복잡한 구조의 이야기 속에서 독자가 그

325 Gotthold Ephraim Lessing: Gotthold Ephraim Lessings Fabeln. In: Herbert G. Göpfert(Hrsg.): *Werke. Bd. 5. Literaturkritik. Poetik und Philologie*. Darmstadt 1996, 385쪽.

326 Lessing: Gotthold Ephraim Lessings Fabeln, 367쪽.

327 Lessing: 같은 책, 383-384쪽 참조.

328 Lessing: 같은 책, 379쪽.

것을 힘들게 밝혀내야 하는 해석을 요구하지 않는다. 따라서 우화는 직관적인 인식을 가져다줄 수 있는 간명하면서도 핵심을 찌르는 줄거리를 지녀야 한다. 또한 그러한 보편적 정리는 '인식'과만 연관을 맺고 있기 때문에, 도덕적 인식이라는 최종목표를 방해할 요소들은 제거되어야 한다. 그래서 영웅적인 드라마에서 나타날 수 있는 열정 같은 것은 우화에 나타나지 않는다.

이상에서 살펴본 것처럼 우화는 '도덕적인 정리를 현실적인 개별 경우를 통해 간명하게 전달할 수 있는 이야기'로 정의될 수 있다. 그렇다면 이러한 우화에서 동물의 등장이 갖는 의미는 무엇일까? 물론 우화에는 동물 외에 인간이나 인간보다 더 고귀한 존재인 신, 또는 동물보다 더 하등한 존재인 식물이 등장할 수도 있다. 그럼에도 불구하고 우화에서 가장 많이 등장하는 존재는 동물이다. 그렇다면 우화에서 동물을 등장인물로 선호하는 이유는 무엇일까?

브라이팅거는 우화가 범속한 시민의 삶에서 잘 알려진 도덕적 정리를 전달해야 했기 때문에 자칫하면 이야기가 흥미를 상실할 위험에 빠지게 되는데, 주인공이 동물로 변신하는 기이함을 통해 이러한 상황이 상쇄될 수 있다고 믿었다. 즉 그는 동물이 우화에 등장하는 이유를 기이함이라는 요소에서 찾는다.[329] 그러나 레싱은 우화에서 동물이 계속해서 주인공으로 등장한다면, 그러한 반복은 더 이상 동물의 등장을 기이한 것으로 나타나게 만들지 않을 것이며,[330] 그 때문에 동물의 등장 원인을 다른 데서 찾아야 한다고 주장한다. 그렇다면 우화에

329 Lessing: 같은 책, 387쪽 참조.

330 Lessing: 같은 책, 388-389쪽 참조.

서 동물이 빈번히 등장하는 진정한 이유는 무엇인가?

앞에서 우화가 우리에게 이야기를 통해 보편적인 도덕적 정리를 직관적으로 인식할 수 있도록 해 주어야 한다는 레싱의 말을 인용한 바 있다. 여기서 '도덕적 정리를 쉽게 직관적으로 인식하도록 해 주는 장치'의 관점에서 동물의 등장을 살펴볼 필요가 있다. 왜냐하면 만일 특정한 인물이 우화에 등장하여 그러한 도덕적 정리를 전달하려 한다면, 우선은 그 인물이 독자에게 잘 알려져 있어야 하는데, 그렇게 하기 위해서는 그 인물의 특성에 대한 자세한 묘사와 설명이 필요하다. 반면 동물은 일반적으로 우리에게 특정한 특성과 연결되며 자세한 묘사와 설명 없이도 도덕적 정리를 직관적으로 인식하게 만들 수 있다. 예를 들면 늑대와 양이라는 구도 설정만으로도 그것이 무엇을 의미하는지 우리는 예측할 수 있다. "따라서 동물의 일반적으로 알려진 불변의 특성이 우화작가가 그들을 도덕적 존재로 고양시키는 본래적인 원인"[331]인 것이다.

그런데 여기서 식물이나 광물 같은 존재가 우화의 등장인물로 잘 등장하지 않는 이유에 대해서 물어볼 수도 있을 것이다. 레싱은 식물이나 광물 같은 존재들이 말하고 행동하고 생각하는 것이 동물이 그렇게 하는 것보다 덜 개연적이어서 그들이 우화의 등장인물로 등장하지 못하는 것은 아니라고 주장한다. 왜냐하면 가령 원숭이가 인간처럼 말하는 것 자체가 이미 전혀 개연적이지 않기 때문이다. 이보다는 동물이 다른 하등한 존재들보다 인간과 관련된 특성을 보다 쉽게 연

331 Lessing: 같은 책, 392쪽.

상시킬 수 있다는 점에서 그가 우화에 등장하는 이유를 찾을 수 있다는 것이다.[332]

앞에서 레싱의 우화이론을 통해 우화에 등장하는 동물의 의미를 이해할 수 있었다. 이와 연관해 간접적으로 동물에 대한 계몽주의자들의 생각과 우화에서 나타나는 동물의 문학적 기능을 밝혀낼 수 있을 것이다. 레싱은 독자가 우화에서 보편적인 도덕적 정리를 직관적으로 인식할 수 있도록 하기 위해 동물이 그것과 연관된 특성을 연상시킬 수 있어야 한다고 말한다. 이를 위해서 동물은 어떤 특성을 표상하는 것으로 분류되어야 하며, 결코 하나의 동물이 다양한 특성을 갖거나 그에게 자의적으로 어떤 특성이 부여되어서는 안 된다. 가령 여우가 아둔하다거나 양이 포악해서는 안 된다는 것이다. 이처럼 각각의 동물이 지시하는 특성을 분류하여 일종의 보편적인 목록처럼 제시함으로써, 그러한 동물은 우화에서 쉽게 독자로 하여금 어떤 특성을 연상하게 할 수 있다.

그러나 특정한 동물에 대한 표상이 정말 그렇게 분명하게 규정될 수 있는 것인지, 각각의 동물의 특성이 그렇게 명확히 서로 구분될 수 있는지는 의문이다. 가령 돼지는 '돼지우리'라는 말이 있듯이 지저분함을 표상하기도 하지만, 요즘은 오히려 가장 청결한 동물로 이해되기도 한다. 이처럼 하나의 특성이 어떤 특정한 동물에게만 부여될 수 있다든지, 아니면 한 동물에게는 하나의 특성만 부여될 수 있다는 것은 환상에 지나지 않는다. 계몽주의적 이성은 이처럼 모든 것을 명확

332 Lessing: 같은 책, 392-393쪽 참조.

히 구분하고 분류함으로써 일목요연한 질서를 만들어 내는데, 그것은 우화가 전달하려는 교훈만큼이나 지나친 단순화의 오류를 범하고 있다.

우화는 또한 특정한 현실적 사건에서 보편적인 도덕을 이끌어 내려 한다. 우화는 모든 열정을 배제하고 보편적 도덕이라는 최후의 목적만을 지향함으로써, 그것이 추구하는 보편성 속에서 개별자가 지닌 특이성을 희생시킨다. 추상화된 도덕적 이념 속에서 개별적인 것의 특이성은 무시되고 억압된다. 들뢰즈와 가타리가 말한, 보편적 개념으로 포착할 수 없는 강렬함은 여기서 전혀 고려되지 않는 것이다. 그리하여 이미 진리로 간주되는 보편적 도덕이 창작의 과정에서는 개별적인 현실적 사건으로 알레고리화되고, 이와 반대로 독자는 이러한 개별적인 케이스에서 보편적 진리를 발견할 수 있어야 한다. 이처럼 우화는 특수성과 보편성의 긴밀한 관계에서 출발하지만, 이로써 개별자가 지닌 특이성을 억압하고 개념적으로 포착할 수 없는 강도적인 것을 무시하는 문제점을 드러낸다.

우화의 서술형식과 관련해서 보자면, 우화에서 동물은 서술자가 아닌 등장인물로만 나타난다. 물론 동물은 인간처럼 생각하고 말하고 행동할 수 있지만, 이는 오로지 등장인물로서만 그러하다. 우화는 동물 자체의 목소리를 들려주기보다는 그러한 동물의 특성을 나타내는 인간을 간접적으로만 보여 줄 뿐이다. 따라서 우화에 등장하는 동물은 오직 인간적인 목적에 종속되며 그 자신의 목소리를 낼 수 없다. 우화의 서술자는 작가인 인간이지 결코 동물이 아니다. 동물은 서술자로 등장하여 자신의 시점에서 사건을 서술하지 못한다. 그것은 오직 인간사회에서 중요한 보편적 도덕의 정리를 전달하는 인간적 목적에 종속되는 한갓 기능으로 사용될 뿐이다. 이러한 관점에서 계몽주의적인 우화는 인간중심주의적인 특성을 띠고 있다고 말할 수 있다.

하지만 최근에는 동물 이야기로서의 우화를 다른 관점에서 읽어 내려는 시도가 생겨나고 있다. 1980년대 영미 문화권에서 처음 생겨나기 시작한 '문학적 동물연구'에서는 인간에 대한 비유로서의 동물이 아니라 실제 동물을 해석의 중심에 놓으려 시도한다. 이에 따라 우화에 등장하는 동물을 인간의 관점이 아니라 동물의 관점에서 읽으면 전혀 다른, 때로는 저자의 의도와 충돌하는 해석이 생겨날 수도 있다. 레싱이 직접 쓴 「나귀Die Esel」 우화를 예로 들어 보자. 이 우화에서 나귀는 제우스 신에게 인간이 자신을 얼마나 잔인하게 다루며 무자비하게 매질하는지 고발하며, 이러한 폭력을 금해 달라고 부탁한다.

이처럼 자신에게 봉사하는 동물을 잔인하게 대하는 인간의 폭력에 대한 나귀의 고발은 이 우화를 인간의 시점이 아닌 동물의 시점에서 본다면 종차별주의적인 인간의 폭력성에 대한 고발로 읽힐 수 있다. 나아가 일반적으로 아둔한 동물로 간주된 나귀가 여기서는 인간을 고발하고, 제우스에게 청원하며, 자신의 의견을 명확히 밝히는 동물로 등장하고 있다. 더욱이 그가 제우스에게 "우리는 인간을 섬기려고 합니다. 당신이 우리가 그렇게 하도록 창조하신 것 같으니까요. 다만 우리는 아무런 이유 없이 얻어맞지 않기를 바랄 뿐입니다"[333]라고 말할 때, 여기서 자신의 상황에 대한 성찰과 이로부터 대안을 추론하는 그

333 Lessing: Fabeln und Erzählungen. In: Herbert G. Göpfert(Hrsg.): *Werke. Bd. 1. Gedichte. Fabeln. Lustspiele*, 248쪽.

의 능력도 확인할 수 있다.

> 그리하여 레싱의 우화는 기존의 종차별주의적인 이원성을 부수면서 비판적 진보성을 입증한다. 이것은 두 가지 차원에서 일어난다. 우선 우화라는 형식 자체에서 해체적인 방법이 드러난다. 동물들은 단순한 모티브로 존재하는 것을 넘어서 행위자로서 윤리적 지위를 획득한다. 그들은 의식을 가지고 있으며 언어 능력 및 소통 능력을 자유자재로 사용할 수 있다. … 동물의 이러한 가치절상은 내용적 차원에서 차별패러다임을 인식하는 것으로 매개된다. 레싱은 특히 나귀를 동물윤리적인 중요성을 아는 인물로 구상하면서, '고집 세거나' '아둔한' 동물이라는 나귀의 정형화된 상을 무력하게 만들 뿐만 아니라, 직접적으로 자신의 텍스트 안에 성찰적인 메타 차원을 만들어 넣는다.[334]

인용문에 따르면, 우화라는 형식은 그 자체로 모순성을 갖고 있다. 한편으로 우화는 동물을 특정한 도덕적 교훈을 전달하기 위한 비유로 사용하며 동물에 대한 인간의 우위를 보여 주지만, 다른 한편 그러한 동물이 말하고 행동하는 인물, 즉 주체로 등장하게 함으로써 인간과 유사한 모습을 띠게 만든다. 이러한 모순성이 우화라는 장르 안에 들어 있는 폭발성이며, 바로 이러한 점이 우화를 인간중심주의적인 작가의 의도와 다르게 동물의 시점에서 읽을 때 역설적으로 인간중심주

334 Björn Hayer: Gegen den Strich gelesen. Gotthold Ephraim Lessings Fabeln aus Sicht der Literary Animal Studies. In: Björn Hayer u. Klarissa Schröder(Hrsg.): *Tierethik. Transdisziplinär. Literatur-Kultur-Didaktik*. Bielefeld 2018, 291쪽.

의를 비판할 수 있는 가능성을 열어 준다.

나아가 레싱이 자신의 우화이론에서 단순히 도덕적 이념을 하나의 범례를 통해 제시하려는 것이 아니라, 현실적인 연관 속에서 생생하게 보여 주려고 한다는 점에도 주목할 필요가 있다. 앞의 나귀의 우화에서 살펴본 것처럼, 이러한 현실성이 때로는 동물의 비참한 현실을 동물 스스로 말하게끔 하며, 인간중심주의를 비판하고 동물에 감정이입하며 동물에 대한 인간의 윤리적 책임에 대해 성찰할 수 있게끔 만드는 것이다. 이로써 계몽주의적 우화는 인간중심주의적이면서도 인간중심주의를 거슬러 그것을 읽어 낼 수 있는 가능성을 열어 주는 모순성을 담고 있다고 말할 수 있다.

그럼에도 불구하고 계몽주의적인 우화가 갖는 의미를 너무 과대평가해서는 안 될 것이다. 왜냐하면 앞에서 레싱이 신을 끌어들이며 동물이 인간의 목적에 사용되는 유용동물의 운명을 타고난 것처럼 묘사할 때, 이는 우화에서 말을 하고 신과 대화를 나누며 그에게 청원하는 주체이자 행위자로 등장하는 나귀가 갖는 의미를 상대화하기 때문이다. 이러한 점에서 계몽주의적인 우화는 인간중심주의에 대한 비판과 동시에 그것에서 완전히 벗어나지 못하는 한계를 모두 지닌다고 말할 수 있을 것이다.

Becoming-Animal

3.

동물의 시점과 인간중심주의 비판

1) 아풀레이우스의 『황금 당나귀』

루키우스 아풀레이우스의 소설 『황금 당나귀*Asinus aureus*』는 서술자가 독자에게 자신이 누구인지를 밝히는 메타서술적인 언급으로 시작한다. 서술자의 이름이 루키우스라든지, 그가 북아프리카의 마다우라에서 태어나서 그리스에서 유년기를 보낸 후 로마에서 정착해 살았다는 사실은 실제 작가의 삶과 일치한다. 그러나 루키우스가 당나귀로 변신했다가 다시 인간으로 돌아오는 이야기는 명백히 허구이며 작가 자신의 체험을 서술하고 있다고 보기는 힘들다. 이러한 점에서 이 소설은 작가가 자신의 이름을 빌려 이야기하지만, 명백히 허구적인 사건을 사실처럼 이야기하는 '자전적 픽션Autofiktion'으로 분류될 수 있을 것이다.[335]

이 소설은 우선 인간 루키우스의 시점에서 서술되다가, 그가 마법에 걸려 당나귀로 변신하면서부터는 그가 겪은 온갖 시련과 고초가 당나귀의 시점에서 서술된다. 그 후 다시 이시스 여신의 도움으로 그가 인간으로 돌아온 후 인간의 시점으로 이 소설이 마무리된다. 이처럼 이 소설에서 일어나는 사건들은 여러 차례 교체되는 다양한 시점들로 서술되는데, 이러한 시점 교체는 단순한 교체 이상의 의미를 지닌다. 왜냐하면 그것은 각각 루키우스의 정신적, 도덕적 교화와 긴밀한 연관을 맺고 있기 때문이다.

헤시오도스에게서 변신이 자연의 순환적 변신 같은 보다 광범위한 차원까지 포괄하는 것이었던 반면, 오비디우스에 이르면 "이미 그것은 거의 개별적인 고립적 현상들의 분리된 변신이 되며, 외적인 기이한 변신의 특성을 띠게 된다. … 아풀레이우스에게서는 변신이 더 특수하고 고립된, 이미 거의 마법적인 성격을 띠게 된다. 변신은 그것의 포괄적 차원과 그것이 이전에 갖던 힘을 거의 완전히 상실하였다. 그것은 우주적이고 역사적인 전체로부터 분리되어 있는 인간의 개별 운명에 대한 의미부여와 서술형식이 된다."[336] 이처럼 우주적 차원과 분리된 채 개별 인간의 운명과 관련을 맺는 변신이 아풀레이우스에게서 구체적으로 어떻게 형상화되고 평가받고 있는지 이제부터 좀 더 자세

335 베슬러도 작가인 아풀레이우스가 이 작품에서 당나귀로 변한 자신의 실제 경험을 서술할 가능성은 거의 없다며, "작가가 자신에게 실제로 일어나지 않았지만, 스스로가 그 주인공으로 등장하는 이야기를 독자에게 서술하는"(Gérard Genette: *Fiktion und Diktion*. München 1992, S. 87) 문학장르를 '자전적 픽션(Autofiktion)'이라는 개념으로 부른다. 이는 프랑스의 서사학에서 차용한 개념이다. Andreas Bässler: Identitätsprobleme im Eselsroman und die humanistische 'Lösung' als Lügendichtung. In: *Daphnis* 43. H. 2(2015), 339쪽 참조.

336 Michail M. Bachtin: *Chronotopos*. Frankfurt a. M. 2017, 39-40쪽.

히 살펴보고자 한다.

서술자 '나'로 등장하는 루키우스는 사업상의 이유로 테살리아로 떠난다. 테살리아는 기이한 일들이 많이 일어나는 마법의 도시로 소개된다. 이 도시에서 루키우스는 밀로라는 구두쇠의 집에 머무른다. 그런데 이 도시에서 우연히 만난 그의 이모 비라에나는 그에게 밀로의 아내인 팜필레가 마녀라며 그녀를 조심하라고 경고한다. 하지만 "이상하고 놀라운 일들을 알고 싶은 충동과 갈망"[337]을 지닌 루키우스는 "그토록 듣고 싶어 하던 마법에 관한 말을 듣자 … 호기심에 사로잡혀 버렸다. 팜필레를 조심하라는 말을 들었지만, 나는 초조한 마음으로 어떤 대가를 치러도 좋으니 그녀가 나를 마법 도구로 삼아주길 바라고 있었다."[338] 이처럼 서술자 루키우스는 호기심이 많으며, 특히 기이한 마법에 관심이 많은 인물로 등장한다.

루키우스가 이러한 마법을 직접 접할 수 있도록 돕는 인물은 밀로 집의 하녀인 포티스이다. 그가 그녀에게 접근한 이유는 우선은 마법에 대한 자신의 호기심을 충족시키기 위해서이다. 즉 특정한 목적을 달성하기 위해서이지 그녀를 사랑해서 접근한 것이 아니다. 하지만 그는 그녀의 관능미에 매혹되기도 하며, "바보 같은 정조 관념 따위에서 해방되고 우리가 쾌락을 즐길 수 있게"[339] 하자며, 관능적 쾌락의 포로가 되기도 한다. 이처럼 아직 당나귀로 변신하기 이전의 서술자 루키우스는 진정한 사랑보다는 관능적 쾌락을 추구하고 기이한 사

337 루키우스 아풀레이우스(송병선 옮김): 『황금 당나귀』. 현대지성 2018, 43쪽.

338 아풀레이우스: 『황금 당나귀』, 48쪽.

339 아풀레이우스: 같은 책, 53쪽.

건이나 마법에 관심이 많은, 호기심 많은 인물로 등장한다. 그렇다고 루키우스를 부정적인 인물로만 볼 수는 없다. 그는 학식이 높고 귀족 출신이며, 그에 걸맞은 성품을 지닌 인물로 등장하고 있기 때문이다. 그러나 "여러 신앙의 신비에 입문"[340]한 적이 있는 호기심 많은 서술자 루키우스는 결코 완벽한 이상적 인물로 등장하지 않으며, 사랑이나 종교의 문제에 있어 불완전한 모습을 보여 준다.

루키우스는 감언이설과 사랑의 속삭임으로 하녀 포티스의 환심을 사며 그녀에게 여주인 팜필레가 마법을 행하는 것을 보게 해 달라고 부탁한다. 포티스는 팜필레가 알려 준 마법의 주문과 도구를 이용해 그를 새로 변신시키려 하지만, 실수로 당나귀로 변하게 한다. 그녀는 당나귀로 변신한 루키우스가 장미를 씹으면 다시 인간으로 돌아올 수 있다고 말하지만, 그러한 기회가 주어지지 않으면서 루키우스는 온갖 시련을 겪는 모험에 들어선다. 이러한 다양한 모험은 그로 하여금 많은 고초를 겪게 하지만, 동시에 그는 이를 계기로 인간사회에 대해 보다 깊은 통찰을 얻는 것은 물론, 스스로에 대해서도 성찰할 수 있는 기회를 얻는다.

루키우스는 당나귀로 변신했지만, 여전히 인간으로서의 의식을 간직하고 있다. 그럼에도 불구하고 당나귀로의 변신이 그의 지각이나 인식에 아무런 영향을 미치지 않는 것은 아니다. 왜냐하면 그는 당나귀로 변신했기 때문에 인간으로서는 볼 수 없었던 여러 가지 현상들을 들여다볼 수 있게 되었기 때문이다.

340 아풀레이우스: 같은 책, 92쪽.

이런 비참한 상황에서 내가 가진 유일한 위안은 당나귀로 변한 이후 처음으로 내 주위에서 벌어지던 일들을 차분히 지켜보면서 내 호기심을 충족시킬 수 있었다는 사실이다. 왜냐하면 아무도 내가 지켜보고 있다는 사실을 염두에 두지 않고, 자기들 일에만 열중하고 있었기 때문이다.[341]

여기서 루키우스는 자신이 당나귀로 변한 것은 비참한 일이지만, 그 때문에 인간들의 적나라한 모습을 낱낱이 들여다볼 수 있었다고 말한다. 즉 동물로의 변신은 인간이었을 때는 알기 힘든 인간사회의 면모를 알려 주는 조건으로 작용하고 있다. 가령 루키우스는 남편을 속이고 외도하는 여성이나 타인을 속여 재산을 불리는 악당들의 적나라한 모습을 보게 된다. 또한 그는 방앗간에서 자신을 돌보던 사람들을 굶주리게 하고 매질할 뿐만 아니라 발에 족쇄까지 묶어 둔 주인의 비인간적 처사를 고발한다. 그러면서 인간마저 이렇게 다루는데, 하물며 당나귀들에 대한 처우야 말할 것도 없다고 비판한다.

이러한 사회고발적인 태도가 당나귀로 변신한 루키우스의 호기심에서 비롯되었다는 점에서 호기심이 가진 양면성이 드러난다. 앞에서 호기심은 신의 명령을 어기거나 마법에 이끌리는 계기로 작용하며 부정적인 인간의 속성으로 간주되었지만, 여기서는 당나귀로 변신한 루키우스가 호기심을 바탕으로 인간을 관찰하고 그들의 대화를 엿들으면서 사회를 통찰하게 되는 긍정적 계기로 작용하고 있는 것이다.

341 아풀레이우스: 같은 책, 277쪽.

비록 당나귀의 신체적 속성이 루키우스에게 작용하며 여러 가지 물리적 제약을 가할지라도, 루키우스의 정신적인 본질은 변하지 않는다. 그는, 예를 들면 카프카의 「변신」에서 벌레로 변신한 그레고르가 식성은 물론 취향까지 이전과 근본적으로 달라진 것과 달리, 본질적인 면에서 이전의 특성을 그대로 유지한다. 또한 그가 동물로 변신한 후 인간사회에 대한 보다 깊은 통찰을 얻게 된 것은 사실일지라도, 그것이 동물의 시점에서 바라본 인간사회는 아니다. 즉 여기서는 결코 동물의 시점에서 바라본 인간중심적 사회에 대한 비판이 문제가 되는 것이 아니다. 오히려 동물로의 변신은 인간사회를 보다 잘 인식하기 위한 하나의 계기로 작용할 뿐이며, 이것은 전적으로 인간 자신을 위한 것일 뿐이다. 나아가 동물로의 변신은 결코 인간의 동물적 면모, 즉 신체적 특성의 재평가를 낳지 않으며, 오히려 동물로서 그가 고초를 겪으며 깨닫게 된 정신적인 인식의 측면과 관련해서만 의미를 지닐 뿐이다. 이러한 점에서 볼 때, 이 소설에서 동물로의 변신은 전반적으로 인간중심주의적인 담론의 틀 내에서 움직이고 있으며, 동물의 지위 향상이나 동물에 대한 새로운 가치평가를 도출하지 않는다.

당나귀로 변신한 루키우스는 도둑 무리에 끌려간 후, 그곳에 있던 노파가 결혼식 날 도둑들에게 붙잡혀 온 어느 소녀에게 들려준 '쿠피도와 프쉬케의 사랑' 이야기를 듣는다. 너무 아름다운 미모 때문에 여신 베누스의 질투를 산 프쉬케는 원래 괴물과 결혼하도록 되어 있었지만, 베누스의 아들 쿠피도가 프쉬케에게 빠져 어머니의 명령을 어기고 그녀와 결혼한다. 그러나 쿠피도는 프쉬케에게 자신의 모습을 드러내지 않고 목소리로만 나타난다. 프쉬케를 찾아온 언니들의 부추

김으로 불신과 호기심에 사로잡힌 프쉬케는 쿠피도의 지시를 어기고 그의 모습을 몰래 보는데, 그로 인해 그의 궁전에서 쫓겨난다. 이후 베누스는 온갖 이행하기 힘든 지시를 내리며 프쉬케를 곤경에 처하게 하지만, 프쉬케를 사랑하는 쿠피도가 유피테르를 설득하여 결국 그녀가 모든 미션을 해낼 수 있게 만든다. 바흐친의 지적처럼, 루키우스의 변신에서 나타나는 죄와 처벌, 속죄라는 도식은 프쉬케의 이야기에서도 변형된 형태로 나타나는 것이다.[342] 이와 함께 쿠피도는 이제 신들의 인정을 받아 프쉬케와 결혼하게 된다. 쿠피도와 프쉬케의 이러한 사랑은 관능적 쾌락에 내맡겨진 채 불륜을 범하거나 방탕하게 사는 많은 다른 인물들의 행위와 대조를 이룬다.

당나귀로 변신한 루키우스는 쿠피도와 프쉬케의 사랑 이야기와 관능적 쾌락을 즐긴 여성들의 불륜 이야기를 모두 듣지만, 그것이 당나귀의 상태에 있는 그에게 즉각적으로 도덕적 변화를 이끌어 내지는 못한다. 왜냐하면 그가 티아수스라는 총독 집에 있을 때, 그에게 욕망을 품은 귀족여성과 성관계를 맺으며 그동안 쌓인 성욕을 풀기 때문이다. 그 후 총독이 사악한 여성과 자신의 성관계를 원형경기장에서 구경거리로 제시하려 하자, 커다란 수치심을 느끼며 그곳을 탈출해 이시스 여신에게 구원을 요청한다. 여기서 인간과 동물의 성관계를 구경거리로 제시하는 사회가 비판될 뿐만 아니라, 나아가 성적인 쾌락에 빠져 아무런 사랑의 감정도 없이 관계를 맺던 루키우스의 비도덕적인 행실 역시 비판된다.

342 Bachtin: *Chronotopos*, 44쪽 참조.

이처럼 당나귀로서 겪게 되는 치욕은 루키우스에게 새로운 인간으로 거듭나기를 희망하게 하며, 그의 삶에 있어서 결정적인 전환점이 된다. 그는 이시스 여신에게 "끔찍한 노새의 모습에서 저를 해방시켜 주시고, 저를 가족에게 돌아가도록 도와주시고, 저를 루키우스로 다시 한번만 만들어 주십시오"[343]라고 간청한다. 그러면서 만일 인간으로서 다시 살 수 없다면 차라리 죽여 달라고 말한다. 이러한 말에서 로마 시대에 이미 동물에 대한 인간의 인식이 원시사회와 근본적으로 달라졌으며, 그 때문에 인간이 동물로 변신하는 것이 결코 긍정적 의미를 지니지 못하며 비참한 상태로의 전락을 의미함을 알 수 있다.

이시스 여신의 도움으로 인간의 모습을 회복한 루키우스는 이제 여신의 지시대로 사제가 되기로 결심한다. 그러한 의식을 앞두고 주임 사제는 루키우스에게 이렇게 말한다.

> "그대의 고귀한 혈통이나 지위, 혹은 학식도 그대가 비천한 쾌락의 노예로 전락하는 것을 막지 못했다. 이제 젊은 날의 방탕한 욕망은 모두 사라질 것이다. 너는 그런 욕망 때문에 고초를 겪었다. 눈먼 포르투나는 자기가 무슨 일을 하고 있는지도 모른 채 그대에게 최악의 경험을 겪게 했지만, 그것은 그대에게 신앙의 은총을 받게 했다."[344]

이 인용문에서 알 수 있듯이, 결국 루키우스가 당나귀로 변신한 결정적 이유 중 하나는 그가 호기심과 욕망 그리고 쾌락의 노예가 되었

343 아풀레이우스: 『황금 당나귀』, 350쪽.
344 아풀레이우스: 같은 책, 361-362쪽.

기 때문이다. 이제 루키우스가 회개하고 여신을 섬기는 사제가 됨으로써 그러한 욕망에서 벗어나 순수함을 되찾을 수 있게 된다. 따라서 루키우스가 당나귀의 탈을 벗어던지고 인간의 모습으로 돌아온 것은 궁극적으로 그가 인간다움을 되찾은 것을 의미한다. 즉 그것은 동물적인 욕망에서 벗어나, 신을 섬기고 경배하며 이러한 복종을 통해 완전한 자유를 누리는 인간이 되는 것을 의미한다. 당나귀로 변신하기 전에 기이한 것, 성적인 쾌락에 휩쓸리고 주술적인 것에 대한 호기심에 이끌렸던 루키우스는, 이제 당나귀로서 온갖 고초를 겪은 후 이러한 주술에서 멀어지며 경건한 신앙심을 갖고 종교에 헌신하게 되는 것이다.

이처럼 루키우스는 인간에서 당나귀로의 변신을 거쳐 다시 인간의 모습으로 돌아오는 과정을 통해, 관능적 쾌락에 빠져 있고 마법에 관심이 있는 호기심 많은 인간에서 도덕적으로 성숙하고 경건한 신앙을 지닌 사제로 거듭나게 된다. 이와 관련해 과연 마법(또는 주술)과 종교의 차이가 무엇인지, 또한 동물로의 변신 및 마법을 행하는 마녀가 이러한 종교적 맥락에서 어떻게 묘사되고 있는지 살펴볼 필요가 있다.

이 소설의 작가인 아풀레이우스는 그리스에서 함께 공부했던 친구 폰키아누스의 어머니인 푸덴틸라와 결혼한 후 친구 및 그의 가족과 원수지간이 된다. 그리고 폰키아누스가 죽고 나서 아풀레이우스는 미망인의 재산을 노리고 친구를 살해한 혐의로 고발된다. 이때 아풀레이우스가 마법을 사용해 미망인을 유혹하고 폰키아누스의 살인에도 개입했다는 누명을 쓰게 되는데,[345] 그는 변호사로서의 능력을 발휘하여 자신의 혐의를 적극 부인하며, 이를 기록한 『변론*Apologia*』이라는 책

을 출판한다.[345]

아풀레이우스는 이 글에서 먼저 주술, 즉 'magia'라는 것이 "불멸의 신들이 허락한 기술이며, 그들에 대한 공경과 기도에 대한 지식이자, 신적인 것들에 대한 경건함과 지혜로 가득 차 있고, 조로아스터와 오로마제스가 이를 세운 이래로 명예와 영광을 누려온 것"이라는, 일종의 주술에 대한 찬사를 보낸다.[346]

즉 아풀레이우스는 '주술' 자체는 여전히 그 나름의 가치가 있는 외래의 지식 내지는 종교 행위로서 존중한다. 그러나 일부 '비밀스럽게 행해지는' 주술적 의례들은 '그릇된, 사악한 주술적 행위'일 가능성이 높다는 것을 암시한다. 따라서 비난하고 처벌해야 할 것은 이러한 '사악한 주술적 행위'이지 '주술' 그 자체, 혹은 '주술'에 대한 지식이 아니라는 것이다. 또한 자신이 여러 비의 종교에 입문하고 그 의례들을 행하는 것을 당당하게 밝히고 있는 모습에서, 개인이 로마의 공적인 종교 외에 사적인 종교를 갖는 것, 즉 자신이 선택한 비의 종교에 입문하고 그 의례를 행하는 것이 문제가 되지 않았다는 것을 알 수 있다.[347]

이러한 비의적 종교는 당시에 주술과 구분되었고, 종교적이지 않은

345 최화선: 「고대 로마 사회의 주술과 종교 개념에 대한 소고」. 실린 곳: 『서양고대사연구』 47(2016), 191쪽 참조.

346 최화선: 같은 글, 192쪽.

347 최화선: 같은 글, 195쪽.

것으로 간주되지도 않았다.[348] 물론 아풀레이우스가 주술과 종교를 구분하고 있기는 하지만, 이것이 아직까지는 배타적인 적대적 관계로까지 나아가지는 않고 있음을 알 수 있다.

그렇다면 아풀레이우스는 『황금 당나귀』라는 소설에서 이러한 주술과 종교의 관계를 어떻게 바라보고 있으며, 각각에 대해 어떤 평가를 내리고 있을까? 이 소설에는 많은 여성들이 마녀로 등장한다. 아직 당나귀로 변하기 전에 루키우스가 만난 아리스토메네스라는 사람은 여인숙 주인인 메로에라는 여성에 대해 이렇게 이야기한다.

> "마녀일세. 자기가 하고 싶으면 뭐든지 할 수 있는 여자지. 초자연적 힘을 지니고 있으며, 하늘을 두 동강 낼 수도 있고, 땅을 들어 올릴 수도 있으며, … 죽은 사람을 불러내거나 신들을 옥좌에서 내던질 수도 있고, … 심지어 타르타로스에도 불을 환히 밝힐 수 있는 여인이라네."[349]

이러한 마녀에 대한 언급은 동행인의 비웃음을 사지만, 이 말을 들은 루키우스는 불가능한 일이 인간에게 일어나곤 한다며 그러한 이야기를 믿는다고 말한다. 작가 아풀레이우스가 주술에 많은 관심을 가지고 있었고 이러한 주술을 동방의 종교로 인정하며 그것이 근본적으로 불가능하다고 생각하지 않았던 것처럼, 이 소설의 서술자인 루키우스 역시 동일한 의견을 드러내고 있다. 그런데 흥미로운 것은 이

348 같은 곳 참조.

349 아풀레이우스: 『황금 당나귀』, 18쪽.

러한 마녀만이 주술을 행할 수 있는 것이 아니라, 주술을 위한 도구를 갖고 있고 주문과 주술 절차를 알고 있는 사람은 누구든 마녀와 마찬가지로 주술을 행할 수 있다는 사실이다. 여기서 기독교가 바라본 마녀 개념과의 차이가 나타나는데, 왜냐하면 이 소설에서 묘사된 마녀는 악마와의 계약을 통해 그러한 마법의 능력을 획득한 것이 아니기 때문이다. 즉 주술에서 중요한 것은 특별히 선택받아 마법의 능력을 지닌 존재가 아니라, 그러한 마법에 대한 지식 자체이다. 그리하여 루키우스가 머물던 집의 안주인인 마녀 팜필레뿐만 아니라, 그녀에게 주술방법을 전해 들은 하녀 포티스도 주술을 행할 수 있는 것이다. 다만 하녀 포디스가 마법을 잘못 걸어 루키우스를 새가 아닌 당나귀로 변신시키는 데서 알 수 있듯이, 마법은 특정한 지식을 전제로 하는 복잡한 기술이다. 물론 이 소설에서는 포티스 같은 하녀도 어느 정도 그러한 마법을 흉내 낼 수 있기 때문에 그러한 마법이 아주 복잡한 엘리트 마법처럼 등장하지는 않지만, 그래도 악마와의 계약을 통해 누구나 마법사가 될 수 있었던 중세의 단순한 민중마술과는 어느 정도 차이를 보인다고 할 수 있다.

이 소설에서 마녀는 보통 부정적으로 묘사된다. 마녀 팜필레는 주술을 통해 교묘히 많은 재산을 벌어들이고, 자신이 원하는 젊은 남성과 성관계를 맺기도 한다. 또한 방앗간 주인의 사악한 아내가 자신의 정체가 탄로 나서 이혼을 당하자, 남편에게 보복하기 위해 마녀를 찾아가 살인을 사주하기도 한다. 텔리프론의 이야기에서도 마녀가 독약으로 살인을 저지른다. 이처럼 마녀는 주로 마법을 통해 부당한 방식으로 재물을 획득하거나, 정부情夫를 만들거나, 아니면 독극물로 살인을 저지른다.

또한 이 소설에서 마녀는 스스로 동물로 변하거나 다른 사람을 동물로 변신시킬 능력이 있는 것으로 묘사된다. 이때 다른 사람을 동물로 변신시키는 것이 일종의 저주라면, 스스로 동물로 변신하는 것은 어떤 목적을 달성하기 위한 수단적 의미를 갖는다. 그래서 메로에라는 마녀는 자기 정부와 부정을 저지른 이웃 여인숙 주인을 개구리로 변신시키고, 팜필레는 일반적인 방식으로는 청년의 사랑을 얻을 수 없자 올빼미로 변신하여 그의 침실로 날아간다. 즉 여기서 동물로의 변신은 결코 원시사회에서와 같은 신성한 의미를 갖고 있지 않으며, 처벌과 목적달성을 위한 수단의 의미만 지닐 뿐이다.

그러나 이러한 마녀에 대한 부정적인 묘사에도 불구하고 작가 아풀레이우스와 마찬가지로 "여러 신앙의 신비에 입문"[350]한 루키우스는 마법 자체에 대해 많은 관심을 보인다. 그가 당나귀로 변신한 것은 결코 마녀의 처벌 때문이 아니라, 그 자신이 원해서였음을 간과해서는 안 된다. 물론 그가 당나귀가 아닌 새로 변신하기를 원했지만, 어찌됐든 동물로의 변신은 그 스스로 원한 결과인 것이다. 이러한 루키우스의 호기심은 그가 마법을 어떤 특별한 지혜가 담긴 기술의 관점에서 바라보고 있음을 의미한다. 다만 그러한 마법이 주로 나쁜 목적에 사용됨으로써 이 소설에서는 일반적으로 부정적인 평가를 받고 있음을 알 수 있다.

그렇다면 루키우스가 경건한 신앙심을 갖고 믿는 종교란 어떤 것

350 아풀레이우스: 같은 책, 92쪽.

인가? 일단 그것은 마녀의 주술과는 전적으로 다른 것이다. 왜냐하면 '쿠피도와 프쉬케의 사랑 이야기'에서 베누스는 자신이 내린 모든 지시를 어려움 없이 수행하는 프쉬케를 "영리한 마녀"[351]로 부르기 때문이다. 여기서 각종 신들을 숭배하는 각 도시의 신앙의식이 종교로 불리는 반면, 개개인이 비밀리에 집행하는 주술은 그와 구분되며, 그러한 주술을 행하는 사람도 사제가 아닌 마녀로 불리고 있다. 실제로 주술과 종교를 구분하는 기준으로 의례의 사적인 성격과 공적인 성격을 들기도 하는데, 이 소설 마지막에서 루키우스가 인간으로 돌아오는 기적 역시 이시스 여신을 위한 공개적인 예배의식 가운데에서 일어난다. 이는 마녀가 몰래 숨어서 비밀리에 자신의 마법을 행하는 것과 극명히 대조된다.

비록 이러한 신들에 대한 종교의식이 이 소설에서 명백히 주술에 대해 우위를 지니는 것으로 나타날지라도, 이것이 주술과 종교의 경계가 분명하며 주술이 완전히 사이비 종교로 비판되고 있다는 결론으로 이어지지는 않는다. 왜냐하면 루키우스가 당나귀에서 인간으로 변신하는 것은 여신이 자의적으로 행한 기적에 의해서가 아니라, 원래 주술방식대로 장미를 뜯어 먹어야만 가능하기 때문이다. 물론 당나귀로 변한 루키우스가 사람들 사이에 끼어 들어가 사제로부터 장미를 받아 뜯어 먹을 수 있는 것은, 군중에게 당나귀를 위해 자리를 비키게 하고 사제의 꿈에 나타나 그가 장미꽃 화관을 가져가도록 지시를 내린 이시스 여신 덕분이지만, 변신 자체는 여신의 신적인 능력을 통해

351 아풀레이우스: 같은 책, 185쪽.

서가 아니라 주술적인 방식으로 규정된 장미꽃의 섭취를 통해서만 이루어질 수 있다.

이를 통해 그리스, 로마의 종교 내에서 여전히 주술이 자신의 효력을 발휘하고 있음을 알 수 있다. 반대로 말하면 이시스 여신이 내린 기적은 이방적인 주술을 수용하는 가운데 이루어지고 있다. 이러한 측면에서 보면, 아풀레이우스가 이 소설에서 서술한 당대의 종교는 주술 자체를 악마와 연결시키며 철저히 배격한 기독교와 차이가 있음을 알 수 있다.[352]

나아가 이 소설에서는 기독교 자체에 대한 비판도 등장한다. 당나귀로 변신한 루키우스가 여행 중에 만난 여자 가운데 가장 사악한 여자로 묘사되는 '방앗간 주인의 부인'은 기독교인으로 암시된다.

> 그녀는 못되고 잔인하며 방탕하고 술주정뱅이였으며, 색을 밝히고 이기적이며 전례를 찾아볼 수 없을 정도로 남에게는 구두쇠였다. 하지만 자기에게는 뻔뻔스럽게 낭비를 일삼는 비열한 인간이었으며, 모든 정직과 정숙함의 적이었다. 또한 그녀는 불멸을 믿는 모든 진정한 신앙을 경멸했으며, 거짓되고 신성 모독적인 의도로 이 세상에는 단 하나의 신밖에 없다고 확신하면서, 모든 사람을 자기가 꾸며낸 허

352 최화선은 주술과 종교의 경계가 결코 본질적으로 규정되어 있는 것이 아니라, 사회문화적인 맥락에 따라 끊임없이 변해 왔음을 강조한다(최화선: 「고대 로마 사회의 주술과 종교 개념에 대한 소고」, 182쪽 참조). 따라서 무엇이 주술인지, 또한 주술이 어떻게 평가될 수 있는지(가령 관용되는지 아니면 범죄로 간주되는지)는 각각의 시대와 사회에 따라 다른 것이다. 아풀레이우스가 살던 당시에는 주술 자체나 주술에 대한 지식보다는 주술을 통한 범죄만이 처벌의 대상이었다. 반면 3세기에 들어서면서 로마법에서는 주술에 대한 지식 자체가 범죄로 간주되고, 주술 자체가 금지되고 처벌된다.

황된 개념으로 속이고 있었다. 이 종교를 핑계로 그녀는 불쌍한 남편을 비웃으면서, 아침부터 술을 마시고 온종일 창녀처럼 끝없는 축제의 수렁에 있곤 했다.[353]

그리스, 로마의 다신교와 달리 이 여자는 유일신을 섬기고 있는데, 이로써 그녀가 그리스도를 믿는 기독교인임이 암시된다.[354] 그런데 그녀는 경건한 신앙심을 지니며 덕성으로 무장한 여성이 아니라, 이기적이고 방탕하며 타락한 여성으로 묘사된다. 나중에 기독교가 마녀사냥을 할 때 마녀에게 부여한 특성들이, 여기서는 고스란히 기독교도의 특성으로 부여되고 있는 것이다.

방앗간 주인의 부인이 믿는 일신교인 기독교와 달리 루키우스가 믿는 종교는 "이시스라는 유일한 수호신"[355]이다. 이 소설에서 루키우스가 숭배하는 여신이 직접 나타나 그에게 자신을 다음과 같이 묘사한다.

"나는 자연의 어머니이고 모든 원소의 주인이며, 인간들의 기원이고 모든 영적인 것의 군주이며, 신들의 여왕이고 신들 중에서 가장 높은 신이며, 죽은 자들의 여왕이고 동시에 죽지 않는 모든 것의 여왕이기

353 아풀레이우스: 『황금 당나귀』, 277-278쪽.

354 물론 유대교도 유일신 종교이지만, 여기서 언급되는 유일신은 당시 급속히 확산되기 시작한 기독교를 지시하는 것으로 보는 것이 더 타당하다. 슈미트도 이 여성에게 가해지는 비난이 당시의 기독교인들에게 가해지던 비난과 동일한 것으로 미루어 그녀가 믿는 종교를 기독교로 추정한다. Victor Schmidt: Reaktionen auf das Christentum in den *Metamorphosen* des Apuleius. In: *Vigiliae Christianae* 51(1997), 51쪽.

355 Schmidt: Reaktionen auf das Christentum in den *Metamorphosen* des Apuleius, 55쪽.

도 하며, 둥근 하늘에 사는 모든 신의 유일한 징표이다. … 나는 여러 면에서 숭배받고 있고, 수많은 이름으로 불리고, 여러 다른 의식을 통해 경배받는 유일한 존재이며, 이 세상의 모든 사람이 나를 우러러본다. 인류 중에서 가장 오래된 종족이라고 자부하는 프리기아인들은 나를 페시눈티카, 즉 신들의 어머니라고 부르고, 키프로스섬 주민들은 나를 파피아의 베누스라고 부르고, … 엘레우시스의 사람들은 곡식의 어머니인 케레스라고 부른다. … 또한 아침의 태양이 가장 먼저 밝아오는 에티오피아인이나 고대의 학문에 뛰어났던 이집트인들은 나의 신격에 어울리는 예찬을 하는 사람들이며, 나의 진정한 이름인 이시스로 나를 부른다."[356]

여기서 한편으로 기독교의 유일신처럼 모든 것의 기원이고 가장 높은 어떤 신이 언급되고 있지만, 이 신은 다른 모든 신들을 배격하는 배타적인 '유일신deus unicus'이 아니라 그러한 다양한 신들을 자신 속으로 포섭할 수 있는 '유일한 수호신numen unicus'이다. 이로써 루키우스가 믿는 이시스교는 기독교의 영향으로 일신론적인 성향을 어느 정도 띠면서도, 동시에 기독교와 달리 배타적인 성격을 버리고 다른 신들을 수용하는 절충주의적인 면모를 보인다.[357] 이 작품에서 작가가 기독교와 달리 마녀의 사악한 행위를 비판하면서도 신비로운 마법으로서의 주술 자체를 인정하는 것도 이러한 절충주의적인 종교의 맥락에서 이

356 아풀레이우스: 『황금 당나귀』, 352-353쪽.

357 이 소설에서 묘사되는 이시스교의 양면성에 대해서는 Schmidt: Reaktionen auf das Christentum in den *Metamorphosen* des Apuleius, 55쪽과 58쪽 참조.

해될 수 있을 것이다. 따라서 이러한 종교적 맥락에서 변신은 여전히 가능하며, 그러한 변신이 때로는 고통을 주는 저주(작품에 등장하는 마녀의 주술이나 서술자 루키우스가 당나귀로 변신한 사건)일 수도 있지만, 때로는 종교적 기적(당나귀였던 루키우스가 다시 인간으로 돌아온 변신 사건)을 의미할 수도 있게 된다.

2) 에테아 호프만의 『수고양이 무어의 인생관』

앞의 우화나 우화적 구조를 지닌 소설에서 동물은 인간의 목적을 위한 수단으로만 등장할 수 있었다. 동물은 결코 자신의 독자적인 목소리를 낼 수 없었고, 따라서 동물이라는 존재는 인간이 쓴 동물가면에 지나지 않았다. 가면은 그 뒤에 감춘 원래 모습을 전제하는데, 동물의 가면 뒤에는 인간의 얼굴이 숨겨져 있었던 것이다.

그러나 이러한 인간중심주의적인 동물 이야기는 낭만주의에 이르러 근본적으로 변화하기 시작한다. 독일 낭만주의의 대표적인 작가인 에테아 호프만은 자신의 소설 『수고양이 무어의 인생관』[358]에서 수고양이 무어를 주인공으로 등장시키며 근대 계몽주의의 인간중심주의를 풍자한다.[359]

358 이 책의 원제는 '우연히 발견한 파지에 등장하는 악장 요하네스 크라이슬러의 미완성 전기를 동반한 수고양이 무어의 인생관(*Lebensansichten des Katers Murr nebst fragmentarischer Biographie des Kapellmeisters Johannes Kreisler in zufälligen Makulaturblättern*)'이지만, 줄여서 '수고양이 무어의 인생관'으로 쓰곤 한다.

359 호프만은 이미 초기 작품에서부터 동물을 등장시킨다. 호프만의 초기 소설인 "『베르간차라는 개의 최근 운명에 대한 보고』에 등장하는 말하는 개이든, 『교양 있는 젊은 남자에 대한 보고』에 등장하는 토론 능력이 있는 문명화된 원숭이 밀로이든, 두 경우 모두에서 호프만은 자신의 동물인물들을 그로테스크한 도착(倒錯)의 의미에서

그런데 호프만의 소설은 단순히 수고양이 무어의 자서전으로만 이루어져 있지 않으며, 그것과 나란히 크라이슬러라는 또 하나의 인물에 대한 전기가 등장하는 독특한 구조로 이루어져 있다. 이 소설의 서문에서 편집자는 원래 수고양이 무어가 궁정 악장이자 훗날 무어의 주인이 되는 크라이슬러의 집에 있는 책을 찢어 원고로 사용했는데, 그의 원고가 크라이슬러의 전기와 함께 인쇄되어 두 개의 이야기가 나란히 책에 실리게 되었다고 밝힌다. 물론 여기서 무어가 자서전의 저자로 전면에 등장하지만, 파지에 기록된 크라이슬러의 전기 역시 이 소설에서 그에 못지않은 비중을 갖는다. 더 정확히 말하면, 속물 고양이 무어의 삶이 표면적인 교양의 궤적을 보여 줄 뿐이라면, 예술가인 크라이슬러는 현실과 예술 사이에서 갈등하고 고뇌하며 이를 예술로 승화시켜 보다 높은 정신적 삶을 심층적 차원에서 보여 주는 것처럼 보인다. 왜냐하면 스스로를 천재적인 작가로 내세우는 수고양이 무어는 사실은 다른 작품들의 구절을 표절하고 있는 반면, 크라이슬러는 타고난 천재성으로 인간의 마음속 깊은 곳을 건드릴 줄 아는 음악을 만들어 내기 때문이다.

이러한 관점에서 보면, 수고양이 무어와 그의 주인인 크라이슬러의 대조는 표층과 심층의 대조로 보이며, 따라서 동물주인공은 보다 고귀한 정신을 지닌 인간의 본질적인 문제를 다루기 위한 수단으로서의 의미만을 지니는 것처럼 보인다. 그러나 수고양이 무어가 교양인

등장시킨다. 이로 이해 격정적 톤은 동물의 저항에 부딪혀 붕괴된다. 이러한 중심적 기능은 『수고양이 무어의 인생관』에서 수고양이와 악장의 대립적인 상호작용 속에서 입증된다"(Detlef Kremer: *E. T. A. Hoffmann. Erzählungen und Romane*. Berlin 1999, 201쪽).

과 천재적 예술가를 자처하며 인간적인 면모를 드러내는 것과 마찬가지로, 진지하고 격정적인 천재 악장 크라이슬러에게는 그를 지상으로 끌어내리는 동물적인 면모가 숨겨져 있다. 이로써 처음에는 표층과 심층의 대립구도 속에 있는 듯 보이는 수고양이 무어와 악장 크라이슬러는 여러 가지 공통점을 보이며 서로 중첩된다.

우선 여기에서는 수고양이 무어를 중심으로 호프만이 인간과 동물의 관계에 대해 어떻게 생각하고 있는지를 살펴보고자 한다. 그다음으로 호프만이 이러한 동물서술자를 등장시킴으로써 어떤 문학적 효과를 달성하고 있는지, 이와 함께 드러나는 그의 문학관은 어떤 것인지를 살펴볼 것이다.

스스로 고양이를 키우기도 했던 애묘가인 호프만은 고양이라는 동물의 특성을 자세히 관찰하여 그것을 이 작품의 서술자인 무어에게 부여한다. 수고양이 무어는 동물의 관점에서 인간사회를 바라보며, 스스로를 세계의 중심에 위치시키는 인간의 오만함을 조롱한다.

> 그런데 두 발로 똑바로 걷는 것이 스스로를 인간이라고 부르는 종족이 안전하게 균형을 잡고 네발로 기어 다니는 우리 모두에 대해 오만하게 지배권을 주장해도 좋을 만큼 대단한 것인가? 하지만 나는 그들이 자신의 머릿속에 있고 그들이 이성이라고 부르는 무언가를 대단한 것이라고 착각하고 있음을 알고 있다.[360]

360 E. T. A. Hoffmann: Lebensansichten des Katers Murr. In: ders.: *Gesammelte Werke in Einzelausgaben*. Bd. 6. Berlin u. Weimar 1994, 14쪽.

수고양이 무어는 이성이 무엇인지 정확히 알 수 없지만, 어떤 장난도 허용하지 않는 그런 의식적 행위를 가리키는 이성을 갖고 싶지 않다며 이성에 대해 비판적 태도를 보인다.

이러한 이성에 대한 비판을 넘어서 수고양이 무어는 인간 언어에 대해 비판하기도 한다. 우리는 흔히 언어를 인간을 다른 동물과 구별시켜 주는 특별한 능력으로 간주하며 그것에 중요한 의미를 부여한다. 그런데 무어는 오히려 이러한 인간 언어의 불충분성을 지적하며 그것을 희화한다.

> 우선 나는 으르렁거렸고, 그러고 나서 꼬리를 귀엽게 원을 그리며 마는 흉내 낼 수 없는 재주를 갖게 되었다. 그다음에는 "야옹"이라는 하나의 짧은 단어로 기쁨, 고통, 즐거움, 환희, 두려움, 절망, 간단히 말해 모든 감정과 열정을 최고로 다양하게 표현할 수 있는 놀라운 재능이 생겨났다. 스스로를 표현하는 모든 수단 중 가장 간단한 이러한 수단에 비한다면 인간의 언어 따위가 대체 무엇이란 말인가?[361]

뒤에서 무어는 동물들이 서로 간의 호의와 신뢰를 감지하는 행위를 인간이 '킁킁거리며 냄새 맡다'라는 저급한 단어로 표현하는 것의 부적합함을 지적하기도 한다.[362] 여기서 인간의 상호소통 수단인 언어라

361 Hoffmann: Lebensansichten des Katers Murr, 16쪽.

362 현대 과학도 인간의 감각과 언어의 불충분함을 언급하며 수고양이 무어의 진술을 뒷받침한다. "이를 넘어 우리는 인간의 영역에서 나온 하나의 개념으로 어쩌면 아주 넓은 영역에 걸친 동물의 능력들을 감추고 있는 것은 아닌지 곰곰이 생각해 보아야 한다. 간단한 예를 하나 들어 보겠다. 개가 어떤 냄새를 맡고 있다고 우리가 말하면, 개의 이러한 신체적 과정에서는 인간에게서보다 훨씬 복합적인, 광범위한 결과

는 지시체계가 갖는 불완전성이 언급되고 있다. 나아가 앞에서 말한 것처럼 무언가를 지시하기 위한 추상적 기호체계로 전락한 인간의 언어가 동물의 언어가 지닌 정서적 소통의 성격을 상실하고 있음이 비판되기도 한다.

이 소설에 등장하는 여러 인물들, 특히 사람들은 고양이 무어에 대해 상이한 관점을 드러낸다. 수고양이 무어의 천재성과 글쓰기 능력을 간파한 대학교수 로타리오는 그에게 질투와 경쟁심을 느끼며 그를 죽이고 싶은 살인충동을 공공연히 표현한다. 그의 다른 친구들도 동물학대에는 저항하지만, 고양이가 인간보다 뛰어난 능력으로 인간의 자리를 차지하거나 이익을 보는 것을 두려워하여 그의 발톱을 깎으려다가 무어의 주인인 마이스터 아브라함에게 걸려 혼이 나기도 한다.

새끼 고양이 무어를 구해 준 마이스터 아브라함은 이러한 인물들과 비교하면 동물에게 훨씬 관대한 태도를 보인다. 그는 수고양이 무어가 책 옆에 앉아 글을 읽으려는 자세를 보이면, 흔쾌히 그것을 허용한다. 또한 무어에게 많은 자유를 부여하고, 그가 길을 헤매다 돌아오면 그를 환대하기도 한다. 심지어 그는 무어의 눈에서 정신과 이성의 흔적을 발견하기도 한다. 그럼에도 불구하고 아브라함 역시 때때로 동물에 대해 우월한 인간의 태도를 취하며, 심지어 무어를 착취하려는 모습을 보이기도 한다.

스스로를 천재로 간주하는 무어는 자신의 글쓰기 능력을 과시하지만, 그가 우연히 만난 그의 어머니는 만일 그의 주인이 그 사실을 알

들을 지닌 과정이 다루어지고 있다는 정보가 사라져 버린다"(Kompatscher, Spannring u. Schachinger: *Human-Animal Studies*, 37쪽).

게 되면 그를 착취해 돈을 벌려고 하거나 아니면 자신의 비서로 부리려 할 것이라고 경고한다. 실제로 무어는 나중에 마이스터 아브라함의 혼잣말을 통해 이러한 생각을 직접 듣게 된다. 여기서 아브라함이 보이는 호의가 인간과 동물의 절대적 구분이라는 틀 내에 한정되어 있음을 알 수 있다. 비록 그가 크라이슬러의 멘토로 등장하고 궁정의 제후권력을 희화하는 긍정적 인물임에는 의심할 나위가 없을지라도, 그 역시 결코 완벽한 인물은 아니며 호프만의 아이러니의 대상이 되기도 한다는 사실을 간과해서는 안 된다.

훗날 무어의 새로운 주인이 되는 크라이슬러 역시 동물에 대해 깊은 이해를 보인다. 그는 수고양이 무어를 관찰함으로써 인간이 동물에 대해 얼마나 잘못된 편견에 사로잡혀 있는지 신랄하게 비판한다.

> 동물의 정신적 능력이 어떠한지에 대해 누가 감히 말할 수 있으며, 예감이라도 할 수 있을까! 우리에게 자연에 있는 어떤 것들, 아니 모든 것들이 연구되지 않은 채 남아 있을 때, 우리는 즉시 그것에 이름을 붙이려 하며 학교에서 배운 우리의 어리석은 지식을 자랑한다. 그러한 지식이 우리의 코보다도 더 멀리 뻗어 있지 못하지만 말이다. 그리하여 우리는 종종 놀라운 방식으로 표현되는 동물의 정신적인 능력 전체를 본능이라는 말로 처리해 버렸던 것이다.[363]

사람들은 일반적으로 인간과 동물의 관계를 이성 대 본능의 대립구

363 Hoffmann: Lebensansichten des Katers Murr, 32쪽.

도로 파악하고, 동물에게 어떠한 높은 정신적 능력도 부여하지 않는다. 여기서 본능은 거역할 수 없는 자연의 필연적 질서를 지시하는데, 이로써 동물은 자유의지를 지니지 못한 채 이미 결정되어 있는 존재로 간주된다. 하지만 크라이슬러는 동물을 본능적 존재로 환원시키는 이러한 인간의 관점을 비판하며, 동물에게 우리가 인식할 수 없는 정신 능력이 존재할 수 있다고 말한다. 나아가 그는 동물을 관찰한 사람은 동물도 꿈을 꾼다는 사실을 알 수 있다며, 동물에게 주어지지 않는 것으로 간주된 여러 가지 속성들의 존재 여부를 다시 한번 검토할 것을 촉구한다. 이러한 크라이슬러의 말은 앞에서 수고양이 무어가 이야기한 주장의 진실성을 확인해 주며, 그것이 결코 어느 오만한 수고양이의 착각에 그치지 않음을 입증한다.

> 독자들은 텍스트가 그것의 타당성을 의문시하는 바로 그러한 구분들(문화/자연, 행위/행동, 주체/대상, 인간/동물)을 말없이 아무런 성찰도 하지 않고 전제해 왔다는 것을 반복해서 갑자기 깨달을 수 있게 된다. 이러한 방식으로 『수고양이 무어의 인생관』은 이상주의 철학의 자율적인 주체를 해체시키고 이로써 인간의 자기이해를 뒤흔들어 놓는다.[364]

그러나 이처럼 크라이슬러가 수고양이 무어의 대단한 정신적 능력과 기타 잠재력을 인정한다고 할지라도, 그와 수고양이 무어는 전적으로 다른 존재이며, 이들 간에는 보이지 않는 벽이 여전히 존재한다.

364 Christine Lubkoll u. Harald Neumeyer(Hrsg.): *E. T. A. Hoffmann Handbuch. Leben-Werk-Wirkung*. Stuttgart 2015, 314쪽.

이들 상호 간의 자유로운 변신은 등장하지 않으며, 이들은 각자 동물과 인간으로서 자신의 정체성을 고수한다. 이처럼 호프만이 인간과 동물 간의 상호 변신이라는 주제를 다루지는 않을지라도, 이 소설에서 묘사되는 인간과 동물의 경계는 그렇게 확고하지 않다. 이는 특히 문학 및 예술 담론과 관련하여 잘 나타난다.

수고양이 무어는 이 소설에서 단순히 동물의 의미만 갖기보다는 당시의 여러 예술적·문학적 담론과 관련된 조류나 특성을 상징하는 메타포로 기능하기도 한다. 가령 스스로를 천재예술가로 간주하는 수고양이 무어는 당시 예술의 천재담론과 연결될 수 있다. 이러한 관점에 따르면, 예술가는 의고전주의 작가들이 모범으로 삼은 형식적인 규칙들에 얽매이지 않은 채 내면의 자유로운 정신에만 따르는 천재로 간주되는데, 이 소설에서는 스스로를 천재예술가로 내세우는 무어가 사실은 끊임없이 다른 작가의 작품을 모방하거나 표절하는 양상을 보여줌으로써 이러한 천재예술가상을 해체한다. 나아가 이로써 천재적인 예술가상을 구현하는 크라이슬러가 갖는 긍정성 역시 어느 정도 상대화된다. 왜냐하면 호프만의 작품은 상호텍스트성의 구성원칙에 의해 쓰여 있으며, 따라서 어떤 천재의 독창성에 기반을 둔 작품이 아니기 때문이다.[365]

또한 이 소설은 교양소설의 전통과 관련해서도 중요한 의미를 갖는다. 호프만의 수고양이 무어는 괴테의 빌헬름 마이스터와 대비시

365 수고양이 무어를 통해 천재담론을 풍자하고 예술의 독창성을 조롱하는 것은 이 작품의 창작원칙인 상호텍스트성으로 이어진다. 이 작품에서는 무수히 많은 선행 텍스트들이 인용되고 풍자적인 관점에서 희화되고 있는데, 이러한 상호텍스트성과 패러디의 맥락에서 무어와 관련된 천재담론의 패러디를 이해할 수 있을 것이다.

켜 살펴볼 수 있는데, 주변 세계와 상호작용하며 조화로운 인격을 갖춘 인간으로 스스로를 발전시켜 나가는 전통적인 교양소설의 주인공과 달리, 수고양이 무어는 지극히 속물적인 교양인의 모습을 보여 주며 '패러디된 교양소설'[366] 내지 '반교양소설'의 대표적인 인물로 등장한다.[367]

> 자신이 쓴 시에서는 신적인 열광을 말하면서 실제로는 구운 고기를 생각하는 … 문학작품 속의 수고양이는 문제적인 주인공의 역할로 등장하며, 이러한 자기발전 이야기의 마지막에는 거드름 피우는 우스꽝스러운 속물적인 교양인이 서 있게 된다.[368]

이처럼 수고양이 무어는 천재예술가나 속물교양인을 나타내는 메타포로 기능하고, 인간적인 특성을 나타내기 위한 목적에 사용된다는

366 위르겐 야콥스는 이 소설을 교양소설의 패러디로 지칭하며 다음과 같이 말한다. "하지만 낭만주의적으로 구상된 구원이 현실에서 불가능한 것을 의식하면서도 교양소설을 써야 하는 곳에서, 패러디가 생겨나지 않을 수 없을 것이다. 패러디가 그것의 내용적 실현이 새로운 전제조건으로부터 더 이상 가능하지 않게 된, 전해져 오는 문학적 형식의 사용을 가리킨다면 말이다"(Jürgen Jacobs: *Wilhelm Meister und seine Brüder. Untersuchungen zum deutschen Bildungsroman*. München 1972, 147쪽).

367 교양소설적인 발전단계를 밟아 나가는 인물이 하필이면 동물이라는 점 외에, 이 소설의 또 다른 주인공인 악장 크라이슬러의 예술가적 삶이 현실세계에서 스스로를 형성해 나가며 발전하는 시민의 삶과 대립된다는 점에서도 이 소설은 전통적인 교양소설을 패러디하고 있음을 알 수 있다. Kremer: *E. T. A. Hoffmann*, 204쪽 참조. 나아가 이 소설을 괴테의 『빌헬름 마이스터의 수업시대(*Wilhelm Meisters Lehrjahre*)』(1795-1796)뿐만 아니라 노발리스의 『하인리히 폰 오프터딩겐(*Heinrich von Ofterdingen*)(푸른 꽃)』(1800)과 연결시켜 교양소설의 패러디로 보는 해석도 있다. "또한 이상과 현실적 삶의 모순에 부딪혀 낭만주의 예술가가 실패하는 것이 이 소설(『하인리히 폰 오프터딩겐』)의 미완성적 성격 속에서 명백히 드러난다(반오프터딩겐)"[Inge Stephan: Kunstperiode. In: Wolfgang Beutin u. a.(Hrsg.): *Deutsche Literaturgeschichte von den Anfängen bis zur Gegenwart*. Stuttgart 1984, 171쪽].

368 Jacobs: *Wilhelm Meister und seine Brüder*, 150쪽.

점에서 어느 정도 우화적인 동물사용법에 종속되어 있다고 볼 수도 있다. 하지만 말하고 글을 쓰는 동물이 자서전이나 교양소설의 주체로 등장해 그러한 문학장르를 희화함으로써, 동물서술자의 등장이 장르해체적인 기능을 갖기도 한다.[369]

이처럼 희화되는 동물상은 이성적인 근대적 인간을 칭송하려는 목적이 아니라, 오히려 그를 풍자하고 조롱하는 목적으로 등장한다는 점에서 특별한 의미를 지닌다. 이러한 맥락에서 수고양이 무어는 단순히 인간의 특성을 상징하는 비유에 그치는 것이 아니라, 동물로서의 고유한 특성을 드러내기도 한다. 무어는 고상한 문명인을 자처하지만, 그가 내세우는 이념은 자신의 동물적인 신체성에 의해 부정되고 자기모순에 빠진다. 예를 들면 작품 초반에 무어는 우연히 마주친 불쌍한 자신의 어머니에게 생선을 가져다주기로 마음먹지만, 자신의 동물적 욕구를 억누르지 못해 생선을 먹어 치우고는 자책한다. 이처럼 고양이의 동물적 식욕이 무어가 내세우는 고상한 이념과 충돌하며 그러한 이념의 공허함을 폭로하는 장면이 이 작품에 자주 등장한다.

호프만은 동물과 인간의 이분법을 인물들의 말을 통해서뿐만 아니라 글쓰기의 형식적인 차원에서도 뒤흔든다. 수고양이 무어는 마이스터 아브라함의 집에 있다가, 나중에 크라이슬러의 집으로 거처를 옮긴다. 이로써 크라이슬러가 새로운 주인으로 그를 돌보게 되는 것이다. 그러나 이 작품에 서술되는 무어의 이야기와 크라이슬러의 이야

369 낭만주의 작가 티크는 『장화 신은 고양이』에서 동물주인공을 내세워 연극적인 환상을 깨는 실험을 하였는데, 호프만은 이러한 티크의 영향을 받아 이 소설에서 수고양이 무어를 통해 교양소설과 자서전 장르를 해체하는 실험을 하였다. Kremer: *E. T. A. Hoffmann*, 205쪽 참조.

기에서 이들은 아직 만나지 않으며 서로 분리된 공간에 위치한다. 이로써 전적으로 속물적이며 반복해서 희화되는 수고양이 무어와 격정적이고 진지한 크라이슬러는 대립적인 예술가상을 구축하며, 표면과 심층의 대립적 구조 속에 서로 멀리 떨어진 듯 보인다. 그러나 현실과 예술의 불일치 속에서 고통스러워하며 그러한 모순을 해결하지 못하는 크라이슬러의 비극성이 수고양이 무어에게 나타나는 희극성의 영향으로부터 완전히 벗어나 있는 것은 아니다. 수고양이 무어는 처음에 글을 쓸 때 앞발을 잉크에 빠뜨리기도 하고 나중에 잉크에 꼬리를 빠뜨려 그림을 그리기도 하는데, 여기서 그의 동물적 글쓰기(넓게는 예술행위)를 확인할 수 있다. 특히 '꼬리'가 독일어의 속어로 '남근'을 가리킨다고 할 때, 그가 내는 장중하고 격정적이며 숭고한 어조는 이러한 물질적이고 신체적인 꼬리의 글쓰기에 의해 침해되고 희화된다.[370]

마이스터 아브라함은 아주 오래된 책에 기록된 어떤 특이한 사람에 대한 일화를 이야기한다. 이 책에서는 그 특이한 사람의 손가락을 통해 나온 부정한 물질이 흰 종이에 떨어지면 그러한 배출이 시가 되었다고 이야기한다. 심지어 무어마저 이따금 정신적인 '몸'의 통증이라 부르고 싶은 이상한 상태에서 자신도 모르게 앞발이 글을 쓰고 있다고 말하는데, 여기서도 계획적이고 이성적인 정신에 선행하는 동물적 글쓰기가 암시되고 있다. 이러한 동물적 글쓰기의 영향에서 격정적이며 진지한 크라이슬러조차도 완전히 벗어나 있지는 못하다. "그는(무어는) 이로써 자신의 텍스트를 위한 공간을 갖기 위해 선행 텍스트를

370 Kremer: 같은 책, 216쪽.

물질적으로 갈기갈기 찢어 놓는다. 하지만 그는 또한 크라이슬러 전기의 격정적 어조를 모방하고 마모시키면서, 내용적으로도 그러한 어조를 해체한다."[371]

"호프만에게서 동물은 중요한 테마일 뿐만 아니라, 그의 시학의 중심요소를 나타내기도 한다."[372] 이러한 의미에서 '시학적 동물'로서의 무어는 인간의 자기이해를 뒤흔들고, 그것의 타당성을 의심하게 하며, 이에 대한 성찰을 요구하는 낭만적 아이러니와 연결되기도 한다.[373] 크라이슬러의 전기가 자서전을 쓰기 위해 무어가 사용하는 종이들을 통해서만 구성되고 무어의 자서전에 의해 매번 중단됨으로써 파편적인 성격을 띤다고 할 때, 이러한 파편성은 형식적인 측면에서 크라이슬러의 분열성과 자기모순을 나타내며 예술적인 독창성과 완전성을 지향하는 그의 추구가 실현될 수 없음을 보여 준다.

왕성한 식욕으로 마구 다른 작품들을 자신의 글 속에 욱여넣는 무어의 글쓰기 방식이 현대의 문학이론에서 상호텍스트성이라는 개념으로 지칭될 수 있다면, 궁극적으로는 크라이슬러 역시 이러한 상호텍스트성의 그물에서 벗어날 수 없으며, 결코 독창적인 천재예술가의 완전성을 구현할 수 없는 것이다. 이러한 측면에서 정신적인 몸의 통증의 지시를 받아 앞발로 글을 쓰거나 왕성한 식욕으로 다양한 작품들을 마구 자신의 뱃속, 아니 글 속으로 집어넣는 무어의 동물적 글쓰

371 Kremer: 같은 책, 217쪽.

372 Lubkoll u. Neumeyer(Hrsg.): *E. T. A. Hoffmann Handbuch*, 314쪽.

373 같은 곳 참조. 크라이슬러 역시 진지한 태도로 예술의 완전성을 지향하는 모습을 보이더라도, 때로는 아이러니의 정신을 드러내며 불완전하고 억압적인 세계를 비판하거나 희화하기도 한다.

기는 숭고한 이념을 추구하는 고상한 인간의 글쓰기를 희화하는 문학적 장치로 작용한다.

3) 다와다 요코의 『눈 속의 에튀드』

다와다 요코는 『눈 속의 에튀드*Etüden im Schnee*』(2014)에서 3대에 걸친 북극곰 가족의 삶을 이야기하며 인간과 동물의 관계에 대해 성찰한다. 이 소설은 3부로 구성되어 있는데, 1부에서 이름이 밝혀지지 않은 북극곰이 서술자로 등장하여 자신의 자서전을 집필하고, 2부의 초반부에는 서커스단 직원인 바바라가 서술자로 등장하지만, 후반부에 가서는 그녀가 조련하는 토스카라는 북극곰으로 서술자가 바뀐다. 마지막 3부에서는 손자세대인 크누트라는 북극곰이 서술자로 등장하여 자신과 동물원 사육사인 마티아스의 삶에 관해 이야기한다.[374]

2부에서 서술자로 등장한 바바라는 전쟁이 끝난 후에 카를이라는 청년을 알게 되는데, 그는 바바라가 개와 대화를 나누는 것에 반대하고, 개와 인간을 엄격히 구분하며, 개는 그저 메타포에 지나지 않는다고 말한다. 앞에서 우화에서는 동물이 메타포로 사용된다는 사실을 언급한 바 있다. 이처럼 동물이 메타포로 사용될 때, 거기에는 그것을 한갓 수단으로 여기는 인간중심적 사고가 깔려 있다. 하지만 다와다 요코는 자신의 소설에서 동물의 시선으로 세계를 바라보며 인간의 특별한 지위를 뒤흔든다. 특히 인간과 동물의 상호 변신을 서술함으

374 정항균: 「인간중심주의 비판과 인간의 동물-되기. 다와다 요코의 『눈 속의 연습곡』에 나타난 인간과 동물의 관계」. 실린 곳: 『카프카연구』 42(2019), 134쪽 참조.

로써 동물을 폄하하는 사고를 비판한다. 여기에서는 이 소설의 서술 형식과 서술자들의 글쓰기 방식의 문제를 중심으로 이 소설에 나타난 동물-되기의 양상을 살펴보고자 한다.

1부의 서술자인 할머니 세대의 북극곰 '나'는 잊어버린 유년 시절을 기억하기 위해 자서전을 쓰기로 결심한다. 이러한 자서전은 근대적인 장르이며, 기본적으로 통일적인 정체성인 '나'에 대한 확고한 믿음을 전제로 한다. 그런데 서술자 '나'가 회의에 참석해 발언하기 위해 손을 들 때, "그것은 결코 나의 자유의지가 아니라 일종의 반사신경이었다."[375] '나'는 이러한 인식에 맞서 자신의 고유한 리듬을 되찾으려 하며, 그것을 구성하는 '나'와 '생각하다'라는 요소를 강조하지만, 춤추려는 의도가 없어도 엉덩이가 들썩거리는 것처럼 그러한 자유의지의 견고함은 문제시된다.

데카르트에 의해 근대의 핵심으로 간주된 자아의 지위가 이러한 자유의지의 부정과 함께 흔들리게 될 때, 이는 자아의 형성과정을 서술하는 자서전이라는 장르 자체의 위기로 이어질 수 있다. 실제로 이 소설에서 서술자 '나'는 점차적으로 자전적인 글쓰기에 회의를 느낀다. 특히 그는 카프카의 「어느 개의 연구Forschungen eines Hundes」(1922)를 읽으면서 거기에 등장하는 개가 과거가 아니라 "현재에 몰두했으며, 믿을 만한 유년기를 만들어 내는 대신 불평하고 골똘히 생각했다"[376]라고 말한다. 서술자는 자서전에서 자신의 과거를 충실하게 재현하는 것은 불가능하며, 그러한 서술에는 허구적인 이야기가 끼어 들어갈

375 Yoko Tawada: *Etüden im Schnee*. Tübingen 2014, 9쪽.

376 Tawada: *Etüden im Schnee*, 81쪽.

수밖에 없음을 인정한다.

또한 그녀에게는 유년기가 아니라 그보다 훨씬 이전에 놓여 있는 시기로 돌아가는 것이 중요하다. 즉 그녀에게는 꿈과 현실의 명확한 구분이 존재하지 않던 시기로 돌아가는 것이 중요한데, 그러한 시기는 의도적 회상을 통해서가 아니라 변신을 통해 접할 수 있다. 이러한 맥락에서 이 소설의 서술자인 북극곰은 다음과 같이 말한다. "'개의 이야기'의 저자도 자서전을 쓰지 않았다. 그 대신 그는 때로는 원숭이, 때로는 쥐가 되는 것을 즐겼다."[377] 1부에서 서술자는 북극곰으로 등장하는데, 앞의 인용문과 연결시키면 이것은 작가 다와다 요코의 동물-되기를 보여 주는 것으로도 해석할 수 있을 것이다.

서술자인 북극곰은 서점 주인의 추천으로 동물의 시점에서 쓴 「학술원에 드리는 보고」라는 소설을 읽는다. 프리드리히라는 서점 주인은 "(이 소설의) 본래 주인공이 결코 동물이 아니야. 동물이 비동물로 변신하거나 또는 인간이 비인간으로 변신하는 과정에서 기억력이 사라지는데, 이러한 상실이 주인공이야"[378]라고 말한다. 여기서 동물이 비동물로 변신하는 것은 원숭이 빨간 페터가 생존하기 위해 자유를 버리고 인간사회에 순응하여 인간화되는 것을 의미한다. 또 다른 맥락에서 그것은 동물인 원숭이에서 인간으로의 진화과정을 가리키는 것으로도 볼 수 있다. 그러나 이처럼 인간으로 서서히 변신한 원숭이 페터는 밤에 아직 완전히 조련되지 않은 다른 암컷 침팬지의 눈빛을 보면서 억눌려 있던 야생성의 순간적 분출을 느끼곤 한다. 이것은 인간

377 Tawada: 같은 책, 81쪽.

378 Tawada: 같은 책, 64쪽 이하.

이 문명화과정에서 억압한 자기 내부의 야수성으로 순간적으로 돌아가는 것, 즉 변신하는 것을 의미한다.

들뢰즈와 가타리가 말한 의미에서 이러한 동물-되기로의 변신은 인간적인 자아를 망각함으로써만 이루어진다. 원숭이 빨간 페터는 객관적인 보고를 가장한 자신의 글쓰기에서 동물에서 인간으로의 진화를 필연적일 뿐만 아니라 진보로 간주하는 인간중심적인 시각을 비판한다. 이러한 동물의 시점은 근대적 자아와 이성의 승리를 비판적으로 바라보게 하며, 동물-되기의 필요성을 강조한다.

서술자인 북극곰은 원래 러시아에서 태어났지만, 서베를린으로 망명했고 이후에 캐나다로 이민한다. 서독에서 그를 정치적으로 이용하려는 정부요원은 '나'에게 모국어인 러시아어로 글을 쓰도록 요구하지만, '나'는 내 모국어가 뭐냐고 물으며 독일어로 글을 쓰기로 결심한다. 『수고양이 무어의 인생관』에서 민족주의 정신에 고취되고 애국심에 불타는 수고양이 무어가 희화되는 반면, 『눈 속의 에튀드』의 서술자인 북극곰은 특정한 민족에 귀속되지 않는 동물 특유의 속성을 바탕으로 민족주의적인 사고를 비판한다. 특정한 민족국가에 속해 있는 근대인은 동물-되기를 수행함으로써 민족적 경계를 넘어설 뿐만 아니라, 모국어의 경계마저 넘어서게 된다. 이처럼 외국어로 집필하는 글쓰기가 일종의 번역으로서의 글쓰기라면, 이러한 번역의 글쓰기는 동시에 자신의 내면에 깃들어 있는 낯섦, 즉 동물의 야수성을 번역하는 글쓰기로 이어져야 한다.

이 소설의 1부에서 외국어로 글을 쓰는 외적인 번역의 글쓰기가 다루어진다면, 2부에서는 동물적인 야수성을 표출하는 내적인 번역의 글쓰기가 중심에 놓인다. 2부의 서술자는 서커스단에서 일하는 '바바라'라는 여성이다. 그녀는 1부의 서술자로 등장하는 북극곰의 딸인 토스카를 조련하여 무대에서 다양한 공연을 한다. 낮에는 바바라와 토스카가 서로 이야기를 나눌 수 없는데, 이들에게 공통된 언어가 결여되었기 때문이다. 하지만 바바라가 토스카의 눈을 들여다볼 때면, 그녀와 소통하고 있으며 서로 이해하고 있다고 느낀다. 특히 꿈에서 바바라는 종종 곰으로 변신하며 토스카와 대화를 나누기도 한다.

바바라는 토스카의 전기를 쓰기로 결심하는데, 이때 흥미로운 것은 동독에서의 종이 부족 때문에 청소업무목록을 기록한 종이를 사용한다는 것이다. 이 목록의 뒤 페이지에 아무것도 쓰여 있지 않아 바바라는 그곳에 토스카의 전기를 1인칭 형식으로 서술하려고 한다. 호프만의 소설에서 수고양이 무어가 쓴 글 뒤에 악장 크라이슬러의 삶이 숨겨져 있다면, 여기서는 청소업무목록이라는 사무적인 글 뒤에 토스카라는 북극곰의 생애를 기록한 동물적 글쓰기가 수행되는 것이다. 즉 일상적인 노동의 세계 뒤에 숨겨진 동물적인 야수성이 바바라의 글쓰기를 통해 발현된다고 할 수 있다. 그것이 기록될 하얀 종이는 "북극곰이 자신의 삶을 써 나갈 눈 덮인 들판"[379]이다.

바바라가 토스카라는 북극곰의 전기를 쓴다고 할 때, 우선은 인간과 상호작용하지만 그것과 근본적으로 다른 어떤 동물에 관한 이야기라고 생각할 수 있다. 하지만 다와다 요코가 동물이라고 할 때 그것은 인간 외부에 존재하는 동물뿐만 아니라, 인간 내부에 존재하는 동

379 Tawada: 같은 책, 139쪽.

물을 의미하기도 한다는 사실에 주의할 필요가 있다. 여기서도 바바라가 처음에 토스카의 전기를 쓸 때 마치 토스카 스스로 자서전을 쓰는 것처럼 1인칭 형식으로 글을 쓴다. 즉 전기작가인 바바라가 '나'라는 말로 토스카를 지칭함으로써 일종의 동물-되기를 수행하는 것이다. 그러나 이러한 글쓰기는 남편의 등장으로 중단된다. 그 후 바바라는 토스카에 관한 글을 쓰기 위한 준비작업으로 우선 자기 자신에 대해 글을 쓰기로 마음을 먹는다.

그런데 '바바라Barbara'의 이름에 'Bär' 즉 곰이 들어 있을 때, 바바라 자신에 대한 글쓰기가 사실은 북극곰에 대한 글쓰기이기도 하다는 것을 알 수 있다.[380] 토스카는 꿈에서 바바라가 스스로에 대해 글을 쓰면 자신을 위해 쓸 공간이 생길 거라며, 자신이 그녀 안으로 들어갈 것이라고 말한다. 바바라는 꿈에서 설원에 있는 자신 안에 "뭔가 야생적인 것, 성숙하지 못한 것, 예측 불가능한 것"[381]이 들어 있음을 느낀다. 그녀가 이러한 야생적인 것을 표출하는 것, 즉 바바라 속에 들어 있는 '곰Bär'을 표출하는 것은 그녀 자신에 대한 글쓰기인 동시에 북극곰에 대한 글쓰기이기도 한 것이다. 그녀가 꿈속에서 북극곰 토스카와 대화하고 인간과 동물의 경계를 허물며 서로의 속으로 변신해 들어갈 때, 그녀의 그러한 행동은 다른 사람들에게는 정신이상으로 비추어지지만, 사실은 현실에서 억압된 무의식적 욕망의 강렬한 발산으로 간주될 수 있을 것이다.

이후에 바바라의 혀에 놓인 각설탕을 토스카가 꺼내 먹는 소위 '죽

380 정항균: 「인간중심주의 비판과 인간의 동물-되기」, 145-146쪽 참조.

381 Tawada: *Etüden im Schnee*, 178쪽.

음의 키스'라는 퍼포먼스가 수행된 후, 즉 "첫 번째 키스 이후 그녀의 인간 영혼이 한 조각 한 조각씩 내 곰의 신체 속으로 흘러 들어왔다."[382] 그리하여 이제 북극곰 토스카가 서술자인 '나'로 등장하여 바바라의 삶에 관해 이야기한다. 이러한 글쓰기는 동물의 시점에서 서술되는 것일 뿐만 아니라, 동물로 변신한 인간의 시점, 즉 동물-되기를 수행한 인간의 시점에서 행해지는 것이기도 하다. 토스카는 "곰의 시점에서 죽음의 키스를 묘사하며 이 전기를 끝맺고 싶다"[383]라며 이 장면을 이렇게 묘사한다.

> 나는 등을 약간 구부리고 어깨에 힘을 뺀 채 두 발로 서 있다. 내 앞에 서 있는 작고 사랑스러운 인간 여성에게는 꿀처럼 달콤한 냄새가 난다. 나는 내 얼굴을 아주 천천히 그녀의 푸른 눈을 향해 움직이고, 그녀는 짧은 혀 위에 각설탕을 놓고 내 쪽으로 입을 내민다. 나는 그녀의 입안에서 설탕이 번쩍이는 것을 본다. 그 색깔이 내게 눈을 연상시키며, 나는 북극을 향한 '멀리 떨어진 것에 대한 동경'에 사로잡힌다.[384]

인용문에서는 북극곰 토스카의 시선에서 바바라와의 죽음의 키스 퍼포먼스가 묘사된다. 여기서 토스카는 바바라의 혀에 놓인 각설탕을 보고 눈을 떠올리며, 자신이 가 보지 못한 멀리 떨어진 북극에 대한

382 Tawada: 같은 책, 202쪽 이하.
383 Tawada: 같은 책, 205쪽.
384 Tawada: 같은 책, 205쪽 이하.

동경에 사로잡힌다. 그러나 다른 한편 토스카가 바바라의 내면에 있는 'Bär'라고 한다면, 이러한 동경은 공간적으로 멀리 떨어진 것에 대한 동경뿐만이 아니라 시간적으로 멀리 떨어진 것에 대한 동경도 의미할 것이다. 즉 그것은 '나'의 유년기 훨씬 이전의 시기, '나'의 야수성과 무의식이 억압받지 않던 시기에 대한 동경을 의미한다.[385]

그런데 바바라의 전기를 서술하는 토스카가 같은 이름의 나이 든 암곰, 즉 죽은 토스카의 환생이며 자신 안에 그녀에 대한 기억을 갖고 있다고 설명하는 데서 알 수 있듯이, 이러한 야수성은 '나'에게는 아득히 먼 옛날에 존재한 후 사라져 버린 것이지만 다시 환생하여 언제든지 나타날 수도 있다. 1부에서 서술자가 곰이 춤과 음악을 통해 유령이나 망자와 소통하려고 한다고 말한 것처럼, 북극곰-되기의 글쓰기는 이미 죽었지만 여전히 살아 있는 듯 우리의 주변을 떠돌아다니는 유령을 불러내는 초혼의 글쓰기이다.

3부에서는 우선 주변 세계가 어린 북극곰 크누트의 시선에서 묘사되지만, 크누트 자신은 1인칭이 아닌 3인칭으로 지시된다. 그 때문에 독자는 작가(서술자)가 서술하되 시점은 인물의 시점을 취하는 체험화법이 나타나는 것이 아닌가 하는 인상을 받게 된다. 그러나 사건이 전개되면서 3인칭으로 표현되는 크누트가 사실은 사건을 서술하는 서술자임이 밝혀진다. 마치 어린아이가 자신을 '나'라고 부르지 않고 자신의 '이름'으로 부르는 것처럼, 그는 스스로를 크누트로 부른 것이다. 그러나 크누트가 동물원에 있는 말레이곰과 만나 자기 자신을 3인칭

385 유년기 이전의 시기가 구체적으로 어떤 시기인지에 대한 더 자세한 설명은 정항균: 「인간중심주의 비판과 인간의 동물-되기」, 140-141쪽 참조.

으로 부르는 것 때문에 비웃음을 사고 나서는 여느 사람처럼 자신을 '나'로 지칭한다.

디트리히 베버가 자신의 서술이론에서 이야기한 것처럼, 사실 인칭은 서술자 구분에 있어 중요하지 않다. 엄밀히 말해 1인칭 소설이나 3인칭 소설은 서술자와 관련된 것이 아니라 소설에 등장하는 대상 중에 1인칭 인물이 있느냐 없느냐와 관련된 구분이다. 왜냐하면 이야기하는 서술자는 항상 1인칭이어야 하며, 결코 3인칭이 될 수 없기 때문이다. 그 때문에 베버는 1인칭, 3인칭으로 서술작품을 구분하기보다는 서술자가 자기 자신에 대해 이야기하느냐 아니면 타인에 대해 이야기하느냐에 따라, '자기중심적인 이야기egozentrische Erzählung'와 '타인중심적인 이야기aliozentrische Erzählung'로 구분한다.[386] 이러한 분류법에 따르면, 이 소설도 인칭의 변화 여부와 상관없이 자기중심적인 이야기로 분류될 수 있을 것이다. 즉 북극곰 크누트는 주로 자기 자신에 대한 이야기를 서술하고 있는 것이다.

그러나 다른 한편 그가 자신을 3인칭인 '이름'으로 부르다가 1인칭인 '나'로 바꿔 부르는 것의 의미에 대해 생각해 볼 필요가 있다. 왜냐하면 이러한 과정은 그가 스스로를 3인칭의 이름으로 부르는 아이에서 자아에 대한 인식을 지닌 어른으로 성장하는 것을 의미하기 때문이다. 실제로 크누트는 동물원 사육사인 마티아스의 손에 키워지면서 점점 인간처럼 되어 간다. 그래서 그는 마티아스가 자신을 말레이곰과 결혼시키려는 의도를 밝히자, 마음속으로 자신은 말레이곰이 아닌

386 Dietrich Weber: *Erzählliteratur*. Göttingen 1998, 91쪽 참조.

마티아스와 결혼해 같이 살 것이라고 생각하기도 한다. 3부에서 인간과 소통하고 상호작용하는 크누트의 모습을 통해 동물이 단순히 자연적으로 결정된 존재가 아니라, 인간과 함께 살아갈 수 있는 적응 능력을 지닌 존재임이 강조된다.

다른 한편 크누트는 1인칭으로 인간화되었음에도 불구하고 여전히 자신 속에 동물성을 간직하고 있으며 차가운 북극에 대한 동경을 갖고 있다. 마치 동물에서 진화한 인간이 여전히 동물성을 간직하고 있는 것처럼 말이다. 따라서 크누트가 밤에 때때로 현실에서 벗어나 유령적인 세계에 들어서는 것은 우연이 아니다. 동물과 유령의 만남은 사실은 인간과 관련하여 중요한 의미를 갖는다. 왜냐하면 유령은 단순히 비합리적인 환상의 세계와 관련된 것이 아니라, 우리의 마음속에 억눌려 있지만 사라지지 않고 우리 주변에서 도사리고 있는 무의식적 욕망을 가리키는 것이기 때문이다. 그러한 점에서 유령은 억압받은 동물적 야수성을 의미하기도 한다.[387]

마티아스가 죽고 나서 크누트는 밤이면 유령처럼 등장하는 미하엘이라는 남자를 만난다. "게다가 그는 손목시계를 차고 있지 않았고 … 머리부터 발끝까지 흑표범처럼 매끈하고 우아한"[388] 그는 크누트에게 ""나는 하얀 털을 동경해. 그래서 너를 찾아오는 거지"라고 농담하듯

387 "이처럼 인간과 동물의 전통적 구분을 허물어뜨리는 탈경계적인 동물-되기는 더 나아가 산 자와 죽은 자의 경계를 넘어서는 탈경계행위로도 발전할 수 있다. 그것은 '내' 안에 들어 있지만 망각된 다양한 망자 내지 유령을 불러내어 그들과 소통하며, '내' 속의 타자성을 인식하는 행위가 된다"(정항균: 「인간중심주의 비판과 인간의 동물-되기」, 147쪽).

388 Tawada: *Etüden im Schnee*, 306-307쪽.

이 대답하기도 했다."[389] 여기서 동물적 특성을 지닌 미하엘은 인간에게 억압된 야수성을 나타낸다. 이것은 인간이 자신을 질식시키는 무더운 노동의 일상세계에서 순간적으로 일탈하여, 북극의 차가움에도 불구하고 모피 속에 간직해 둔 강렬한 야수성을 방출하며 동물로 변신하는 것을 의미한다. 그러한 의미에서 미하엘은 죽은 마티아스의 또 다른 동물적 자아라고 말할 수 있을 것이다.[390]

이처럼 다와다 요코는 이 소설에서 인간에 의한 동물의 억압을 비판할 뿐만 아니라, 인간의 내부에 존재하지만 억압되어 있는 내면의 동물, 즉 야수성의 해방을 주장하기도 한다. 이를 통해 인간의 동물로의 변신이 중요한 의미를 갖게 된다. 이러한 변신은 비단 내용적 차원뿐만이 아니라 서술 차원에서도 이루어지며, 이로써 동물-되기가 문학적 글쓰기의 형식을 띠게 된다.

389 Tawada: 같은 책, 310쪽.

390 정항균: 「인간중심주의 비판과 인간의 동물-되기」, 147쪽 참조.

4.

박해와 구원, 동물-되기의 양가성

제발트의 『토성의 고리』

1) 죽음의 정치로서의 생명정치: 동물 박해와 호모 사케르의 양산

(1) 인간중심주의와 동물 박해

원시사회에서 인간이 신으로 숭배한 동물은 점점 지위가 하락하여 근대에 이르러서는 단순한 사물의 지위로 전락한다. 인간이 자연을 한갓 대상의 지위로 격하하고 지배하면서, 동물은 인간과 달리 어떤 사고나 의지, 감정도 없는 존재로 간주된다. 제발트는 『토성의 고리』에서 폐허 모티브를 통해 맹목적으로 진보를 추구하는 인간문명이 역사의 파국을 낳는 위험을 초래하게 되었음을 보여 준다. 이러한 문명 비판적인 맥락에 따라 이 소설에서는 인간중심주의와 동물 박해의 역사가 함께 비판된다.

영국의 해안가를 따라 방랑하는 서술자는 영국 동쪽 끝에 위치한 도시 로스토프트에 도달한다. 그곳은 한때 영국에서 가장 중요한 어항인 동시에 해수욕장으로도 잘 알려진 곳으로, 해변에 늘어선 건물들은 철저하게 이성적으로 계획되고 조직되어 있었다. 그러나 지금 그곳의 어획량은 급격히 줄어들었을 뿐만 아니라, 수은, 납 등의 중금속에 오염되어 물고기가 폐사하거나 기형물고기가 출현하는 곳으로 변하였다. 서술자는 한때 이곳을 발전시켰던 원동력이었던 '인간의 이성'을 자신이 살아가는 생태계에 대한 어떠한 고려도 하지 않고 환경을 오염시키는 주범으로 묘사한다. 이러한 인간중심주의로 인해 인간과 같이 살아야 할 다른 동물들이 생태계에서 누릴 권리는 묵살되고 만다.

라투르에 따르면, 근대인은 자연과 사회(내지 문화)를 이분법적으로 구분하고, 그것의 매개성 내지 혼합성을 부정하였다. 하지만 그는 인간에 의해 매개되지 않은 순수한 자연이란 없으며, 반대로 객관적인 사물의 성격을 띠지 않은 순수한 사회도 없다고 말한다. 이로써 인간과 비인간의 이분법적인 구분은 허구로 밝혀지며, 이를 대신해 준주체와 준대상의 분리 불가능성이 제시된다.[391] 이러한 생각으로부터 인간이 소위 비인간으로 간주되는 자연에 끊임없이 개입하며 그것에 미친 영향과 이에 대한 책임이 강조된다. "자연들은 직접 존재하면서도 자신들의 이름으로 말하는 대표자인 과학자들과 공존한다. 사회들도 직접 존재하지만 태고의 시간부터 사회들을 안정시키는 역할을 한 대상들과 공존한다. … 자신들을 위한 장소가 부재하였던 난맥상과 연

391 브뤼노 라투르(홍철기 옮김): 『우리는 결코 근대인이었던 적이 없다』. 갈무리 2009, 344-345쪽 참조.

결망들이 이제 자신들을 위한 전체 공간을 갖게 되었다. 그들이야말로 표상/대표되어야 한다. 이제부터는 그들 주위에서 사물의 의회가 소집된다."[392] 이처럼 라투르는 비인간과 인간의 하이브리드적 관계를 인정하고, 소위 자연이라고 불리는 것에 대한 인간의 책임을 강조하고 있는 것이다.

우리는 보통 자연에 대한 연구는 객관적이며 도덕적인 영역과 무관한 지식의 영역이라고 생각하기 쉽다. 하지만 제발트는 이 작품에서 청어의 예를 통해 인간의 지식욕이 얼마나 다른 동물들에게 잔인한 폭력을 행사했는지를 보여 주며 인간중심주의를 비판한다. 청어는 육지에 나와도 금방 죽지 않으며 두세 시간을 버틸 수 있는데, 과학자들은 그러한 청어의 생존력을 실험하기 위해 일부러 지느러미를 잘라 내어 불구로 만들기도 한다. 나아가 인간은 엄청나게 증식하는 청어의 개체수를 핑계로 자신이 자연의 다른 생명체들에게 가하는 파괴에는 일부분의 책임만 있을 뿐이라며 자신의 행위를 정당화하기도 한다.

원시사회에서 동물의 빠른 증식이 인간이 동물에게 경외심을 느끼며 그들을 신으로 삼는 이유가 되었다면, 근대인들에게는 오히려 그러한 동물의 속성이 그에게 가해진 폭력에 대한 책임 내지 죄의식을 덜어 주는 근거로 작용한다. 더욱이 인간과 달리 동물은 어떤 개성도 없는 존재로 간주되기 때문에, 개별 생명체의 생명에 대한 인간의 존중은 없는 것이다. 서술자는 또한 "청어의 특별한 생리학적인 조직

392 라투르: 『우리는 결코 근대인이었던 적이 없다』, 355-356쪽 참조.

이 청어가 죽음과 싸울 때 더 고등한 동물의 신체와 영혼을 통과하는 불안과 고통의 감정을 갖지 않도록 지켜 준다는 가정"[393]을 의문시하며 "사실 우리는 청어가 지닌 감정에 대해 아는 바가 없다"[394]라고 말한다.

영장류학자인 프란스 드 발은 도덕을 진화의 산물로 간주하면서 인간 외의 많은 동물들이 단순한 감정을 넘어 심지어 공감 능력을 지니고 있다고 말한다. "동물의 공감에 대한 이러한 관찰은 영장류만이 아니라 개, 코끼리, 심지어 설치류를 대상으로 한 연구에서도 나타난다. 침팬지가 우울해하는 동료를 안아주고 입 맞추며 위로하는 사례는 수천 건에 달한다. 포유류는 타자의 감정에 민감하고 그들의 필요에 반응한다."[395]

이처럼 현대의 동물행동학은 많은 동물들이 인간처럼 사고하고 감정을 지니고 있으며, 도구를 사용하고 심지어 초기 단계의 도덕적인 행동을 하기도 한다고 주장한다. 물론 청어 같은 어류가 그러한 능력을 지닌다고 주장하지는 않지만, 제발트는 '고통에 대한 감수성'을 지닌 동물들의 생명을 존중해야 한다는 동물윤리를 강조하며, 청어에 대한 인간의 섣부른 판단과 가치평가의 위험성을 거론하고 타자로서의 동물의 생명에 대한 존중을 요구하고 있는 것이다.

원시인들이 비록 동물을 사냥하고 고기를 식량으로 취하면서도, 그러한 식량을 제공해 준 동물신에게 감사하고 제사를 지내며, 제의를

393 W. G. Sebald: *Die Ringe des Saturn*. Frankfurt a. M. 2004, 75쪽.

394 같은 곳.

395 프란스 드 발(오준호 옮김): 『착한 인류. 도덕은 진화의 산물인가』. 미지북스 2014, 18쪽.

통해 동물로 변신하고 죽은 생명을 상징적으로 다시 되살리는 작업을 했던 반면, 그 이후 사냥은 점점 귀족의 특권이나 부유한 시민계급의 자기과시 수단으로 변모했다. 『토성의 고리』의 서술자도 우드브리지에서 오포드로 내려가는 길에 초원을 보면서 과거 그곳에서 번창했던 사냥에 대해 언급한다.

> 꿩 사냥은 1차 세계대전이 일어나기 10여 년 전에 정점에 도달하였다. … 이곳에서 때로는 단 하루 만에 육천 마리의 꿩이 사냥되기도 했다.[396]

여기서 1차 대전과 사냥의 연관성이 암시되며, 동물사냥이 지닌 파괴적 속성이 강조된다. 특히 나치정권의 대표적 인물인 괴링은 사냥광으로 잘 알려져 있는데, 그를 통해 나치의 인간사냥과 동물사냥의 연관성이 드러나기도 한다. 왜냐하면 나치정권은 가치 없는 것으로 간주된 인간을 동물의 지위로 격하시키면서 그들의 생명을 빼앗는 것에 아무런 죄책감도 느끼지 않았기 때문이다.

이러한 맥락에서 서술자가 꿈에서 유령처럼 마주 앉아 도미노게임을 한, 그의 도플갱어 가운데 한 사람으로 등장한 에드워드 피츠제럴드가 육식에 대한 혐오로 오랜 기간 채식을 했을 뿐만 아니라, 심지어 나중에는 빵과 버터, 차 외에 거의 아무것도 먹지 않았다는 사실은 의미심장하다. "동시대인들이 생명력의 보존을 위해 필수적으로 여긴,

396 Sebald: *Die Ringe des Saturn*, 266쪽 이하.

많은 양의 설익은 고기의 섭취를 그가 끔찍하게 여겼기 때문에"[397] 그는 고기를 섭취하지 않았던 것인데, 여기서 건강을 추구하는 동시대인들의 사고방식 및 이와 연결된 생명정치의 이면에 파괴적인 폭력이 숨어 있음을 알 수 있다. 그러한 생명정치는 특히 인간중심주의적인 사상 속에서 인간 외의 모든 동물을 사물로 격하시키며, 생명에 대한 차별과 박해를 낳았던 것이다.

(2) 가치 없는 생명으로서의 인간 박해

중세까지만 해도 유럽에서 폭력은 결코 예외가 아닌 일상이었다. 일상에서 평민들 사이의 사소한 다툼이 곧바로 폭력으로 이어지는 일이 빈번했고, 기사들의 약탈전쟁이나 종교전쟁으로 인한 대규모의 인명 피해도 적지 않았다. 심리학자인 스티븐 핑커는 17세기에 노르베르트 엘리아스가 말한 소위 문명화과정과 18세기의 인도주의 혁명을 거쳐 근대에 평화가 정착하기 시작했고, 폭력이 예외로 변하게 되었다고 주장한다. 여기서 문명화과정이란 중세 귀족들이 궁중에 편입되어 가신이 됨으로써 절대군주에 경제적으로 예속되고, 그 때문에 궁중예절과 자신의 감정을 절제하는 법을 배우게 되었음을 의미한다.

이를 보다 일반화해서 말하자면, "국가통제의 중앙 집중화와 폭력의 독점, 장인길드와 관료 제도의 성장, 물물교환에서 화폐로의 전환, 기술 발전, 상업발달, 갈수록 더 넓은 지역의 개인들이 상호 의존의 그물망을 이루는 것. 이 모두가 하나의 유기적 전체를 이룬다. 그 속

397 Sebald: 같은 책, 243쪽.

에서 잘 살고 싶은 사람은 감정 이입과 자기 통제력이 제 2의 천성이 될 때까지 계발해야 한다."[398] 인도주의 혁명이란 18세기에 철학과 문학의 발전과 함께 타인의 시선으로 상대방을 바라보는 법을 배우면서, 이전까지 아무런 양심의 가책 없이 폭력을 발산하거나 그러한 공개적인 폭력을 함께 즐겼던 사람들이 이제 그 희생자에게 공감하며 그러한 폭력에 거리를 두기 시작한 사건을 의미한다.[399]

이처럼 인간 생명에 대한 존중과 폭력에 대한 혐오감이 커지면서, 정치 역시 인간 생명 자체에 관심을 갖게 되었다. 이전에 출생, 죽음, 건강 같은 인간의 생명과 관련된 문제가 가정의 영역에 속하는 것으로 간주되었다면, 근대에 들어서면서 정치가 이러한 생명 자체를 통치의 대상으로 고려하기 시작한다. 푸코는 이를 생명정치라는 이름으로 부른다.[400]

그런데 근대의 생명정치는 단순히 인간의 생명을 정치적 대상으로 고려하는 것이 아니라, 그와 동시에 타자로서의 다른 생명을 배제하기도 한다. 그 첫 번째 대상이 바로 앞 장에서 살펴본 동물이다. 근대의 법은 동물의 권리를 배제하는 것을 근간으로 삼는다. 헤겔은 동물이 인간과 달리 사유할 수 없고 의지도 갖고 있지 않기 때문에, 우리가 마음대로 그 생명을 처분할 수 있는 사유재산과도 같다고 말한

398 스티븐 핑커(김명남 옮김): 『우리 본성의 선한 천사』. 사이언스북스 2015, 158쪽.

399 "사람들은 다른 인간들에게 좀 더 공감하기 시작했고, 남들의 괴로움에 더 이상 무감각하지 않았다. 이런 힘이 융합되어, 새로운 이데올로기가 생겨났다. 생명과 행복을 모든 가치의 중심에 두는 이데올로기, 이성과 증거를 사용하여 제도를 설계하는 이데올로기. 이런 이데올로기를 휴머니즘이나 인권이라고 불러도 좋을 것이고, 이 이데올로기가 18세기 후반 서구인의 삶에 갑작스럽게 미친 충격을 인도주의 혁명이라고 불러도 좋을 것이다"(핑커: 『우리 본성의 선한 천사』, 248쪽).

400 미셸 푸코(이규현 옮김): 『성의 역사 1. 지식의 의지』. 나남 2014, 150쪽 참조.

다.[401] 이처럼 근대의 생명정치는 엄밀히 말해 '인간'의 생명정치이며, 이는 다른 동물의 생명을 파괴하는 죽음의 정치를 전제로 삼고 있다.

근대 유럽의 생명정치의 두 번째 박해대상은 타자로서 그 사회에서 배제되는 동물적 지위를 지닌 인간들이다. 가령 유럽 국가들은 아메리카나 아프리카 대륙의 주민들을 비인간으로 간주하며, 그들에게 시민사회의 인권 개념을 적용하려 하지 않았다. 유럽 시민들의 자유와 인권은 식민지에서의 인권유린과 경제적 수탈에 기반을 두고 있었던 것이다. 이처럼 유럽인들은 식민지 피지배자들에게 강제노역을 시킬 수 있었고, 심지어 처벌을 받지 않고서 그들의 생명을 빼앗을 수도 있었다.

제발트의 작품 중 『토성의 고리』는 제국주의에 대해 가장 직접적으로 비판하고 있는 작품이다. 이 소설의 곳곳에서 유럽이 다른 대륙의 국가들에 가한 제국주의적 침략의 야만성이 언급되고 있다. 조지프 콘래드라는 이름으로 잘 알려진 코르제니오프스키가 어린 시절에 본 콩고의 지도에는 일반적으로 지도에 등장하는 여러 가지 표시들, 가령 도시나 도로 대신 동물들이 그려져 있을 뿐이었다.

> 왜냐하면 지도 제작자들이 그런 빈 공간들에 이국적인 동물, 즉 포효하는 사자나 아가리를 벌린 악어를 그려 넣기를 좋아했기 때문에, 그들은 콩고강도 거대한 땅을 가로질러 꼬불꼬불 기어가는 뱀으로 만들어 버린 것이다.[402]

401 헤겔: 『법철학』, 71쪽, 88쪽, 136쪽 참조.

402 Sebald: *Die Ringe des Saturn*, 143쪽.

이처럼 유럽인들은 아프리카의 원주민들에 대해 자신들이 갖고 있는 온갖 편견을 투사하여 그들을 야수의 지위로 끌어내렸으며, 이를 통해 콩고를 문명화시키겠다는 자신들의 진보에 대한 기획을 정당화하려고 했다. 그러나 제발트는 코르제니오프스키가 『어둠의 심연*Heart of Darkness*』(1899)에서 말로에게 콩고지역에서 행해진 강제노역을 묘사하게 한 장면을 그대로 옮겨 놓으며, 진짜 야만적인 야수는 아프리카인들이 아니라 그들을 착취하고 폭력을 행사한 제국주의적인 유럽인들임을 폭로한다.

서술자는 영국 서퍽의 소머레이턴 저택을 방문했을 때도 제국주의적 약탈의 흔적을 발견한다.

> 현관에는 삼 미터가 넘는 거대한 박제 북극곰이 서 있다. 좀이 슨 누리끼리한 털을 지닌 이 북극곰은 비탄에 잠긴 유령처럼 보인다. 방문객을 위해 열어 놓은 소머레이턴의 방들을 지나가면, 실제로 자신이 서퍽의 한 영지에 있는 것인지 아니면 아주 멀리 떨어진, 거의 치외법권적이라고 할 수 있을 지역, 즉 북해의 해안이나 검은 대륙의 심장부에 있는 것인지 때로 알기 어렵게 된다.[403]

북극해에서 포획한 북극곰은 자연을 정복해 온 인간에게 희생된 동물의 운명을 상징적으로 보여 준다. 나아가 소머레이턴 저택을 치장하고 있는 온갖 이국적인 물건들은 식민지 열강이 식민지에서 행한

403 Sebald: 같은 책, 49쪽.

온갖 착취와 폭력의 흔적이 되어, 유령처럼 그 집을 떠돌며 그들의 원혼을 풀어 줄 것을 요구하는 것처럼 보인다.

유럽 제국주의는 비단 아프리카나 아메리카, 아시아 대륙의 지배에 한정되지 않는다. 이 작품에서는 또한 영국이 아일랜드를 식민지로 삼고 탄압한 역사를 로저 케이스먼트의 예를 들어 이야기한다. 케이스먼트는 영국 영사로 있던 시절 콩고에서 토착민에게 저지른 범죄를 상세하게 작성해 본국에 보고하였고, 그 후 남아메리카로 파견되어서도 그러한 제국주의적 침탈을 목격하며 그것에 비판적인 태도를 취하였다. 나아가 프로테스탄트교도인 아버지와 가톨릭교도인 어머니를 둔 그 자신의 문제이기도 한 아일랜드 문제에 관심을 갖는다.

> 거의 아일랜드 인구의 절반가량이 크롬웰의 병사들에 의해 살해당하고, 나중에 수천 명의 남자와 여자를 백인노예로 서인도제도로 보내고, 최근에는 백만 명이 넘는 아일랜드인들이 기아로 죽고, 여전히 대다수의 후세대들이 고향에서 쫓겨나 이민하도록 강요받는다는 이러한 모든 사실들이 그의 머릿속에서 떠나지 않았다.[404]

크롬웰이 통치하던 시기에 영국군 의사로서 윌리엄 패티는 아일랜드를 방문했는데, 그곳에서 아일랜드와 런던의 페스트 발병 강도를 비교함으로써 '자연적 신체'와 '정치적 신체' 간의 유사성을 밝혀내려고 시도한다. 이로부터 병약하고 가난한 아일랜드의 상황을 개선하기

404 Sebald: 같은 책, 157쪽.

위해 아일랜드 남자와 영국 여자 간의 결혼이나 영국인의 아일랜드 이민을 권하였다.[405] "생산성을 증진시키기 위한 필수적인 선결조건으로서 아일랜드에서 아일랜드인을 몰아내야 한다는 그의 비전 때문에 그는 나치의 선별작업의 '선구자'로 간주될 수 있을 것이다."[406]

이처럼 유럽인인 아일랜드인조차 영국인에 의해 차별받고 노예로 팔려 가거나 학살당했다는 사실에서 이러한 제국주의적 침탈에서 벗어난 지역이 세상 어디에도 없었음을 확인할 수 있다. 나아가 비유럽인뿐만 아니라 유럽인들 사이에서도 이러한 생명정치적인 구분이 이루어졌으며, 그에 따라 가치 없는 생명으로 간주된 사람들이 강제로 추방당하거나 죽음으로 내몰렸음을 알 수 있다. 그리고 실제로 20세기에 들어오면서 유럽 중심부에서 죽음의 정치로서의 생명정치가 대량학살을 자행하면서, 아감벤이 말한 호모 사케르, 즉 죽여도 처벌받지 않는 무가치한 생명들을 양산하게 된다.

제발트는 『토성의 고리』에서 죽음의 정치로 돌변한 생명정치의 잔혹성을 여러 차례 암시하고 있을 뿐만 아니라, 때로는 명시적으로 비판하기도 한다. 서술자는 전기 울타리 뒤에 있는 수백 마리의 돼지를 보고 그들의 얼굴이나 귀 뒤를 만져 주었는데, 그러자 돼지들은 마치 고통에 시달리는 인간처럼 한숨을 쉰다. 그 후 그는 성서에 나오는 한 이야기를 떠올린다. 원래 성서의 마태복음 8장과 마가복음 9장에 나오는 가다라 사람의 이야기에 따르면, 예수가 귀신 들린 자들의 부탁

405 Francesca Falk: Hobbes' Leviathan und die aus dem Blick gefallenen Schnabelmasken. In: *Leviathan* 39(2011), 255-256쪽 참조.

406 Falk: Hobbes' Leviathan und die aus dem Blick gefallenen Schnabelmasken, 256쪽.

에 따라 그들에게 깃든 귀신을 돼지 무리 속으로 들어가게 한 후 그들을 비탈진 둑으로 내몰아 호수에 빠져 죽게 하였으며, 그 후 이렇게 구원된 사람들이 예수가 베푼 자비를 널리 이야기하고 다닌다.

그런데 서술자는 여기서 성서 이야기의 초점을 전이시킴으로써 이 이야기를 완전히 반대되는 의미로 해석한다. 미쳐 날뛰는 한 남자는 그의 이름이 무어냐는 질문에 이렇게 대답한다. "내 이름은 셀 수 없음이요. 왜냐하면 우리는 수가 많기 때문이지요. 청하노니 우리를 이 지역에서 몰아내지 마시오."[407] 하지만 하느님은 이 악령들을 돼지 무리 속에 들어가게 하여 물에 빠져 죽게 한다. 성서에서와 달리 서술자는 이러한 악령들을 몰아내는 것에 관심을 갖는 것이 아니라, 그들을 몰아내기 위한 대상인 돼지들에 관심을 갖는다. 서술자는 돼지의 불결함에 대한 관념이 "우리가 우리의 병든 인간정신을 우리가 비천하다고 여기며 죽여도 좋다고 생각하는 다른 종에게 넘겨 주어야만 한다"[408]라는 생각에서 비롯된 것은 아닌지 자문한다. 여기서 서술자는 동물을 죽여도 좋은 '비천한 종'으로 간주하는 생각을 비판하고 있을 뿐만 아니라, 나아가 인간의 병든 정신을 돼지의 불결함과 연결시키는 위생학적인 관점에서의 인간 치유가 지닌 폭력성을 고발하고 있다.

이러한 위생학적 관점에 따르면 동물의 불결함이 인간에게 전염될 위험이 있듯이, 인간의 병든 정신 역시 그러한 전염의 위험을 내포하고 있다. 따라서 그러한 타자로부터의 전염을 막고 자신의 민족을 건

407 Sebald: *Die Ringe des Saturn*, 86쪽.

408 같은 곳.

강하게 보존하기 위해서는 타자를 절멸할 필요가 있다는 것이다.[409] 이러한 생각은 나치의 위생 이데올로기로 이어진다. 이 책에서 나오는, 양잠업과 관련된 나치 선전영화에서 눈처럼 하얀 깨끗한 세상을 약속하고 있지만, 다른 한편 누에에 대한 여러 가지 실험과 누에를 끓는 물 속에 집어넣어 죽이는 과정에 대한 상세한 묘사는 면역학과 위생 이데올로기에 담긴 폭력성을 여실히 드러내 준다. 즉 그것은 타자로 간주되는 가치 없는 생명들을 동물이나 벌레의 지위로 격하하여 아무런 처벌도 받지 않고 말살할 수 있도록 하는 것이다.

2) 구원을 위한 동물로의 변신

(1) 새로의 변신

『토성의 고리』는 서술자가 도보여행을 마친 후 온몸이 마비되어 노리치 병원에 입원한 이야기로 시작된다. 병실에 있던 서술자는 카프카의 소설 「변신」의 주인공인 그레고르가 창밖을 바라보며 해방감을 느꼈던 것처럼 그렇게 밖을 내다보기 위해 애를 쓴다. 여기서 주목할 것은 서술자가 벌레로 변신한 그레고르와 자신을 동일시하며, 스스로

409 "대신 제 3제국의 생명정치는 18세기 경찰 과학에서 물려받은 유산인 '생명에 대한 배려'가 우생학 특유의 관심을 기반으로 절대화되는 어떤 지평 속에서 움직이고 있다. 폰 유스티는 정치와 경찰을 구분하면서 전자에게는 순수하게 부정적인 기능(즉 국가 내부와 외부의 적들에 대한 투쟁)을, 그리고 후자에게는 긍정적인 기능(즉 시민들의 생명에 대한 보살핌과 그것의 육성)을 부여했다. 만일 국가사회주의의 생명정치는 필연적으로 이 두 가지 용어 사이의 차이의 소멸을 함축하고 있다는 것을 이해하지 못하면 우리는 국가사회주의의 생명정치를 … 이해할 수 없을 것이다. 경찰이 이제 정치가 되었으며, 생명에 대한 보살핌이 곧 적에 대한 투쟁과 동일한 것이 된 것이다"(아감벤: 『호모 사케르』, 281-282쪽).

벌레로 변신한 것처럼 느끼고 행동한다는 사실이다.

카프카의 소설 「변신」에서 그레고르가 벌레로 변신한 것은 이중적인 의미를 갖는다. 한편으로 그는 집에서 점점 무용하고 성가신 짐 같은 존재로 전락하며 무가치한 생명이 되어 버린다. 하지만 다른 한편 그는 벌레로 변신한 후 이전에 관심이 없던 음악에 관심을 갖게 된다든지 이전에 알 수 없었던 집안 사정을 아는 등 새로운 면모를 보여주기도 한다. 이러한 특성들은 긍정적인 것으로 볼 수 있는데, 그 때문에 그레고르의 변신은 양가적으로 해석되어야 한다.

이러한 맥락에서 서술자가 소설인물인 그레고르처럼 병실에서 창밖을 내다보며 해방감을 느낄 때, 제발트의 작품에서도 변신이 긍정적 의미를 내포하고 있음을 알 수 있다. 특히 서술자가 입원한 병원이 9층에 있었다는 사실에서 그가 창문을 통해 내다본 하늘은 인간의 시점보다 새의 시점에 가까웠다고 말할 수 있을 것이다. 비록 이 소설에서 서술자가 직접 새로 변신하는 환상적인 상황은 발생하지 않더라도, 서술자가 새의 시점을 취하며 공중에서 대지를 바라보는 서술태도를 취하고 있음에 주목할 필요가 있다.

우선 이 소설에서 새와 관련된 두 개의 장면을 살펴보자. 첫 번째는 서술자가 소머레이턴의 저택을 구경한 후 집 밖으로 나와서 새장에 갇혀 있는 중국산 메추라기를 바라보는 장면이다. 서술자는 새장에 갇힌 이 새가 치매에 걸린 것으로 추정하는데, 이 새는 "어떻게 자신이 이런 절망적인 상황에 처하게 되었는지 이해하지 못하는 듯 고개를 흔들었다."[410] 여기서 새장에 갇힌 새는 자유를 빼앗긴 절망적 상황에 처해 있을 뿐만 아니라, 치매를 앓는 듯 스스로의 상황을 이해하지도 못하는 인식의 결여에 시달리기도 한다.

두 번째는 서술자의 친구인 마이클 햄버거에 대한 서술에서 새가 언급되는 장면이다. 나치의 본격적인 지배가 시작되던 1933년, 마이클은 어머니 및 외조부와 함께 영국으로 떠나는데, 공항 세관에서 자신이 키우던 앵무새를 빼앗긴다. 이 사건은 그에게 자신의 베를린 유년 시절이 상실되는 시발점으로 여겨진다. 이 에피소드에서 새는 마이클의 자유롭던 유년기를 연상시키는데, 그러한 시기에 아이들은 상상 속에서 새처럼 자유롭게 날아다닐 뿐만 아니라 그러한 새의 시점에서 세상을 바라볼 수 있기 때문이다. 다와다 요코도 『변신』이라는 시학강연집에서 새와 유년기, 그리고 꿈의 연관성을 이렇게 설명한다.

> 새의 언어는 하늘을 나는 사람의 언어이다. 인간이 자신의 힘으로 날아갈 수 있는 것은 오직 꿈에서뿐이다. 그런 한 새의 언어는 꿈꾸는 사람들의 언어라고도 부를 수 있을 것이다. 호프만의 메르헨에서 아이들은 스스로 날게 될 때, 처음으로 새의 목소리가 말하는 언어를 이해하게 된다.[411]

그러니까 아이들은 스스로 새처럼 날아다니며 새로 변신하는데, 이때 그들은 비밀스러운 새의 언어를 이해하게 된다. 그런데 일반적으로 사람들, 특히 어른들이 그러한 새로 변신하며 새의 언어를 이해하기 위해서는 일상에서 빠져나와 꿈의 세계로 들어가는 것이 필요하

410 Sebald: *Die Ringe des Saturn*, 50쪽.

411 Tawada: *Verwandlungen*, 12쪽.

다. 따라서 새의 언어로 말하고 그러한 관점에서 세계를 바라보고 이해하기 위해서는 꿈꾸는 자가 되어야 한다.

서술자는 노리치 병원에 입원해 있을 때 진통제를 맞아 몽롱한 상태가 된다. 그는 마치 꿈에서처럼 하늘을 둥둥 떠다니는데, 이것을 새로의 변신으로 해석할 수도 있을 것이다.

> 내 안에서 순환하는 진통제의 놀라운 영향 때문에, 나는 철제격자 침대에 누워 무중력상태로 자신의 주위에 쌓여 가는 구름산맥 사이를 떠다니는 기구여행자가 된 듯한 느낌을 가졌다.[412]

물론 여기서 그는 기구여행자에 비유되지만, 그가 하늘을 둥둥 떠다니는 느낌을 가질 때 그것은 차라리 새로의 변신에 가깝다고 할 수 있다. 더욱이 그 뒤에 나오는 토머스 브라운에 대한 언급에서는 이제 하늘로 비상하는 그의 모습이 새로 비유된다.

서술자가 병원 창문을 통해 비행기가 하늘을 뚫고 지나가는 궤도의 흔적을 바라볼 때, 그는 고공비행하는 언어를 사용하고 한 페이지에서 두 페이지에 달하는 긴 문장을 구사하며 장례행렬을 연상시키는 미로 같은 글을 쓴 토머스 브라운을 떠올린다.

> 특히 이 거대한 짐 때문에 그가 지구에서 이륙하는 데 항상 성공하는 것은 아니지만, 그의 산문이 그리는 동그란 궤도 위에서 자신의 짐과

412 Sebald: *Die Ringe des Saturn*, 28쪽.

> 함께 그가 따뜻한 기류 위에 있는 비조(飛鳥)처럼 점점 더 높이 하늘로 끌어올려질 때, 오늘날의 독자조차 공중 부양하는 듯한 감정에 사로잡힌다. 땅으로부터 거리가 멀어질수록 시야는 더 분명해진다.[413]

여기서 토머스 브라운은 마치 하늘을 나는 비조가 되어 까마득히 높은 곳에서 아래를 내려다보는 시선으로 글을 쓰는 것처럼 생각된다. 그리고 진통제로 인해 꿈을 꾸듯이 정신이 몽롱해진 서술자 역시 새로 변신한 브라운과 스스로를 동일시하며, 그의 글쓰기를 자신의 글쓰기 속으로 끌어들인다. 따라서 서술자의 글쓰기는 단순히 현실을 있는 그대로 재현하는 글쓰기가 아니라, 꿈을 꾸는 듯한 몽환적인 시선으로 현실을 바라보는 글쓰기라고 할 수 있다. 그리고 그러한 글쓰기를 하기 위해서는 우선 새로 변신해야 한다.

그러나 그러한 글쓰기는 결코 현실 자체를 도외시하는 환상적인 글쓰기가 아니다. 오히려 서술자는 꿈과 같은 환상적인 필터를 거쳐 현실을 서술함으로써, 단순한 현실재현적 시선에서 벗어나는 것을 포착할 수 있게 된다. 특히 서술자가 모범으로 삼는 토머스 브라운의 글쓰기가 장례행렬을 떠올리게 하듯이, 서술자 역시 흔적도 없이 사라진 역사의 희생자들을 애도하는 글쓰기를 추구한다. 즉 그의 환상적인 글쓰기는 역사 속에서 사라졌지만, 여전히 유령이 되어 우리 주위를 떠돌고 있는 희생자들을 불러내는 초혼의 글쓰기인 것이다.

한번은 서술자가 하늘 위를 맴도는 비조들을 바라보면서 "공중을

413 Sebald: 같은 책, 30쪽.

날아다니며 그들이 그려 낸 궤도에 의해 세상이 지탱된다고 상상하기도 했다. 그리고 몇 년 후인 1940년에 아르헨티나의 살토 오리엔탈에서 집필된 소설 「틀뢴, 우크바르, 오르비스 테르티우스」에서 몇 마리의 새가 원형경기장 전체를 구원했다는 이야기를 읽게 되었다."[414] 여기서 새는 세상을 구원하는 존재로 묘사된다. 그런데 앞에서 이야기한 것처럼 새를 작가와 연결시킬 수 있다면, 하늘에서 내려다보는 고공의 언어를 통해 장례행렬을 묘사하는 작가는 역사 속에 파묻힌 희생자들, 원혼이 풀리지 않은 유령들을 다시 불러내어 애도하는 사람으로 간주될 수 있다. 이러한 맥락에서 구원하는 새의 이미지를 이해할 수 있을 것이다.

끝으로 암스테르담에서 노리치로 가는 비행기에서 서술자가 지상을 내려다보며 묘사한 장면을 살펴보자. 역시 대지에서 멀어져 비행 중인 서술자의 시선은 새의 시선을 연상시키는데, 여기서 내려다본 이 지역에는 그곳이 유럽에서 가장 인구밀도가 높은 지역임에도 불구하고 사람의 모습이 전혀 보이지 않는다. 하늘에서 내려다보면 인간의 존재는 미미하기 그지없는 것이다. 이러한 묘사는 자연을 지배하고 통제할 수 있다고 믿는 인간중심주의에 대한 분명한 비판을 담고 있다.

우리가 해안가를 지나 젤리처럼 파란 바다 위로 날아갔을 때, 우리는 그런 높은 곳에서 우리 자신을 바라보면, 우리가 우리 자신, 우리의

414 Sebald: 같은 책, 87쪽.

목적, 우리의 종말에 대해 얼마나 아는 것이 없는지에 깜짝 놀라게 된다고 나는 생각했다.[415]

이처럼 우리가 인간중심적인 시선에서 벗어나 동물로 변신하며 새의 시선을 취할 때, 인간 인식의 한계와 세계의 복잡성에 눈을 뜨게 된다. 제발트에 따르면, 바로 이러한 동물로의 변신이야말로 인간이 우주의 주인이라는 거만한 태도를 버리고 우주의 모든 다른 생명체들과 상생하며 조화롭게 지내기 위한 선결조건이라는 것이다.

(2) 누에/나방으로의 변신[416]

새와 더불어 이 작품에서 중요한 동물로 등장하는 것은 누에이다. 비단 모티브와 더불어 누에 모티브 역시 이 작품에서 지속적으로 등장한다. 우선은 인간이 누에로 묘사될 경우 주로 부정적인 의미를 띠는 것처럼 보인다. 서술자가 태평천국의 난과 서태후의 통치에 대해 서술하는 부분에서 누에는 지배자에게 목숨을 다 바쳐 일하고 버려지는 백성의 비유로 나타난다. 권력욕에 사로잡힌 서태후는 자신의 지위를 위협할 수 있는 사람을 모두 제거한다. 그녀가 애정을 느낀 유일한 대상은 자신의 목숨을 바쳐 귀한 비단을 만들어 내는 누에뿐이었다. 이와 마찬가지로 그녀에게 이상적인 백성이란 자신에게 무조건 충성하며 봉사하는 누에 같은 사람들이었지만, 그들은 그녀의 눈에는

415 Sebald: 같은 책, 114쪽.

416 이 부분은 정항균:「떡갈나무에서 뽕나무로. 제발트의『토성의 고리』에 나타난 숲과 나무의 의미」. 실린 곳:『카프카 연구』38(2017)에서 특히 119-121쪽의 일부분을 수정·보완하였음을 밝힌다.

자신의 필요에 따라 죽일 수 있는 벌레에 불과했다.

그러나 이 작품에서 누에가 단순히 벌레 같은 무가치한 생명을 지시하는 비유로만 등장하는 것은 아니다. 오히려 제발트는 누에가 지닌 변신 능력에 주목하며, 그로부터 긍정적인 의미를 끌어낸다. 뽕잎을 먹고 자라는 누에는 자신이 짠 누에고치 안에 들어가 있다가 다시 밖으로 나와 나방으로 변신하는데, 토머스 브라운은 이러한 변신을 일종의 환생으로 간주한다. 오늘날의 과학적 인식에 비추어 볼 때, 애벌레가 나방성충으로 변신하는 것을 환생이라고 부를 수 있을까? 생물학자인 베른트 하인리히에 따르면 그렇다. 애벌레와 나방성충은 서로 다른 유전자 지침을 갖고 있다. "두 지침은 서로 다른 종만큼이나 다르다. 어쩌면 그 이상이다. 따라서 그것은 한 개체에서 다른 개체로의 환생에 해당할뿐더러 심지어 한 종에서 다른 종으로의 환생에 해당한다. 어떻게 한 생물체에서 작동하는 두 지침이 '물고기도 아니고 새도 아닌' 엉망진창의 결과를 용케 피할까? … 그 답인즉, 한 몸의 대부분이 죽고 새로운 몸에서 새로운 생명이 부활한다는 것이다."[417] 따라서 애벌레가 나방으로 변태하는 것은 단순한 신체적 탈바꿈이 아니라 환생에 해당한다고 말할 수 있다.

이처럼 애벌레가 나방으로 변신하는 것을 역사적 차원에서 해석할 수도 있다. 이러한 시각에서 보면 누에가 나방으로 변신하는 것은 벌레처럼 죽어 간 역사적 희생자들을 기억하고 환생시키는 것을 의미한다. 바로 그러한 환생은 누에가 실을 자으며 비단을 직조하는 작업,

417 베른트 하인리히(김명남 옮김): 『생명에서 생명으로』. 궁리 2015, 243쪽.

즉 애도의 글쓰기를 통해 이루어진다.[418] 이러한 측면에서 보면, 누에는 벌레처럼 죽어 간 역사의 희생자일 뿐만 아니라, 그러한 희생자의 고통에 공감하며 창조적인 글쓰기를 하는 작가이기도 하다.

이러한 누에의 양면성은 특히 『토성의 고리』의 6장에서 잘 나타난다. 이 장에서는 앞에서 언급한 서태후의 이야기 외에 작가 앨저넌 스윈번의 이야기가 등장한다. 이 상이한 두 이야기를 서로 연결시키는 것은 바로 '누에'이다. 서태후가 백성을 벌레 같은 순종적인 인간으로 여기듯이, 활력이 넘치는 가문에서 돌연변이처럼 태어난 스윈번 역시 그를 찾아온 방문객에게는 벌레 내지 잿빛 누에의 모습으로 나타난다. 스윈번은 어려서 작은 키에 비정상적인 얼굴 크기 때문에 놀림감이 되었고, 커서도 발육 부진으로 기병대 입대의 꿈이 좌절되었다. 하지만 소위 말하는 정상적인 사회에서 배제되고 추방된 스윈번은 벌레로서의 누에일 뿐만 아니라, 문학작품을 직조하는 작가로서의 누에이기도 하다.

앨저넌 스윈번을 방문했던 한 사람은 그를 이렇게 묘사한다.

> 그는 … 스윈번을 볼 때마다 잿빛 누에나방을 떠올렸는데, … 점심식사 뒤 그를 덮친 몽롱한 상태에서 느닷없이 전기가 번쩍 지나간 듯 새로운 생명으로 깨어나더니 내쫓긴 나방처럼 손을 떨면서 서재를 재빨리 왔다 갔다 하였다.[419]

418 Text는 어원적으로 '직조'를 뜻하는 textil에서 비롯되었다.
419 Sebald: *Die Ringe des Saturn*, 198쪽.

누에가 탈피의 과정을 겪고 누에고치를 만든 후 누에나방으로 환생하듯이, 스윈번 역시 벌레 취급을 받으며 생겨난 극심한 우울증을 글쓰기 작업을 통해 이겨 내고 창조적인 작가로 재탄생한다. 그는 글쓰기를 통해 자신과 마찬가지로 고통을 받았던 희생자들을 환생시킬 뿐만 아니라 그 스스로도 창조적인 작가로 환생하는 것이다.

종합해 보면, 누에가 역사의 희생자들과 그들에게 공감하는 작가를 모두 상징하듯이, 환생한 누에나방 역시 기억된 역사의 희생자들과 우울증을 극복한 창조적인 작가 모두를 상징한다.

5.

동물-되기의 글쓰기

카프카의 「자칼과 아랍인」[420]

1) 인간중심주의와 정치적 동물 생산 비판

카프카의 단편소설 「자칼과 아랍인」의 줄거리는 다음과 같다. 여기서 자칼이란 개와 비슷하게 생긴 동물로, 이들은 그동안 사막에서 아랍인들에게 끊임없이 박해받아 왔다. 그러던 중 자칼 무리가 이곳으로 여행 온 유럽인에게 녹슨 재단 가위를 건네며 아랍인의 목을 베어 줄 것을 부탁한다. 하지만 자칼 무리가 이런 부탁을 하는 동안 아랍인이 나타나 자칼을 자신들의 개라고 부르며, 그들에게 죽은 낙타를 던져 준다. 자칼 무리는 본능의 유혹을 견디지 못한 채 낙타에 달려들지만, 아랍인은 채찍을 휘둘러 이들을 낙타 시체로부터 떼어 낸다. 그리

420 이 부분은 정항균: 「동물이야기. 카프카의 「자칼과 아랍인」에 나타난 동물과 동물-되기 연구」. 실린 곳: 『카프카 연구』 41(2019)을 수정 · 보완하였음을 밝힌다.

고 여행 온 유럽인이 아랍인을 만류하여 그가 채찍질을 중단하는 것으로 소설은 끝이 난다.

자칼의 무리 중 가장 연장자인 자칼은 유럽여행자로 등장하는 서술자 '나'에게 "세계를 두 조각 낸 싸움을 끝내 달라"[421]라고 부탁한다. 여기서 '세계를 두 조각 낸 싸움'은 다양하게 해석될 수 있겠지만, 일차적으로 자칼의 시점에서 보면 자칼로 대변되는 동물과 인간 사이의 싸움이라고 할 수 있다.[422] 연장자 자칼은 서술자에게 "그들[아랍인들]이 동물을 먹기 위해 죽이며, 그러면서도 그 시체를 멸시한다"[423]라고 말한다. 이성적인 유럽인들과 대비되는 아랍인들은 동물을 멸시하면서도 자신의 필요, 즉 영양섭취를 위해 그들을 죽인다는 것이다. 원시인들이 동물을 먹으면서도 인간에게 고기를 제공해 주는 동물을 신으로 숭배하며 제의를 통해 감사의 뜻을 표시하는 것과 달리, 아랍인들은 동물로부터 이득을 취함에도 불구하고 동물을 경멸한다.

자칼은 "아랍인이 도살하는 숫양의 슬피 우는 소리가 들려서는 안 됩니다. 모든 동물은 편안히 죽을 수 있어야 합니다"[424]라고 말하며, 동물이 자연적인 방식으로 죽음을 맞이해야 한다고 주장한다. 흥미로운 것은 앞의 인용문에서 '슬피 우는 소리Klagegeschrei'라는 단어에 '고소

421 Franz Kafka: Schakale und Araber. In: Franz Kafka: *Sämtliche Erzählungen*. Köln 2007, 203쪽 이하.

422 Hadea Nell Kriesberg: "Czechs, Jews and Dogs Not Allowed": Identity, Boundary, and Moral Stance in Kafka's "A Crossbreed" and "Jackals and Arabs." In: Marc Lucht/Donna Yarri(ed.): *Kafka's creatures. Animals, Hybrids, and Other fantastic beings*. Lanham 2010, 48쪽 참조.

423 Kafka: Schakale und Araber, 202쪽.

424 Kafka: 같은 책, 204쪽.

Klage'라는 의미가 내포되어 있다는 사실이다. 이러한 단어선택이 우연이 아님은 다른 곳에서도 "비탄조Klageton"[425]라는 단어가 사용된다는 점을 보면 알 수 있다. 데리다는 근대의 법이 법적 주체로서의 동물을 배제함으로써 정립될 수 있었다고 주장하는데,[426] 카프카는 이 소설에서 동물로 하여금 인간을 고소하며 법의 심판을 요구하게 함으로써 이러한 인간중심적인 법을 문제 삼고 있는 것이다.

그러나 이성적이고 인도주의적으로 보이는 유럽인이 심판관으로서 인간과 동물 사이의 해묵은 싸움을 해결할 수 있을 것처럼 보이지는 않는다. 왜냐하면 근대 유럽인이야말로 인간중심적인 법을 정립하며 동물의 권리를 박탈한 장본인이기 때문이다. 그 때문에 아랍인은 자칼이 서술자에게 가위를 건네며 아랍인을 죽여 달라고 부탁할 때 그들이 갖는 희망을 이렇게 조롱하는 것이다.

> "모든 유럽인들은 그들에게 그러한 소명을 지닌 것처럼 여겨지지요. 이 짐승들은 어리석은 희망을 갖고 있어요. 그들은 바보예요, 진정한 바보입니다. 그래서 우리는 그들을 사랑하지요."[427]

자칼이 고발하는 인간의 육식행위는 아랍인뿐만 아니라 유럽인에게도 해당된다. 이 소설에서 부정적으로 묘사되는 육식행위는 카프카의 전기에서도 동일한 의미를 갖는다. 카프카의 할아버지는 도축업자

425 Kafka: 같은 책, 203쪽.

426 데리다: 『법의 힘』, 41쪽 참조.

427 Kafka: Schakale und Araber, 205쪽.

였고, 그의 아버지는 카프카에게 식탁에서의 올바른 예절을 가르치려고 했지만, 카프카는 그것을 따르지 않고 식이요법적인 섭생을 하며 채식주의자가 되었다.[428] 「단식예술가」에서 단식하는 예술가를 감시하는 사람 역시 도축업자로 등장한다. 또한 카프카 스스로 자신의 일기나 밀레나를 비롯한 주변인에게 보내는 편지에서 자주 자신을 동물로 비하해 표현하곤 하였는데, 뒤집어서 말하면 그는 인간보다 열등한 것으로 간주되는 동물에 대해 공감을 표할 줄 알았던 것이다.[429]

또한 카프카는 인간에게 희생당하는 동물뿐만 아니라 동물의 지위로 격하된 사람들에 대해서도 깊은 공감을 표한다. 이 소설에 등장하는 자칼은 그것을 어떤 맥락에 연결시키느냐에 따라 다양한 민족집단을 가리키는 것으로 해석될 수 있다. 예를 들면 자칼은 유럽에서 일어난 반유대주의에 대한 반발로 민족주의적인 정신으로 무장해, 시오니즘의 물결을 타고 팔레스타인에 새로운 국가를 건립하고 정착하려는 유대인을 상징한다. 그리고 자칼이 서술자인 나의 도움에 희망을 거는 것은 유대인들이 특히 유럽인들의 도움을 받아 팔레스타인에 새로운 국가를 건설하려는 역사적 사실과 연결된다.[430]

그런데 카프카가 살던 시대의 유대인들은 실제 삶에서 이러한 동물

428 Michael Niehaus: *Franz Kafka Erzählungen. Der Kaufmann, Das Urteil, Der Heizer, Vor dem Gesetz u. a.* München 2010, 116쪽 참조.

429 Joachim H. Seyppel: The Animal Theme and Totemism in Franz Kafka. In: *American Imago. a Psychoanalytic Journal for the Arts and Sciences* 13(1956), 80쪽: "카프카는 소위 말하는 '저급한' 피조물을 내려다볼 정도로 '성인'은 아니었다. 그는 우리 주변의 동물들에 대한 진지한 경외심을 가지고 있었고, 본질적으로 자기 자신을 그들과 같은 레벨에 있는 것으로 생각하였다. … 그가 개나 쥐와 자신을 비교하며 스스로를 낮췄을 때, 이는 오직 일종의 전도에 의해서였을 뿐이었다. 즉 그 자신의 시점이 아니라 타인의 시점으로 그렇게 한 것이었다."

430 Jens Hanssen: Kafka and Arabs. In: *Critical Inquiry* 39/1(2012), 185쪽 참조.

로의 격하를 체험하는 일이 비일비재했다. "사람들은 직장인으로서의 유대인으로 잠자리에 들었다가 다음 날 해충으로 깨어날 수 있었다. 비록 대학에서 공부할 수는 있었지만, 유대인은 개로 불렸다. 독일어와 오스트리아어로 된 반유대주의적인 정치서적에서 유대인들은 빈번히 "쥐," "생쥐," "벌레," "해충"으로 언급되었다."[431] 동물은 아감벤적인 의미에서 생명권력에 의해 열등하고 무가치한 것으로 간주되는 인간을 지시한다. 나치가 유대인을 벌레나 동물에 비유했고, 그들을 실은 수송열차에서 승객의 숫자를 '개수'로 표시한 것은 널리 알려진 사실이다. 프리모 레비도 수용소의 상황을 이러한 맥락에서 묘사했다.[432]

죽음의 정치로서의 나치의 생명정치는 가치 있는 생명과 가치 없는 생명을 구분하고, 전자의 건강을 위해 후자를 소멸시키는 것을 목표로 한다. 그것은 피의 순수성을 내세우고 열등한 인종을 벌레나 동물에 비유하며, 이들이 우월한 아리아 인종을 감염시키는 것을 막기 위해 이들을 격리하고 박멸해야 한다는 인종 이데올로기를 만들어 낸다. 물론 카프카의 소설에서 나치즘이 언급되고 있는 것은 아니지만, 적어도 여기서 암시되는 반유대주의 사상에 담겨 있는 동물 비유는

431 Kriesberg: "Czechs, Jews and Dogs Not Allowed," 34쪽.

432 "그들은 모두 유대인들과 집시, 슬라브인들이 짐승이고 하찮은 쓰레기 같은 존재라는 것을 증명하고 확인하려 했다. 아우슈비츠의 문신을 생각해보라. 소에게나 새기는 문신을 인간에게 새겨놓은 것이다. 절대 문이 열리지 않는 가축용 객차를 생각해보라. … 이름 대신 사용되는 수인번호, 숟가락도 주지 않아 개처럼 핥아먹어야 하는 배급… 시신을 이름도 없는 물건 취급해 금이빨을 빼내고 방직 재료로 쓰기 위해 머리카락을 잘라내는 시체 약탈, 비료로 쓰는 시신의 재, 실험용 기니피그로 전락해 약물 실험의 대상이 되었다가 죽어간 남자와 여자들을 생각해보라"[프리모 레비(이현경 옮김): 『이것이 인간인가』, 돌베개 2017, 299쪽].

그것이 아감벤이 말한 생명정치와 연결될 수 있음을 암시한다. 즉 반유대주의 사상은 디아스포라를 낳은 원인이며, 거기에는 특정한 인간 집단을 동물로 비하하고 멸시하는 태도가 깔려 있는 것이다.

그런데 이러한 반유대주의 사상은 유대인들 자신에게도 영향을 미쳐, 그러한 생명권력적 사고를 반복하게 만들기도 한다. 동화된 중서부 유럽인들은 유대교 전통에 충실한 동부 유대인들을 '기생충'으로 멸시하기도 했고, 또한 나중에 "팔레스타인 유대인 이민국 소장이었던 아르투어 루핀은 철저한 건강, 직업 그리고 가장 건강하고 가장 바람직한 사람을 선발하기 위한 인종적 척도를 제안했다."[433]

흥미로운 것은 이 소설에서 희생자로 제시된 자칼이 동시에 다른 동물을 잡아먹는 육식성 동물로 등장한다는 것이다.[434] 자칼은 유럽인인 서술자에게 자신들은 불쌍한 동물이며 가진 것이 이빨밖에 없다고 하소연하지만, 그러한 이빨은 작품 마지막에 죽은 낙타의 시체를 갈기갈기 찢는 데서 알 수 있듯이 공격적인 특성을 보여 주기도 한다. 자칼의 무리가 순수성을 강조하고 자신들이 원하는 것이 오직 순수성

433 Hanssen: Kafka and Arabs, 193쪽.

434 이처럼 약자의 위치에 있으면서도 동시에 스스로 육식을 하며 공격적 성향을 드러내는 자칼은 작가 카프카와의 연관성을 지니기도 한다. 왜냐하면 카프카 스스로 채식주의자이면서도 때로는 육식이라는 금기를 깸으로써, 죄를 짓고 괴로워하기 때문이다. 그는 한 편지에서 요양소에서 정어리를 먹은 후 스스로를 하이에나에 비유한다.

"예를 들면 카프카는 한 편지에서 자신이 전날 밤 요양소에서 정어리를 먹은 후, 슬픔에 잠겨 하이에나처럼 숲을 거닐었다고 이야기한다. 엄격한 채식주의자는 스스로 세운 계율을 어긴 것이었다. 이러한 자신의 비유인 하이에나는 썩은 고기를 먹는 동물로, 자신의 채식주의의 계율을 위반한 것에 대한 자기멸시와 자기처벌에 대한 비유를 나타낸다"(Walter H. Sokel: *Franz Kafka. Tragik und Ironie*. München 1964, 10쪽).

바꿔 말하면, 썩은 고기를 먹는 하이에나와의 비교는 소설 속 자칼이 작가인 카프카 자신과 연결될 수 있으며, 단순히 부정적 인물로 간주될 수 없음을 암시한다.

뿐이라고 말할 때, 이 말에는 모순이 있다. 왜냐하면 "'순수한' 자칼들이 더러운 아랍인들의 냄새를 맡을 수 없다고 주장하면서도, 아랍인들이 그들에게 던져 주는 고기를 먹을 때 스스로의 말을 반박하고 있기 때문이다."[435]

또한 자칼이 내세우는 순수성 자체가 심지어 섬뜩한 면을 지니기도 한다. 왜냐하면 이러한 순수성에 대한 말은 피의 순수성을 강조하며 죽음의 정치로서의 생명정치를 수행해 온 인종차별적인 민족주의의 외침을 그대로 반복하고 있는 것처럼 보일 수도 있기 때문이다.[436] 이러한 피의 순수성, 단일한 민족적 정체성에 대한 구호들이 인종차별적인 구호로 넘어갈 수 있으며, 이를 통해 억압받은 자들이 새로운 억압자가 될 위험이 생겨난다.[437] 즉 반유대주의의 희생자가 시오니즘의 구호 아래 식민주의적 침략자로 탈바꿈할 수 있는 것이다.

그런데 언뜻 보아 아랍인과 달리 이성을 지니고 있으며 그래서 자칼의 무리를 구원해 줄 수 있을 것으로 여겨지는 유럽인들 역시 사실은 이러한 생명정치적 폭력에서 자유롭지 못하다. 사막을 횡단하는 대상隊商의 지휘자인 아랍인은 자칼이 유럽인들로부터 구원을 바라는 것이 헛된 망상에 불과하다며 그들을 바보라고 부른다. 그러면서 "그

435 Sokel: *Franz Kafka. Tragik und Ironie*, 130쪽.

436 유사한 맥락에서 김연수는 다음과 같이 쓰고 있다. "자칼들이 여기서 보여 주는 그들의 '순수성'이라는 종교적 가치가 비겁한 이기주의적 양상을 띠면서 더 이상 종교적 차원의 '순수성'이 문제가 되는 것이 아니라, 정치적인 제스처로 넘어가는 것이다"(김연수: 『문학과 탈경계문화』. 학고방 2017, 173쪽).

437 "로마제국에 성전을 빼앗기고 디아스포라가 되어 유럽과 세계 각지로 흩어져 박해를 받았던 유대인들이 유대인국가를 수립하고자 그들의 '옛 땅'으로 되돌아오고자 시오니즘 운동을 조직한 역사와 강제로 삶의 근거지를 빼앗기고 난민이 되어 각지에 흩어져 사는 디아스포라 팔레스타인인들이 다시금 팔레스타인 건국 운동을 조직한 역사 사이에는 본질적인 유사성이 보인다"(김연수: 『문학과 탈경계문화』, 179쪽).

들은 우리의 개예요. 당신들의 개보다는 훨씬 멋지지요"[438]라며, 유럽인들 역시 자신들처럼 개를 소유하고 있음을 지적한다.

아랍인들을 주인으로 모시는 개가 자칼이라고 한다면, 이는 유럽인들이 부리는 문자 그대로의 개보다 더 야생적인 면모를 지닌다고 할 수 있다. 잘 길들여진 개가 유럽사회에 완전히 동화된 서유럽 유대인에 대한 반유대주의자들의 욕으로 사용되었다면, 보다 야생적인 개로서의 자칼은 자신들의 고유한 종교와 문화를 좀 더 고집스럽게 고수하며 지배민족인 아랍인들을 몰아내려는 시오니스트로서의 유대인을 가리키는 것으로도 볼 수 있을 것이다.[439] 나아가 유럽인들이 소유

438 Kafka: Schakale und Araber, 205쪽.

439 티스마는 「자칼과 아랍인」을 비유가 아닌 구체적인 역사적 맥락에서 해석할 것을 요구하며, 자칼을 유대인의 상징으로 해석한다. 그는 성서나 하이네, 그릴파르처, 슈티프터 같은 작가들의 작품에서 썩은 시체를 먹는 자칼이 노동을 하지 않고 기생 생활을 하는 유대인을 가리키는 비유로 사용되어 왔다며, 이러한 맥락에서 카프카의 「자칼과 아랍인」에 나타난 자칼의 모습을 살펴본다. 또한 당시 시오니스트들이 팔레스타인에서 아랍인들로부터 땅을 사들여 스스로 일하지 않고 남을 노동시키는 토지소유자의 모습을 보이는 것도 이러한 기생적 삶과 연결될 수 있는 것으로 간주한다. 특히 자칼이 팔레스타인의 지배민족인 아랍인들에게 억압받는 불쌍한 존재로 나타나고, 그들에게 저항하면서도 동시에 그들이 던져 주는 썩은 고기를 포기하지 못하는 모습에서, 티스마는 억압받는 민족으로서의 유대인의 상과 노동을 회피하고 기생적 삶을 영위하는 부정적인 유대인의 상을 모두 발견한다. Jens Tismar: Kafkas 》Schakale und Araber《. Im zionistischen Kontext betrachtet. In: *Jahrbuch der deutschen Schillergesellschaft* 19(1975), 311-312쪽과 314-317쪽 참조.
그러나 카프카 특유의 불확정적인 글쓰기를 생각하면, 자칼을 유대인의 비유로 확정할 수는 없을 것이다. 가령 카프카의 소설에서 자칼은 썩은 고기와 피를 먹는 것으로 묘사되고 있는데, 이러한 행위는 음식과 관련된 유대인의 계율을 명백히 위반하는 것이기 때문이다. 구약성서의 레위기 17장 14절에는 다음과 같은 구절이 나온다. "모든 생물의 생명은 그 안에 있는 피와 같노라. 내 이스라엘 백성에게 이르노니, 너희들은 육체를 지닌 어떤 생물의 피도 먹어서는 안 되느니라. 육체를 지닌 모든 생물의 생명은 곧 그들의 피이기 때문이니라. 따라서 그 피를 먹는 자는 누구라도 죽음을 면하기 어려우리라"(*Die Bibel im heutigen Deutsch.* Levitikus 17:14, 123쪽).
이러한 맥락에서 파미와 뮐러는 이 작품에서 자칼이 반드시 유대인을 가리킨다고 볼 수 없으며, 오히려 독자가 해석을 통해 그러한 사회적 정체성을 구성해 내는 것으로 간주한다. Ola A. Fahmy u. Oliver Müller: Eine Mengenlehre fürs gelobte

한 개에 대한 언급은 결국 인도주의와 문명세계를 표방하는 근대의 유럽인들 역시 야만적인 아랍인들과 마찬가지로 고기를 먹고 인간중심적인 법과 제도를 지니고 있을 뿐만 아니라, 인종차별적인 생명정치적 시각에서 사회적 타자를 배척하고 차별해 왔음을 암시한다. 유럽사회에 퍼진 반유대주의나 제국주의적인 식민통치는 이를 여실히 보여 준다.

2) 동물–되기

(1) 동물-되기와 새로운 법

발터 조켈은 카프카의 동물 이야기를 비유적인 우화로 단정하며, 자아분열에 기초해 있으며 꿈의 논리를 따르는 다른 소설들과 구분해야 한다고 주장한다. 그는 카프카의 소설을 '우화Fabel'나 '우의Parabel'의 구조를 지닌 이야기와 표현주의적인 꿈의 구조를 지닌 이야기로 명확히 구분한다.[440] 그러면서 우화적인 구조의 동물 이야기에서 "동물은 특정한 실존 문제의 가면이며 그래서 그것은 오직 하나의 경향만을 표현한다"[441]라고 주장한다. 반면 「변신」 같은 소설은 '자아분열과 억압'이라는 꿈의 논리를 따르기 때문에 우의적인 동물 이야기로 분류될 수 없다는 것이다. 또한 그는 성찰적인 의식을 지니고 논평을 하는 객관적인 관찰자가 등장하는 구조도 카프카의 우의적 소설의 특징이

Land. Kollektivkonstruktionen in Kafkas Erzählung "Schakale und Araber." In: *Der Deutschunterricht* 6(2009), 30쪽과 40쪽.

440 Sokel: *Franz Kafka. Tragik und Ironie*, 21쪽 참조.

441 같은 곳.

라고 말한다. 「자칼과 아랍인」도 이러한 논리에 따라 명확히 비유적인 우화로 단정된다.[442]

이러한 조켈의 주장은 두 가지 점에서 반박될 수 있다. 첫 번째는 카프카의 동물 이야기에서 동물은 결코 오직 하나의 경향만 표현하는 우의가 아니라는 점이다. 가령 자칼이라는 가면을 벗기면 그것이 가리키는 바가 그대로 드러나지 않는다. 그것은 결코 유대인이나 체코인 같은 특정한 민족의 메타포로 사용된 것이 아니며, 그 의미는 맥락에 따라 매번 달라지고, 심지어 그 안에 모순성을 내포하기 때문에 확정 짓기 힘들다. 그래서 독자는 기껏해야 자신과 관련된 맥락에서 그것을 유대인이나 체코인의 의미로 '구성'할 수 있을 뿐이다. 이런 의미에서 카프카에게서 동물은 '반反메타포'로 사용되었다고 말할 수 있을 것이다.

두 번째로, 조켈의 주장과 달리 이 소설은 무의식적인 꿈의 논리를 따르고 있는데, 그 증거를 이미 소설 첫 부분에서 발견할 수 있다.

> 나는 풀밭에 몸을 던져 드러누웠다. 잠을 자려 했지만 잠이 오지 않았다. 멀리서 자칼의 슬피 우는 소리가 들렸다. 나는 다시 똑바로 앉았다. 그러자 그렇게 멀리 있었던 것이 갑자기 가까이 다가와 있었다. 자칼의 무리가 내 주위에 모여 있었던 것이다.[443]

서술자 '나'는 풀밭에서 잠을 청해 보지만 잠이 오지 않는다. 그때

442 Sokel: 같은 책, 20–21쪽 참조.
443 Kafka: Schakale und Araber, 201쪽.

멀리서 자칼의 울음소리가 들린다. 그런데 '내'가 누워 있다가 앉는 순간, 갑자기 멀리 있던 자칼 무리가 '내' 눈앞에 다가와 있는 것이다. 이것이 현실적으로 가능한 일인가? 마치 「시골의사Ein Landarzt」(1918)에서 의사가 마차를 타고 순간이동을 해서 환자의 집에 도착하듯이, 「자칼과 아랍인」에서도 서술자인 '나'는 한순간 나의 동물적 본성이자 무의식을 나타내는 자칼 무리와 대면하는 것이다. 또한 「시골의사」에서 젊은 환자가 초면에 나이 든 의사를 '너'라고 부르며 반말을 하는 것처럼, 「자칼과 아랍인」에서도 자칼은 처음 본 서술자를 '너'라고 부른다. 마찬가지로 서술자와 아랍인 역시 서로를 '너'로 지칭한다. 이것은 이들이 사실은 서로 긴밀한 관계에 있음을 암시한다.

나중에 자세히 살펴보겠지만, 여기서 자칼과 서술자, 아랍인은 완전히 독립적인 인물들이 아니라, 동일한 인물의 세 가지 측면, 즉 무의식, 자아, 초자아를 나타낸다.[444] 또한 자칼 무리가 서술자에게 다가오는 순간, 초자아를 상징하는 아랍인이 자고 있다는 사실 역시 의미심장하다. 이를 통해 무의식적 욕망이 꿈의 논리에 따라 펼쳐지는 것이 가능하기 때문이다. 따라서 앞에서 살펴본 순간이동과 자아분열의 양상이 현실처럼 서술되는 것은 이 소설이 꿈의 논리를 따르고 있음을 보여 준다.

이 소설에서는 인간과 동물이 함께 등장하며 서로 대화를 나눈다. 동물과 인간의 대화가 현실에서 불가능하고 기껏해야 동화나 우화에

444 이처럼 자칼과 서술자 나, 아랍인이 각각 무의식, 자아, 초자아로 해석될 때, 이러한 해석은 위의 비유를 결코 한 가지 의미로 환원하지 않으며, 단지 다양한 해석 가능성 중 하나인 것으로 간주되어야 한다.

서 가능하지만, 이 소설이 그러한 장르에 속하지 않는다고 한다면 이러한 상황은 오직 꿈이나 환상에서만 가능하다. 오비디우스의 『변신이야기』에서 동물로 변신한 인간이 목소리를 잃는 반면, 카프카의 소설에서 동물은 인간의 목소리를 갖고 있을 뿐만 아니라 심지어 그 목소리로 인간과 소통하기까지 한다. 그렇다면 이러한 동물 역시 인간이 변신한 것은 아닐까? 카프카의 소설 「변신」에서와 달리 「자칼과 아랍인」에서는 그러한 변신과정이 나타나지 않지만, 아랍인과 서술자, 그리고 자칼은 동일한 한 인물의 세 가지 다른 존재양상이라고 할 수 있다. 그렇게 보면 자칼은 인간, 즉 유럽인인 서술자 '나'가 변신한 모습으로 간주될 수 있다.

먼저 아랍인과 유럽인인 서술자 '나'의 관계를 살펴보자. 언뜻 보면 자칼 무리가 서술자인 나에게 재단 가위로 아랍인의 목을 베어 자신들을 구해 달라고 부탁하기 때문에 아랍인과 서술자의 관계는 적대적인 것처럼 보일 수 있다. 그런데 흥미로운 것은 이 아랍인이 키가 크고 피부가 하얀 인물로 등장한다는 것이다. 실제로 아랍인의 피부색은 매우 다양한데, 여기에 등장하는 아랍인이 백인을 연상시키는 키 크고 하얀 피부색을 지닌 것으로 묘사됨으로써 아랍인과 유럽인 간의 연관성이 드러난다.

더욱이 이 아랍인은 여행을 온 유럽인 일행에게 낙타를 제공해 주었을 뿐만 아니라 "우리 대상행렬의 인솔자"[445]이기도 하다. 즉 이 아랍인은 서술자 나를 포함한 유럽인 일행에 속할 뿐만 아니라 심지어

445 Kafka: Schakale und Araber, 204쪽.

그들의 인솔자이기까지 한 것이다. 이러한 인솔자의 위치는 아랍인이 서술자와 긴밀한 관계에 있을 뿐만 아니라 심지어 '나'를 통제하고 지휘하는 역할을 하고 있음을 짐작하게 한다.

동물을 잡아먹으면서도 멸시하고, 자칼에게 채찍을 휘두르기도 하는 아랍인은 어떤 규범적 질서를 대변하는 것처럼 보인다. 날씬한 몸을 지닌 자칼은 "마치 채찍질을 당하듯이 규칙적이고도 기민하게 움직이는"[446] 것으로 묘사된다. 그런데 여기서 '규칙적'이라는 의미의 독일어 단어 'gesetzmäßig'는 '법Gesetz'이라는 의미를 내포하고 있다. 여기서 채찍을 휘두르는 아랍인은 가부장적인 법질서를 상징하고 있으며, 자칼은 그러한 법에 의해 억압되는 내적 충동 내지 욕망을 상징한다고 할 수 있다.[447] 따라서 아랍인은 유럽인의 또 다른 모습에 지나지 않으며, 이성적인 유럽인인 나, 즉 자아가 지닌 초자아로서의 법이나 규범을 의미한다.

그런데 아랍인의 모습으로 구현된 그러한 법질서는 자칼이 묘사한 것처럼 야만적으로 나타난다. 아랍인이 휘두르는 채찍은 마치 『소송 *Der Proceß*』(1925)에서 법원이 보낸 태형리(매질을 담당하는 관리)를 연상시키며, 아랍인이 법원, 즉 가부장적인 법체계에 속해 있음을, 아니 그러한 법체계 자체임을 암시한다.

그렇다면 이러한 폭력적이고 야만적인 가부장적 법질서 아래서 억

446 Kafka: 같은 책, 201쪽.

447 카프카의 단편소설 「학술원에 드리는 보고」에서도 빨간 페터라는 원숭이가 점차 인간화되는 발전과정이 채찍질을 통해 이루어졌다고 언급된다. 더 나아가 빨간 페터는 더욱 빠른 속도로 발전하기 위해 스스로를 채찍질하는 모습을 보이기도 한다. 여기서 이러한 채찍질은 인간의 동물적 욕구 내지 무의식에 대한 억압을 의미하며, 인간의 문명화과정에 내포된 폭력적 성격을 폭로한다.

압받아 온 자칼은 과연 무엇을 의미하는 것일까? 그러한 자칼의 본모습을 인식하기 위해서는 우선 그것이 어떻게 서술자 나에게 등장하는지를 살펴볼 필요가 있다. 아랍인이 자신의 침실로 떠난 후, 서술자는 풀밭에 등을 대고 잠을 청하지만 잠을 이루지 못한다. 그는 멀리서 자칼 무리의 슬픈 울음소리를 듣는데, 그때 멀리 있던 자칼 무리가 갑자기 그의 주위에 몰려든다. 여기서도 카프카 소설의 전형적인 침실 장면이 변형된 형태로 등장하며, 이 소설의 무대가 사실은 꿈속의 환상임을 암시한다. 나중에 자칼이 서술자에게 녹슨 가위를 들고 나타나 아랍인의 목을 베어 달라고 부탁할 때, 아랍인이 채찍을 휘두르며 나타나 이 모든 것을 '연극'으로 지칭하는 데서도 이 소설 전체의 환상성 내지 허구성이 잘 드러난다.

따라서 여기에 등장하는 자칼은 문자 그대로의 자칼, 즉 동물을 나타낼 뿐만 아니라 또 다른 어떤 것을 가리키기도 한다. 그것은 마치 「시골의사」에서 느닷없이 나타난 말과 마부처럼 그렇게 갑작스럽게 등장한다. 그리고 이 말과 마부가 이성적인 인물인 시골의사의 억압된 성적 충동과 욕망을 구현하듯이, 자칼 역시 그러한 무의식적 욕망을 대변하는 것으로 볼 수 있다.

이미 작품의 시작과 더불어 서술자 나는 이러한 무의식적 욕망에 어느 정도 지배되고 있는 것처럼 보인다. 왜냐하면 그는 "연기로 자칼을 쫓기 위해 마련해 둔 장작더미에 불을 붙이는 것을 잊어버렸기 때문이다."[448] 이러한 망각은 서술자의 무의식 속에 숨어 있던 자칼이 그에게 불쑥 튀어나올 수 있도록 만든다. 작품 마지막에서 낙타를 갈기갈기 찢는 자칼 무리에게서 다시 한번 이러한 망각과 불 모티브가 등장하는데, 그 장면에서 망각과 불이 각각 야수성을 억압하는 자아의 망각과 질식할 듯이 무더운 노동세계를 의미하는 것을 알 수 있다. 또한 이후에 "내가 원래 하려는 것보다 더 거칠게 "오!"라고 말했다"[449]라는 서술자의 말에서 알 수 있듯이, 그는 무의식적으로 야수성을 드러내기도 하지만, 동시에 자칼의 접근에 경계심을 보이거나 중립적인 태도를 취하는 등 이러한 야수성을 다시 통제하려 하기도 한다.

빌헬름 엠리히는 인간의 합리적인 노동세계와 대비시키며 카프카의 작품에서 동물 상징이 갖는 긍정적 의미에 대해 이야기한다.

> 동물은 아직까지 모든 것을 객관화하고 이로써 대상화하는 제한적인 의식에 갇혀 살지 않는다. 「국도 위의 아이들」에서 그러하듯이, 동물은 아직까지 "사방으로 향하는 자유의 위대한 감정"을 갖고 있다. 따라서 카프카에게 동물이라는 존재는 우선은 인간의 내면에 아직 존재하는 전적으로 긍정적인 영역이다. 설령 그것이 아이의 감정세계와 정신적 단계에 대한 기억으로만 남아 있다고 할지라도 말이다. 동물이라는 존재는 우선 인간의 "꿈"에서, 합리적인 의식이 꺼져 있는 상태에서 등장한다. 따라서 동물이라는 존재와 합리적인 노동세계 사이의 갈등은 카프카의 많은 동물 이야기들을 규정하고 있는 것이다.[450]

448 Kafka: 같은 책, 202쪽.

449 Kafka: 같은 책, 203쪽.

450 Wilhelm Emrich: *Franz Kafka*. Königstein/Ts. 1981, 118쪽.

그러나 「자칼과 아랍인」에 등장하는 자칼을 단순히 무언가를 가리키는 상징 내지 기호로만 보는 것은 충분하지 못하다. 프로이트가 늑대인간이나 꼬마 한스에 대한 정신분석에서 각각 늑대와 말이 지닌 의미를 분석하고 그것의 원상을 재현하려고 시도한 것과 달리, 카프카의 소설에서 자칼이 가리키는 바를 명확히 하나의 상으로 환원할 수 없다. 그것은 결코 체코인, 유대인 또는 무의식적 욕망 중 어느 하나를 상징하는 기호로 환원될 수 없으며 다양한 해석 가능성을 열어 놓는다. 또한 카프카의 「자칼과 아랍인」에 묘사되는 자칼은 결코 한 마리가 아니라 무리로 등장함에도 주목해야 한다. 프로이트적인 정신분석은 가족이라는 범주 속에서 무의식을 길들여 한 마리 개로 만들어 내지만, 유럽문명에 의해 길들여진 그러한 개보다 더 야생적인 자칼은 광야에서 무리를 이루며 개념적으로 포착할 수 없는 욕망의 야생성을 드러낸다.[451] 이때 자칼-되기는 프로이트의 정신분석에서와 같은 비유적 의미(가령 아버지나 아들을 가리키는 상징)가 아니라 실재적인 의미에서 이해되어야 한다.

만일 서술자 나, 심지어 작가 카프카가 글쓰기를 통해 자칼로 변신한다고 생각한다면, 여기서 자칼-되기는 단순히 꿈속에서 일어나는 환영이 아니라, 어떤 의미에서는 실제적인 자칼로의 변신을 의미한다. 물론 그것은 인간이 실제로 자신과 다른 종에 속하는 자칼로 변신한다는 의미가 아니라, 자기 스스로를 생성하는 과정으로서 '강도'[452]

451 신승철: 『갈라파고스로 간 철학자』, 110쪽 참조.

452 강도는 개념적인 구분과 다르면서도 어떤 분할이 가능한 것을 의미한다. 예를 들면 개념적인 구분이 빨강, 노랑, 파랑의 구분이라면, 강도적인 구분은 더 노란 것과 덜 노란 것의 구분이다. 여기서 이러한 구분을 개념적인 용어로 지칭할 수는 없지만,

적인 의미에서 자칼로 변신한다는 것을 의미한다. 즉 그것은 인간이 이성의 끈을 느슨하게 하고 심지어 내려놓는 순간, 스스로를 강렬하게 자칼로 느끼는 것을 의미한다.

그런데 이러한 자칼-되기는 들뢰즈와 가타리가 말한 의미에서 동물-되기를 의미한다. 들뢰즈와 가타리는 "동물-되기는 항상 무리, 도당, 짐승 떼, 집단, 서식, 즉 다양체와 관련이 있다"[453]라고 말한다. 즉 인간이 동물-되기를 수행할 때 그 변신 가능성은 무수히 많으며 그런 의미에서 동물-되기는 다양체와 관련된다.[454] 그런데 동물-되기를 할 때 관계되는 이러한 다양체는 동시에 "우리의 내부에 있는"[455] 것이기도 하다. 하지만 동물-되기가 이루어지기 위해서는 이러한 다양한 변신 가능성 중 어떤 하나의 지점, 즉 특이자[456]와 연결되어야 한다. 그래서 카프카의 소설에서는 항상 무리 가운데 하나의 특권적 지위를 지니는 존재, 가령 쥐의 종족 중 요제피네 같은 존재가 등장한다.

「자칼과 아랍인」에서도 자칼-되기는 다양체로서의 자칼의 무리 가운데 특이자인 '최연장자 자칼'을 통해서 이루어진다. 서술자 나는 오

그러한 노란색들 사이에서 분할이 이루어질 수는 있다.

453 Deleuze u. Guattari: *Tausend Plateaus*, 326쪽.

454 가령 자칼-되기를 할 때도 구체적으로 변신할 수 있는 자칼의 모습은 매우 다양하게 나타날 수 있다.

455 Deleuze u. Guattari: 같은 책, 327쪽.

456 특이자와 다양체의 관계는 특수자와 보편자의 관계와는 전혀 다르다. 특수자란 보편성을 드러낼 수 있는 개별자를 의미한다. 즉 특수자란 전형성을 보여 주는 개체이다. 반면 특이자는 다양체의 본질적·보편적 속성을 드러내 주는 전형적인 것이 아니라, 다질적인 항들로 이루어진 잠재적인 다양체가 요소들의 구체적인 배치를 통해 현실화할 때 실현되는 것이다. 이렇게 실현된 특이자는 다른 어떤 것과도 같지 않은 고유성을 지니며, 매 순간 변화하고 생성되는 '각각'의 다양체를 규정하는 것이다.

직 이 자칼과만 대화를 나누는데, 이는 이 연장자 자칼이 다양체로서의 자칼 가운데 서술자가 실제로 결연관계를 맺는 특이자로 선택되었음을 의미한다. 이러한 결연을 통해 서술자 나는 동물-되기를 수행하고, 인간과 동물의 경계를 넘어서는 혼종적 결합을 보여 주며, 인간으로서 강렬한 야수성을 발산한다. 이러한 서술자의 동물-되기는 자아가 지닌 단일한 정체성을 해체하고, 다양체로서의 자신 속에 잠재해 있는 특이자를 실현시킴으로써 이루어진다.

일반적인 차원에서 말하자면, 자칼의 무리란 이성적인 유럽적 자아 —타자로서의 비유럽적인 자아와의 구분을 통해 생겨나는— 에 내포되어 있는, 분사석인 자칼과 연관된 무수한 욕망과 잠재성의 다양체를 가리킨다. 자칼 무리가 자신들을 구원해 줄 누군가를 기다린다고 한다면, 이는 곧 그들의 이러한 욕망을 허용하며 그것과 병존할 수 있는 새로운 법을 기다림을 의미한다.

동물-되기는 인간과 동물을 이분법적으로 구분하며 후자를 열등한 것으로 간주하는 이성적인 인간중심주의의 전복을 의미한다. 그러한 전복은 인간의 다양한 욕망, 즉 생성에의 욕망(개인적인 욕망뿐만이 아니라)을 억압해 온 가부장적인 법질서의 전복을 의미하기도 한다. 그것은 「법 앞에서Vor dem Gesetz」(1915)의 주인공인 시골에서 온 남자가 들어가고 싶어 하는, 구원을 선사하는 법이기도 하다. 가장 연장자인 자칼이 "나의 어머니, 그 어머니의 어머니, 계속해서 모든 자칼의 어머니에 이르기까지 모든 그녀의 어머니들이 당신을 기다렸습니다"[457]라

457 Kafka: Schakale und Araber, 201쪽.

고 말할 때 눈에 띄는 것은 새로운 메시아를 기다린 사람들이 어머니라는 것이다. 연장자 자칼이 서술자에게 희망을 건 이유는 바로 "당신이 북쪽에서 온 것 때문이며, 바로 그것에 우리의 희망이 놓여"[458] 있기 때문이다. 그러니까 자칼이 나를 구원자로 기대하는 이유는 내가 '북쪽'에서 왔기 때문이다.

그렇다면 북쪽과 구원은 도대체 무슨 관련이 있는 것일까? 우선 북쪽은 사람을 질식시키는 무더운 남쪽의 사막과 대립되는 차가운 공기를 지닌 지역으로 간주된다. 「학술원에 드리는 보고」에서 인간사회에 거의 동화된 원숭이 빨간 페터의 발꿈치에 서늘한 한 줄기 바람이 불 때, 그가 이전에 누린 자유를 떠올린다는 구절이 나온다. "카프카의 작품에서 서늘한 공기 또는 차가운 공기라는 이미지는 항상 인간의 생존을 빼앗아 가는 위협적인 자유의 의미를 갖고 있다. 반면 『소송』과 『성』에서 숨 막히는 더위는 구속된 삶의 우세를 표현한다."[459] 그 때문에 일상적인 삶의 요구에 순응하며 생존을 위해 자유를 포기한 사람이 다시 그러한 자유를 찾기 위해서는 북쪽의 차가운 공기가 필요한 것이다. 따라서 자칼이 말하는 북쪽이 단순히 팔레스타인의 위쪽에 있는 유럽 일반을 지시하는 것이 아니라는 것을 알 수 있다.

들뢰즈는 자허마조흐의 『모피 외투를 입은 비너스*Venus im Pelz*』(1870)에서 마조히즘에 대한 전통적인 해석을 뒤집으며 그것의 해방적 의미를 도출해 낸다. 들뢰즈에 따르면, 마조히즘은 모피를 입은 추운 북쪽의 여성이 속죄하는 남성을 때릴 때 생겨나는 쾌감을 가리킨다. 정확

458 Kafka: 같은 책, 202쪽.

459 Emrich: *Franz Kafka*, 128쪽.

히 말하자면 여기서 쾌감은 매질 자체에서 생겨나는 것이 아니라, 그러한 매질 이후에 발생하는 해방적 가능성에서 생겨난다.[460]

마조히즘에서 매를 맞는 남성은 가부장적인 질서와 법을 구현하는 아버지의 이미지를 나타낸다. 따라서 그러한 초자아로서의 아버지를 채찍질하는 여성은 매를 맞는 아들(남성)이 이상적인 자아로 삼으며 성애를 느낄 수 있는, 모계적인 새로운 법질서를 구현하는 인물로 볼 수 있다.[461] 그러한 새로운 법질서는 억압적인 가부장적 법과 구별되는, 마조히즘에서 맺어지는 '계약'의 성격을 띤다.[462] 아울러 이러한 채찍질을 하는 여성이 모피 외투를 입고 있는 이유에도 주목할 필요가 있다. 여기서 이 여성은 단순히 차가운 이성과 대립되는 뜨겁고 혼란스러운 감각을 대변하는 것이 아니라, 북쪽의 추위로 대변되는 냉정함을 유지하면서도 추위로부터 몸을 보호해 주는 모피 외투를 입으며 그 안에 깊숙이 감추어 둔 지극히 감각적인 감성을 간직하고 있다. 냉정함 속에 감춰진 그러한 감성은 일순간 억압적인 가부장적 질서를 파괴하며 전복적으로 작용할 수 있다.[463]

460 질 들뢰즈(이강훈 옮김): 『매저키즘』. 인간사랑 2007, 106쪽 참조.

461 들뢰즈: 『매저키즘』, 120쪽 참조.

462 "법은 지금까지 금지해 왔던 것을 허용하며 죄의식은 속죄받는 대신 해소되고 처벌은 그 의도를 바꾸어 금지의 대상을 허용해 준다"(들뢰즈: 같은 책, 123쪽).

463 따라서 북쪽의 차가움과 남쪽의 무더위를 이분법적으로 나누며 가치평가하는 것은 위험하다. 오히려 양자를 양가적인 시선에서 바라보는 것이 필요하다. 가령 자칼은 북쪽에서 온 서술자가 '인간적인 본성'을 버리지 못하고 있다고 비판하는데, 이때 북쪽의 추위는 모피 외투 안에 따뜻한 감성을 보존하지 못한 단순한 차가움 내지 냉담함을 의미한다. 그래서 자칼은 아랍인이 "냉담한 거만함"(Kafka: Schakale und Araber, 202쪽)을 지닌 것으로 묘사하는 것이다. 반면 자칼이 혐오스러운 아랍인을 피해 순수한 맑은 공기가 있는 곳으로 도주하려 할 때, 그들은 무더운 사막을 자신들의 고향으로 간주한다. 여기서 무더운 사막이 어떤 '동물적인 감성'이 보존되어 있는 곳임을 알 수 있다.

이러한 맥락에서 이제 자칼의 어머니들이 왜 북쪽에서 온 남자를 구원자로 기다려 왔는지를 알 수 있다. 자칼의 어머니들은 그 자체로 소위 천연 모피 외투를 입은 존재들이다. 하지만 그들에게는 북쪽의 추위가 결여되어 있다. 그래서 그들은 북쪽에서 온 남자가 그러한 추위를 같이 몰고 오기를 기대하는 것이다. 나아가 그들은 이제 바로 그 남자를 채찍질하며 그가 구현하는 가부장적 질서와 초자아를 파괴함으로써 그에게 잠재되어 있는 욕망, 즉 감성적인 것, 아니 동물적인 것을 해방시키려고 한다. 자칼의 어머니의 어머니, 또 그 어머니의 어머니들로 거슬러 올라가는 데서 알 수 있듯이, 인류의 오랜 역사 동안 아랍인, 즉 가부장적인 아버지와 그로 상징되는 법이 자칼로 상징되는 욕망기계, 즉 다양체를 채찍질하며 억압해 왔다면, 이제 정반대로 모피를 입은 어머니가 아버지의 이미지를 구현하는 젊은 남자를 채찍질하며 그에게 감성을 일깨우고 그러한 감성을 허용하는 새로운 계약적 법질서를 실현하려고 하는 것이다.

카프카는 「변신」에서 모피 외투를 입은 여성의 그림을 등장시키고 「법 앞에서」에서도 모피 외투를 입은 문지기와 그 안에 숨어 있는 벼룩을 등장시킨다. 여기서 모피 외투가 모계적인 이상적 자아인 어머니와 관련된다면, 그 속에 숨은 벼룩은 그러한 이상적 자아에 대한 '나,' 즉 시골남자의 숨은 욕망을 가리킨다.[464] 그것은 가부장적 질서의 억압적인 법과 단일한 정체성에 대한 요구에 도전하고, 그것들을 파괴하며 다양체를 실현하려는 동물-되기와 연관된다. 비록 생명정

464 이에 대한 보다 자세한 설명은 정항균: 『아비뇽의 여인들 또는 폭력의 두 얼굴』, 375-376쪽 참조.

치적인 관점에서 동물이나 벌레가 무가치한, 그래서 죽여도 처벌받지 않는, 아감벤적인 의미에서의 호모 사케르를 가리킨다고 할지라도, 다른 한편 거기에는 또한 인간과 동물의 경계를 뒤흔들며 모계적인 계약적 법질서를 만들어 내려는 또 다른 동물-되기의 해방적 가능성이 숨어 있다.

(2) 동물로의 변신 놀이: 자칼의 미味의 놀이와 서술자의 미美의 놀이

소설의 결말부에서 자칼은 그저 무기력하게 본능에 따르고 썩은 고기를 던져 주는 아랍인에게 순종하는 것처럼 보인다. 아랍인은 간밤에 죽은 어느 낙타의 시체를 던져 주고 자칼 무리를 유혹한다. 그들은 피 냄새에 이끌려 시체에 달려들어 그것을 갈기갈기 찢는다. 아랍인은 채찍을 들어 시체 주위에 모여든 자칼들을 내리친다. 이에 자칼 무리는 뒤로 물러서지만, 완전히 그곳을 떠나지는 않는다. 이처럼 초자아를 상징하는 아랍인이 자칼의 동물적 본능, 아니 욕망을 불러일으킬 때, 이러한 욕망은 그것을 억압하는 법적인 금지와 처벌의 심급에서 비롯된다.

비록 자칼이 유럽의 개보다 더 야생적이기 때문에 아랍인의 마음에 들지만, 그러한 자칼은 여전히 초자아라는 억압적 심급에 의해서만 수동적으로 반응하는 단순한 욕망을 드러낼 뿐이다. 그 때문에 자칼은 아랍인이 던져 준 낙타 시체에 매혹되어 아랍인도, 그에 대한 증오도 모두 잊고 만다. 이처럼 초자아에 의해 유발된 반응적인 욕망은 진정한 해방을 가져올 수 없으며 초자아의 법 안에 여전히 갇혀 있다.

그것은 다양체를 실현할 수 있는 생성적인 긍정적 욕망이 아니라, 단지 금지에서 생겨나는 개인적인(또한 반응적인) 욕망이기 때문에 그것의 틀이 되는 가부장적인 법을 전복시킬 수 없다.

그러나 소설 마지막 부분을 이와 달리 해석할 수 있는 가능성도 존재한다. 소설 마지막 부분에서 아랍인이 낙타 시체에 달려든 자칼에게 채찍을 휘두르려고 하자, 서술자인 나는 그의 팔을 붙잡는다.[465] 이러한 행위는 야만적인 아랍인의 폭력을 저지하고 만류하는 유럽인의 인도주의적 정신을 보여 주는 것처럼 보인다. 그러나 여기에서 겉으로 드러나는 의미 이상의 것을 발견해야 한다. 일견 사소해 보이는 이러한 행위, 즉 채찍질의 중지는 새로운 전환을 예고할 수 있다. 왜냐하면 그것은 가부장적 질서와 법의 중지를 의미할 수도 있기 때문이다. 그러고 나서 아랍인이 하는 마지막 말은 그가 의미하는 바와 다르게 읽힐 수 있다.

> "선생, 당신이 옳소" 하고 그가 말했다. "그들이 자신의 천직을 수행하도록 내버려 둡시다. 이제 출발할 시간이기도 하고요. 어쨌든 당신은 그들을 보았으니까요. 멋진 동물이지 않나요? 그들이 우리를 증오하는 모습이란."[466]

아랍인은 자칼이 길들여진 동물이 아니라 야수라고 말하며, 그들이

465 물론 이것을 팔레스타인 정착과 관련된, 유대인에 대한 유럽의 정치적 지원과 연결시켜 해석할 수도 있을 것이다. 하지만 이 장면을 이러한 한 가지 의미로만 해석하는 것은 지나치게 일면적인 해석이다.

466 Kafka: Schakale und Araber, 205쪽.

시체에 달려드는 것을 본능에 충실한 것으로 간주하고, 그 멋진 모습을 보았으니 이제 출발해도 좋다고 말한다. 그런데 여기서 '천직Beruf'이라는 말은 앞에서 자칼이 서술자에게 건네준 가위와 관련해 아랍인이 그에게 한 말에서 과거분사형태의 형용사로도 등장한다.

> "아랍인이 존재하는 한, 이 가위가 사막을 방랑하며 우리와 함께 세상이 끝날 때까지 돌아다닐 겁니다. 모든 유럽인이 위대한 과업을 행할 수 있도록 그 가위가 제공될 겁니다. 자칼에게는 유럽인들이라면 누구나 그런 일을 <u>천직으로</u>berufen(필자 강조) 떠맡을 수 있는 사람처럼 여겨지니까요. 하지만 그건 이 동물이 지닌 헛된 희망일 뿐이죠."[467]

서술자가 자칼이 준 가위로 아랍인의 목을 베어 내는 과업으로서의 천직이 곧 자칼이 낙타의 시체를 갈기갈기 찢는 행위로서의 천직과 같은 것이라면, 낙타 시체를 물어뜯는 자칼의 행위는 본능에 따른 단순한 순응적 행위가 아니라, 가부장적인 법질서를 뒤흔들고 억압된 욕망을 분출시키는 전복적 행위로 해석될 수 있다.

자칼 무리가 죽은 낙타의 시체를 갈기갈기 찢으며 반은 도취상태에 빠지고 반은 실신한 듯한 모습을 보일 때, 이러한 광경은 디오니소스 축제 때 광기에 빠진 무녀들이 디오니소스를 부정하는 펜테우스를 갈기갈기 찢어 죽이는 모습을 연상시킨다.[468] 디오니소스는 니체가 『차라투스트라는 이렇게 말했다』에서 '정신의 세 가지 변신'을 이야기할

467 같은 곳.

468 Ovid: *Metamorphosen*. Stuttgart 2017, 117-118쪽 참조.

때 나오는 세 가지 변신의 마지막 단계인 아이의 단계, 즉 초인의 단계에 해당하는 신이기도 하다. 반면 낙타는 여기서 신에 예속된 채 무조건 복종하는, '너는 -을 해야만 한다'의 정신을 구현하는 동물로 나타난다. 이러한 맥락에서 자칼이 낙타를 찢어 죽이는 것을 단순히 본능에 따르며 아랍인에 예속되는 행위가 아니라, 오히려 그러한 예속성을 파괴하고 극복하는 행위로 볼 수 있다. 즉 그것은 니체의 의미에서 '초인으로 가기 위한 행위'로 간주될 수 있을 것이다.

니체가 말한 정신의 가장 높은 단계인 '아이'의 단계에서 아이의 특징은 '망각'과 '놀이,' '새로운 시작'으로 간주된다.[469] 그런데 앞에서 낙타를 갈기갈기 찢는 자칼의 무리 역시 아랍인과 그에 대한 증오마저 잊어버린다. 심지어 그렇게 미친 듯이 시체를 물어뜯으면서 스스로를 잊어버린 듯 보이기도 한다. 이것은 니체가 말한 자아의 망각, 즉 통일적인 정체성의 부정을 연상시킨다. 또한 아랍인이 서술자에게 자칼들의 '연극Schauspiel'을 잘 보았다고 이야기할 때, 여기서는 자칼들의 유희적 성격이 암시되기도 한다. 이러한 연극은 소설 속 사건의 허구성을 지시하고 모든 것이 현실이 아니라 꿈속에서 일어난 것임을 가리킬 수도 있지만, 동시에 그것은 일종의 '놀이Spiel'로서 절대적인 가치체계의 전복을 의미할 수도 있다. 즉 여기서 놀이란 니체적인 의미로

469 Nietzsche: *Also sprach Zarathustra*, 31쪽: "아이는 순수함이요 망각이며, 새로운 시작이고 놀이이며, 스스로 굴러가는 바퀴이자, 첫 번째 움직임이며 성스러운 긍정이다."
카프카는 학창 시절에 이미 니체의 『차라투스트라는 이렇게 말했다』를 읽었고, 나중에 친구인 브로트와 논쟁할 때도 니체의 철학을 옹호하였다. https://kafkamuseum.cz/en/franz-kafka/women/ (2019. 1. 12.)와 http://www.kafka.uni-bonn.de/cgi-bin/kafkaf1fe.html?Rubrik=interpretationen&Punkt=akademie&Unterpunkt=nietzsche (2019. 1. 12.) 참조.

진리와 도덕의 피안에서 모든 것을 시점적으로 바라보는, 진리와 도덕의 미학화를 의미한다.[470]

독일어 'Geschmack'이라는 단어가 미적 감각(취향)으로서의 '美'와 맛으로서의 '味' 모두와 연관된다면, 이러한 맛과 아름다움은 모두 절대적인 가치평가를 허용하지 않는 개념들이다.[471] 니체는 『차라투스트라는 이렇게 말했다』에서 주인공인 차라투스트라로 하여금 이렇게 말하게 한다. "너희들은 취향과 맛[472]을 둘러싸고 싸울 수 없다고 내게 말하는 것이냐? 하지만 모든 삶은 취향과 맛을 둘러싼 싸움이다."[473] 물론 그는 여기서 모든 가치의 상대화를 경고하며 맛과 취향을 둘러싸고 싸울 것을 요구하지만, 이것이 결코 어떤 절대적인 가치의 긍정으로 나아가지는 않는다. 또한 차라투스트라가 취향과 맛, 즉 '美'와 '味'를 연결시키는 것에도 주목할 필요가 있다.

이와 유사하게 카프카의 단편소설 「단식예술가」에서도 단식예술가의 단식행위는 예술에 대한 비유로 등장한다. 그가 단식을 하는 이유는 그의 마음에 드는 음식이 없기 때문인데, 이는 그가 찾는 음식이

470 Nietzsche: *Die nachgelassenen Fragmente*. Stuttgart 1996, 87쪽: "우리가 절대적인 진리를 부인하자마자, 모든 절대적 요구를 포기해야 하며 미학적 판결로 물러나야 한다. 이것이 우리의 임무이다. 많은 미학적으로 동등한 가치평가들을 창조하는 것. … 도덕을 미학으로 환원시키자!!!"

471 물론 칸트에게서 미적 판단은 주관적인 동시에 보편적이어야 한다. 하지만 카프카의 텍스트에 등장하는 미의 관념은 이와 관련된 칸트의 관점보다는 니체의 관점에 더 가깝다고 할 수 있다.

472 물론 이 단어들을 '맛과 맛보기'로 번역할 수도 있다. 그러나 이 경우에도 맛과 맛보기를 (미적) 취향에 대한 비유로 보거나 아니면 적어도 그것과 연결시켜 해석할 수 있을 것이다.

473 Nietzsche: *Also sprach Zarathustra*, 150쪽.

지상에 존재하지 않는다는 것을 의미한다.[474] 「어느 개의 연구」에서도 땅에서 얻을 수 있는 영양분에 대한 회의와 그로부터 시작된 단식을 통한 인식의 변화[475]가 언급된다. 나아가 하늘에서 내려오는 어떤 절대적인 양식에 대한 동경이 나타난다. 흥미롭게도 카프카의 「자칼과 아랍인」에서도 역시 이러한 음식이 중요한 모티브로 등장한다. 작품 마지막 부분에서 아랍인이 던져 준 썩은 낙타고기에 자칼들이 달려든 것이 아랍인의 지배에서 벗어나지 못한 종속적 관계를 보여 주는 것처럼 나타날지라도, 이를 완전히 다른 맥락에서 읽어 낼 수도 있다.

카프카의 또 다른 소설 「변신」에서 주인공 그레고르는 벌레로 변한 후 이전에 좋아하던 신선한 우유를 역겨워하는 반면, 나중에 여동생이 내놓은 반쯤 썩은 야채와 이틀 전에 맛이 없어 먹지 않던 치즈를 허겁지겁 먹기 시작한다. 만일 자칼을 서술자 나가 변신한 것으로 볼 수 있다면, 썩은 고기에 대한 그의 동물적 애착은 현실에서 서술자가 지녔을 음식 취향의 변화를 보여 준다고 할 수 있다. 또한 이는 오직 '순수함'을 추구한다던 자칼들이 더러워지는 순간이지만,[476] 이러한

474 Niehaus: *Franz Kafka Erzählungen*, 125쪽: "외관상 단식예술가는 멀리서부터 이미 이 세상에 있는 지상의 음식(예를 들면 감시원이 그에게 주었던 음식)이 자신에게 적합한 음식이 아니었다는 것을 알 수 있었다. 하지만 그가 지상의 음식과 다른 음식 —그러니까 전이된 의미에서의 음식— 을 찾았을 때, 그는 또한 지상의 것이 아닌 방식으로만 —그러니까 전이된 의미에서— 그 음식을 배불리 먹을 수 있었다. 이로써 너나 모든 다른 사람들과 달리 말이다."

475 "그러니까 단식이 인식을 낳는다는 것이다. 이전에 잠들어 있던, 침묵하던 세계가 갑자기 깨어나 말하고 스스로를 드러내며 해방된다. 개는 정상적인 삶을 사는 동안 자신에게 숨겨져 있던 것을 보고 듣게 된다. 말하자면 세계가 혼란에 빠지고 소음을 내며 다음의 일기 구절과 유사하게 스스로를 드러내는 것이다"(Emrich: *Franz Kafka*, 161쪽).

476 만일 자칼을 유대인의 비유로 간주한다면, 이는 순수한 음식만을 먹을 수 있다는 유대인의 음식계율의 위반을 의미하기도 한다. 왜냐하면 낙타는 유대인이 먹을

더러운 욕망의 동물적 분출이야말로 순수함에 대한 집착과 이로 인한 폭력에 맞설 수 있게 해 주는 것이다. 이러한 가치전도는 순수함과 더러움, 정의와 불의의 이분법을 파괴하는 취향을 둘러싼 싸움이기도 하다. 이러한 변화된 관점에서 자칼 무리가 썩은 낙타고기를 먹는 것에 대한 묘사를 자세히 살펴볼 필요가 있다.

우선 아랍인이 내놓은 낙타의 시체를 먹기 전에, 흥분한 자칼 무리가 소리를 높여 우는 장면에 주목할 필요가 있다. 앞에서도 자칼의 울음소리가 멀리서 들려오는 노랫소리로 묘사되었는데, 이러한 짐승의 울부짖음은 사실은 객관적인 관찰자의 입장을 취하는 이성적인 유럽인인 서술자의 몸 안에서 들려오는 소리이다. 그러나 그러한 소리는 서술자에게 너무나도 낯선 것이기 때문에 '멀리서' 들려오는 것처럼 여겨지지만, 사실은 그 자신 안에 존재하는 타자의 목소리라고 할 수 있다. 이것은 카프카의 또 다른 단편소설에서 쥐의 종족들이 자신도 모르게 무의식적으로 내는 휘파람 소리를 요제피네가 예술로 인식시키며 예술이 타자성의 표현과 관련되어 있음을 보여 주는 것과 결부하여 생각할 수도 있을 것이다.

다와다 요코는 자신의 시학강연집 『변신』에서 어떤 사람이 물구나무를 서서 계속 말하자 더 이상 말을 통제할 수 없게 되어 짐승의 소리가 나오게 되는 상황을 보았다고 말한다.[477] 우리가 일상에서 이야

수 있는 순수한 음식에 포함되지 않으며, 더욱이 동물의 피를 먹는 것은 유대인의 계율에서 엄격히 금지되어 있기 때문이다. 따라서 썩은 사체를 먹고 피에 굶주린 자칼이 낙타까지 먹도록 한 설정은 자칼을 유대인의 비유로 볼 수 없게 할 수도 있지만, 반대로 순수성의 요구에 집착하는 유대인의 자기모순을 보여 주는 것으로도 해석할 수 있다.

477 "혀는 시간이 지나면서 점점 무거워졌다. 마치 중력에 저항해 움직이려는 듯 말

기할 때는 보통 문법규칙과 의미적 맥락을 고려하여 말하지만, 그러한 이성적 통제의 끈을 놓게 되는 상황에서는 몸의 언어, 즉 동물의 소리가 자신도 모르게 나온다. 이때 동물의 소리는 분절음으로 포착할 수 없는, 또는 음계와 박자체계로 포착할 수 없는 노래이기도 하다. 이와 마찬가지로 카프카의 소설에서 묘사된 자칼의 울부짖음, 즉 노랫소리도 더 이상 이성적인 정신의 언어가 아니라, 자신에게 낯설어진 타자로서의 신체연관적인 정동과 욕망의 언어이자 예술이라고 말할 수 있을 것이다.

이러한 상황을 염두에 두고 이제 자칼 무리가 썩은 낙타고기를 먹는 장면을 살펴보자.

> 가망이 없어도 어떻게든 거대한 불길을 잡으려고 미친 듯이 물을 뿜어 대는 작은 펌프처럼, 자칼의 몸의 모든 근육들이 제자리에서 늘어났다가 또 경련을 일으키곤 했다. 그러자 모든 자칼들이 똑같이 작업하며 시체 위에 산더미처럼 높이 올라가 있었다.[478]

「유형지에서」의 고문기계가 작품 마지막에서 오작동[479]을 일으키며 장교를 살해할 때, 한편으로 이러한 살해는 대량살상을 야기한 기술

이다. 말을 할 때 신체적으로 힘이 들어 언어가 전적으로 다른 특성을 띠게 되었다. 혀는 동물로 변신했다. … 그 남자는 통제력을 상실했고, 개별 신체의 부분들이 각자 자신의 의지를 내세우기 시작했다”(Tawada: *Verwandlungen*, 10쪽).

478 Kafka: Schakale und Araber, 205쪽.

479 처형기계의 오작동은 달리 해석하면, 그것이 항상 똑같은 방식으로 작동하는 자동기계에서 벗어나 새로운 것을 생산해 내는 자기생성적인 기계, 창조적 기계로 바뀌었음을 의미한다. 이것은 주체에도 영향을 미쳐 동일성을 지닌 주체를 해체시키게 된다.

문명의 파괴적 면모를 연상시키며 부정적 의미를 갖지만, 다른 한편으로 가타리가 말한 의미에서 통일된 주체를 살해함으로써 다양한 주체성을 산출하는 긍정적 의미를 지니기도 한다.[480] 이때 기계는 항상 동일한 것을 반복하는 자동기계 내지 관료주의 기계가 아니라, 구성주의 생물학자 바렐라가 주장한 의미에서의 창발적인 재귀적 반복을 수행하는 기계[481] 또는 들뢰즈와 가타리가 말한, 영토적인 국가장치를 파괴하는 탈영토적인 전쟁기계를 연상시킨다.

이처럼 새롭게 이해된 반복적인 기계의 맥락에서 인용문을 살펴볼 필요가 있다. 우선 낙타의 시체를 먹으려고 달려드는 자칼 무리의 행동을 아랍인, 즉 주인에게 결국 순응하며 예속되고 마는 부정적 맥락에서 이해할 수도 있지만, 이 경우 이들이 낙타를 갈기갈기 찢는 행위에 주목할 필요가 있다. 왜냐하면 앞에서 살펴보았듯이 낙타는 노예적인 순종을 상징하는데, 주인이 던져 준 먹이를 순종적으로 먹으면서 오히려 그러한 낙타로 상징되는 순종적 태도를 갈기갈기 찢는, 즉 해체하는 것은 부정적 의미를 전복시키기 때문이다. 즉 순종의 반복이 오히려 저항이자 전복이 되는 것이다. 이를 통해 이러한 반복은 새로운 차이를 만들어 내는 창조적 내지 창발적 반복이 된다.

또한 인용문에서 '불을 끄는 펌프'라는 비유와 '작업,' 즉 '일'이라는 단어에 주목할 필요가 있다. 자칼은 아무런 노동도 하지 않고 그저 주

480 Guattari: *Chaosmose*, 34-35쪽 참조.

481 "바렐라의 재귀적 방정식은 자연, 생명, 생태, 생활에서의 반복의 패턴을 그려낼 수 있다. … 가타리의 구분에 따르면 차이 나는 반복은 기계론적 기계이고 반복강박은 기계학적 기계이다. 바렐라의 재귀법은 생명의 자기생산의 반복이며, 동시에 차이 나는 반복 혹은 기계론적 기계라고 할 수 있다"(신승철: 『구성주의와 자율성』, 81쪽).

어진 시체를 먹는 기생적인 존재이다. 그런데 여기서 자칼이 시체를 뜯어 먹는 행위는 일종의 노동에 비유된다. 카프카의 작품에서 일반적으로 노동은 부정적 함의를 지닌다. 특히 『소송』에서 질식할 듯한 공기를 지닌 법정은 억압적인 관료주의와 노동세계를 상징한다. 이러한 질식할 듯 무더운 노동세계에서 자칼 무리는 차가운 북구의 공기를 갈망하는 것이다.

그런데 앞에서 묘사된, 자칼 무리가 행하는 노동은 이러한 부정적 의미에서의 노동과 구분되는 것처럼 보인다. 왜냐하면 그들의 행위는 거대한 불길을 붙잡는 펌프처럼 작동하기 때문이다. 즉 자칼의 노동이 숨 막히는 노동세계의 열기를 상징하는 불길을 잡기 위한 펌프에 비유될 때, 그러한 노동은 기존의 기계적으로 반복되는 노동과 구분되는, 완전히 다른 차원의 의미를 획득하게 된다. 설령 그러한 행위가 성공할 가망이 없는 것으로 이야기되고는 있지만, 어떻게 해서든 그러한 불길의 진화를 시도하는 행위 자체는 긍정적 의미를 띤다.

또한 앞의 인용문에서 펌프라는 기계는 '미쳐' 버렸으며, 이로써 동일한 반복을 수행하는 기계학적 기계에서 벗어나 창조적 반복을 수행하는 기계론적 기계로 넘어간다. 이러한 기계론적 기계에 비유된 자칼의 몸은 그것의 모든 근육들이 늘어났다가 경련을 일으키며 활발히 움직이는 '욕망하는 기계'이다. 이것은 유럽에서 온 이성중심주의적이고 정신우월주의적인 서술자인 나, 즉 자아에게서 억압되었던 몸이 작동하기 시작했음을 의미한다. 반대로 그러한 욕망하는 몸으로서의 "디오니소스적 기계"[482]가 갈기갈기 찢은 낙타의 신체는 유기적인 신체를 나타낸다.

들뢰즈와 가타리가 제시하는 기계 개념의 중요한 특성이 바로 절단인데,[483] 카프카의 소설에서도 기계는 갈기갈기 찢고 절단하는 특징을 갖고 있는 것이다. 반대로 낙타는 그렇게 갈기갈기 찢기며 그것을 이루는 이질적인 요소들이 비유기적으로 전체를 이루면서 비로소 자칼이라는 욕망하는 기계가 될 수 있다. 이처럼 자칼이 썩은 고기를 먹기 위해 낙타의 몸을 갈기갈기 찢으며 맛에 대한 취향을 전도하는 것은, 기계와 생명의 전통적 구분(내지 대립)을 지양하고 몸에 대한 정신의 우월성을 전복시키는 가치의 전도로 나타나는 것이다.[484]

「자칼과 아랍인」에서 이러한 맛을 둘러싼 싸움은 미를 둘러싼 싸움, 즉 예술의 문제와 연결되기도 한다. 니체의 차라투스트라는 맛과 아름다움에 대한 절대적 가치 부여가 불가능하다고 말하면서도, 이로 인해 허무주의에 빠지지 않고 그러한 가치의 문제를 시점주의의 정신으로 다루는 것이 바로 삶의 본질이라고 주장한다. 즉 맛이나 취향의 문제에서처럼 절대적인 타당성에 대한 주장을 포기하고, 미학적인 관점에서 모든 것을 시점주의적인 시각으로 바라볼 필요가 있는 것이다. 바로 이것이 놀이하는 아이가 의미하는 바이다.

그런데 이러한 놀이하는 아이는 '망각'하는 존재로 등장한다. 왜냐하면 놀이에 빠진 아이는 세상만사를 다 잊고 오직 놀이에만 집중하

482 이 개념은 들뢰즈가 사용한 개념인데(서동욱: 『차이와 타자』, 303쪽), 카프카의 소설 「자칼과 아랍인」에서 낙타의 시체를 갈기갈기 찢기 위해 '미친 듯이 뿜어 대는 작은 펌프'처럼 움직이는 자칼을 표현하기에도 적합한 것으로 생각된다.

483 서동욱은 들뢰즈와 가타리의 기계 개념이 지닌 함의를 크게 '사용'과 '절단'으로 간주한다. 이에 대한 자세한 설명은 서동욱: 같은 책, 275-279쪽과 290-308쪽 참조.

484 데카르트 역시 기계와 몸을 서로 연결시켰지만, 이는 그것들에 대한 정신의 우위를 강조하기 위한 것이었다. 데카르트: 『방법서설』, 215-216쪽 참조.

기 때문이다. 자칼의 무리 역시 죽은 낙타에게 달려들 때 '아랍인'은 물론 그들에 대한 '증오'까지 다 잊는다. 보다 정확히 이야기하면 '도취'와 '실신상태'에 빠진 이들은 스스로를 잊는다. 이러한 '자아'의 망각은 단일한 정체성을 파괴하고 다양체의 가능성을 열어 주는 해방적 사건이며, 이로써 자칼은 무리(곧 다양체)로서의 자칼 본연의 모습을 구현할 수 있게 된다. 그 때문에 아랍인이 이제 떠나가야 할 시간이라며 서술자에게 길을 재촉할 때, 사실 이것은 전혀 다른 의미로 해석될 수 있다. 즉 그것은 새로운 정신으로 변신하며 도약하기 위한 시간, 니체가 아이의 특징으로 간주한 '새로운 시작'으로 간주될 수 있는 것이다.

카프카의 소설에서도 아이는 중요한 의미를 지닌다. 요아힘 자이펠은 카프카의 작품에 등장하는 아이가 "순수하고 즉흥적이며 관습, 상식 그리고 순응을 거부한다"[485]라고 말한다. 또한 "아이는 본원적인 '환상'을 갖고 있다."[486] 이러한 측면에서 아이는 예술가와 닮아 있으며, 성인들이 제대로 인지하지도 못하고 평가할 줄도 모르는 동물적 특성에 친화성을 느끼며 그것을 이해하고 있다는 것이다. 마치 아이가 환상 속에서 스스로를 동물로 변신시키는 것처럼, 카프카의 소설에서도 아이와 가장 닮은 예술가는 이러한 동물로의 '변신 놀이'를 수행한다.

이로써 니체 또는 카프카에게서 아이와 예술가의 연결고리가 생겨난다. 앞의 인용문에서 자칼이 낙타의 시체를 갈기갈기 찢는 광경이 그들의 '천직Beruf'으로 언급되었다면, 마찬가지로 자칼 무리는 유럽인

485 Seyppel: The Animal Theme and Totemism in Franz Kafka, 80쪽.

486 같은 곳.

인 서술자가 '재단 가위'를 가지고 아랍인의 목을 베는 것을 그의 '천직으로berufen' 간주한다. 초자아를 상징하며 낙타의 예속적 정신을 만들어 내는 아랍인의 죽음은 서술자인 나, 곧 자아가 '그 멋진 동물'을 만날 수 있는 계기를 마련해 줄 것이다. 비록 그 가위는 아직 녹슬어 있을지라도, 그것은 아랍인이 살아 있는 한 그를 끝없이 쫓아다닐 것이다.

그런데 앞의 인용문에서 "모든 유럽인이 위대한 과업을 행할 수 있도록 그 가위가 제공될 겁니다"라고 말할 때, 여기서 '과업Werk'은 '작품'이라는 함의를 지니고 있기도 하다. 이로써 서술자 나의 천직은 작품, 보다 정확히는 텍스트를 쓰는 것이라고 할 수 있다. 또한 어느 한 곳에 정주하지 않고 경계를 넘나들며 '방랑하는' 가위는 '재단 가위'로서 미학적 의미를 획득하기도 한다. 왜냐하면 자칼이 낙타의 시체를 물고 뜯으며 맛보는 '味'의 놀이를 추구한다면, 자칼의 천직에 상응하게 서술자 나는 이야기꾼으로서, 즉 작가로서 '美'의 놀이를 추구하며 천직을 수행하기 때문이다.[487]

또한 이러한 재단 가위가 작가의 미학적 텍스트의 생성과 관련이 있다는 사실은 카프카의 단편 「가장의 근심Die Sorge des Hausvaters」(1920)과의 비교를 통해서도 알 수 있다. 이 작품에 등장하는 '오드라데크'라는 기괴한 사물은 별모양의 실패처럼 보인다. 거기에는 실제로 "끊긴

487 카프카는 펠리체 바우어에게 보내는 1913년 8월 14일 자 편지에서 스스로를 문학 자체로 표현하며 천직으로서의 문학에 대한 자신의 소명감을 이야기한다. "나는 문학에 대한 관심을 가지고 있는 것이 아니라, 문학으로 이루어져 있습니다. 나는 그 어떤 다른 것도 아니며 그런 것이 될 수도 없습니다"(Niehaus: *Franz Kafka Erzählungen*, 127쪽).

채 서로 엉키고 매듭지어진, 아주 다양한 종류와 색깔의 낡은 실타래 조각"[488]처럼 보이는 것이 감겨 있는데, 어원이나 형태, 본질적인 존재에 있어 결코 그 의미가 규정될 수 없는 이러한 오드라데크는 동시에 카프카의 글쓰기 미학을 보여 주기도 한다. 유동적이고 포착할 수 없으며, 비유기적이고 어떤 목적도 추구하지 않는 무의미한 오드라데크가 실과 연관이 있다면, 「자칼과 아랍인」에 등장하는 재단 가위 역시 실과 관련이 있다. 방랑하는 재단 가위가 텍스트의 차원에서 확정된 고정적 기의를 상징하는 아랍인의 목을 절단하는 기능을 갖는다면, 그 결과는 "끊긴 채 서로 엉키고 매듭지어진" 실타래 조각이 될 것이다. 그러한 실타래 조각으로 감긴 실패로서 오드라데크는 그 스스로 유동적인 성격을 띠므로 다시 방랑하는 가위와 직접적으로 연결될 수 있다.

이처럼 방랑하는 재단 가위에 의해 고정된 기의가 해체되고 새롭게 구성된 텍스트는 더 이상 유기적으로 조직된 질서정연한 텍스트가 아니라, 낙타의 시체처럼 갈기갈기 찢기고(즉 비유기적이고) 자칼처럼 미친 듯이 움직이는(즉 의미가 끊임없이 부유하고 신체연관적인 정동이 끊임없이 생성되는) 텍스트일 것이다. 그것은 롤랑 바르트가 말한 의미에서, 완성된 작품에서 미완성의 열린 텍스트로 넘어가는 '직조의 글쓰기Textil'로서의 텍스트를 만드는 글쓰기라고 할 수 있다.[489]

자아를 망각한 채 쓴 비유기적이고 유동적인 텍스트는 텍스트의 시각적 조직을 통해서도 드러난다. 작품 마지막에서 아랍인이 자칼 무

488 Kafka: Die Sorge des Hausvaters. In: ders.: *Sämtliche Erzählungen*, 211쪽.

489 롤랑 바르트(김희영 옮김): 『텍스트의 즐거움』. 동문선 1978, 42-44쪽 참조.

리를 채찍질할 때, 자칼들이 보인 반응은 다음과 같이 묘사된다.

> 그들은 머리를 들었다; 반쯤 도취상태와 실신상태가 된 채; 아랍인들이 그들 앞에 서 있음을 보았다; 이제 주둥이에서 채찍질이 느껴졌다; 펄쩍 뛰어 뒤로 물러났고 뒤쪽으로 약간 달아났다.[490]

이 인용문을 낙타의 시체를 시각화한 것으로 보면, 낙타의 시체처럼 각 문장이 세미콜론으로 절단되어 있음을 알 수 있다. 더욱이 연달아 세 문장에서 자칼을 지시하는 주어가 생략된다. 마치 자칼 무리가 자아를 망각하고 주어(주체)의 지위를 버리고 달아난 것처럼 말이다. 이처럼 서술자 나, 보다 근원적으로는 작가 카프카가 글을 쓰면서 자아를 망각하고 다양체로서의 동물-되기를 수행한다. 이것은 단순히 이 작품의 내용을 통해서뿐만 아니라, 매체적인 차원에서도 문자의 형상성을 통해서 드러나고 있는 것이다.

서술자 나는 꿈속에서의 환상을 통해 아랍인으로 표상되는 초자아 내지 현실에서의 가부장적인 법에 의해 억압되었던 욕망을 펼쳐 나간다. 그러나 이러한 욕망은 단순히 개인의 심리적·성적 욕망으로 환원되지 않는다. 오히려 그것은 단일한 자아와 기의를 파괴하고 다양체를 열어 놓는, 들뢰즈와 가타리가 말한 의미에서의 생성에 대한 욕망을 의미한다.[491] 그러한 욕망이 전개되는 환상 속의 연극무대에서 '나'

490 Kafka: Schakale und Araber, 205쪽.

491 마음의 생태학과 관련해 가타리는 "사람들이 자본주의적 욕망에 미치는 대신, 마음속에 잠재되어 있고 신체에 담겨 있는 생명에너지로서의 욕망이 활성화됨으로써 마음을 자유자재로 움직여 고정관념에 사로잡히지 않는 상태에 이른다"(신승철: 『갈

는 자칼로 변신한다. 이러한 변신은 아랍인에 의해 '경멸되었던 짐승'을 '멋진 동물'[492]로 가치전도하는 데 기여한다. 이러한 '나'의 동물-되기는 인간과 동물의 경계를 만들고 이러한 구분을 통해 인간의 정체성을 확립하는 시도를 비판하며, 탈경계를 통해 인간과 동물의 혼종성을 생산한다. 그것은 동물에 대한 긍정적인 평가를 수반할 뿐만 아니라, 인간 자체의 탈경계적인 가능성을 확인시켜 준다.

미로처럼 복잡한 구조를 지닌 카프카의 텍스트에서 독자는 어떤 탈출구도 찾지 못한 채 빠져나올 수 없는 억압적인 세계만을 발견하곤 한다. 그러나 그러한 억압적인 세계에서 순간적으로 빠져나와 그 세계를 바라보면, 해방적인 웃음을 터뜨리며 그러한 세계에 거리를 둘 수 있게 된다.

앞에서의 인용문과 마찬가지로 역시 주어가 생략된 채 세미콜론으로 끊겨 있는 또 다른 문장들에서 서술자는 아랍인과 자칼의 불화가 아주 오래전부터 있었을 것이며, "그 원인이 아마 피에 놓여 있고 그래서 어쩌면 피와 더불어 끝이 날지 모른다"[493]라는 수수께끼 같은 말을 한다. 이 문장에서 피를 혈통과 연결시키면, 그것은 민족주의나 인종주의를 비판하는 것으로 해석될 수 있을 것이다. 그렇게 되면 아랍

라파고스로 간 철학자』, 142쪽)라고 말한다. 이러한 욕망은 단일한 주체와 고정된 기의를 해체하며, 다양한 주체성과 의미를 생산해 낸다.

492 에바 호른은 작품 마지막에서 아랍인이 자칼에게 한 '멋진 짐승'이라는 말을 부정적 의미에 한정시켜 해석한다. 즉 그녀는 그것을 "타자의 상이성을 열등함과 종속성으로 이해하는, 자칼에 대한 아랍인의 거만함"[Eva Horn: Die Ungestalt des Feindes. Nomaden, Schwärme. In: *MLN* 123/3(2008), 662쪽]을 보여 주는 것으로 해석한다. 하지만 이러한 말은 카프카 문학 특유의 중의성을 띠고 있기 때문에, 거기에 내포된 또 다른 함의를 간과해서는 안 될 것이다.

493 Kafka: Schakale und Araber, 202쪽.

인과 자칼이 서로 내세우는 민족(주의)의 순수성이 비판되며, 피는 부정적인 맥락에서 이해되어야 할 것이다.

하지만 피의 의미를 전혀 다른 맥락에서 읽어 낼 수도 있다. 성서에는 동물의 피를 먹어서는 안 된다고 쓰여 있는데, 그 이유는 피가 '생명'을 의미하기 때문이다. 자칼은 피에 굶주려 있으며, 다른 동물의 피를 뼛속까지 핥아 먹음으로써 생명에 적대적인 것처럼 보인다. 그런데 흥미롭게도 앞의 인용문에 쓰여 있는 것처럼, 이 소설의 이야기는 실제로 '피와 더불어 끝이 난다.' 왜냐하면 소설 마지막 장면에서 자칼의 무리가 낙타를 갈기갈기 찢은 후 "낙타의 피가 이미 웅덩이를 이루며 거기에 놓여 있었기 때문이다."[494] 그러나 이 문장을 다르게 해석할 수도 있다. 왜냐하면 여기서 '웅덩이Lache(n)'라는 단어는 독일어로 '웃음'을 의미할 수도 있기 때문이다.

앞에서 자칼이 서술자에게 가위를 건네며 아랍인의 목을 베어 달라고 부탁할 때, 갑자기 아랍인이 나타나 그들이 하는 연극을 잘 보았다며 "그의 종족의 조심스러움이 허용하는 만큼 유쾌하게 웃었다."[495] 가부장적인 법과 금지를 상징하는 아랍인답게 그의 웃음은 절제되고 억눌린다. 그런데 마지막에 자칼이 낙타의 시체를 갈기갈기 찢었을 때 낙타가 흘린 피는 이제 '웅덩이를 이루며 있는 것'이 아니라 '이미 웃음 속에 담겨 있었던 것lag schon in Lachen da'이 된다. 여기서 피를 생명으로 바꿔 해석하면, 순응하고 복종하는 낙타의 생명력은 사실은 이미 오래전부터 잠재적으로 해방적인 '웃음' 속에 담겨 있었지만, 그러한 웃

494 Kafka: 같은 책, 205쪽: "Aber das Blut des Kamels lag schon in Lachen da."

495 Kafka: 같은 책, 204쪽.

음은 지금까지 초자아 내지 가부장적인 법을 의미하는 아랍인에 의해 억눌려 왔던 것이다. 하지만 이제 자칼이 순종적인 낙타를 갈기갈기 찢음으로써 신체의 해방과 함께 억누른 웃음이 터져 나오고, 이와 더불어 역설적으로 낙타의 진정한 생명(력)이 회복되는 것이다.

비록 이 소설에서 자칼의 어머니들이 기다리던 메시아가 등장해 사회구조와 법질서를 전면적으로 바꾸는 거시혁명을 완수하지는 못할지라도, 여기서 이루어지는 동물-되기와 변신의 놀이는 분명 긍정적인 측면을 지닌다. 가타리는 서로 연결되어 있는 생태계의 일부에서 일어나는 작은 분자적 변화가 생태계 전체에 돌이킬 수 없는 변화를 가져올 수 있다며 미시적인 차원의 분자혁명을 강조한다.[496] 카프카도 자신의 글쓰기를 통해 독자에게 영향을 미치며 동물권과 정치적 동물로 격하된 인간에 대한 관심을 불러일으킬 뿐만 아니라, 나아가 동물-되기를 통해 독자가 능동적으로 새로운 주체성을 생산하기를 갈망한다. 이러한 의미에서 그의 글쓰기는 미시적인 분자혁명에 의해 추동되고 있다고 말할 수 있을 것이다.

496 신승철: 『갈라파고스로 간 철학자』, 146쪽 참조.

참고문헌

국내 문헌

경혜영: 「들뢰즈의 라이프니츠 읽기. 실체화 관계와 새로운 가능성」. 실린 곳: 『인문학 연구』 23(2013).

김연수: 『문학과 탈경계문화』. 학고방 2017.

김연홍: 「괴테의 자연개념. 원형현상, 변형 등의 핵심개념을 중심으로」. 실린 곳: 『독일 문학』 81(2002).

김재인: 「들뢰즈의 '아펙트' 개념의 쟁점들. 스피노자를 넘어」. 실린 곳: 『안과 밖』 43(2017).

다윈, 찰스(추한호 옮김): 『인간의 기원 I』. 동서문화사 2018.

________(송철용 옮김): 『종의 기원』. 동서문화사 2014.

데리다, 자크(진태원 옮김): 『법의 힘』. 문학과지성사 2012.

데카르트, 르네(이현복 옮김): 『방법서설. 정신지도를 위한 규칙들』. 문예출판사 2006.

드 발, 프란스(오준호 옮김): 『착한 인류. 도덕은 진화의 산물인가』. 미지북스 2014.

들뢰즈, 질(이강훈 옮김): 『매저키즘』. 인간사랑 2007.

라이프니츠(윤선구 옮김): 『형이상학 논고』. 아카넷 2016.

라투르, 브뤼노(홍철기 옮김): 『우리는 결코 근대인이었던 적이 없다』. 갈무리 2009.

레비, 프리모(이현경 옮김): 『이것이 인간인가』. 돌베개 2017.

마뚜라나, 움베르또/프란시스코 바렐라(최호영 옮김): 『앎의 나무. 인간 인지능력의 생물학적 뿌리』. 갈무리 2015.

바따이유, 죠르쥬(조한경 옮김): 『에로티즘』. 민음사 2008.

바르트, 롤랑(김희영 옮김): 『텍스트의 즐거움』. 동문선 1978.

베르그손, 앙리(황수영 옮김): 『창조적 진화』. 아카넷 2018.

보울러, 피터/이완 리스 모러스(김봉국/홍성욱 옮김): 『현대과학의 풍경 1. '과학혁명'에서 '인간과학의 출현'까지 과학발달의 역사적 사건들』. 궁리 2016.

서동욱: 『차이와 타자』. 문학과지성사 2017.
슈프랭거, 야콥/하인리히 크라머(이재필 옮김): 『말레우스 말레피카룸. 마녀를 심판하는 망치』. 우물이있는집 2016.
스피노자, B.(황태연 옮김): 『에티카』. 비홍출판사 2014.
신승철: 『갈라파고스로 간 철학자』. 서해문집 2013.
______: 『구성주의와 자율성』. 알렙 2017.
싱어, 피터(김성한 옮김): 『동물해방』. 연암서가 2018.
아감벤, 조르조(정문영 옮김): 『아우슈비츠의 남은 자들』. 새물결 2012.
____________(박진우 옮김): 『호모 사케르』. 새물결 2008.
아리스토텔레스(천병희 옮김): 『정치학』. 숲 2017.
아풀레이우스, 루키우스(송병선 옮김): 『황금 당나귀』. 현대지성 2018.
오드기, 스테판(김주경 옮김): 『괴물』. 시공사 2012.
오비디우스(이윤기 옮김): 『변신 이야기 1, 2』. 민음사 2005.
이상명: 「라이프니츠. 변신론과 인간의 자유」. 실린 곳: 『철학』 106(2011).
장회익: 『물질, 생명, 인간. 그 통합적 이해의 가능성』. 돌베개 2014.
정항균: 「기형과 혼종. 란스마이어의 『최후의 세계』에 나타난 괴물의 양가성」. 실린 곳: 『독일어문화권연구』 28(2019).
______: 「떡갈나무에서 뽕나무로. 제발트의 『토성의 고리』에 나타난 숲과 나무의 의미」. 실린 곳: 『카프카연구』 38(2017).
______: 『아비뇽의 여인들 또는 폭력의 두 얼굴』. 서울대학교출판문화원 2017.
______: 「인간중심주의 비판과 인간의 동물-되기. 다와다 요코의 『눈 속의 연습곡』에 나타난 인간과 동물의 관계」. 실린 곳: 『카프카연구』 42(2019).
______: 「인형과 동물. 에테아 호프만의 『호두까기 인형과 생쥐왕』에 나타난 인간과 비인간의 경계 넘어서기」. 실린 곳: 『독일문학』 152(2019).
주경철: 『마녀』. 생각의힘 2016.
최화선: 「고대 로마 사회의 주술과 종교 개념에 대한 소고」. 실린 곳: 『서양고대사연구』 47(2016).
캠벨, 조지프(이진구 옮김): 『신의 가면 1. 원시신화』. 까치 2018.
푸코, 미셸(이규현 옮김): 『성의 역사 1. 지식의 의지』. 나남 2014.
프로이트, 지그문트(김재혁/권세훈 옮김): 『꼬마 한스와 도라』. 열린책들 2004.

______________: 『토템과 터부』. 실린 곳: 프로이트(이윤기 옮김): 『종교의 기원』. 열린 책들 2013.

핑커, 스티븐(김명남 옮김): 『우리 본성의 선한 천사』. 사이언스북스 2015.

하인리히, 베른트(김명남 옮김): 『생명에서 생명으로』. 궁리 2015.

해블록, 에릭(이명훈 옮김): 『플라톤 서설』. 글항아리 2011.

헤겔, G. W. F.(임석진 옮김): 『법철학』. 한길사 2014.

헤일스, 캐서린(허진 옮김): 『우리는 어떻게 포스트휴먼이 되었는가』. 플래닛 2013.

국외 문헌

Bachtin, Michail M.: *Chronotopos*. Frankfurt a. M. 2017.

Barasch, Moshe: Tiermasken. In: Tilo Schabert(Hrsg.): *Die Sprache der Masken*. Würzburg 2002.

Bässler, Andreas: Identitätsprobleme im Eselsroman und die humanistische 'Lösung' als Lügendichtung. In: *Daphnis* 43. H. 2 (2015).

Blanchard, Pascal u. a.: *MenschenZoos. Schaufenster der Unmenschlichkeit*. Hamburg 2012.

Blumenberg, Hans: *Arbeit am Mythos*. Frankfurt a. M. 1996.

Böhme, Hartmut u. a.(Hrsg.): *Tiere. Eine andere Anthropologie*. Köln u. a. 2004.

Braidotti, Rosi: *Metamorphoses. Towards a materialist theory of becoming*. Malden 2002.

______________: *Posthumanismus. Leben jenseits des Menschen*. Frankfurt a. M. 2014.

Burckhardt, Jacob: *Werke. Kritische Ausgabe. Bd. 20. Griechische Culturgeschichte*. München 2005.

Canetti, Elias: *Masse und Macht*. München 2017.

Deleuze, Gilles u. Félix Guattari: *Tausend Plateaus*. Berlin 1992.

Derrida, Jacques: *Das Tier, das ich also bin*. Paris 2016.

Emrich, Wilhelm: *Franz Kafka*. Königstein/Ts. 1981.

Fahmy, Ola A. u. Oliver Müller: Eine Mengenlehre fürs gelobte Land. Kollektiv-konstruktionen in Kafkas Erzählung "Schakale und Araber." In: *Der Deutsch-*

unterricht 6(2009).

Falk, Francesca: Hobbes' Leviathan und die aus dem Blick gefallenen Schnabelmasken. In: *Leviathan* 39(2011).

Fontane, Theodor: *Effi Briest*. In: Peter Goldammer u. a.(Hrsg.): *Romane und Erzählungen*. Bd. 7. Berlin u. Weimar 1993.

Genette, Gérard: *Fiktion und Diktion*. München 1992.

Goethe, Johann Wolfgang von: Botanik. Die Metamorphose der Pflanzen. In: ders.: *Werke Kommentare Register Hamburger Ausgabe in 14 Bänden. Bd. 13. Naturwissenschaftliche Schriften I*. München 2002.

Guattari, Félix: *Chaosmose*. Wien 2017.

Hanssen, Jens: Kafka and Arabs. In: *Critical Inquiry* 39/1(2012).

Harzer, Friedmann: *Erzählte Verwandlung*. Tübingen 2000.

Hayer, Björn: Gegen den Strich gelesen. Gotthold Ephraim Lessings Fabeln aus Sicht der Literary Animal Studies. In: Björn Hayer u. Klarissa Schröder(Hrsg.): *Tierethik. Transdisziplinär. Literatur-Kultur-Didaktik*. Bielefeld 2018.

Hoffmann, E. T. A.: Lebensansichten des Katers Murr. In: ders.: *Gesammelte Werke in Einzelausgaben*. Bd. 6. Berlin u. Weimar 1994.

Horn, Eva: Die Ungestalt des Feindes. Nomaden, Schwärme. In: *MLN* 123/3(2008).

Jacobs, Jürgen: *Wilhelm Meister und seine Brüder. Untersuchungen zum deutschen Bildungsroman*. München 1972.

Kafka, Franz: *Sämtliche Erzählungen*. Köln 2007.

Kant, Immanuel: Anthropologie in pragmatischer Hinsicht. In: ders.: *Kants Werke. Akademie Textausgabe*. Bd. VII. Berlin u. New York 1968.

Kompatscher, Gabriela, Reingard Spannring u. Karin Schachinger: *Human-Animal Studies*. Stuttgart 2017.

Kramer, Heinrich(Institoris): *Der Hexenhammer. Malleus Maleficarum*. München 2017.

Kremer, Detlef: *E. T. A. Hoffmann. Erzählungen und Romane*. Berlin 1999.

Kriesberg, Hadea Nell: "Czechs, Jews and Dogs Not Allowed": Identity, Boundary, and Moral Stance in Kafka's "A Crossbreed" and "Jackals and Arabs." In: Marc Lucht/Donna Yarri(ed.): *Kafka's creatures: Animals, Hybrids, and Other fantastic beings*. Lanham 2010.

Lessing, Gotthold Ephraim: Fabeln und Erzählungen. In: Herbert G. Göpfert(Hrsg.): *Werke. Bd. 1. Gedichte. Fabeln. Lustspiele*. Darmstadt 1996.

____________________: Gotthold Ephraim Lessings Fabeln. In: Herbert G. Göpfert(Hrsg.): *Werke. Bd. 5. Literaturkritik. Poetik und Philologie*. Darmstadt 1996.

Loh, Janina: *Trans- und Posthumanismus*. Hamburg 2018.

Lubkoll, Christine u. Harald Neumeyer(Hrsg.): *E. T. A. Hoffmann Handbuch. Leben-Werk-Wirkung*. Stuttgart 2015.

Nagel, Thomas: What is it like to be a bat. In: *Philosophical Review* 83/4(1974).

Nicklas, Pascal: *Die Beständigkeit des Wandels. Metamorphosen in Literatur und Wissenschaft*. Hildesheim u. a. 2002.

Niehaus, Michael: *Franz Kafka Erzählungen. Der Kaufmann, Das Urteil, Der Heizer, Vor dem Gesetz u. a.* München 2010.

Nietzsche, Friedrich: *Also sprach Zarathustra*. Kritische Studienausgabe v. Giorgio Colli u. Mazzino Montinari. München 1999.

________________: *Die nachgelassenen Fragmente*. Stuttgart 1996.

Ovid: *Metamorphosen*. Stuttgart 2017.

Schmidt, Victor: Reaktionen auf das Christentum in den *Metamorphosen* des Apuleius. In: *Vigiliae Christianae* 51(1997).

Schmitz-Emans, Monika: *Poetiken der Verwandlung*. Innsbruck 2008.

Sebald, W. G.: *Die Ringe des Saturn*. Frankfurt a. M. 2004.

Seyppel, Joachim H.: The Animal Theme and Totemism in Franz Kafka. In: *American Imago. a Psychoanalytic Journal for the Arts and Sciences* 13(1956).

Simek, Rudolf: *Monster im Mittelalter. Die phantastische Welt der Wundervölker und Fabelwesen*. Wien u. a. 2019.

Sokel, Walter H.: *Franz Kafka. Tragik und Ironie*. München 1964.

Stephan, Inge: Kunstperiode. In: Wolfgang Beutin u. a.(Hrsg.): *Deutsche Literaturgeschichte von den Anfängen bis zur Gegenwart*. Stuttgart 1984.

Tawada, Yoko: *Etüden im Schnee*. Tübingen 2014.

__________: *Verwandlungen*. Tübingen 2018.

Tismar, Jens: Kafkas 》Schakale und Araber《. Im zionistischen Kontext betrachtet. In: *Jahrbuch der deutschen Schillergesellschaft* 19(1975).

Weber, Dietrich: *Erzählliteratur*. Göttingen 1998.

Wild, Markus: *Tierphilosophie*. Hamburg 2008.

Die Bibel im heutigen Deutsch. Die Gute Nachricht des Alten und Neuen Testaments. Stuttgart 1982.

https://kafkamuseum.cz/en/franz-kafka/women/ (2019. 1. 12.)

http://www.kafka.uni-bonn.de/cgi-bin/kafkaf1fe.html?Rubrik=interpretationen&Punkt=akademie&Unterpunkt=nietzsche (2019. 1. 12.)

찾아보기

인명

ㅅ

ㅇ

용어 및 명칭

ㄱ

ㄴ

ㄷ

ㅊ

ㅌ

ㅍ

ㅎ

Becoming-Animal